dtv

Erstmals sind in diesem Buch zwei Romane vereint, die zwar unabhängig voneinander zu lesen, aber eng miteinander verbunden sind. In ›Bleib über Nacht‹ schildert Michael Köhlmeier die Geschichte einer schwierigen Liebe während des Zweiten Weltkriegs. Pauline ist dreißig, Ludwig vierundzwanzig und Soldat. Ein halbes Jahr später heiraten sie – bis dahin waren sie elf Stunden zusammengewesen. In der Hochzeitsnacht können sie nicht miteinander schlafen, sie sind einander zu fremd – doch Pauline kämpft um ihre Liebe. In ›Geh mit mir‹ begegnet man einem Sohn, der zurückkehrt in seine Heimat, zu seinen Eltern, die noch immer in dem kleinen Wochenendhäuschen am Bodensee wohnen. Eigentlich ist der Sohn aus Sorge um den Vater gekommen – doch es dominiert die Nähe zu seiner Mutter. Zusammen mit ihr bricht er noch einmal zu einer ungewöhnlichen Reise auf.

Michael Köhlmeier berichtet aus seiner eigenen Familiengeschichte, geht den sonderbaren Ausdrucksformen unserer Gefühle nach und der Unerklärlichkeit der Liebe.

Michael Köhlmeier wurde 1949 in Hard am Bodensee geboren und lebt in Hohenems/Vorarlberg und in Wien. Zuletzt erschien seine Novelle ›Der Mann, der Verlorenes wiederfindet‹ über Antonius von Padua.

Michael Köhlmeier

Bleib über Nacht

Geh mit mir

Zwei Romane

dtv

Von Michael Köhlmeier ist bei dtv
außerdem u. a. lieferbar:
Dein Zimmer für mich allein (8226)
Abendland (13718)
Die Musterschüler (13800)
Idylle mit ertrinkendem Hund (13905)
Madalyn (14127)
Zwei Herren am Strand (14468)
Das Sonntagskind (14524)
Das Mädchen mit dem Fingerhut (14617)

Ausführliche Informationen über
unsere Autoren und Bücher
www.dtv.de

FSC
www.fsc.org
MIX
Papier aus verantwortungsvollen Quellen
FSC® C019821

3. Auflage 2018
2010 dtv Verlagsgesellschaft mbH & Co. KG, München
Lizenzausgabe mit Genehmigung des Carl Hanser Verlages München

Umschlagkonzept: Balk & Brumshagen
Umschlagfoto: magnum/Elliott Erwitt
Satz: Greiner & Reichel, Köln
Gesetzt aus der Aldus 9,75/12·
Druck und Bindung: Druckerei C.H.Beck, Nördlingen
Gedruckt auf säurefreiem, chlorfrei gebleichtem Papier
Printed in Germany · ISBN 978-3-423-13855-0

Bleib über Nacht

Bleib über Nacht. Morgen, so er dich nimmt, wohl; gelüstet's ihn aber nicht, dich zu nehmen, so will ich dich nehmen, so wahr der Herr lebt. Schlaf bis zum Morgen.

Das Buch Ruth, 3.13

Erster Teil

Erstes Kapitel

1

Es begegneten einander ein Mann und eine Frau, der Mann trug eine Uniform mit einem Dolch als Schmuck, denn er war Leutnant. Die Frau schob ein Fahrrad. Sie hatte ihr Haar an den Schlafen mit zwei Kämmen gestrafft und im Nacken hochgesteckt. Ihr Gesicht war herzförmig, und an manchen Tagen ärgerte sie sich darüber, denn ihr Spiegelbild sah zufriedener aus, als sie es sich wünschte.

Der Mann war vierundzwanzig Jahre alt, und noch gar nichts Eigenes in seinem Leben hatte er erledigt. Er war groß und mager und pfeilgerade. Er hatte kurzgeschorenes Kraushaar, eine hohe, streng begrenzte Stirn und schmale Züge, und obwohl er Soldat war, glaubte er, daß er ein langes und wichtiges Leben vor sich habe und eine achtunggebietende Laufbahn dazu, das war ihm ins Gesicht geschrieben. An einem freien Nachmittag ging er mit dem Kameraden Julius Neustedt durch den Hofgarten in Coburg. Dort begegneten sie einander.

Die Frau arbeitete als Sekretärin in der Handwerkskammer, und sie war gewohnt, am Sonntag ihre Freundin Hilla Medicus auf dem Schloßplatz zu treffen und mit ihr hinauf zur Veste zu spazieren. Es war Sonntag und Frühling. Der erste Frühlingstag. Die ungeschlachte Luft der vergangenen Wochen war milde geworden. Die beiden Frauen wollten von der Veste aus über die Brandensteinsebene, am Eckardtsturm vorbei, zur Eckardtsklause radeln und dort eine Tasse

Kaffee trinken. Wären sie ohne ihre Fahrräder gewesen, wahrscheinlich würden sie der Mann und sein Freund nicht angesprochen haben. Denn der Mann war nicht einer, der Frauen auf den Wegen anspricht, und Julius Neustedt tat, was der Mann tat, und was dieser unterließ, das unterließ er auch. Die beiden Frauen aber sahen aus, als mühten sie sich mit ihren Rädern, und in kleiner Not fallen die kleinen Grundsätze als erstes.

Der Mann sagte: »Dürfen wir Ihnen behilflich sein?« Oder so ähnlich. Er nahm die Lenkstange mit einer Hand, mit der anderen gestikulierte er beim Reden. Seine Arme zirkelten große Bereiche ab, und seine Worte taten dasselbe. Es redete sich zu viert viel leichter als später zu zweit.

Die Frau war dreißig, wurde dreißig im Dezember, sagte aber, sie sei bereits dreißig, weil sie das Erstaunen darüber genoß. Sie sah jünger aus. Zwei Männer, die sie geliebt hatte, waren bereits gefallen. Der dunklere von beiden hatte nach der Natur gezeichnet, die Frau hatte ihm manchmal Modell gestanden. Er starb als einer der ersten. Sein Tod stürzte sie in Hoffnungslosigkeit und Scham. Weil jeder denkt, daß auch das Unglück recht hat, wo es zuhaut. Sie haderte mit Gott. Als dann auch der zweite, der Weißblonde, umgekommen war, biß sie die Zähne zusammen. Ihn hatte sie seit ihrer Kindheit gekannt. Er war eine sichere Sache gewesen. Sie überzählte ihre Lebensjahre und beschloß, sich bei Gelegenheit schnell und kühn zu entscheiden. »Nur höflich soll er sein, das schon«, sagte sie zu Hilla Medicus, »und wenn es irgendwie geht, katholisch.« Aber die war ja noch jung, die Hilla, erst zweiundzwanzig. Außerdem war sie protestantisch. Bei denen hatte das Wort *Mischehe* nicht solches Gewicht.

Die Frau war zierlich von Statur. Aber sie hatte starke Hände. Das Fahrrad zur Veste hinaufzuschieben, hätte ihr keinerlei Schwierigkeiten bereitet. Ihre Augen waren blau und blank, ihre Großmutter hatte immer gesagt, »deine Augen, mein Kind, und dem Rothschild sein Geld«, und das war eine ganze Menge. Ihre Brauen hatten einen hohen Schwung, das sah übermütig aus. Niemand wußte, machten die Augen den Schelm, oder machte der Schelm die Augen. Sie war katholisch, und Coburg war eine protestantische Stadt. Die Katholiken bildeten eine festgegründete Gemeinde, und von Kindheit an hieß es, wir leben in der Diaspora. Das war ihr vorgekommen wie ein Haus voll von komischen Winkeln und ellenlangen Strafbänken, wo in jeder Nische ein Heiliger versteckt war, den es vor den Angriffen der Protestanten zu bewahren galt, was in erster Linie dadurch geschah, daß man seinen Namen, seine Leidensgeschichte und seine Fürbittzuständigkeit kannte.

Linden, Kastanien, Ulmen und Eschen säumten den Weg. Die Äste hatten schon ihr Laub, und die Kronen wölbten sich über den Spaziergängern.

»Woher stammen Sie?« fragte die Frau. Denn die Sprache des Mannes hatte eine Färbung, die ihr unbekannt war.

»Ich bin Österreicher«, sagte er.

»Und ich habe Sie für einen Schweizer gehalten«, sagte Hilla Medicus.

»Ich ihn zuerst ja auch«, sagte Julius Neustedt.

Der Mann lachte laut und wirkte wie ein fertiger Mann.

»Was hätte ich dann hier verloren in dieser Uniform! Ich bin Österreicher!«

»Schrei nicht so«, sagte Julius Neustedt und entschuldigte sich für ihn: »Er ist ein Bauer.«

Die Erfahrungen des Mannes bestanden aus Krieg. Vor allem Front. In einer Woche wird er einen Familienvater, vierzigjährig, in seinen Armen gehalten und mit Gutzureden versucht haben, ihm das schluckaufhafte Schluchzen wegzubringen. Davon wußte der Mann an diesem Sonntag freilich noch nichts, aber er hätte es für möglich gehalten. Er fühlte sich stark und zukunftsfroh. Von Anfang an war er verliebt in die kleine Frau, die neben ihm ging. Durch die Liebe wird der Krieg leichter und schwerer zugleich. Das erste, weil man sie wenigstens gehabt hat, das zweite, weil man sie um alles in der Welt weiter haben möchte. Vielleicht war er schon einige Male verliebt gewesen – wenn das bedeutete, daß einem dann Gedanken kamen, die es wert waren, niedergeschrieben zu werden. Den einen oder anderen Gedanken in seinem Leben hatte er schon zu Papier gebracht.

Die vier waren noch gar nicht weit gegangen, da drehten sich die Gespräche nur noch um den Mann und die Frau. Hilla Medicus machte Werbung für sie, Julius Neustedt für ihn.

»Sie kann furchtbar forsch sein«, sagte Hilla Medicus, »ich muß da jeden warnen!«

»Ach, Hilla«, sagte die Frau, »hör auf, ich bin doch kein Kind mehr!«

»Sie kann vor die Leute hintreten«, sagte Hilla. »Soll ich erzählen, wie du's letzte Woche beim großen Hoffmann gemacht hast?«

»Ach, bitte, hör auf, Hilla«, sagte die Frau. Sie wußte nicht, ob es hier von Vorteil war, eine dezidierte Art zu haben.

»Ja, bitte, erzählen Sie doch«, sagte Julius Neustedt. Er tat neugierig. Der Mann nicht. Obwohl er's war. Er blieb still. Aber er lächelte ein wenig in sich hinein.

Julius Neustedt war ein Hesse aus Lollar, er hatte einen gutgepolsterten Rücken und massige Beine, mit denen er beim Gehen einwärts schlenkerte. Er machte einen schreckhaften Eindruck und hatte sich dem Mann angeschlossen, weil der alles, auch die große Angst draußen, interessant und betrachtenswert fand. Bei einer Amputation habe er, erzählte jetzt Julius Neustedt, die Hand des Patienten gehalten und ihm jeden Vorgang punktgenau geschildert. Der Patient sei nur wenig betäubt gewesen, und das habe geholfen.

Die Frauen schlenderten neben den Soldaten her, die ihnen

die Räder schoben. Wer wem gefiel, war ja klar, wie seit Beginn ausgemacht. Der Mann, der so wenig Erfahrungen in der Liebe hatte und an allem interessiert war, schwärmte später manchmal davon. Vergoldete diese Stunde. Begeisterte sich an der Parteilichkeit des Zufalls. Deswegen, weil der Zufall zu ihnen geholfen habe. Oben bei der Veste flog ein Taschentuch von der Brüstung, und der Mann stieg über die Mauer und an den Felsen hinunter und holte es herauf und sagte, in seiner Heimat könnten das sogar die Schulbuben. Er sagte *die Schulerbuben,* nicht die Schulbuben. In seiner Heimat sage man *Schulerbuben,* nicht Schulbuben. Da war in den Herzen schon viel bereitet.

Im Burghof stolzierten auch noch andere Soldaten umher, manche hatten junge Frauen am Arm, manche rauchten Zigaretten und saßen dabei auf den alten, gußeisernen Kanonen, die durch die breiten Scharten in der Mauer auf das Land hinaus zeigten. Die Soldaten hoben die Hand an die Mütze und grüßten den Mann.

»Sind Sie katholisch?« fragte Hilla Medicus und drückte der Frau ein Auge.

»Also weißt du, das geht dich doch wirklich nichts an!« empörte sich die Frau.

»Bei uns sind alle katholisch«, sagte der Mann. »So oder so. Aber wichtig ist es nicht.«

Die Frauen verzichteten schließlich ganz aufs Radfahren, kein Wort wurde darüber verloren, die Männer schoben die Räder den ganzen Weg, und so rauschten sie knöcheltief durch das Buchenlaub des vergangenen Herbstes.

Zwischendurch ergab es sich, daß der Mann und die Frau ein Stück weit voran und allein waren. Da wurde es still. Aber die Stille war ihnen nicht lästig. Eigentlich ist er zu groß für mich, dachte sie, sogar zu seinen Schultern muß ich aufschauen. Seine Zähne waren unregelmäßig, und das ließ ihn noch jünger erscheinen. Ihr gefiel das alles. Alles an ihm gefiel ihr.

2

Für Julius Neustedt und Hilla Medicus war es nur eine kurze Sache gewesen. Namen und Adressen wurden auf Zettel geschrieben, und die Zettel gingen verloren. Der Mann und die Frau aber trafen sich schon am nächsten Tag wieder. Das hatten sie heimlich vereinbart. Und weil der Mann gar nichts, aber auch gar nichts in Coburg kannte, verabredeten sie, sich wieder im Hofgarten zu treffen. Im Veilchental. Das sei dort, wo der Weg durch die offene Wiese führt.

»Mitten auf dem Weg!« sagte sie.

»Ja«, sagte er, »mitten auf dem Weg.«

»Und in jedem Fall?«

»In jedem Fall.«

Es regnete. Der Soldat hatte keinen Schirm. Ein Soldat trägt keinen Schirm. Er hätte sich ein Stück weit unterhalb des Weges zwischen die dunklen Bäume des Parks stellen können. Aber wer weiß, vielleicht wäre dann die Frau nur bis zum Waldrand gegangen, hätte gedacht, er ist nicht da, und wäre wieder umgekehrt.

Der Mann war viel zu früh an der verabredeten Stelle. Fast eine Stunde lang wartete er im Regen. Dann sah er sie.

Sie kam den Weg heraufgelaufen, in ihrem Cape wirkte sie wie ein Kind. Sie winkte ihm mit ihrem Schirm zu, einem gelben Schirm mit umbrafarbenen Streifen und lackiertem Holzgriff. Auf seiner Mütze hatte sich ein See gebildet. Der fiel ihr auf die Hände, als er sich vor ihr verneigte. Sie gab ihm den Schirm. Wie hätte sie auch den Schirm über ihre beiden Köpfe halten können, wo sie doch um soviel kleiner war als er.

Sie spazierten zur Veste hinauf, er erzählte von seiner Heimat – »weil Sie gestern danach gefragt haben« –, daß der Föhn im Frühling Sehnsuchts- und Fernwehgerüche bringe und den Schnee von den Bergen schleife. So drückte er sich aus. Er fuchtelte mit dem Schirm durch die Luft, drehte ihn und balancierte ihn auf einem Finger. Die Frau fing von Rilke an und von Walter Flex. Kenne er nicht, sagte er, und sie lobte Rilke und hielt nicht viel von Flex, das machte ihn wortkarg, weil er fast gar nichts dazu zu sagen wußte.

Sie nahmen den unteren Weg bei der Brandensteinsebene, weil der obere Weg gesperrt war, da warteten die Fieseler Störche.

»Wohin gehen wir?« fragte er.

»Wohin wollen Sie?«

»Sie wissen doch, ich bin hier fremd.«

»Was machen Sie denn den ganzen Tag?«

»Ich weiß es nicht. Ich könnte es Ihnen nicht sagen. Warten wahrscheinlich.«

»Sie sitzen in der Kaserne und warten?«

»Nein. So nicht. Warten ist der falsche Ausdruck. Es gibt viel zu tun.«

»Was denn zum Beispiel?«

»Bei so vielen Männern. Da gibt es viel zu tun. Dasitzen gibt es nicht.«

In ihrer Unterhaltung trat eine Pause ein. Sie kamen an Sträuchern vorbei, die waren über und über voll von weißstrahligen Blüten. Die Zweige neigten sich tief hinunter, denn sie waren schwer vom Regen.

»Nein, warten ist der völlig falsche Ausdruck«, wiederholte der Mann, und es klang nachdenklich, als ob die Frage der Frau, die nun schon eine Weile zurücklag, ein besonders sorgsames Abwägen beim Finden der Antwort verlangte. Vielleicht aber war er auch nur für einen Augenblick abwesend.

Sie sagte: »Ich verstehe.«

Und er grad noch einmal: »Warten ist der falsche Ausdruck. Obwohl wir natürlich schon warten.«

Und sie: »Ich verstehe.«

Und schließlich er: »Aber morgen geht's ja wieder ab. Nach Polen. Leider. Dann ist auch das Warten vorbei.«

Er hielt den Schirm am ausgestreckten Arm. Sie wollte nicht zu nahe bei ihm sein, aber sie wollte auch nicht, daß er allein im Regen stand und sie unter dem Schirm, und darum trat sie einen Schritt zurück, und nun bekamen sie beide den Regen ab, und der Schirm war für den Weg da.

»Ich nehme Sie mit zu mir nach Hause«, sagte sie. »Meine Mutter und ich werden Ihnen die Uniform aufbügeln, und Sie trinken einstweilen eine Tasse Tee, sonst erkälten Sie sich, und ich wär schuld.«

Dann fiel ihnen nicht mehr viel ein, was sie hätten bereden können, und sie dachte, ob er mich für zu stürmisch hält.

»Er hat nichts übriggelassen, hat alles allein gemocht«, erzählte die Frau später ihrer Freundin Hilla Medicus. Sie meinte damit den Rest Marmorkuchen, den ihre Mutter dem Leutnant vorgesetzt hatte. Er habe mit wenigen großen Bissen alles weggeputzt und dabei den Kopf in den Nacken gelegt. Damit ihm die Brösel in den Mund fielen und nicht auf den Teppich.

Am Abend, als seine Uniform getrocknet war, fragte er sie beim Abschied, ob sie ihn nicht duzen wolle, er wolle sie nämlich gerne duzen.

Es hatte zu regnen aufgehört. Sie trat mit ihm vor das Haus und lehnte sich an die Mauer, um ihn noch einen Augenblick hier zu halten. Sie hatte sich eine Strickjacke über die Schultern gelegt. Das sollte zeigen, daß man sich nicht unbedingt beeilen mußte. Der Himmel hatte im Westen aufgerissen, die Veste ragte wie ein Scherenschnitt in das saubere Blau.

»Wir haben den schönsten Blick auf die Veste«, sagte sie. »Wir sehen gerade auf die breite Seite.«

»Das stimmt«, sagte er, »alle Photographien, die ich von der Veste kenne, zeigen sie von dieser Seite.«

»Die Bilder sind von hier oben geknipst worden«, sagte sie.

»Wie ein großes Schiff aus Stein«, sagte er.

Eine Weile schauten sie hinüber zur Veste, um die der Himmel allmählich dämmrig wurde.

»Den schönsten Himmel«, sagte er, »habe ich in Polen gesehen. Der Himmel sieht an den verschiedenen Orten ja nicht nur verschieden aus. Er ist tatsächlich verschieden, weißt du.«

Sie nickte und merkte, daß es ein ungeduldiges Nicken war. Sie verstand ihre Ungeduld nicht. Sie wollte ja nichts anderes, als hier vor dem Haus stehen und noch ein wenig mit diesem Mann reden.

»Man dürfte den Himmel nicht photographieren«, sagte sie. »Das ist immer enttäuschend. Auf dem Photo sieht das enttäuschend aus. Man weiß beim ersten Hinsehen gar nicht, was da eigentlich photographiert worden ist. Man kommt gar nicht auf den Gedanken, daß der Himmel photographiert worden ist.«

»Man muß das Einmalige in der Seele bewahren«, sagte er.

Sie nickte. »Hast du einen Photoapparat?«

»Nein«, sagte er.

»Ich habe einen«, sagte sie. »Aber ich knipse selten. Das ist schade.«

Er gab ihr recht. Sie warf ihm einen forschenden Blick zu, denn ihr kam vor, er rede nur so drauflos und denke derweil etwas anderes. Sie redete nämlich so drauflos und dachte derweil an etwas anderes.

Sie begleitete ihn bis hinunter zur Kreuzung beim Gefängnis. Den Abschied schmückte er mit einem Späßchen aus, und sie nahm traurig ihren Weg zurück.

Am Dienstag ging der Krieg für ihn weiter.

3

Der Mann und die Frau schrieben einander. Die Briefe nahmen lange Wege. Aber sie kamen alle an. »Lieber Ludwig«, schrieb sie, und als Absender: »Pauline Laube.« Monate über Monate. Er schrieb: »Meine liebe Line.« In der Feldpostliste stand Ludwig Juen. Das war ein Name, wie man ihn in Deutschland nicht kannte.

Zu Anfang ließ sie seinen Briefen einen Vorsprung. Erst als sein zweiter Brief angekommen war, schickte sie ihren ersten. Und nach seinem vierten Brief folgte ihr zweiter.

Im ersten Brief stellte er sich vor, nannte sein Geburtsdatum und bedauerte, daß er die Realschule wegen des Kriegsausbruchs nicht habe beenden können. Daß sein Vater gestorben und seine Mutter eine willensstarke Frau sei, schrieb er, und in spaßigem Ton erzählte er von seinen beiden Brüdern, Jakob und Kaspar. Sein Elternhaus sei an einen Stall angebaut und an eine Scheune und liege ganz in der Nähe des Bodensees. Er gestand auch, daß er Nichtschwimmer sei. Im letzten Satz des Briefes erst kam er auf Pauline zu sprechen: »Ich denke immer an Dich.«

Trotz ihrer Entschlossenheit war Pauline dankbar, daß Ludwig mit dem Schreiben begonnen hatte. Sie hätte es nicht fertiggebracht. Sein Bild war sehr schnell in ihr verblaßt, und es wäre gewesen, als schriebe sie in die Luft hinein. Sie war es nicht gewohnt, persönliche Briefe abzufassen, und sie befürchtete, daß sie den ersten Ton nicht richtig träfe und in der Folge ein Bild von sich entwürfe, das gar nicht wirklich war. Und angenommen, Ludwig würde eines Tages wieder in Coburg auftauchen, dann müßte sie gegen dieses Bild antreten. Gegen ein Bild aber kann man nicht antreten.

Sie bat den Kommerzienrat Grimm, ihren Vorgesetzten in der Handwerkskammer, um einige Briefbogen vom *Feinen*, und als er ein Gesicht machte, als wollte er »Sapperlot!«

sagen, da zog sie die Nase kraus und nickte. Er war ihr gewogen, und sie mochte ihn gern.

Zu Hause entwarf sie einen Brief auf Konzeptpapier, und nachdem Ludwigs zweiter Brief angekommen war, übertrug sie den ihren, ohne etwas daran zu ändern, auf das *Feine*. Der Brief enthielt eine beiläufige Schilderung ihres Alltags in der Handwerkskammer, einen Satz, daß sie sich sehr auf seinen nächsten Brief freue, und einen weiteren Satz, daß sie viel über den Himmel und seine Verschiedenartigkeit nachdenke. Damit der Ton leicht und ungezwungen wirkte, setzte sie fast nur Beistriche und wenig Punkte. Diese kleine Eigenart erlaubte sie sich.

Im selben Maße, wie ihr Ludwigs Briefe vertrauter wurden, schwand ihre Erinnerung an sein Gesicht, seine Schultern, seine Hände, seine schlanke Brust in der engen Uniformjacke. Das Schreiben fiel ihr dadurch aber nur leichter, und bald schrieb sie die Sehnsucht nieder, die lange vor diesem Leutnant in ihr gewesen war. Ihre Briefe wurden von Mal zu Mal länger. Auf seine Fragen antwortete sie nicht. Seine Briefe überflog sie und hielt nur dort inne, wo er von ihr sprach. Der Briefwechsel wurde unrhythmisch. Manchmal schickte sie drei Briefe ab, ehe sie seinen nächsten erhielt. Auch im Büro, wenn gerade nicht viel zu tun war, warf sie schnell ein paar Sätze auf einen Zettel, die sie dann zu Hause auf Briefpapier abschrieb. Sie sah Ludwig vor sich, wie er die Hand zum Hinterkopf führte, um seiner Mütze mit einem festen Ruck einen lässigen Sitz zu geben. Er hatte kein Gesicht mehr.

An schönen Tagen machte sie nach der Arbeit einen Umweg durch den Hofgarten. Eine hartnäckige Trauer war in ihr, die ließ sich nicht erweichen. Sie dachte über den Umstand nach, der ihr Ludwig zugeführt hatte. Sie sagte sich, es gebe keine Zufälle. Jener Tag sei ihr als der wichtigste aller ihrer Tage vorgezeichnet gewesen. Denn vor dem Zufall empfand sie Abscheu. Ein Leben aus dem Zufall war ohne Sinn und ohne Trost. Eine gräuliche, klebrige Sauce, zusammengequirlt aus allem nur Denkbaren. War nicht die Religion eine Brandmauer gegen den Zufall? Aber wenn es den Zufall doch gab? Wenn das Banale und das Erhabene sich gleichermaßen vom Zufall herleiteten? Wenn selbst die Liebe zufällig war? Sie trug sich Argumente vor: daß sie nie vorher und nie mehr seither im Hofgarten von einem Mann angesprochen worden sei. Das war ein schwaches Argument für ein Vorbestimmtsein, so schwach, daß sie darüber lachen mußte. Zufällig hatten sie sich gefunden, zufällig konnten sie sich wieder verlieren – und wenn es so war? Sie glaubte, sich an ihren Gedanken zu erinnern, als sie Ludwig zum ersten Mal angesehen hatte: Wenn er der Richtige ist, dann habe ich Pech, denn er ist Soldat und kann bald sterben.

An der Stelle, wo Ludwig im Regen auf sie gewartet hatte, zog sie mit dem Absatz eine Markierung in den Kiesweg. Sie schalt sich eine einfältige Liese. Sie sah den Zwiebelturm der Morizkirche hinter den Bäumen aufragen. Auf seiner Spitze stand ein eiserner Hahn. Es war ihr, als hätte sie sich schon von der Stadt verabschiedet. Die Heiligen, dachte sie mit wehmutvoller Ironie, die kann man sich überallhin aufbuckeln, die wiegen nicht die Welt.

Ein Liebespaar kam ihr entgegen. Die beiden blieben mitten auf dem Weg stehen und streichelten sich und küßten sich und beschnupperten einander. Aber es sah nicht zärtlich aus, es sah aus, als kontrollierten sie etwas an ihrer Kleidung und ihrem Teint und ihren Frisuren; als wäre ihr Karessieren eine notwendige Vorbereitung zu einer Veranstaltung, einer Art Maskenball vielleicht. Der Mann und die Frau bemerkten, daß sie beobachtet wurden. Sie gingen vom Weg ab und verschwanden unter den Kastanienbäumen. So wie die beiden auf mich möchte ich nicht, daß Ludwig und ich auf andere wirken, dachte Pauline.

Sie wäre sich so gern sicher gewesen. Aus Ludwigs Briefen las sie, daß er ebenso zweifelte wie sie. Seine Behutsamkeit löste gleichermaßen Rührung und Unwillen in ihr aus. Irgendwann, sagte sie sich, wird es mit der Umsicht ein Ende haben müssen. Sie schüttelte die Faust und sprach laut mit sich selbst.

Am liebsten schrieb sie zu Hause in ihrem Zimmer, das hinter der Küche lag und früher als Abstellraum gedient hatte. Als Paulines Bruder Otto zu groß war, um weiter neben den Eltern im Gitterbett zu schlafen, hätte eigentlich er dorthin übersiedeln sollen. Aber Pauline hatte sich gewünscht, daß er das größere Zimmer bekam, das nach hinten hinaus auf den Hof wies. In die Abstellkammer paßte zwar nicht mehr als ein kurzes Bett und ein schmaler Tisch, aber durch das Fensterchen konnte sie auf die Veste schauen. Außerdem hatte sie hier ihre Ruhe. Sie hörte in der Nacht Radio und störte dabei niemanden. Sie war vernarrt ins Radiohören, liebte jede Art von Musik. Früher hatte es deswegen Auseinandersetzungen mit der Mutter gegeben. Die Mutter hielt Musik für zielloses Getöse, das sie in zwei Kategorien einteilte: in solches mit Klavier, das nannte sie *Gelüddel,* und in solches ohne Klavier, das hieß einfach nur *Krach.*

Ihre Kleider – und es waren nicht wenige – hatte sie im großen Schrank bei den Eltern untergebracht. Wenn sie schrieb, saß sie auf dem Bettrand, für einen Stuhl war in der Kammer kein Platz mehr.

Sie mochte ihr Zimmer gern. Sie hatte es mit einer Stofftapete auskleiden lassen, die Vorhänge am Fenster hatte sie selbst genäht. Auf dem Tischchen standen eine Federablage aus Bakelit und eine Vase aus Terrakotta, die vor Jahren eine Freundin getöpfert hatte. Dem Fenster gegenüber hing eine Kohlezeichnung an der Wand. Sie zeigte Pauline, den Kopf in die Hand gestützt, im Hintergrund, zart schraffiert, war das Kapitell einer ionischen Säule angedeutet.

Wenn sie am Mittag nach der Arbeit nach Hause kam, betrat sie als erstes ihr Zimmer und sah nach, ob ein Brief von Ludwig auf dem Tisch lag. Die Mutter achtete auf Paulines Sachen. Otto war nämlich neugierig. Er war ein hochgeschossener Fünfzehnjähriger, der sich in militärischen Dingen besser auskannte als der Vater, beim Mittagessen politische Reden schwang und über seinen Pudding hinweg Durchhalteparolen nach Osten schickte. Vor Paulines Zimmer hatte er allerdings Respekt.

Am Tag wartete sie auf den Abend, bis Otto zu Bett gegangen war und ihre Eltern im Wohnzimmer saßen. Der Abend war der festliche Teil ihres Tages. Dann zündete sie sich eine Kerze an, stellte alle Bücher, die sie besaß, wie eine Mauer um die Schreibunterlage herum, legte Ludwigs letzten Brief neben ein leeres Blatt und begann zu schreiben. Sie dachte keinen Satz, kein Wort voraus. Die Feder zog sie auf dem Papier fort, und sie folgte ihrer Schrift nach wie einem blauen Faden. Sie schrieb mit solcher Innigkeit, daß sie die Zeit vergaß, und erst wieder zu sich kam, als sie alle Bögen aufgebraucht hatte. Nur das feine Büttenpapier kam in Frage für ihre Briefe an Ludwig. Sie räumte die Bücher vom Tisch, lehnte sich zurück und überflog, was sie geschrieben hatte. Sie konnte sich kaum daran erinnern.

Der Kommerzienrat Grimm – das wußte sie – würde eine Freude daran haben, seiner Sekretärin einen weiteren Stoß vom *Feinen* zu überlassen.

Vor dem Einschlafen rauchte sie eine Zigarette, ihre einzige am Tag. Sie öffnete das Fenster und blies den Rauch in den Himmel. Es gab Nächte, da stand der Mond wie eine riesige Perle über der Veste. Da wünschte sie sich, ein versonnener, melancholischer Charakter zu sein. Sie war stolz auf ihre Briefe. Wenn sie einen Abend lang geschrieben hatte, war ihr, als hätte sie gearbeitet, eine schöne Arbeit, ein Werk. Dann dachte sie kaum noch an Ludwig. Nur sein Gesicht hätte sie zu gern gesehen, wenn er das Kuvert aufschnitt und ihre Zeilen las. Es gebe eine schmucke Bank aus Stein dort bei ihm, hatte er geschrieben, die sei umringt von jungen Fichten, hier sitze er manchmal und lese ihre Briefe. Das war leicht, sich vorzustellen.

Wenn sie dann im Bett lag, träumte sie, er läge bei ihr. Es wäre alles schwarz um sie herum, und sein Gesicht sähe sie nicht. Es war, als ob die inneren Gespenster aufstünden. Für die schönen, lenkbaren Träume war der Tag da. Die Bilder der Nacht beunruhigten sie.

Ludwigs Briefe wurden mit der Zeit feierlicher im Ton. Pauline vermutete dahinter Erstaunen und Schüchternheit, und das spornte sie an. Dann, eines Tages, ohne daß eine Absicht vorausgegangen wäre, begann sie einen Brief mit »Mein Geliebter«, und als sie den Brief durchlas, klang ihr die Anrede nicht fremd.

4

Es war bereits Hochsommer, da sah sie ihn durch ihr Fenster bei der Handwerkskammer draußen auf der Straße stehen. Er wartete, dem Gebäude gegenüber, in der grellen Sonne. Sie wünschte ihn weg. Sie wollte nicht von ihm überrascht werden. Sie wollte nicht von ihm abgeholt werden. Er hatte die Uniformjacke aufgeknöpft und die Hände in die Hosentaschen gesteckt. Die Sonne blendete ihn, er drehte sich um, und sie sah auf seinen Nacken nieder. Ja, sie wünschte ihn weg. Er hatte einen bubenhaften Nacken, und das mißfiel ihr.

Als sie aus dem Tor trat, überquerte er die Straße. Im Gehen knöpfte er seinen Rock zu. Die Mütze behielt er in der Hand. Er umarmte sie nicht, obwohl er es in seinen Briefen versprochen hatte. Und sie umarmte ihn auch nicht. Sie gaben sich lediglich die Hand. Er machte dazu eine korrekte Verbeugung.

Der Kommerzienrat Grimm hatte zu ihr gesagt: »Pauline, ich wünsche Ihnen das Glück wie sonst niemandem.« Sie wußte, daß er jetzt oben am Fenster stand und in fürsorglicher Neugier zu ihnen herunterschaute.

Ludwig hatte nur wenige Stunden Zeit. Sie kehrten in der *Lorelei* ein, aßen eine Portion gehackten Hering und schritten anschließend ihren *alten Weg* ab. Schwatzten gerade über solche Dinge, die sie am wenigsten angingen. Über die moralische Vertretbarkeit oder Nichtvertretbarkeit von großen Erbschaften oder weitgehend risikolosen Wettgewinnen. Sie wußten selbst nicht, wie sie darauf gekommen waren. Unter einem Ahornbaum, dessen Blätter schon gelb waren, verweilten sie und schwiegen. Das Licht, das durch das Laub fiel, tauchte Paulines Gesicht in einen weichen Schatten.

»Na du«, sagte sie.

Und er auch: »Na du.«

Auf der offenen Weite der Brandensteinsebene küßten sie sich zum ersten Mal. Sie hielt ihn an den Ohren fest und strich immer wieder mit ihrem Gesicht über das seine, lobte seine Schulterklappen und seine Abzeichen und ließ ihn nicht zu Wort kommen. Sie ergriff seine Hände und legte sie an ihre Scham. Sie wollte mit ihm schlafen, ganz egal, wie kompliziert es werden und wie das Ende sein würde, sie wünschte, daß er sie berührte und ihr dabei Dinge sagte, die sie selbst nie aussprechen wollte. Ihr Kopf war voll von sich widersprechenden Strategien und dem hämmernden Befehl, sie solle wenigstens einen Herzschlag lang, verdammtnochmal, das Denken einstellen. Sie spürte, daß seine Hände rund und weich wurden, und sie schloß die Augen, und dachte, das hätte ich nicht gedurft, und als er etwas sagen wollte, kam sie ihm zuvor: »Ich liebe dich für immer und ewig, für immer und ewig.« Sie wußte, daß es die Wahrheit war. Und war auch eine Arznei gegen ihre Gespenster.

Danach fiel ihr das Schreiben wieder schwer, und sie ließ ihm wieder zwei Briefe Vorsprung. Ihre ersten Briefe waren kleinlaut und vorsichtig, als wären sie an einen anderen gerichtet und es gälte, sich nicht zu verraten.

Er schrieb von seiner Liebe. Nichts anderes schrieb er mehr. Er kannte nur wenige Worte dafür, und deshalb waren seine Briefe alle sehr ähnlich. Sie legte sie übereinander und las sie wie einen, immer wieder, und konnte nicht genug kriegen. Weil Ausgangssperre war, mußte sie auf ihren abendlichen Bummel durch den Hofgarten verzichten. Ein Teil ihrer Träume blieb dort draußen auf den Wegen liegen. Sie mußte sich neue Dinge ausdenken.

Die Mutter drangsalierte sie jeden Tag: »Bete, daß er dir wiederkommt!«

Und natürlich betete Pauline. Sie hatte keine Angst wie bei den anderen Männern, denen ihr Beten nichts geholfen hatte. Es gab keine gewichtige Vergangenheit, um die sie hätte trauern können, wenn Ludwig im Feld geblieben wäre, und um eine verlorene gemeinsame Zukunft trauert man nicht. Der Gedanke an seinen Tod machte sie nur ein wenig stumpf, so, als stünde ihr dann nicht Leid, sondern Langeweile bevor. Sie betete dafür, daß er sie liebte.

Sie heirateten während eines Fronturlaubs. Es war Winter, wenige Tage nach Weihnachten. Bis dahin waren sie gezählte elf Stunden zusammengewesen. Sie hatte ihm vierundachtzig Briefe geschrieben, er ihr zweiundfünfzig.

Es war ihr nicht möglich gewesen, goldene Eheringe zu besorgen. Andere wollte sie nicht.

»Dann könnten es ja gleich Gardinenringe sein«, sagte sie.

Zweites Kapitel

1

Die Hochzeit war als etwas Intimes gedacht gewesen – Paulines Vater und Mutter, ihr Bruder Otto, und als Trauzeugen Hilla Medicus und Herr Rupert Peters, ein altmodisch schnurrbärtiger Arbeitskollege aus der Handwerkskammer.

Dann aber hatte sich zu den Feiertagen eine fern verwandte Sippe aus Schweinfurt angesagt, sechs Personen, darunter zwei Kinder, ein Bub und ein Mädchen, quirlig und mager wie Spatzen. Pauline hatte diese Verwandten noch nie im Leben gesehen. Sie waren vor Monaten ausgebombt worden. Eine Zeitlang hatten sie in einem katholischen Pfarrhaus gewohnt, dann in der Scheune bei einem Bauern. Am Heiligabend, im engen Wohnzimmer bei Paulines Eltern, baten sie darum, vorübergehend aufgenommen zu werden. Das war ganz unmöglich, es waren ja nur vier kleine Zimmer da, außerdem stand eine Hochzeit bevor; aber es war auch ganz unmöglich, den Verwandten am Heiligen Abend ein Nein hinzusagen. Das war ganz und gar unmöglich, auch wenn kein Zweifel bestand, daß es die Verwandten genau darauf angelegt hatten.

Als Pauline im weißen Kleid neben Ludwig, der Uniform trug, aus der Kirche St. Augustin trat, wurden sie nun doch von einer richtigen Hochzeitsgesellschaft begrüßt, und alle waren herzlich und umarmten sich, und das enge, beleidigte Nebeneinander der vorangegangenen Tage war vergessen. Die Kinder streuten Tannenreisig, und vom Himmel schaukelten vereinzelt Schneeflocken, und die Dächer der Häuser waren weiß.

Der Pfarrer Schwarzmann – er hatte Pauline aus der Taufe gehoben und war ihr Beichtvater seit der Erstkommunion – schob sich an ihr und Ludwig vorbei, auch er wollte das Brautpaar von vorne sehen.

»Vorsicht«, sagte er, »die Tritte sind …« – und jetzt laut flüsternd – »… arschglatt.« Gern sagte der Pfarrer Schwarzmann über sich selbst, er werde dereinst zur derben Truppe im Himmel zählen, zu denen, die für die Ausbesserungsarbeiten am Himmelstor herangezogen wurden, und gern hörte er es, wenn er *Schwarzmännle* genannt wurde. Er war ein Spätberufener, hatte vorher Maurer gelernt und war stolz auf diese Tatsache – nun schon seit fast vierzig Jahren.

Eine Weile blieb das Brautpaar noch auf den Stufen vor der Kirchentür stehen. Von hier aus war ein schöner Blick über das Theater, die Ehrenburg, bis hinüber zur Morizkirche. Über die Giebel der mittelalterlichen Häuser ragte das graublaue Schieferdach des Spitaltores.

»Jetzt habe ich vor Aufregung den Photoapparat zu Hause vergessen«, sagte Pauline. »Otto hätte uns so gerne geknipst!«

»Soll ich schnell heimlaufen?« rief Otto. Das wurde ernsthaft erwogen.

Getafelt wurde zu Hause im Korridor. Über zwei Sägebökke waren Bretter gelegt worden, ein paar weiße Leintücher darüber und fertig. Kerzen und Stühle waren reichlich vorhanden. Herd und Ofen waren schon am Morgen vor der Zeremonie angeschürt worden. Herr Peters, der Beziehungen zu einem Weinhändler hatte, brachte als Hochzeitsgeschenk zwei Kisten Bocksbeutel von der Vogelsburg mit. Pauline selbst hatte am Vorabend noch schnell vier süße Weißbrotzöpfe gebacken. Die hatten die Farbe von mildem Milchkaffee.

»Wo hast du denn das weiße Mehl her?« fragte Hilla. »Was ich da hinterher war!«

»Gezaubert«, sagte Pauline.

Hilla hatte einen Kuchen mitgebracht. Auch ein Wunderding. Der enthielt nämlich nicht ein Schäufelchen Mehl, weder weißes noch dunkles.

»Schade, daß der nette Junge von damals nicht dabei sein kann«, sagte Hilla. Sie war noch immer ledig, und sie hatte auch keinen Schatz.

»Julius Neustedt«, sagte Ludwig.

»Ist er gefallen?« fragte Hilla.

»Er ist nach Afrika.«

»Ist das gut oder schlecht?«

»Für seinen Rücken ist es angeblich gut«, sagte Ludwig.

»Er hat was am Rücken?« fragte Hilla.

»Schon seit immer.«

Alles war heiter angeregt. Die Gäste mußten nahe am Tisch sitzen. Sie konnten sich auf ihren Stühlen nicht zurücklehnen, denn der Korridor war schmal. Otto, der Zappelphilipp, bekam seinen Platz auf dem Armsünderhocker ganz unten am Tischende angewiesen. Gerade daß sein Kopf über die Tischplatte ragte. Das gab viel zu lachen, während man auf das Essen wartete.

Und dann das Essen!

»Dieses Essen, Freunde, hat etwas Historisches«, sagte Ludwig mit feierlicher Miene. Er hatte sich bereits am Nachmittag in der Küche als Topfgucker betätigt. Er trug Gerüchte über »sagenhafte Leckerbissen« hinüber ins Wohnzimmer, wo Schnaps und Blümchenkaffee getrunken und Zigaretten geraucht wurden. Der Schnaps war goldbraun gefärbt, man stufte ihn als Kognak ein.

Die Frauen waren begeistert von Paulines hochgewachsenem Gatten. Drei Stunden hatten sie Kartoffeln gerieben und ausgepreßt, Weißbrotbröckchen geröstet und Klöße geformt.

Dazu gab es eine Sauce, die mit geweichtem Lebkuchen eingedickt war und in der Rosinen und Haselnüsse schwammen. Es war eine *falsche Sauce,* ohne Fleisch zubereitet. Niemand hätte es für möglich gehalten, aber sie schmeckte wie eine Sauce vom Wild. Verschiedenste Ingredienzen in minimalsten Quantitäten hatten das zustande gebracht.

»So gut ist sie noch nie geworden«, sagte die Mutter, und das hatte etwas zu bedeuten, denn von Eigenlob hielt sie nicht viel.

Die gefüllten Teller wurden von einem zum anderen weitergereicht, das bot abermals Gelegenheit zu Scherzen. Ludwig dirigierte die Prozedur. Nie vorher hatte ihn Pauline so gutgelaunt gesehen. Mit einer verschnörkelten Handbewegung stellte er den Teller vor sie hin – und wieder fielen ihr seine wohlgeformten Hände auf.

»Bittesehr, die Dame, wenns a bissl aufpassen wollen, die Unterlage ist außerordentlich heiß, gelt!«

So machte er es bei allen. Es wurde viel gelacht. Die Mutter konnte bald nicht mehr und bekam einen Schluckauf.

Pauline lachte auch, freilich platzte sie nicht so heraus wie die anderen. Ein-, zweimal wollte ihr ein überschnelles Aufschluchzen in den Hals hüpfen. Das war leicht zu schlucken, und sie machte sich keine Gedanken deswegen. Wie kann es denn auch anders sein, dachte sie, man sieht mir jedenfalls nichts an. Und warum sollte sie auf Ludwigs Spaßigkeit eifersüchtig sein!

Sie sagte: »Diese Seite kenne ich noch gar nicht an dir.«

Unter dem Schein der Unabsichtlichkeit streifte sein Unterarm ihren Hals. Ein Schauer lief über ihren Rücken, und plötzlich war in seinem Blick wieder dieses Drängen, das früher immer dagewesen war, wenn er Scherze gemacht hatte; ein Verlangen, das sie schwindlig werden ließ, weil es ihr zu verstehen gab, daß ihm eigentlich gar nicht nach Scherzen zumute sei. Jetzt aber dachte sie, er verstellt sich, und dachte, vielleicht auch schon früher. Und dachte aber auch gleichzeitig: Warum nur dieses Mißtrauen!

Die Mutter wischte sich die Lachtränen aus den Augenwinkeln. »Wollen wir doch erst beten«, sagte sie.

Und der Vater sagte: »Auch für alle, die jetzt draußen sind.«

Es wurde ruhig am Tisch. Der Vater begann. Sie beteten das »Komm, Herr Jesus, sei unser Gast«.

Ludwig betete stehend.

Als Dessert wurde Backsteinkäse serviert. Gut gelagert. Fast zu gut. Und für den, der es süß bevorzugte, gab es Hutzelbrot und Coburger Schmätzle. Und dann wären auch noch eingemachte Birnen dagewesen. »Wenn einer will, mach ich das Glas auf«, sagte die Mutter. »Wenn nicht, laß ich's zu, wär ja schad.«

2

Schließlich waren sie allein. Das Bett für das Brautpaar war im Elternschlafzimmer bereitet. Im Korridor wurde die Tafel abgetragen, die Bretter und die Böcke schob man lediglich beiseite, man würde die Sachen dann morgen in den Keller räumen, man wollte im Stiegenhaus keinen Krach machen, die anderen Mieter des Hauses waren ohnehin gekränkt, weil sie nicht zur Hochzeit eingeladen worden waren. In den Zimmern und der Küche wurden die Nachtlager für die Familie und die Gäste hergerichtet. Otto und zwei von der Sippe sollten im Korridor auf Wolldecken schlafen.

Pauline schloß die Tür hinter sich. Ihr Brautkleid hatte nicht gelitten. Sie war behutsam damit umgegangen. Denn nur für diesen Augenblick war es ja bestimmt. Nicht für die Trauung und nicht für die Feier danach. Für jetzt. Sie stand unruhig bei der Tür und blickte auf den großen schlanken Soldaten, der nun ihr Mann war. Auch wenn es allgemein hieß, ein Mannsbild müsse nicht unbedingt schön sein – Pauline maß dem Äußeren bei einem Mann großen Wert bei. Daß er gepflegt war und gut roch und kräftige Hände hatte. Und wohlgeformte dazu. Die Männer in ihrer Phantasie waren alle schön, schlank, groß; ob sie auch gut waren, edel oder gescheit, danach wurde in der Einbildung nicht gefragt. Diese Eigenschaften waren dort wohl Voraussetzung. Gut, edel, klug, dachte Pauline, sind viele Männer, obendrein schön nur wenige. Mein Ludwig, dachte sie, ist einer davon. Er sagte zu ihr hinüber, daß sie hinreißend aussehe. Dieses Wort mochte sie nicht. Hinreißend klang ihr nach einer Art Ischiasleiden

Sie merkte, daß sie in ihrer Aufregung zum Kritikastern ebenso neigte wie zu verschwärmten Ausuferungen. Sie mußte auf sich achtgeben. Alle möglichen anderen Gefühle lauerten dicht unter ihrer Kehle darauf, ihr in den Kopf zu schießen. Und dann rutschte ihr womöglich etwas heraus, was eine Verstimmung anrichten konnte. Ihre Füße wollten auch keinen Augenblick ruhig bleiben. Sie machte zwei Tanzschritte daraus oder etwas Ähnliches, damit es wie Absicht aussähe und nicht, als gehorchten ihr die Beine nicht mehr.

Ludwig hielt den Kopf leicht gesenkt. Seine Haltung erinnerte sie an einen Knaben, der noch nicht weiß, ob er gelobt oder getadelt wird, und sich vorsorglich auf Tadel einstellt. Seine Hände guckten aus den Ärmeln, als wären sie angeschraubt. Und doch, als er die Arme hob und sich anschickte, ihr entgegenzukommen, da wünschte sie sich, er wäre bewegungslos geblieben. – Es war der Gegenteilsteufel, der sie stachelte und wirr machte. Sie mahnte sich, es nicht so weit kommen zu lassen, daß ihr von nun an alles, was Ludwig tat, mißfiele. Sie lehnte ihren Kopf an seine Brust. Sie spürte einen Knopf seiner Uniformjacke an ihrer Wange und überlegte, wie sie die nächsten Minuten hinbringen sollte. Aber jetzt wollte sie erst einmal so bleiben.

»Was denkst du gerade?« fragte er.

Sie hatte gelesen oder gehört, oder man sagte, daß genau dieser Satz zwischen zwei Liebenden unter gar keinen Umständen ausgesprochen werden dürfe.

»Ich denke gar nichts«, sagte sie.

Denn dieser Satz sei wie ein Schild, auf dem geschrieben steht: Hier beginnt euer Ende.

»Etwas denkt man immer«, sagte er.

»Unsinn«, sagte sie, »Unsinn denke ich.«

»Und was?«

»Nichts. Nichts denke ich.«

»Unsinn ist auch etwas.«

»Mein Unsinn ist nur Unsinn.«

»Dann sag mir wenigstens deinen Unsinn!«

»Nein.«

»Ach was, ich glaube dir ja sowieso nicht, daß du Unsinn denkst, Pauline. Du doch nicht!«

»Warum sollte gerade ich um Himmels willen keinen Unsinn denken dürfen!«

»Ja, natürlich«, sagte er ungeschickt. »Ich bin derjenige, der Unsinn redet.«

Als sie das Schlafzimmer betreten hatten, hatte eine Verzagtheit ihn ergriffen, und sein Blick war fahrig geworden, und freilich war ihr klar, was der Grund dafür war. Sie hatte diesen Moment vorausgedacht. In ihren Phantasien war er willenlos gewesen. Ein gespannter, magerer Körper. Und kein Gesicht. Und es reizte sie, ihm das zu sagen: Komm, setzt dich und hör zu, ich leg dir jetzt dar, wie ich mir das Folgende im voraus ausgemalt habe. Daß es gewesen sei wie Klavierspielen auf seinem Körper. – Sie drückte ihn fester an sich, vergrub ihr Gesicht in seiner Jacke.

»Es muß schrecklich gewesen sein in Schweinfurt«, sagte Ludwig. »Er hat mir nur wenig erzählt. Das hat genügt.«

»Ja«, sagte Pauline.

Sie ließen sich los und standen dann so herum. Jeder für

sich. Die Vorhänge hatte Pauline schon am Morgen zugezogen. In der senffarbenen Lampe an der Decke brannte eine schwache Birne. Die gab ein trauliches Licht. Und hielt sich an militärische Order.

Wir haben noch kein wirkliches Wort als Mann und Frau miteinander gesprochen, dachte sie, noch nicht einmal ausgesprochen haben wir es, daß wir jetzt verheiratet sind. Ein flinker Gedanke meldete sich. Ob er achtgeben kann, daß ich nicht schwanger werde, oder ob wir uns darum gar nichts scheren sollen …

Ludwig schob den Vorhang ein wenig beiseite. »Wenn ich mir vorstelle, daß sie es mit eurem Coburg genauso machen!«

»Machen sie nicht.«

»Woher willst du das wissen?«

»Weil wir mit den Engländern verwandt sind. Unser Albert, weißt du.«

»Wenn das etwas nützt«, sagte er.

»Das nützt«, sagte sie. »Du bist wirklich ein schöner Mann.«

»Ach was«, sagte er.

»Frag die Hilla, sie schwärmt von deinen Augen.«

»Ach was, von meinen Augen.«

Sie wußte nicht, ob Ludwig schon mit Frauen geschlafen hatte. Er hatte nie davon erzählt. Sie hatte ihn nie gefragt. Und von sich hatte sie auch nicht erzählt. Es war ihr nicht wichtig erschienen. Sie hatte das nicht als Unehrlichkeit empfunden. Beide Männer waren schließlich tot. Und bei dem einen war es ja nur eine flüchtige Vereinigung gewesen. Sicher, irgendwann würde sie es Ludwig erzählen. Wann hätte sie es bisher tun sollen? Als er sie besucht hatte, war die Zeit so knapp gewesen. Nicht einmal lange genug, um sich nicht mehr fremd zu sein. Sie hatten auch nie darüber gesprochen, wie es sein würde, wenn sie in der Hochzeitsnacht beieinanderlägen.

Wann hätten sie darüber sprechen sollen? Manchmal hatte sie das Thema in einem Brief anschneiden wollen. Sie ließ es. Sie wußte einfach nicht, wie. Das war ja kein Thema, das man anschneiden konnte, als gäbe es daneben noch andere Themen. Außerdem wurden die Briefe der Zensur vorgelegt.

»Ich war drauf und dran, vorhin deutlich zu werden«, sagte er. »Aber ich kenne deine Leute aus Schweinfurt nicht.«

»Ich auch nicht.«

»Man weiß nicht, was einer denkt, der alles verloren hat.«

»Wie meinst du das?«

»Wem er die Schuld dafür gibt.«

»Aber das ist doch keine Frage.«

Auf ihren Spaziergängen war es etliche Male geschehen, daß sich Ludwig umdrehte, um einem Mädchen einen zweiten Blick nachzuschicken. Einmal auf dem Schloßplatz unter den Arkaden war er sogar stehengeblieben. Eine Schwarzhaarige war es gewesen. Sie hatte sich gebückt und Sand aus ihrem Schuh geschüttelt. Ludwig hatte sie lange betrachtet. Aber das hatte Pauline nicht gestört. Umgekehrt. Neben einem, der ausschließlich und stur nur auf dich starrt – so sagte sie sich –, wird dein Leben launenhaft und mit der Zeit beliebig, und du fängst an, ihm ein schlechtes Gewissen zu machen, und zuletzt besteht dein Tag darin, dir immer neue Angriffe und Fallen und Erpressungen auszudenken.

Ludwig löste ihr den Brautschleier aus dem Haar. Er strich mit dem Finger über ihren Scheitel.

»Hoffentlich nicht mehr so viele Briefe«, sagte sie.

»Wie es aussieht, dauert es nicht mehr lang«, sagte er.

»Du hast allen gefallen«, sagte sie.

»Ich wünsche der Hilla, daß sie bald jemand Liebes kennenlernt«, sagte Ludwig.

»Ja, das wünsche ich ihr auch«, sagte Pauline. »Sie hat solche Komplexe.«

»Aber warum denn, um Gottes willen?«

»Sie findet, sie sei zu dick.«

»Zu dick!«

»Im Gesicht Sie ist etwas kräftig ums Kinn.«

So hielten sie sich eine Weile fest und wiegten sich, und Pauline bemühte sich, ihm den Eindruck von Hingabe zu vermitteln. Dabei dachte sie an den nächsten Satz. An *seinen* nächsten Satz. Ob sie ihn erriete.

Die Mitte des Zimmers nahm das Doppelbett ein, straff überzogen mit weißen Leintüchern, darauf wuchtige, bestickte Zierkissen und zu strengen Klötzen geformte Federbetten. Dem Bett gegenüber stand ein Spiegeltisch. Der Spiegel war hinter einem weit ausladenden Strauß von geschmücktem Tannenreisig verborgen. An die Vase waren Glückwunschkarten gelehnt.

»Wer hat die Betten gemacht«, fragte er. »Du?«

Sie nickte.

»Darf ich«, fragte er.

Sie nickte wieder. Er ließ sich mit weiten Armen nach hinten fallen. Dabei drückte er die Federbetten ein.

»Welche Seite ist meine?« fragte er.

»Ich habe Zigaretten für dich«, sagte sie, holte eine Pakkung aus dem Nachttischkästchen und warf sie ihm zu. Ludwig fing sie auf und roch daran.

»Ist das meine Seite«, fragte er.

»Ich habe sie versteckt«, sagte sie, »sonst hätten sie dir die anderen weggeraucht.«

»Leg dich neben mich«, sagte er.

Sie machte es wie er und ließ sich auf den Rücken fallen.

Sie lauschten auf die Geräusche in der Wohnung. Aus der Küche war das Klappern von Geschirr zu hören. Im Wohnzimmer weinte eines der Kinder. Es hatte schon den ganzen Abend geweint. Eine Fistel am Zahnfleisch tat ihm weh. Ludwig hatte sich den Mund des Kindes angesehen und ihm dabei zärtlich in die Backe gezwickt.

Im Korridor redete Herr Peters auf ihren Vater ein. Er war schon betrunken und fand nicht auf den Weg. Sie konnten jedes Wort verstehen. Es waren keine Belanglosigkeiten, die dieser unruhevolle, wahnwitzig ehrliche Mensch da von sich gab. Eigentlich mochte ihn Pauline gern. Wenn seine Stimme zu laut wurde, machte Paulines Vater: »Pst!«

Sie warteten, bis unten die Tür abgeschlossen wurde und der Vater wieder zurückgekehrt war. Sie hörten Herrn Peters auf der Straße pfeifen. So falsch aber, daß die Melodie nicht zu erkennen war.

»Wollen wir zu Bett gehen«, fragte Pauline.

»Mhm«, sagte Ludwig und schwang sich auf.

»Komm«, sagte sie, »wer schneller fertig ist.«

Sie griff sich an den Rücken und öffnete den obersten Knopf ihres Hochzeitskleides. Ludwig schaute ihr zu. Es sah aus, als hätte er Haltung angenommen. Aber das machte nur die Uniform.

»Steh doch nicht so da«, sagte sie und kicherte schnell hinten nach. Sie wollte nicht ungeduldig erscheinen.

Er zündete sich eine Zigarette an. Dabei hielt er die Flamme in der hohlen Hand und beugte den Kopf vor. Die ersten Züge paffte er aus. Der Rauch hüllte sein Gesicht ein.

»Du mußt mir helfen«, sagte sie. »Nur die Knöpfe am Rücken.«

Er nickte, behielt die Zigarette im Mund.

»Den Aschenbecher habe ich vergessen«, sagte sie. »Ich geh schnell.« – Das war nicht klug von mir, dachte sie, aber da war sie schon zur Tür draußen.

Sobald Pauline das Schlafzimmer verlassen hatte, wurde es still in der Wohnung. Sie zwängte sich im Flur an den am Boden Liegenden vorbei, klopfte an die Küchentür und nickte dem Vater einen Gruß zu, als sie eintrat. Er lag auf einer provisorischen Pritsche und lächelte sein lebenslang auswendig gelerntes Lächeln.

»Guts Nächtle, Papa«, sagte sie.
Ludwig wartete, auf dem Bett sitzend.
Und dann waren sie wieder am Anfang. Er rauchte noch zwei Zigaretten, eine rauchte Pauline mit. Auf dem Nachttisch brannte eine Kerze. Pauline hatte sie zusammen mit dem Aschenbecher aus der Küche geholt.
»Warten wir, bis alle schlafen«, sagte Ludwig.
Sie rauchten, umarmten sich und sprachen leise. Ludwig schaute Pauline beim Sprechen auf den Mund und nicht in die Augen. Sie sagte: »Du sollst mir in die Augen schauen, wenn du sprichst! Oder bist du ein Hallodri?«
Er schaute ihr wieder nicht in die Augen und sagte: »Entschuldigung, das ist unhöflich, oder?«
Sein mutloser Ton rührte sie. »Ich liebe dich so sehr«, sagte sie. Er sagte es auch.
Bald war es ruhig in der Wohnung. Pauline zog das Hochzeitskleid aus und auch ihre Strümpfe; Ludwig seinen Rock, das Hemd und das Unterhemd. Die Hose behielt er an.
»Du hast ja Sommersprossen«, sagte sie. »Und so weiße Haut.«
»Ich bin eigentlich ein roter Typ«, sagte er. »Meine Mutter war rothaarig. Jetzt ist sie grau. Früher war sie ein richtiger Feuerpinsel.«
»Du mußt im Sommer aufpassen.«
»Ich krieg immer einen Sonnenbrand, ja.«
»Du mußt dich eincremen.«
»Das mag ich nicht so gern.«
»Dann mußt du dir ein Hemd anziehen.«
»Ich zieh mir immer ein Hemd an, ja.«
»Ich freu mich darauf, im Bodensee zu schwimmen. Du sitzt dann am Ufer, rauchst deine Zigarette und schaust mir zu.«
»Jetzt sind wir ein Leben lang zusammen«, sagte er.
»Hoffentlich ein langes Leben«, sagte sie.

»Wenn ich zusammenrechne, was ich mir alles schon vorgestellt habe«, sagte er und grinste dabei verloren vor sich hin, »dann sind die ersten zwei Jahre bereits voll.«

»Ich glaube, bei mir sind es ein Stück mehr als zwei Jahre«, sagte Pauline.

»Drei Jahre?«

»Mehr.«

»Vier Jahre?«

»Vielleicht vier Jahre, ja.«

»Dann hätten wir schon einmal sechs Jahre beieinander«, sagte er.

»Es sollen aber mehr als sechs Jahre werden«, sagte sie.

»Viel mehr«, sagte er.

»Leutnant Ludwig Juen.«

»Mit Gemahlin.«

»Leutnant Ludwig Juen mit Frau.«

»So ist es.«

»Ich liebe dich«, sagte sie.

»Ich liebe dich auch«, sagte er.

Das war ihr Refrain.

Sie nahm seine Hände und klemmte sie in ihren Achselhöhlen ein.

»Glaubst du, daß einer von ihnen schläft?« fragte Ludwig.

»Die Kinder schlafen«, sagte Pauline. »Die anderen nicht.«

»Die anderen schlafen nicht, nein«, sagte er.

»Ich glaube nicht«, sagte sie.

Sie löschten die Kerze und öffneten das Fenster. Die kalte Luft strömte auf ihre Beine nieder. Sie legten sich die Bettdecken um und blickten hinaus. Ein Stück Himmel konnten sie sehen, eingerahmt von den Dächern der Nachbarhäuser. Es hatte aufgeklart, die Temperatur war gefallen. Ein paar Sterne zuckten in dem verschobenen Viereck des Firmaments. Sie schienen wie winzige, bunte Kreisel, die sich um sich selber drehten und ihre Buntheit mehr ahnen als sehen ließen.

Gott hat sie ins Dasein gerufen, nicht nur für uns, aber auch für uns, dachte Pauline, und Ludwig – wie ein Wunder – sprach eben diesen Gedanken aus. Er sagte: »In dieser Sekunde, Pauline, sind diese Sterne da oben für uns da. Sicher auch für andere, aber eben auch für uns.« Und wie er es sagte, klang es so, als habe er diesen Satz seit langem vorbereitet, aber doch nicht bis an sein Ende.

»Du bist mein lieber, lieber Mann«, sagte sie.

Pauline fröstelte, und sie schlossen das Fenster und setzten sich wieder nebeneinander aufs Bett. Sie behielt die Decke über ihren Schultern. Sie wünschte nur, daß er sie umarme, und er umarmte sie, und so blieben sie.

Noch einmal meldete sich der Teufel des Gegenteils und hußte sie auf. Ihr war ganz und gar nicht zum Lachen zumute, aber wie sie so saß und sich an Ludwigs Schulter lehnte, sah sie im Spiegel, daß ihr Mund doch lachte. Wer mit sich selber lacht, lacht mit dem Teufel.

»Wenn du wieder gehst, habe ich Angst«, sagte sie.

»Mensch, einer wie ich«, sagte er, »dem kannst du Kirchtürme auf den Schädel hauen.«

»Das meine ich nicht«, sagte sie. »Daß es mit uns nicht hält, das meine ich.«

»Aber was heißt das?«

»Was das eben heißt.«

»Ich weiß nicht, was das heißt, Pauline. Ich weiß es wirklich nicht.«

Sein Gesicht zeigte, daß kein Argwohn in ihm war, daß er wirklich nicht begriff, worum sie sich sorgte.

Eine bittere Wallung stieg in ihr hoch. »Wir machen es jetzt nicht, oder?«

Er gab darauf keine Antwort.

»Nein, jetzt nicht«, entschied sie. Er nickte. Es war aber nicht die Erleichterung in seinem Gesicht, die sie erwartet hatte.

Sie lauschten auf Ottos waches Husten im Korridor, auf das Schnarchen des Vaters aus der Küche, auf die kreischende Tür zum Lokus und auf das Wimmern des Kindes aus dem Wohnzimmer.

»Wenn wir nur erst unsere eigenen vier Wände haben«, sagte Pauline. Sie sagte es oft hintereinander. Es meinte viel zuviel, als daß es nur einmal hätte gesagt werden dürfen. Aber beim letzten Mal brach sie mitten im Wort ab. Weil sie merkte, wie sehr ihre Stimme den Ton einer vorwurfsvoll leiernden Wehmut angenommen hatte.

»Das nächste Mal«, sagte er, »wenn ich komme, dann ist schon sehr viel anders, glaub mir das. Auf jeden Fall kann ich dann über Nacht bleiben. Das ist auf jeden Fall sicher, daß ich von jetzt an immer über Nacht bleiben kann.«

Sie schmiegte sich an seinen Arm, so blieben sie, bis sie von weit unten aus der Stadt die Morizkirche drei Uhr schlagen hörten. Und lehnten aneinander wie zwei übernächtige Hängenbleiber.

Sie spürte seinen Atem warm an ihrer Kopfhaut, und sie dachte, wir hätten warten sollen bis nach dem Krieg. Denn in Wahrheit war er ihr nicht vertrauter als am ersten Tag. Da waren sie vor dem Haus an der Mauer gestanden, und er hatte vom Himmel über Polen gesprochen. Jetzt war er ihr Mann, und er war ihr fremd. Sie sagte sich, das liegt auch daran, daß ich die Augen geschlossen habe, ich wollte ihn doch nicht aus den Augen lassen.

Die glücklichen Monate, als sie Briefe geschrieben und Briefe bekommen hatte, waren vorbei. Sie bat Gott, er möge ihr seine schützende Hand nicht vorenthalten und den Teufel des Gegenteils aus ihrer Seele vertreiben.

Drittes Kapitel

1

Pauline saß in ihrem Zimmer über einer kleinen Arbeit, und der Vater schaute herein und sagte, daß der Krieg fertig sei, nun endgültig.

»Wir gehen jetzt los«, sagte er. »Du willst nicht, gell? Vielleicht willst du doch? Gib dir einen Ruck, Pauline!«

»Eigentlich nicht«, sagte sie.

»Du mußt nicht«, sagte er. »Dann gut.«

»Ihr richtet ihr doch aus, daß sie nicht böse sein soll. Ich habe noch so viel zu tun. Es ist alles liegengeblieben«, sagte sie.

»Vielleicht kannst du am Abend doch einen Sprung bei ihr vorbeischauen.«

»Ich glaube schon, daß ich das mache.«

Der Vater war bereits in Hut und Mantel. »Paß auf deine Augen auf«, sagte er. Pauline hatte in letzter Zeit öfter Kopfschmerzen gehabt. Die Eltern meinten, schuld daran sei das Lesen bis spät in die Nacht hinein.

Die Mutter und Otto warteten draußen auf der Straße.

»Und du kommst nicht doch noch mit?«

Pauline schüttelte den Kopf.

»Es ist schon recht«, sagte der Vater. »Ich will dich nicht drängen.« Er tat, worum ihn die Mutter gebeten hatte. Er solle sie sanft überreden, auf ihn höre sie noch. Er zwinkerte ihr zu. »Dann muß ich's halt allein über mich ergehen lassen. Soll's sein! Operetten.«

Er zögerte, blieb in der Tür stehen. Aber er war ihrem Blick nicht gewachsen. »Na gut, dann machen wir uns eben auf den Weg«, sagte er.

»Ist gut«, sagte Pauline.

Sie wußte, was in ihm vorging. Er wollte ein Wort finden: Ludwig wird sich schon melden. Oder: Wenn was wäre, hättest du Nachricht. Oder einfach nur: Sei nicht traurig, Pauline.

»Gut«, sagte er und grüßte mit einem Finger am Hut. Er hatte Achtung vor ihrer Verzweiflung.

»Und vergiß nicht, ihr Grüße und alles Gute zu sagen«, sagte sie.

»Vergeß ich nicht«, sagte er.

Pauline hatte kein Geschenk für die Tante, und ihren Geburtstag hatte sie vergessen, und es war ausgerechnet der fünfzigste. Die Tante war eine wuchtige Person mit einem Vollmondgesicht, die zu lauten Ausrufen neigte und ein Grammophon besaß, vor dem sich alle fürchteten, und die immer an Pauline herumfucherierte, wie es Pauline nannte, ihr Schuppen vom Kragen wischte, eine Wimper von der Wange zupfte, ihr beim Reden ans Kinn griff, sich bei jeder Gelegenheit in eine unbehagliche Nähe rückte. Eine Person zum In-die-Luft-Gehen! Ihr Sohn war längst zurückgekehrt. Als einer der ersten. Eine kaputte Brille war alles, was er abgekriegt hatte. Ein Stinker, Pauline mochte ihn nicht. Ein durch und durch gewöhnlicher Kerl. Er hatte angeboten, ihr zu helfen. Er kenne eine Menge Leute. Dabei machte er eine schlurige Bewegung mit der Hand. Die sollte wohl zeigen, was für Leute das waren.

»Dienst ist Dienst«, sagte er, »heute eben Suchdienst, mein Mädel.«

Paulines *Fall* wurde in der Verwandtschaft verhandelt. In ihrer Anwesenheit. Aber immer so am Rand der Verallgemeinerung entlang. Das sollte Rücksicht sein. Pauline schwieg dazu beharrlich und beschäftigte sich. Sie empfand die Gespräche als gegen sie gerichtet. Was hätte sie denn tun sollen? Als ob es an denen läge, die zu Hause warteten! Als ob man jemanden herbeiwarten könnte! Als ob ihr Warten nicht ganz in Ordnung wäre! Nicht nach Vorschrift. Nicht fest genug vielleicht. Und immer wieder sagte die Tante: »Na, Pauline?« Mit einem Beerdigungsfragezeichen in der Stimme. Aber durchaus vorwurfsvoll. – Sie war dicht daran, zu explodieren. War es so, daß sie einen Makel hatte, ein Mal auf Brust und Rücken gezeichnet? Klebte Pech an ihr? Wie sie dieses Malzkaffee- und Stickdeckchengerede verabscheute! Dieses niederträchtige Gewaaf!

Ohne Anlaß hatte sie geschrien. »Laßt mich bitte in Ruh endlich!« Alle waren empört gewesen. Über soviel plötzliche Galle.

Zu Hause hatte ihr die Mutter heftige Vorwürfe gemacht. – Was warf sie ihr denn vor? Daß sie sich nicht selber verrückt machte? Wenn Ludwig verlorengegangen war, wohin hätte sie aufbrechen sollen, um ihn zu suchen? Nach Sibirien? Wenn er tot war, was halfen dann die Verbindungen ihres Cousins Manfred! Und wenn für Ludwig mit dem Ende des Krieges auch alles ein Ende genommen hatte, was während des Krieges begonnen worden war? Wenn er wohlauf war und nur nach vorne blickte? Ein reiner Zukunftsmensch.

»Aber, Line«, sagte die Mutter, »wir machen uns doch nur Sorgen um dich. Verstehst du das denn nicht? Es ist Mitgefühl, Line, Kummer, Bangigkeit.« – Nein, diese Worte ergaben für Pauline keinen Sinn!

»Ich möchte so sein dürfen, wie ich bin«, sagte sie, »eine, die sich nicht von euch helfen lassen will. Basta.«

Eine Zeitlang noch hagelten die verwandtschaftlichen Ratschläge weiter auf sie nieder, bis sich der neueste Stand ihres Gemüts durch die Runde geflüstert hatte. – »Sie will gar nicht!« – Dann ließ man sie endlich in Ruhe.

Sie war träge, willenlos. Und zerstreuungssüchtig. Damit meinte sie, daß sie gern durch die Stadt trödelte und sich die amerikanischen Jeeps ansah und die Geschützwagen und die Panzer und die Neger mit den runden Helmen und die Militärpolizisten mit den weißen Streifen an den Hosen. Sie fühlte sich vergeblich. Eine, die sich vom erstbesten Eckensteher anmachen ließ. In den Augen der fremden Soldaten sah sie Respekt vor dem ungeahnt Grauenhaften, das sie in diesem Land vorgefunden hatten. Wenn sie an ihnen vorüberging, huschte sie ein perverses Gefühl an: verruchter Stolz einer niedergezwungenen Bestie. Eine deutsche Frau. Eine Trophäe. Mit so einer im Bett – very, very well!

Manchmal kam Hilla mit ihrem Strickzeug vorbei und half ihr über eine Stunde hinweg. Sie war nicht Verwandtschaft. Sie wünschte nicht Richtigkeit der Verhältnisse, sondern Frieden für Pauline.

Ihr gestand Pauline, daß sie es lieber hätte, Ludwig wäre tot. »Als daß er mich abgeschrieben hat. Oder ich wäre tot.«

»Wie kannst du so etwas sagen!« rief Hilla. »Wie kannst du so etwas nur denken!«

»Man kann nichts dafür, wenn man doch denkt, was man nicht denken darf«, sagte Pauline. Es tat ihr wohl, zu sehen, wie Hilla die Tränen hochstiegen, die eigentlich ihr hätten hochsteigen sollen. Hilla war nahe am Wasser gebaut. Hilla war eine Butterseele.

»Aber so denkst du doch nicht, Pauline!« flehte sie.

»Doch, so denke ich, Hilla.«

»Aber immer denkst du doch nicht so!«

»Immer nicht. Nein, immer nicht.«

Hilla saß im Schneidersitz auf Paulines Bett. Sie klapperte heftig mit den beinernen Stricknadeln, als lieferte sie dem Schicksal einen Fechtkampf. Pauline ging die zwei Schritte, die vor und zurück gerade noch ins Zimmer paßten. – Dieses Zimmer, in dem nirgends auch nur ein Spürchen Staub war, in dem alles seine endgültige Ordnung gefunden hatte! Sie wollte daraus fort!

»Bleib doch einmal stehen«, sagte Hilla. »Du machst mich ganz dusselig!«

Pauline rieb die Knöchel ihrer Fäuste aneinander und sagte immer wieder: »Keine dreißig Stunden, Hilla, keine dreißig Stunden.«

»Hör auf, das halt ich nicht aus«, wimmerte Hilla. Sie krampfte sich an Paulines Ärmel fest und drückte sie aufs Bett nieder. »Die Liebe besteht vom ersten Augenblick an«, sagte sie. »Man kann sie doch nicht in Stunden messen, Pauline.«

»Ich bin mir eben nicht mehr sicher, Hilla.«

»Aber du mußt es doch um Gottes willen wissen!«

»Was? Was gibt es zu wissen! Stell mir eine Frage, bitte, Hilla, stell mir eine Frage!«

»Pauline, kleine Pauline«, sagte Hilla. »Verzweifle doch nicht! Wenn zwei Menschen wie du und Ludwig sich so kurz kennen und so sehr lieben und in Liebe heiraten, Pauline, dann ist das doch Sicherheit!«

»Wer heiratet denn nach elf Stunden, der vernünftig ist«, schrie Pauline hinaus.

»Um Gottes willen«, sagte Hilla, »mach doch nicht alles kaputt, Pauline!«

»Was mach ich kaputt, was!« Solange ihr Redefluß nicht abriß, konnte sie das Schluchzen in die Brust zwingen. Sie schlug die Gardinen zur Seite und blickte hinaus auf die Veste. *Wie ein steinernes Schiff*. Aber dann war sie am Ende. Es drängte sie danach, ihrer Freundin alles zu erzählen. Daß nichts zwischen ihr und Ludwig geschehen war. Daß die Ehe nicht vollzogen war. Aber das vermochte sie nicht von sich aus zu sagen. Das mußte aus ihr herausgefragt werden. »Stell mir eine Frage, Hilla! Bitte! Ich meine es ernst. Eine Frage.«

»Was für eine Frage soll ich dir denn stellen, Pauline? Ich verstehe dich nicht!«

»Frag mich aus über Ludwig und mich.«

»Aber ich weiß doch alles, ich war doch dabei.«

»Wenn du ich wärst, was würdest du dann wollen, daß ich dich frage!«

Aber nur einmal war es so mit Hilla. Von da an mieden sie es beide, allein in Paulines Zimmer zu sein. Sie machten Spaziergänge. Im Freien war es leichter. Und immer fast nur das eine Thema: Die drei Möglichkeiten – entweder er ist tot oder er kann sich nicht melden oder er will sich nicht melden.

»Tot ist er nicht«, sagte Pauline. »Das weiß ich. Das hätte ich gemerkt.«

»Das ist doch schon einmal gut, wenn du das weißt«, sagte Hilla. Es wurde in der Stadt viel von Witwenträumen erzählt. Hilla glaubte daran.

Die Tatsache blieb: Kurz nach der Hochzeit waren noch zwei Briefe von Ludwig gekommen, es war nicht zu ersehen, woher. Seither hatte man nichts mehr von ihm gehört. An dem Tag, an dem der Krieg fertig war, endgültig diesmal, war Pauline weder mit Sicherheit Witwe noch nach katholischem Recht Ehefrau, denn die Ehe war nicht vollzogen worden. Kein Wort, das Bestand hatte, war über sie gesprochen worden, und das Wort, das über sie gesprochen worden war, hatte keinen Bestand. Das Haus, die Straße, die Stadt waren voll von Flüstermäulern.

Vielleicht hatte Ludwig ja wirklich keine Möglichkeit, einen Brief zu schreiben. Wahrscheinlich war es so. Alle sagten das. Das würde das Glück zwar verzögern, aber nicht auslöschen. Vielleicht mußte sie Jahre warten, ehe er kam. Es würde ihr nicht schwerfallen. Von Tag zu Tag würde das Warten leichter werden. Das war nicht Paulines Sorge. Nicht das Warten. Paulines Sorge war das Vergessen. Daß sie ihren

Mann bald vergessen könnte, daß sie eines Abends feststellen würde: Ich habe heute den ganzen Tag nicht an ihn gedacht. Daß Ludwig ihr Herz verließe wie ein zufälliger Besucher, der leise die Tür hinter sich schließt, weil der Gastgeber eingeschlafen ist. Sie wußte, das konnte sehr bald geschehen. Sie wollte es nicht zulassen.

Darum machte sie sich auf den Weg. Ließ sich von ihren Impulsen und Eingebungen lenken.

Sie reiste. Reiste mit Zuversicht. Immer hatte sie sich von einer verborgenen Macht beschützt gefühlt. Sie war gewiß, daß diese Macht auch über Ludwig wachte. Solange sie unterwegs war, war sie unterwegs zu ihm. Damit war gesichert, daß er den Sinn gab für alles, was sie tat. Und mehr konnte sie nicht anfangen, um zu halten, was ihr Glück werden sollte.

2

Ein Tag, den sich Pauline in alle Zukunft merken würde: Als der Krieg zu Ende war und Tante Martha ihren Fünfzigsten feierte. Nachdem der Vater die Wohnung verlassen hatte, wartete Pauline nicht lange. Sie packte zusammen, sicherte den großen Koffer zusätzlich mit einer Schnur, legte den Eltern eine Nachricht auf den Küchentisch und verließ das Haus. Den Koffer hob sie auf den Gepäckträger des Fahrrads, und das Fahrrad schob sie in die Stadt hinunter. Sie betrat die Militärkommandantur, dann ließ sie den Dingen ihren Lauf.

In einem Güterzug reiste sie nach Süden. Der Mond über den Bäumen schien vor ihr zurückzuweichen. Irgendwo hielt der Zug. Niemand sagte, man müsse hier aussteigen. Aber alle stiegen aus, und Pauline folgte den anderen, und da fiel ihr erst auf, daß sie am wenigsten Gepäck hatte von allen. Sie half mit beim Ausladen, ließ sich aber immer nur ein Gepäckstück reichen, denn unter gar keinen Umständen wollte sie ihren Koffer aus der Hand geben.

Da war kein Bahnsteig und war kein Bahnhof. Nichts weiter als zwei Stränge frisch beschotteter Geleise und eine Betonplatte, vierzig Meter lang, zehn Meter breit. Um sie herum standen Pfeiler, grobgehauene Baumstämme, wie sich herausstellte, die trugen ein Blechdach. Keine Laterne, nur der Mond, sehr gelb und sehr nah. Auf dem Dach lagen Steine, krumme, ausgebeulte Monolithe, so groß wie Wäschekörbe, und ein Hahn krähte auf dem Dach, und wenn der Hahn krähte, bewegten sich die großen Steine und lachten mit Männerstimmen. Für diese Männer, die wie Steine aussahen, auch noch, als sie sich bewegten und lachten, war es wohl besser, auf dem Dach zu schlafen als unter dem Dach. Worüber lachten sie? Sie lachten unbändig, trampelten dabei auf das Blechdach, daß die Kinder darunter zu schreien anfingen. Warum führten sie sich so auf? Doch nicht deshalb, weil einer von ihnen das Kikeriki eines Hahnes nachgemacht hatte! Und ein paar andere das Kakeln von Hühnern. Waren die oben andere als die unten?

Ein Graben war gezogen von der Plattform hinaus in die Dunkelheit, aus dem erhob sich Gestank, und man sah ihn nicht enden. Und man sah auch nicht, was in ihm war. Zwei Männer schlugen ihr Wasser ab und stöhnten dabei.

Unterdessen war die Menge beträchtlich gewachsen. Denn der Zug war viel länger, als Pauline vermutet hatte. An jeder Station waren Waggons angehängt worden. Männer mit Feldmützen, in Ulanenmäntel gehüllt, die von der Lokomotive kamen und sich wie Verantwortliche gebärdeten, zündeten den Wartenden mit ihren Feuerzeugen ins Gesicht, so, als suchten sie jemanden.

Gruppen bildeten sich. Einzelne streunten teilnahmslos dazwischen umher, ihre jämmerliche Habe an die Brust gekrallt. Konservendosen mit Schmieröl und Holzwolle wurden in Brand gesteckt und verteilt. Eine Frau mit zotteligem weißem Haar winkte jemandem und öffnete dabei den Mund, um zu rufen. Ihr Gesichtchen, grade eine Handvoll, war runzlig und braun wie ein vertrockneter Holzapfel. Um einen Pfosten drängten sich helle Wesen, von denen man nicht sagen konnte, wer Mann war und wer Frau. Wie Vogelscheuchen sahen sie aus, die hier abgestellt worden waren, mondweiße, glatte Gesichter, halb verhungert, staunende Kinderaugen. In dauernder Verblüffung verharrend. Ein Bündel weichgewordener Kerzen. Einer von ihnen trat auf der Stelle, war gezwungen, unaufhörlich einen Fuß nach dem anderen an den Leib zu ziehen und gleich wieder sacht auf den Boden zu setzen. Dabei reckte er im selben Rhythmus Kinn und Kiefer in die Höhe. Um diese Blassen herum knisterte Getuschel. Krächzende Stimmen zum Teil, zwei Drittel Luft, ein Drittel Ton, zerbrochen vom jahrelangen Flüstern.

Einer der Männer sprang vom Dach und schritt mit langen Beinen durch die brennenden Konservendosen. Seine linke Augenhöhle war zerfetzt, er wirbelte einen dünnen Spazierstock durch die Luft. Dann zog er ein Papier aus seiner Jacke und las vor: »An die Bürger von Österreich! Ansprache des Befehlshabers der Truppen der 3. Ukrainischen Front, Marschall der Sowjetunion Tolbuchin ...« – Ein anderer Mann vom Dach trat zu ihm, verschloß ihm den Mund mit der Hand und führte ihn hinaus auf die Wiese.

»Mein Gott, sind wir schon in Österreich?« fragte Pauline.

»Ein Quatsch!« sagte einer dicht neben ihr.

Eine ungute Spannung lag in der Luft, es war zu gewärtigen, daß jeden Moment Entsetzliches aus dieser verschlungenen Düsternis losbräche.

Ein Streichholz zischte auf, Pauline bekam eine Zigarette in die Hand gedrückt. Sie rauchte sie hastig im Stehen, dann legte sie sich zwischen die Leute, die sie nicht kannte. Sie rollte sich ein, so daß ihr Körper auf dem Koffer Platz fand.

Den Kopf bettete sie auf etwas Metallisches, das aussah wie ein Stück Rohr. Jemand gab ihr eine Decke. Sie döste hinüber, bewacht von diesem Rudel närrischer Pilger. Ihre Beine und Arme rutschten vom Koffer und sie wachte mit dem Gefühl auf, ihr sei Einblick ins Fegefeuer gewährt worden.

Die meisten Menschen um sie herum waren wach geblieben. Sie unterhielten sich auf eine vertraute Art, kabbelten wegen Bagatellen, kicherten aber auch – gerade so wie zu Hause am Ofen. Eine Familie hockte zwischen aufgestapelten Kisten. Das erinnerte Pauline daran, wie sie, das Blatt umstellt von einer Mauer aus Büchern, ihre Briefe an Ludwig geschrieben hatte.

Ein Mann beugte sich über sie, der hatte eine Flasche mit Milch in der Hand. Er bot ihr an.

»Ist frisch«, sagte er.

Sie wischte den Rand ab und trank.

»Kann man auch Wasser haben?« fragte sie.

»Man müßte ins Dorf gehen«, sagte er.

»Was für ein Dorf«, fragte sie.

Er zeigte über einen Schienenstrang hinaus auf die Ebene, die vom Mond beschienen war.

»Das hier ist nur provisorisch«, sagte der Mann.

Alles war friedlich nun. Kann man nicht hinüber, muß man eben hinunter, dachte sie und schlief wieder ein. Der Mann stellte ihr eine Kiste unter die Beine.

Am Morgen war der Güterzug abgefahren. Da war nur noch ein Mann mit einem Fahrrad da. Pauline wußte nicht, war es derselbe, der ihr in der Nacht zu trinken gegeben hatte, oder war es ein anderer. Er fragte, ob sie denn nicht abgeholt werde.

»Nein«, sagte sie.

»Es halten aber sonst keine Züge hier«, sagte er. Er trug eine Jacke, die ihm zu eng war, vielleicht weil er unter ihr

Dinge versteckt hatte. »Oder halten doch welche? Wissen Sie etwas darüber?«

»Das weiß ich nicht«, sagte Pauline.

»Höchstens, es ist wieder eine Ausnahme.«

»Ich dachte, das ist ein provisorischer Bahnhof.«

»Ja, schon, aber das braucht es jetzt nicht mehr. Wir haben ein Glück gehabt, stimmt's?« Er lachte laut auf, denn er meinte es ernst mit dem Glück, das sie gehabt hätten. »Das meine ich ernst mit dem Glück«, sagte er. Er hatte sehr unregelmäßige Zähne.

»Wo sind wir?« fragte Pauline.

»Sie wissen nicht einmal, wo wir sind?«

»In der Nähe von München schon?«

Der Mann wiegte den Kopf von einer Seite zur anderen. »Vom Nordpol aus betrachtet sind wir nah bei München, ja«, sagte er, »sehr nah sogar. Von Augsburg aus betrachtet ist es noch ein ordentliches Stück.«

Sie lachte auch und fuhr sich mit der Hand durchs Haar. Die Milch, die sie in der Nacht getrunken hatte, hatte ihr einen schlechten Geschmack im Mund hinterlassen. Ihr Staubmantel war zerknittert. Wie ich so dasitze, dachte sie, das muß aussehen. Sie prüfte ihren Koffer. Die Schnüre saßen fest.

»Noch alles da?« fragte der Mann.

»Ist ja nicht viel«, sagte sie.

Der Mann hatte einen langen Kopf, das sah so aus, weil ihm die Haare wirr nach oben standen und er die Schläfen rasiert hatte. Er zog ein Taschenmesser aus seiner Jacke.

»Wenn Sie mir helfen«, sagte er, »dann laden wir um und gehen ein Stück zusammen.«

Es war ein schwarzes Damenrad, das er besaß, und es war schon vollgepackt mit Kartons und Netzen. Sie legten Paulines Koffer über den Sattel. Der Mann schnitt die Schnüre auf und band ihn am Rahmen fest.

»Ein wunderschöner Tag ist heute«, sagte Pauline.

Und es war wirklich ein wunderschöner Tag!

Sie mußten ein Stück durch die Wiese gehen, ehe sie auf einen Weg kamen. Sie schritten nebeneinander her. Der Mann schob das Rad.

»Ja«, sagte er, »nicht einmal die Schweden können den Himmel, die Erde und das Gras mit sich fortschleppen!«

Die Morgensonne schien ihnen ins Gesicht. Das flache Land prangte im satten Grün des Frühlings. Das anzusehen, was vor ihr lag, tat Pauline wohl, und sie dankte Gott. Sie waren die einzigen Menschen weit und breit.

Sie sagte: »Sie erinnern mich an meinen Mann.«

»Ich dachte erst, vielleicht hat sie Angst vor mir«, sagte er.

»Nein, natürlich nicht«, sagte sie.

»Sie lagen so ruhig da, und ich dachte, ich kann sie nicht so daliegen lassen, so allein. Treibt sich doch allerhand Gelichter herum. Aber wenn ich sie aufwecke, dachte ich, dann kriegt sie einen Schock womöglich. Die längste Zeit hab ich hin- und herüberlegt. War es denn richtig, was ich gemacht habe?«

»Natürlich war es richtig«, sagte sie.

»Der Schreck würde ja vielleicht noch viel größer sein, habe ich gedacht, wenn sie aufwacht und niemand ist mehr da.«

»Wo sind die anderen hin?« fragte sie.

»Jeder seiner Wege«, sagte der Mann. »Und Sie, wohin wollen Sie?«

Pauline zuckte mit der Schulter. Sie drehte sich um. Weit hinten sah sie das Blechdach in der Sonne glitzern. Dieser Nacht jedenfalls war sie entkommen.

Der Mann hatte etwas Proviant dabei, Brot und gekochte Kartoffeln. Vorsichtig legten sie das Rad in den Weggraben und setzten sich daneben. Von den Feldern wehte es warm zu ihnen herüber. Schweigend saßen sie nebeneinander und kauten, und die Stille und das wenige gaben ihnen beiden Kraft.

»Ihr Mann«, sagte er, »ist der dort, wo Sie hinwollen?«

Pauline erzählte. Aber nicht viel. Sie endete damit, daß sie wiederholte, er würde ihrem Ludwig sehr ähnlich sehen.

»Sie sind eine sehr, sehr schöne Frau«, sagte der Mann. »Das darf ich doch sagen, jetzt, wo wir schon so lange nebeneinander hergegangen sind, oder?«

Er legte den Arm um sie, und sie stieß ihn nicht zurück. Plötzlich sagte er: »Ich liebe dich.«

Sie ließen sich nach hinten ins Gras fallen und hielten sich fest, und er sagte wieder: »Ich liebe dich.«

Sie liebte ihn nicht. Natürlich liebte sie ihn nicht. Sie stützte sich auf die Ellbogen, senkte ihren Kopf zu ihm nieder und küßte ihn auf den Mund. Sie fuhr mit der Zunge über seine unregelmäßigen Zähne, ihre Hände bebten, und das Licht zuckte ihr in den Augen, und das tat weh. Sie blieb über ihm, hielt seinen Kopf zwischen ihren Unterarmen und küßte ihn in einem fort. Er schob den Mantel und das Kleid über ihre Schenkel, drückte Pauline auf sich nieder und stemmte sich ihr entgegen. Er schob die Hand zwischen ihre Körper und versuchte, seine Hose zu öffnen; da hielt sie einen Augenblick inne mit ihren Liebkosungen, in Wahrheit, weil sie überrascht war, aber er zog schnell seine Hand unter ihr hervor, und gleich flogen sie auseinander und entschuldigten sich, er sagte, es sei seine Schuld, selbstverständlich ganz allein seine Schuld, und sie sagte, ach was, es sei genauso die ihre. Er würde sich niemals so aufgeführt haben, sagte er, wenn sein Leben nicht ein solches Durcheinander wäre.

»Ich will aber sagen, daß ich gern eine Frau hätte wie Sie«, sagte er noch. »Ich habe Ihre Situation nicht ausnützen wollen.«

»Das haben Sie nicht«, sagte Pauline.

Sie hoben das Fahrrad auf und machten sich weiter auf

den Weg. Es war ihnen, als würden sie sich seit Jahren kennen.

Ihr fiel ein Aberglaube ein, daß für jeden auf Erden ein Teufel bereitstehe. Wie es für jeden Menschen einen Schutzengel gibt, so hat jeder neben sich seinen Teufel. Der irrlichtert durch die Welt auf der Suche nach Schlichen und Schlingen, mit denen er seinen Befohlenen zum Straucheln bringen kann. Der Himmel ist verschwenderisch, die Hölle spart an allem. Die Schutzengel sehen aus wie Engel. Der Hundling und Halunke aber sieht aus wie ein Mensch. Und er gleicht dem, dem er zugeordnet ist. Und dieser hier sah ihrem Ludwig schrecklich ähnlich. Wußte er etwas und sagte er es nicht? Einen Dreh, wie sich alle Wirrnis erklärte?

Man müsse sich nach der Decke strecken, sagte er, wenn Pauline schon Katholikin sei, dann solle sie das ausnützen und sich an einen von denen wenden, wenigstens für eine Nacht müßte man sie doch unterbringen können, irgendwo.

Der Weg führte über einen Erddamm zwischen brachliegenden Feldern.

»Gibt es einen Pfarrhof in der Nähe?« fragte sie. »Ist man hier überhaupt katholisch?«

»Ich weiß es nicht«, sagte der Mann. »Aber das muß sich ja herausfinden lassen. Wir können ja Maria und Josef spielen, dann sollen die Pfarrer beweisen, daß ihnen ihr großes Märchen nicht unnütz eingebleut worden ist.«

Sie gelangten in ein Dorf. Es war früh am Nachmittag. Da hatte es eine Kirche. An der Mauer klebten Schwalbennester. Die Tür stand offen. Auf der Straße war niemand.

»Soll ich nicht warten?« fragte er.

»Ist nicht nötig«, sagte sie.

»Dieser halbe Tag hat mich gesund gemacht«, sagte er. Er band ihren Koffer ab und fuhr davon. Und gleich verdämmerte er zur Erinnerung an einen Traum.

Pauline betrat die Kirche, setzte sich in die erste Bank und begann zu beten. Sie betete den freudenreichen Rosenkranz. Ein Hochgefühl war in ihr, daß sie jetzt auf der Wanderschaft war. Die Seitenaltäre zeigten das Herz Jesu und die Mutter Maria. In den Hauptaltar aber war ein Bild eingelassen, das stellte einen wallbärtigen Mann in weißer Kutte dar, der sich zu einem Löwen niederbeugte, dabei aber den Betrachter im Auge behielt. Pauline schätzte ihn entweder auf den Kirchenvater Hieronymus, wobei dagegen sprach, daß das Buch fehlte, oder den großen Propheten Daniel oder den Evangelisten Markus, das schien ihr am wahrscheinlichsten. Darüber hingen ein Auge Gottes, ein Kreuz und eine Taube. Sie träumte, der Mann mit dem Fahrrad sei in Wahrheit nicht Ludwigs Teufel, sondern Ludwig selbst gewesen, und auch der Mann, der ihr die Milch zu trinken gegeben hatte, sei Ludwig gewesen. Und sie erschrak im Traum, denn auf solche Art begegnen einem nur die Toten. Ein Witwentraum. Nein, sagte sie sich im Traum, es ist ja in Wirklichkeit geschehen! Alles, alles, rief sie in den Traum hinein, alles, nur nicht, daß er tot ist, versprich mir, daß er nicht tot ist! – Wer sollte ihr das versprechen?

Sie wachte auf, weil sie jemand an der Schulter rüttelte. Sie lag auf der Kirchenbank, ihre Hand umschloß den Griff ihres Koffers. Entweder hatte sie sehr lange geschlafen oder nur kurz. Draußen war es hell. Immer noch oder schon wieder.

»Man schläft hier nicht«, sagte der Mann. Weißes, kurzgeschorenes Haar bedeckte seinen Kopf. Auf der Stirn hatte er einen Sonnenbrand. Über die Wangenflächen breiteten sich blaue und rote Äderchen aus. Er war nicht der Pfarrer, für den ihn Pauline zuerst hielt. Einen Pfarrer gebe es in dem Dorf keinen mehr. Nur einen, der die Kirche putzt, das sei halt er. Ein empörtes Staunen war im Blick dieses Mannes.

»Jetzt schläft man schon in der Kirche«, murmelte er. »So weit darf's doch nicht kommen.« Er trug Paulines Koffer und klopfte ihr auf den Rücken, damit sie schneller aus der Kirche ging. Die Straße war immer noch leer.

Der Mann brachte Pauline zu seiner Schwester. Dort konnte sie sich waschen. Und zu essen gab es auch. Und ein Bett zum Schlafen auch. Die Frau hatte eine Base, die in München in einem Mädchenheim arbeitete.

»Das kann doch auch was für Sie sein, oder?« sagte sie.

3

So bekam Pauline eine Anstellung in einem Heim für elternlos aufgefundene protestantische Mädchen in München. Ergreifend magere Dinger waren das. Sie half in der Küche mit. In Eisenpfannen, die fest auf dem Herd montiert und so groß waren wie Tische, bereitete sie mit einem Rechen Kaiserschmarren zu. Der war blaß und sandig. Bei den Mädchen galt sie als Spaßvogel. Manchmal, wenn sie das Essen auftrug, machte sie mit den Tellern so verschnörkelte Bewegungen und sagte: »A bissel aufpassen, die Damen, die Unterlage ist außerordentlich heiß.«

Sie blieb ein Jahr und drei Monate. Das war eine wirklich glückliche Zeit. Nicht einen Tag war sie traurig und nicht länger als eine Stunde verzagt. Freundschaften wurden begründet, die unter Garantie ein Leben lang halten wollten. Arm in Arm wurde draußen herumgegangen. Mit wildfremden Frauen wurde ungeniert gesprochen wie mit Nachbarn.

Ein fixer Punkt in der Planung des Tages war, den beiden Geigenspielern zuzuhören, die um sich herum einen Kreis in den Staub gefegt hatten und dort ihr Konzert gaben. Sie spielten ununterbrochen »Oh, du schwarzer Zigeuner«. Pauline, die länger stehenblieb als die anderen, kam dahinter, daß die beiden nur dieses eine Stück im Repertoire hatten. Einmal übernahm der Jüngere die Melodie, und der Ältere begleitete, dann wechselten sie sich ab. Die Begleitung bestand darin, daß der Spieler sanft mit dem Geigenbogen auf die Saiten trommelte und dabei die Akkorde griff. So schabten sie stundenlang auf ihren Fiedeln und kokettierten mit ihrer Unzulänglichkeit, wenn jemand stehenblieb und ihnen zuhörte. Auch ihr Spiel war eben ein Beginn.

Über den Trümmern und den Ziegelbergen der Stadt war eine Heiterkeit in der Sonne, und jeder Tag begann mit einem großen Versprechen, und die Tage vergingen wie im Flug. Manchmal wurden an den Abenden im Heim Lieder gesungen, so laut, daß es Pauline dabei schwindlig wurde und sie die Augen schließen mußte, um wieder ins Lot zu kommen.

An ihre Eltern schrieb sie lediglich eine Postkarte. Daß sie auf Suche sei nach Arbeit und Wohnung und daß ihr an nichts fehle. Es wäre zu umständlich gewesen, ihnen ihr gegenwärtiges Leben zu erklären. Außerdem konnte niemand versichern, ob ein Brief auch wirklich dort ankam, wo er sollte.

Wiewohl sie zu schnellen Entschlüssen fähig war, so war sie doch keine schnelle Natur. Sie brauchte Zeit für sich. Und seit ihren jüngsten Mädchentagen hatte sie nicht soviel Zeit und Gedanken für sich gehabt wie in diesen fünfzehn Monaten in München. Sie erfand einen Roman. Jeden Abend vor dem Schlafengehen spann sie ihn in ihrem Kopf weiter. Es waren Szenen aus dem Leben mit Ludwig. Da wären sie schon zehn Jahre verheiratet. Jedes Kapitel ein Tag. Vom Aufstehen bis zum Schlafengehen. Jede Folge begann mit dem Klingeln des Weckers. Sie freute sich den ganzen Tag auf ihren Roman, so, wie sie sich früher den ganzen Tag auf das Briefeschreiben gefreut hatte. Und dieser Wachtraum wurde mit seinem Fortschreiten unerschütterlich wie eine Erinnerung. Je mehr die Hoffnung schwand, daß ihr die notwendigen Papiere von den Besatzungsbehörden ausgestellt würden, um so besser lernte sie ihr phantasiertes Dorf kennen – den

Marktplatz, auf dem zweimal in der Woche Obst und Gemüse verkauft wurden; die Kirche mit dem Zwiebelturm, gedeckt mit grauem Schiefer; rechts daneben die Bäckerei, in der sie am Morgen, einen Korb am Arm, Brötchen einkaufte; links die Gemischtwarenhandlung, wo es alles zu kaufen gab, Illustrierte, Briefmarken und Tinte, Rosinen, Mandeln und Haselnüsse in großen Glaskaraffen, Reißverschlüsse, Zahnputzpulver; dann die Fleischerei, über deren Auslage eine rot-weiß gestreifte Markise gespannt war; und wenn man am Rathaus vorbeispazierte – das der Kirche gegenüber lag und dem barocken Coburger Rathaus glich –, dann hatte man schon die weiße Fläche des Bodensees vor sich. Und dort am Ufer des Sees lag Ludwigs Elternhaus. Die Wiese dahinter reichte bis hinunter zum Wasser …

München war zertrümmert, aber es trachtete ihr nicht nach dem Leben – mehr war nicht zu erwarten. Vor den streunenden Hunden fürchtete sie sich. Aber sonst vor nichts. Und vor niemand. Manchmal bestieg sie eine Ruine und blickte durch das Hitzeflimmern in die Richtung, in der sie Ludwigs Heimat vermutete.

Als ihr schließlich die Papiere ausgehändigt wurden, nahm sie die Anweisungen entgegen, als gälte es, eine lästige Pflicht zu erfüllen, die ihr zufriedenes Leben für kurze Dauer unterbräche. Noch einmal mußte sie Fragebögen ausfüllen, die nach Ziel und Zweck ihrer Reise fragten. Ihre Unterschrift – Pauline Juen – kam ihr komisch vor. Wie eine Finte. In Klammern schrieb sie daneben: geborene Laube. Und das kam ihr vor wie ein Verrat.

Also brach sie wieder auf. Ihren alten Koffer hatte sie bei sich und noch einen zweiten, den sie in München besorgt hatte.

Zweiter Teil

Viertes Kapitel

1

Pauline trug ein neues Kleid, es hatte die Farbe von verwaschenem Zitronengelb und war oben herum mit Rosenmustern bestickt. Dazu einen dunkelblauen kleinen Hut. Die Schuhe waren ebenfalls neu. Und eng. Sie hatte die Sachen in München erstanden, für ordentlich Geld, aber trotzdem günstig. In den fünfzehn Monaten hatte sie gelernt, das zu beurteilen. Viel war von ihrem Lohn nicht mehr übrig. Die Kontrolle in München hatte sich gewundert, daß sie nicht mehr Gepäck bei sich hatte. Nur zwei Koffer. Weniger nimmt man auch auf eine Urlaubsreise nicht mit. Sommerkleidung und zwei mittlere Koffer. Daraus ließ sich kein Anspruch ableiten. So kommt einer an, der nur auf einen Sprung vorbeischaut.

Es war Mitte August.

Das Postauto fuhr durch ein schmales, tief eingeschnittenes Tal. Am Hang gegenüber wuchs ein Fichtenwald hinauf, unterbrochen von hellem Gestein. Über dem Wald waren freistehende Felsrücken sichtbar. Gießbäche stürzten in den Tobel. Pauline drückte ihre Koffer an sich. In den Kurven spähte sie hinunter zum Wasserlauf, der sich schäumend an Felsbrocken teilte, dann wieder verdeckt war von Baumkronen und Gebüsch und weiter unten in eine Kette glatter, schwarzer Tümpel ausflachte.

Nach einem Tunnel öffnete sich ein breites, in seiner Länge von sanften Hügeln durchzogenes Tal. Auf beiden Seiten war es von hohen Berggipfeln eingefaßt. An den Hängen lauerten Bauernhäuser, vereinzelt und in großem Abstand voneinander. Ein grellweißer Kirchturm mit grünem, spitzen Dach tauchte hinter einer Kuppe auf.

Während der Bahnfahrt von München hatte sie keinen klaren Gedanken fassen können. Die Enge und die Hitze im Zug hatten sie gedankenlos gemacht. Das war angenehm gewesen. Dann vor Bregenz hatte sie hinaus auf den Bodensee geblickt. Das Wasser reichte fast bis an die Schienen heran. Hölzerne Badehütten standen auf Pfählen im Wasser. Sie sah die Köpfe von Schwimmenden. Buben in Badehosen winkten ihr zu. Sie dachte an Ludwigs ersten Brief, der abgefaßt war wie ein Bewerbungsschreiben. Am Abend vor ihrer Abfahrt hatte sie alle Briefe noch einmal durchgelesen. Sie hatten sie nicht auf die Reise einstimmen können. Weit hinter der Bucht erhoben sich die Schweizer Berge über dem Dunst, und sie hatten ausgesehen, als ob sie schwebten. Da erst war Pauline von der Aufregung ergriffen worden, auf die sie gewartet hatte, seit ihr die Papiere bei der Kommandantur ausgehändigt worden waren, und auf einmal war solches Grauen auf sie eingestürzt, daß sie glaubte, sie müsse sich übergeben.

Der Omnibus fuhr in ein Dorf ein, und dieses Dorf hatte mit dem Dorf ihrer Einbildungen, dem Dorf ihres Romans, keine Ähnlichkeit.

Gar keine Ähnlichkeit. Vor ihrer Heirat hatte ihr Ludwig einmal die Stelle, wo seine Heimatgemeinde lag, auf einer Landkarte gezeigt. Der Weiler war gar nicht eingezeichnet gewesen, die Karte hatte einen zu großen Maßstab. In der Nähe des Bodensees hatte Ludwig gesagt. Ja, dachte sie, vom Nordpol aus betrachtet mag es in der Nähe des Bodensees sein.

Ihr war, als würde sie verfrachtet, und die Leute, die sie durch das Fenster sah, kamen ihr vor wie Idioten. Der Fahrer holte mit dem Lenkrad aus und drehte das Postauto durch eine enge Kurve um den Dorfbrunnen herum. Der war aus einem Baumstamm geschlagen, an den Rändern verfault und beim Wasserhahn vermoost. Drei Männer hockten an seinem Rand. Drei Frauen daneben stemmten sich gegeneinander, spreizbeinig, mit Holzschuhen an den Füßen. An ihren Händen hingen Einkaufsnetze, die braun waren wie ihre Schürzen und Blusen und ihre wollenen Jacken und ihre Gesichter und ihre Haare. Die Männer trugen Drillichanzüge und hatten Käppis auf dem Kopf. Sie starrten mit zugekniffenen Augen dem Postauto nach, als würde es sie an etwas erinnern. Einer hielt eine Ziehharmonika auf den Knien. Die Leiber der Frauen waren unförmig. Ihre Haare wie mit dem Schraubstock in den Nacken gezwungen. Ihre Gesichter geschwollen. Sie waren voneinander nicht zu unterscheiden. Und auch die Männer waren voneinander nicht zu unterscheiden. Sie sahen sich gleich wie eine Schar von Brüdern und Schwestern. Und alle, wie sie waren, Männer und Frauen, hatten den Mund offen. Nirgendwo würde Pauline ihre Erwartungen einklagen können. Wenn Hoffnungen und Pläne weggebrannt werden, dann gibt das keine Wärme. Du wirst hier eine andere werden. Ob du das willst oder nicht.

Der Omnibus hielt vor der Kirche. Sie war blendend weiß gestrichen und wurde angestrahlt von der Nachmittagssonne. An der Mauer lehnten noch Reste eines Gerüstes. Die beiden Flügel des Tores waren ausgehängt. Das Glasfenster darüber, viergeteilt, zeigte den Evangelisten, den Löwen, den Adler und den Stier. Alle Wirtshäuser, an denen sie vorbeigefahren waren, hatten Tiernamen gehabt. Pauline sah im Halbdunkel des Kirchenschiffs die Bänke und die Brüstung vor dem Altar. Neben dem Allerheiligsten ragten zwei korkenzieherförmige Säulen in die Höhe. Über dem Tabernakel hing ein Gemälde. Es sah aus, als würde es durch nichts in der Luft gehalten. Sie beugte sich vor, wollte wissen, was es darstellte. Aber ein Schatten lag auf dem Gemälde. Sie mußte sich hüten vor schnellen Bewegungen. Die Busfahrt und ihr leerer Magen hatten sie taumelig gemacht. Eine Sage fiel ihr ein: Gott werde einst Stein werden, um die Steine aus ihrer Starrheit zu erlösen. Ihr wurde schwarz vor Augen. Das dauerte, bis der Schatten über dem Gemälde aus der Kirche gefegt kam, herüber zu ihr. Du hast mich erschreckt, sagte sie. Und der Schatten sagte: Du wirst gleich noch viel mehr erschrecken. Und sie: Warum werde ich gleich noch viel mehr erschrecken? Und der Schatten: Weil ich dir den Koffer stehlen werde. Da gab der Fahrer Horn, und die Männer und Frauen unten beim Brunnen winkten herauf.

Und Pauline sah, daß Ludwig dabei war. Sie sah sein Gesicht, sah, daß er etwas zu ihr heraufrief. Aber sie glaubte es nicht. Sie schaute zu, wie sich der, der wie Ludwig war, von der Gruppe beim Brunnen löste und die Straße zur Kirche herauflief. Mit den Armen dabei ausholte. Weit ausholte, genau, wie es Ludwigs Art gewesen war. Den Oberkörper vorbeugte, denn etwas hockte ihm auf dem Rücken.

Dann verschwand er aus Paulines Blickfeld. Während die anderen beim Brunnen Maulaffen feilhielten. Dies alles schien wie in einem Traum zur Aufführung gebracht und mußte mit einem geschwinden Erwachen sein Ende finden.

Sie zerrte die Koffer hinter sich her und sprang aus dem Omnibus. Der war schon angefahren. Der Fahrer schrie: »Tür zu!«, gab Gas und fuhr ab, und die Tür fiel von selber ins Schloß.

Sie beeilte sich. Jeden Moment konnte Ludwig oder der, der wie Ludwig war, um die Kurve den Weg heraufkommen. Sie schleifte die Koffer über den Kiesweg in die Kirche, schob sie unter das wuchtige, steinerne Weihwasserbecken gleich beim Eingang und nahm daneben Posten ein. Sie wollte nicht weiter ins Kirchenschiff hineinlaufen. Ihre Schuhe hatten harte Absätze, man hätte das Hallen bis hinaus hören können. Sie drückte sich mit dem Rücken an den Türpfosten. Falls Ludwig oder der Mann, der wie Ludwig war, nur vorüberging und nichts weiter, dann würde er sie nicht sehen können. Wenn das hier vorbei ist, dachte sie, darf ich nicht vergessen, mir das Bild über dem Altar anzusehen. Sie hätte nur die Augen zu heben brauchen. Aber alle Konzentration war auf den Eingang gerichtet.

Sie hörte Schritte, sah den Schattenriß eines Menschen auf dem Steinboden. Der Schatten hob die Hand und bekreuzigte sich. Das konnte sie noch erkennen. Dann verschwammen Licht und Schatten, der Schatten löste sich auf und vereinigte sich mit dem Dämmerschein der Kirche, ringsum wurde es grau, vielleicht war eine Wolke vor die Sonne gezogen. Und plötzlich spürte sie ihn ganz nahe. Er blickte ihr in einer abgründigen und zugleich vertraulichen Weise über die Schulter, wie ein Sterbender. Sie mußte den Atem anhalten, sonst hätte er ihn an seiner Wange gespürt. Er bemerkte sie nicht. Er roch nach Tabak. Seine Augen schienen einen sehnsüchtigen Blick zu haben, als gewahrten sie nicht mehr, was wirklich war, sondern schauten nur noch in die Zukunft. Ein Zukunftsmensch. Sie bekam großes Mitleid mit diesem Mann, weil er aussah, als habe für ihn alles Lebendige und auch alles Gewesene an Bedeutung verloren.

Aber, sagte sie sich, er ist ja keine Erscheinung, er ist wirklich und wahrhaftig, was sich im Nu beweisen ließe, und sie hätte kichern mögen bei der Vorstellung, sie würde dieses furchtsame Geschöpf gleich an der Nase packen und noch einmal zum Traualtar schleppen und dabei Braut und Pfarrer in einem spielen, mit verstellter Stimme, und wenn es sein mußte, den Bräutigam dazu, nur damit das Siegel des Sakraments doppelt gehämmert würde und doppelt hielte, wir Katholiken mit unseren Winkeln und komischen Schnecken im Kopf!

Ihr Gesichtsfeld begann, an den Rändern zu flimmern,

denn sie getraute sich nicht, ihren Kopf zu drehen, sie schielte aus den Augenwinkeln. Gesteh, fuhr es ihr ein, du weißt es längst, es ist ein Witwentraum. Dieser Mann will dir übermitteln, daß er von nun an unter die Toten zu rechnen sei. Weiß der Himmel, wohin es dich geworfen hat, Pauline, wo du jetzt liegst und schläfst! Mit offenen Augen. Der Tod war hurtig. Bekanntlich.

Sie wagte nicht einmal, mit den Lidern zu schlagen. Sein Blick hätte sich nur um wenige Grade neigen müssen, und sie hätten sich beide in den Augen gehabt. Wenn das geschieht, dann bricht er über meinen Füßen zusammen, und ich wache auf. Dann, Pauline, ist dir eine muntere Lebensweise für alle Zeiten gestrichen. Vielleicht war es ein Fehler gewesen, hierherzukommen. Wollte sie denn klüger sein als das Schicksal?

Und doch hatte diese Begegnung nicht länger gedauert als drei Sekunden, war nicht mehr gewesen als eine flüchtig erblickte Wahrheit. Der Mann streckte die Hand wie tastend vor sich aus, dann nahm er seinen Weg weiter.

Noch eine Weile verharrte Pauline auf ihrem Platz. Und gleich schon war sie sich wieder nicht mehr sicher, ob sie in einen Tagtraum geschaut oder ob sich alles in Wirklichkeit so abgespielt hatte. Sie hatte immer eine Schwäche gehabt für Hellseherei, sagte sie sich eilig, für Gedankenlesen, Vorahnungen, Traumdeuten, früher hatte sie manchmal an Séancen teilgenommen, wo umgedrehte Gläser gerückt wurden, aber immer waren ihre mystischen Neigungen letztendlich entschärft worden durch eine gewisse humorige Skepsis …

Sie rang nach Fassung. Ließ sich auf einer Kirchenbank nieder und holte erst einmal tief Luft. Was jetzt? Sie blickte auf ihre Armbanduhr. Zwei Minuten wollte sie ihm Vorsprung geben. Die Sache mußte zu Ende gebracht werden. Sie verabscheute hysterische Frauenzimmer.

Die Koffer waren ein Problem. Sie würde nicht weit mit ihnen gehen können. Sie trug sie zum Beichtstuhl hinüber und zwängte sie in die Kammer, die für den Priester bestimmt war. Wer wagt es, aus einem Beichtstuhl zwei Koffer zu stehlen! Und wenn doch, was würde es für eine Rolle spielen.

Ein Arm über dem Kopf, den anderen am Rücken – so war er an einen zurechtgehackten Baumstamm gebunden. Die Stricke schnitten in sein Fleisch ein. In Bauch, Schenkel und Hals steckten Eisenpfeile. Ein Fuß war nach hinten gezogen, zwischen Hals und Ferse spannte ein Riemen. Aber in seinem Gesicht war kein Leid zu sehen. Die Augen waren in einem konventionellen Aufschlag erstarrt. Über dem Kopf schwebte das goldene Oval eines Heiligenscheins. Zu seinen Füßen lagen Früchte und aufgestoßene Haselnüsse. Das Bildnis über dem Altar zeigte den Heiligen Sebastian. Die Haselnüsse enthielten Doppelkerne. Die wurden ›Vielliebchen‹ genannt. Die waren seltener noch als vierblättrige Kleeblätter. Das wußte Pauline. Und brachten darum auch mehr Glück als diese. Also, sagte sie sich, die sind zu meiner Begrüßung da. Weiß der Kuckuck, wenn mich der Mann nicht will, ich werd's ihm nicht krummnehmen, und den Hals wird's mir nicht kosten! Sein Hausaff jedenfalls werd ich ihm nicht, der gefüttert wird, weil man's nicht übers Herz bringt, ihn in den Urwald zurückzuschicken. Derbe Redensarten aus Coburg fielen ihr ein. Sie murmelte sie beschwörend vor sich hin, dieselben Worte mehrmals hintereinander wiederholend, karikierte dabei den fränkischen Dialekt bis zur Unverständlichkeit, schnitt Grimassen, betete sich vor, was das Schlechteste sei, was ihr passieren könnte – »daß er mich gar nicht mehr kennt« –, legte sich Beschimpfungen zurecht, die sie in diesem Fall über ihm auskippen wollte. Bewährte Flüche genauso wie gerade erfundene. Das alles beruhigte sie.

Und dann waren die zwei Minuten um.

Vorsichtig trat sie aus der Kirche. Die Straße war leer.

Unten beim Brunnen hörte sie Lachen und Männerstimmen. Vor ihr bog der Weg um eine Hauskante, dann verlief er zwischen Lattenzäunen weiter, schräg zum Tal abwärts. Nach dem letzten Haus verschwand er hinter einem Hügel.

2

Pauline konnte nicht erkennen, was Ludwig auf dem Rücken trug. Ob es ein Rucksack war oder ein Tornister. Es glänzte wie Metall. Er schritt weit aus, war gut zuwege. War etwa noch hundert Meter vor ihr. Wenn er sich umblickte, würde er sie sehen. Aber wenn sie ihm zuviel Vorsprung ließ, konnte sie ihn verlieren. Sie raffte ihr Kleid an sich, duckte sich unter dem Zaun hindurch und lief zwischen zwei Häusern über die Gärten. Dahinter fiel der Hang sanft ab. Ein Stück weit unten weideten Kühe. Die blickten zu ihr herauf und machten ihr Angst. Sie zog die Schuhe aus und rannte barfuß durch das Gras parallel zur Straße.

Hinter einem Erdwall zweigte ein Pfad von der Straße ab. Er führte hinauf zum Wald. Ludwig erreichte gerade den Waldrand. Pauline wartete, bis sie ihn zwischen den Fichtenstämmen nicht mehr sehen konnte. Dann folgte sie ihm nach.

Es war nur ein schütterer Streifen Wald, und nach wenigen zwanzig Metern tat sich eine Lichtung auf. Ludwig saß auf der Wiese und blickte unverwandt zu Pauline herunter. Sie winkte ihm mit ihren Schuhen zu. Rief seinen Namen. Er blieb sitzen, aber er stützte sich mit den Händen am Boden ab. Immer wieder rief sie seinen Namen. Sie rief, während sie auf ihn zulief.

Dann hatte sie ihn vor sich, auf Handausstrecken, und ihr Atem ging so heftig, daß sie erst nicht reden konnte.

»Ich glaub's nicht«, sagte er. »Aber ich habe dich gesehen.«

Sie nickte.

»Im Postauto, oder? Du bist im Postauto gesessen, oder? Line, sag doch, daß es stimmt!«

Sie nickte.

»Ich hab's nicht geglaubt, Line.«

»Bist du's wirklich, Ludwig«, sagte sie.

»Line, ich bin hinaufgerannt zur Kirche, aber da war der Bus schon weg.«

»Ich habe dich gesehen, Ludwig«, sagte sie. »Ich habe dich ja gesehen!«

Sein Gesicht war älter und seine Haare heller. Die Augenbrauen hellblond und buschig.

»Was ist das auf deinem Rücken?« fragte sie.

»Eine Milchkanne«, sagte er. Er legte die Träger ab, wuchtete die Kanne neben sich und zog den Sturz von der Öffnung. Die Kanne war leer. Sie roch nach saurer Milch.

»Jetzt sehe ich es«, sagte sie.

»Komm«, sagte er.

Er stand vor ihr, und weil er über ihr am Hang stand, reichte sie ihm nicht weiter als bis zum Bauch. Was für ein langes Elend er doch war! Sie schlang ihre Arme um seine Hüften und sagte immer wieder seinen Namen. Alle Zweifel, die in ihr gewesen waren, traten jetzt klar und ohne Umschreibung vor sie hin, und sprachen aus, was sie eigentlich immer gemeint hatten, als sie sich hinter Romanen und phantasierten Dörfern versteckten, nämlich die eine Frage: Was hast du noch mit diesem Mann zu schaffen? Die Romane, die sie Abend für Abend gesponnen hatte, waren eine dürre Antwort darauf gewesen: Eine Zukunft habe ich mit ihm, eine Zukunft, die sich vorausdenken läßt, die sich zumindest vorausträumen läßt. – Eine böse und hinterlistige Antwort war das. Denn was ist eine Zukunft? Eine Zukunft ist nämlich gar nichts. Die Einbildungen, so tröstend sie wirkten, behaupteten in Wahrheit: Nichts hast du mit ihm mehr zu tun. Gar nichts. Du erschaffst ihn dir neu und stopfst ihn in die Zukunft. Weil es ihn nicht mehr für dich gibt. Weil du ihn selbst nicht mehr willst. Was keinen Platz im Leben hat, das wird in die Zukunft verladen. Was aber wirklich fortwährt, braucht keine Zukunft, weil es immer gegenwärtig ist. Die Zukunft ist für das Fremde da. Davon will man vielleicht träumen, aber man will es doch nicht haben!

Fremd war ihr Ludwig nicht. Er sah anders aus, und er fühlte sich anders an. Aber fremd war er ihr nicht. Kein bißchen. Im Gegenteil. In der langen Zeit der Trennung war ihr Zutrauen zu ihm gewachsen. Das fühlte sie jetzt ganz stark. Früher, als er nur ein, zwei Tage auf Urlaub nach Coburg gekommen war, da war er ihr fremd gewesen. Da hatte es sie Mühe gekostet, die Fäden wiederaufzunehmen. Da hatten sie sich umgewöhnen müssen. Beide. Die Briefe hatten sie mehr auseinandergebracht als zusammengeführt. Das war auch eine Wahrheit. Jetzt, da er ganz anders aussah, als sie sich ihn vorgestellt hatte, älter, größer, schmächtiger, vor allem aber anders gekleidet – er trug ein schmutziges kragenloses Hemd, grobe blaue Hosen, Stiefel aus Filz – sie hatte ihn ja nur in Uniform gekannt –, jetzt war er ihr vertraut, und sie fühlte nur eine zärtliche Scheu vor ihm, und daß sie ihn an sich drückte, hieß, daß sie ihn so sehr liebte, wie ihre Kraft reichte.

Nein, sie wußte nicht, was sie sagen sollte. Nur immer wieder seinen Namen. Wie er sie ansah, begriff sie, daß all das, was sie gefürchtet hatte, auch er gefürchtet hatte. Daß ihre Ehe auseinanderging, noch bevor sie vollzogen war. Das allein war doch ihre große Befürchtung gewesen.

»Du warst verschollen«, sagte er. »Ich habe deinen Eltern geschrieben. Sie wissen nicht, wo du bist. Wo warst du denn? Was hast du denn gemacht?«

»Umgekehrt«, sagte sie. »Du warst verschollen! Du! Ich habe nichts von dir gehört!«

»Ich war im Rheinland in einem Lager bei den Franzosen und bin dann hierher überstellt worden.«

»Aber warum hast du denn nicht geschrieben?«

»Sie haben die Briefe nicht weitergeleitet. Ich habe geschrieben. Aber sie haben die Briefe nicht weitergeleitet. Und von hier habe ich dir sofort geschrieben. Und deine Mutter hat mir sofort geantwortet. Wo warst du die ganze Zeit?«

»In München war ich, Ludwig.«

»In München? Du kennst doch niemanden in München, Line. Was hast du denn in München gemacht? Oder kennst du jemanden in München?«

»Laß doch, Ludwig«, sagte sie.

Fünftes Kapitel

1

Was sie sah, machte sie fassungslos. Der Hof war eine Ruine. Wohnhaus, Stall und Scheune waren aneinandergebaut, klammerten sich aneinander, was einzig zu verhindern schien, daß das ganze Gehöft auf der Stelle in sich zusammenkrachte. Die Hälfte des Tennendaches war aufgerissen. Die Sparren ragten ins Leere. Als hätte ein Riesentier von oben in dieses Dasein hineingebissen. Dicke Moospolster überzogen den traurigen Rest der Dachziegel. Das Wohnhaus, das mittlere der drei Gebäude, war winzig, das Dach sattelförmig eingesunken, die Schindeln an den Wänden waren auf der einen Seite von der Sonne schwarzgebrannt, auf der dem Wetter ausgesetzten Seite grau und von unten herauf weißlich-grün von Schimmel und Flechten, zum Teil auch schon verfault.

Sie kamen von hinten an den Hof heran und mußten um einen überbordenden Misthaufen herumgehen. Beißender Gestank stach in Paulines Nase. Hühner gackerten und kratzten an allen Ecken, wenigstens fünf Katzen zählte sie. Aus dem Stall war aggressives Schweinegrunzen zu hören. Es klang, als ob eines von ihnen den Kopf abgefressen bekäme.

»Vier Stück nur«, sagte Ludwig kleinlaut. Ab Herbst kämen noch zwei Kühe dazu, die seien zur Zeit oben auf der Alpe. »Ein überschaubarer Viehbestand.«

Der Zuweg zum Haus war mit morschen Brettern ausgelegt. Die waren mit Sand bestreut und führten über nassen

Tierkot, Kartoffelschalen und Matsch. Die Quelle, die etwas weiter oberhalb des Hauses aus der Erde trat, hatte keinen geregelten Abfluß mehr, das Wasser sickerte in die Wiese und durchnäßte unten den Platz vor dem Haus. Unter dem tief heruntergezogenen Dachvorsprung steckten die Heinzen fürs Heu, daneben hing eine dichte Reihe goldgelber Maiskolben. Die Traufen waren verstopft mit Vogelnestern.

»Hier bin ich aufgewachsen«, sagte Ludwig. »Und die Wiese bis hinunter zum Wald, die gehört noch uns. Und alle Bäume darauf mit dazu.« Er wies mit der ausgestreckten Hand die Richtung. »Das ist ein Gravensteiner, der ist gerade reif. Du hast nie einen besseren Apfel gegessen.«

Pauline wußte nicht, was sie sagen sollte. Sie war sprachlos. Nein, das Dorf hatte keine Ähnlichkeit mit dem Dorf ihrer Einbildung; aber das Haus – das hätte sie sich gar nicht vorzustellen vermocht.

Durch einen windfangartigen Vorraum traten sie in die Küche.

»Mama, schau, wer da ist«, sagte Ludwig.

Die Küche war obendrein noch: Hausflur, Waschraum, Abstellkammer und Hühnerstall. Hennen mit abgezausten Hälsen liefen ihnen zwischen die Beine und staubten den Boden auf, der zur Hälfte aus in den Lehm gestopften Wakkersteinen, zur anderen Hälfte aus Beton bestand. Neben der Tür lehnte ein Fahrrad ohne Reifen, darüber hingen an Nägeln zwei derbe, graue Jacken und ein halbes Dutzend an den Henkeln zusammengebundene Strohkörbe. Hinten im Dustern thronte ein Trumm Herd, schwarzgeschwitzt und starrend vor Schmutz. Ein Vogelbauer aus Draht war von der Decke heruntergelassen. Es war leer und diente Geschirrtüchern, Handtüchern und sonstigen Fetzen als Platz zum Trocknen. – Pauline wußte eines ganz gewiß: Noch nie war sie in einen freudloseren Raum geführt worden.

»Mama, bitte, schau doch, wer da ist!«

Eine große, schlanke Frau mit waagrechten Schultern – das war die Schwiegermutter. Pauline kannte nicht einmal ihren Namen. Sie kehrte ihnen den Rücken zu. Das Kopftuch aus demselben Stoff wie die Schürze, hellblau und winzige Blumen. Arbeitete unbeirrt weiter, die Haltung gerade, als führte sie einer Stube voller Feinde ihr Werk vor. Und dann ein halber Blick über die Schulter. Aber nicht in Paulines Gesicht. Sondern weiter nach unten. Ihr Mund ein Strich. Augen wie die eines Mannes. Eines selbstgerechten Mannes. Schaut sie denn tatsächlich meinen Bauch an? Ein Blick voll neugieriger Entrüstung war das. Wo bin ich hier? dachte Pauline. Was will ich hier? Ihr war, als betrachte sie sich selbst von schräg oben herab, ganz und gar nicht streitbar für ihre Sache fühlte sie sich, nicht einmal sonderlich interessiert daran. Eine Fensterguckerin auf ein eigenes Erlebnis herunter. Eine heitere Ablenkung, dieses Erlebnis. Vielleicht war das alles, was sich hier abspielte, noch ein Teil jener Begebenheit, die sich ihr in der Dorfkirche als Traum geoffenbart hatte. Als ein Witwentraum. Und diese Frau – nichts als lauter ernste Dinge im Sinn –, was soll denn das für ein Kind sein, Heilige Notburga von Bühl und Umgebung, das sie sich da drinnen in meinem Bauch denkt!

Die Schwiegermutter war gerade dabei, Teig für Nudeln durch den Wolf zu drehen. »Vielleicht will sie ja gleich wieder gehen, deine Gemahlin«, sagte sie. Bolzgeradeaus zur Wand hin sagte sie das. Drückte dabei mit dem Kochquirl Teig in den Wolf, drehte an der Kurbel. »Dann braucht man kein Wort zum Fenster hinauszuschmeißen, unnützerweise, vorher. Wer ohne etwas kommt, reist leichter wieder ab. Ist das nicht so?«

Aber Pauline ließ sich nicht kränken. Nicht von dieser näselnden Stimme, die da so einen sempernden Bogen nach unten jammerte. Und sie ließ sich auch nicht ekeln vor dem Schmutz um sie herum und auch nicht vor der Vorstellung, daß diese grauen Würmer, die da aus dem Wolf gequetscht wurden, Nudeln sein sollten, die gegessen werden wollten. Und sie ließ sich auch nicht von ihrem eigenen Schwindelgefühl narren, das ja doch nur ihr leerer Magen und nicht irgendeine Schimäre zu verantworten hatte. Für Kränkung und Ekel war kein Platz in ihr. Ein Gefühl des Unwirklichen blieb. Und dieses Gefühl dämpfte ihr Temperament. Sonst wäre Pauline in Wut geraten. So setzte sie das Verhalten dieser Frau lediglich in Erstaunen. Sie grüßte und hängte eine Floskel an. Und dann schwieg sie.

Ludwig dagegen redete. Unablässig. Weil er sich für seine Mutter schämte. Es wäre nicht nötig gewesen, deswegen viel zu reden. Pauline hörte nicht so genau hin und vergaß auch gleich wieder, was er da sagte. Zu jeder Silbe tanzte seine Hand, und das entzündete eine solche Freude in ihr, daß sie auf seine Worte keine Rücksicht mehr nehmen konnte, denn das hatte sie doch glatt in ihren Träumen vergessen und in ihren Berechnungen übersehen: daß Ludwig diese liebe Art hatte, mit den Händen zu tanzen. Wenn er jemanden überzeugen wollte. Da baut man ganze Dörfer und Häuser, dachte sie, und das Wesentliche vergißt man. An seinen Händen sah sie sich satt.

2

Dann holten sie die Koffer aus der Kirche. Ludwig fand das eine aufgelegte Idee, sie im Beichtstuhl unterzustellen, und er blieb immer wieder stehen, um sich an den Kopf zu greifen und zu lachen. Pauline betrachtete ihn dabei und lachte ein wenig gekünstelt mit. Hatte er früher auch schon soviel auf einmal geredet? Sie fand nicht mehr die Sorglosigkeit, die seinem Gesicht diese fast noch knabenhafte Anmut gegeben hatte. Sein Blick hatte etwas Fahriges bekommen. Das fiel ihr jetzt deutlich auf.

Ludwig führte Pauline weiter taleinwärts aus dem Dorf hinaus und hinunter zum Bach. Er habe noch eine Überraschung für sie, sagte er, und diese Überraschung könnte unter gar keinen Umständen bis morgen warten. Er ging einen halben Schritt vor ihr. Wenn sie zu ihm aufschloß, beschleunigte er. Und die Koffer waren ihm schwer.

»Laß mich wenigstens einen tragen«, sagte sie. »Oder tragen wir sie zusammen, wir können ja einen Stock durch die Griffe schieben.« Aber er wollte das nicht.

Weiter unten im Tal waren die Wiesen feucht. Der Weg führte erst über eine gemauerte Brücke und dann in einigem Abstand neben dem Bach her. Staubiggrüne Weiden wuchsen entlang des Ufers und verstellten den Blick auf das Wasser. Auf den Mostbirnenbäumen saßen Amseln und trällerten in den Abend hinein. Es kam Pauline vor, als wäre es schon eine Woche her, seit sie in Bregenz aus dem Zug gestiegen war. Und fast ebenso lang, seit sie Ludwig durch das Fenster des Postautos gesehen hatte. Und fast genauso lang, seit sie sich auf der Lichtung umarmt hatten. Und die Sicherheit, die während der Umarmung in ihr gewesen war, die gehörte nun auch schon zur Erinnerung an diesen langen Tag. Es machte sie konfus, daß Ludwig immer einen halben Schritt vor ihr ging und sich nicht einholen ließ, und sie sein Gesicht nicht sehen konnte, wenn sie ihn etwas fragte. War er sich denn so sicher, was geschehen wird? Wie die nächsten Tage sein würden, auf Jahre hinaus womöglich? Bedurfte es für ihn keiner Überlegungen, keines Entschlusses? Würde ich mir in seinem Fall nicht Bedenkzeit erbitten? dachte sie. Es war auch nötig, ab und zu laut seinen Namen zu sagen.

»Bitte, Ludwig, geh nicht so schnell! Mir ist schwindlig.«

Sie kamen zu einem Gebäude aus Stein, das ein Stück vom Weg abgerückt mitten auf einem hartgetretenen Platz stand. Kein Stall war angebaut, und überhaupt sah es anders aus als die anderen Häuser hier. Es wirkte wie ein zusammengedrückter Turm, hatte einen quadratischen Grundriß, war nur erdgeschoßig, barg aber offensichtlich eine geräumige Dachwohnung, denn in dem hohen, pyramidenförmigen Dach waren Fenster mit Giebelhauben eingelassen. Auf der Spitze steckte eine breite, gewellte Blechfahne, die einmal bunt bemalt gewesen war. Die Farbe war abgeblättert und das Blech darunter verrostet.

An dem Haus wurde gearbeitet. Der Verputz an den Wänden war heruntergeschlagen. Zum Teil war das Gemäuer eingerüstet. Die Fenster hatten keine Gläser und keine Rahmen. Die Tür, genau in der Mitte des Gebäudes, ruhte auf einem steinernen Podest aus drei Stufen. Zwei Fahrradständer rechts und links daneben sahen aus, als wären sie mit Mehl bestäubt worden. Der Platz war eingefriedet durch ein Spalier aus streng gestutzten Birnbäumen.

Aus dem Inneren des Hauses drang metallisches Hämmern.

»Ich weiß, daß es dir gefällt«, sagte Ludwig.

»Was ist das?«

»Meine Überraschung«, sagte er. »Wenn es drauf ankommt, kannst du arbeiten wie ein Tier, stimmt's?« Er stellte die Koffer ab und wischte sich den Schweiß von der Stirn. »Warte hier«, sagte er. »Ich will ihn nicht erschrecken.« Dann lief er ins Haus.

Das Hämmern brach ab. Pauline sah in einer der Fensterhöhlen das Gesicht eines jungen Mannes. Es verschwand gleich wieder. Und dann traten die beiden vor das Haus.

Ludwig winkte Pauline, sie solle herüberkommen. »Das ist der Kaspar«, sagte er und fügte gleich laut lachend hinzu: »Aber er ist nicht die Überraschung!«

Kaspar war kleiner als Ludwig, nicht älter als zwanzig, und noch hagerer als sein Bruder. Sein Haar war ölig, glatt und rabenschwarz, im Nacken weit hinaufrasiert, fiel es ihm vorn über die Stirn. Er hatte keine Ähnlichkeit mit Ludwig und auch keine Ähnlichkeit mit ihrer Mutter. Seine Brauen waren breit und dunkel, sein Blick war unstet. Er trug ein blutrotes Hemd, das neu war. Aber er gab nicht acht darauf. Das konnte man sehen.

»Pauline, oder? Der Ludwig hat viel von dir erzählt«, sagte er und nahm ihre Hand. Wollte sie gar nicht mehr loslassen.

Umgekehrt hatte Ludwig nicht viel von Kaspar erzählt. Überhaupt nichts hatte er erzählt. Weder von Kaspar, dem jüngeren, noch von Jakob, dem älteren Bruder. In seinem ersten Brief hatte er ihre Namen genannt und ein paar witzelnde Bemerkungen angehängt. Sonst aber nichts.

»Und jetzt«, sagte Ludwig und zeigte auf das Haus, »Pauline, rate, was das ist!«

»Das ist unser Haus«, sagte Pauline prompt.

Ludwig war sichtlich verwirrt, und jetzt lachte Kaspar. Es war ein kurzes Lachen, und es hörte sich an wie ein Husten. Er zog dabei die Oberlippe über den Schneidezähnen zusammen, wie es Leute tun, die schlechte Zähne haben.

»Es ist die Schule«, sagte er. »Bis vor zwei Wochen haben noch die Franzosen hier gewohnt.«

»Marokkaner«, präzisierte Ludwig.

»Und was ist die Überraschung?« fragte Pauline. Kaspar klärte sie auf: unten die Schule, oben die Wohnung für den Schulwart.

»Und seine Frau«, sagte Ludwig.

»Und das sind wir?«

»Und das sind wir zwei. Ja.«

Pauline spürte, wie ihr alles Blut aus dem Gesicht wich. »Ich weiß nicht, ob ich das will«, sagte sie leise und überschlug schnell in ihrem Kopf, was denn die Obliegenheiten eines Schulwarts sein könnten. »Und läßt sich's davon leben?«

»Wir werden's lustig haben«, sagte Ludwig.

Der Hausflur war breit und vollgestellt mit übereinandergestapelten Schulbänken. An den Wänden entlang waren Regale und Kleiderhaken geschraubt. Hier sollten die Kinder ihre Siebensachen verstauen. Links ging es ins Klassenzimmer ab, rechts ins Lehrerzimmer. Die Türen waren herausgenommen. Pauline warf nur einen schnellen Blick hinein. In dem einen Raum befand sich eine Zementmischmaschine, im anderen stapelten sich Bretter bis zur Decke. Am Ende des Ganges führte eine Stiege nach oben. Schnurstracks schritt sie darauf zu.

»Es sieht noch furchtbar aus, oben«, sagte Ludwig. »Bis vor einem Monat war noch Militär hier.«

Pauline hörte nicht auf ihn. Ein süßlicher Geruch stieg ihr in die Nase. Sie kannte den Geruch: So roch verwesendes Fleisch. Sie drückte den Ärmel ihres Kleides vor das Gesicht und trat mit einem Ruck ein.

Es war ein enger, fensterloser Flur, der durch einen Vorhang aus Wachstuch von einer Küche getrennt war. Von dort her rührte der Gestank. Der Küchentisch war mit Geschirr, Flaschen, Konservenbüchsen und Essensresten bedeckt. Über die Knochen und Fleischreste, die auf einer Unterlage aus Zeitungspapier lagen, war Kalk gestreut worden. Dennoch saßen überall Fliegen drauf. Jetzt surrten sie um Paulines Kopf. Abfälle lagen am Boden, die Wände waren verschmiert, Zigarettenkippen waren in die Tapete gebohrt worden.

»Erschrick nicht«, sagte Ludwig. »Ich habe dich gewarnt.«

Pauline stieß das Fenster auf. Zu der Unsäglichkeit dieses Raumes äußerte sie sich nicht. »Ich verstehe das nicht«, sagte sie, »sind die Kinder denn gar nicht zur Schule gegangen im letzten Jahr?«

»Vielleicht im Nachbarort?«

»Dort waren die Marokkaner ja auch.«

Sie wußten es nicht. Weder Ludwig noch Kaspar.

»Wahrscheinlich gar nicht.«

»Irgendwo sicher.«

Sie wußten es nicht.

Durch eine flügellose Tür mit der Küche verbunden war ein mittelgroßer Raum, der vollgeräumt war mit Betten und Stockbetten. Bei den meisten waren die Böden herausgebrochen. Die Matratzen waren aufgerissen, das Stroh war über den Boden verstreut. Graue Pferdedecken mit aufgedruckten Schriften, Französisch und Arabisch, hingen über den Bettgestellen.

»Davon haben wir noch einen ganzen Stapel im Haus oben«, sagte Kaspar.

Die Fenster waren kahl, aber sie gaben ein gutes Licht. Auch in diesem Raum stank es, wenn auch erträglicher.

Der dritte Raum war kleiner und leer. Verstaubt, grau und leer. Die Wände wiesen tiefe Risse auf, aus den Fugen zwischen Mauer und Gebälk bröckelte der Mörtel. Immerhin konnte man sich hier frei bewegen.

»Hier haben wir angefangen«, sagte Kaspar, der sich immer einen Schritt hinter Pauline hielt.

»Kaspar war das«, sagte Ludwig. Er schaute schuldbewußt von der Küche aus zu, wie sie weiter Türen und Fenster öffnete. »Die Schule ist eben doch eiliger, und ich wußte ja nicht, wann du kommst. Und ob überhaupt.«

»Ich wußte es«, sagte Kaspar. Die Blicke, die er Pauline gab, waren voll Bewunderung.

»Gehen wir heim«, sagte Ludwig. »Für heute reicht es. Morgen ist auch ein Tag. Du wirst Hunger haben, Pauline, und müde wirst du erst recht sein.«

Sie war so hungrig, daß sie meinte, etwas ziehe ihr den Bauch nach innen, und müde war sie zum Umfallen. Aber das hier ließ sich nicht aufschieben. Dies alles war dazu angetan, in ihr Widerwillen und Hoffnungslosigkeit zu erregen, und in der Folge Resignation und Starre. Das mußte sie unbedingt verhindern. Heute gilt nicht, sagte sie sich. Erst ab morgen lasse ich es zählen. Vorher mußten einige Tatsachen frisiert werden. Sie war erpicht auf den nächsten Tag, im frischen Licht des Morgens ließe sich eine Vorstellung von dieser Behausung machen, die durchaus nicht hoffnungslos war. Aber bis dahin mußte einiges verschwunden sein. Sie zerrte zwei Wolldecken von den Pritschen, prüfte sie und breitete sie auf den Küchenboden.

»Habt ihr Streichhölzer?«

Kaspar sprang hinzu, hatte schon die Flamme in der hohlen Hand. Konnte gar nicht wissen, was Pauline damit wollte.

»Gleich«, sagte sie, »gleich. Gleich brauch ich die Streichhölzer. Nicht hier oben. Benzin habt ihr nicht?«

»Benzin!« rief Ludwig. »Wofür brauchst du denn Benzin, um Christi willen! Natürlich haben wir kein Benzin. Niemand hat Benzin.«

Pauline griff mitten in den Unrat, warf Knochen, schimmelnde Konservendosen, verfaulte Fleischreste und sogar die Teller, alles warf sie auf die Decken, die Flaschen und auch das Besteck. Besteck war nicht viel da, Messer gar keine, Gabeln zwei, drei, hauptsächlich Löffel, die meisten verbogen, schwarz angelaufene Blechlöffel.

»Petroleum habt ihr auch nicht?«

»Petroleum kann ich auftreiben«, sagte Kaspar. »Gleich?«

»Wenn das geht?«

»Dauert eine halbe Stunde«, rief er, und schon weg war er.

Pauline band die Decken zu einem Bündel zusammen und reichte es Ludwig hin.

»Und was jetzt damit?« fragte er, und es klang die weinerliche Bockigkeit seiner Mutter mit.

»Ich kann das nicht ein zweites Mal anschauen«, sagte sie. »Du hast gesagt, ich kann arbeiten wie ein Tier.«

»Das sagt man so bei uns. Das ist nichts weiter als eine Redensart hier.«

Hinter dem Haus war ein Garten angelegt. Die Beete erstickten im Unkraut. Die Einfassungen waren vermodert und zertreten. Um sie herum wucherten Brombeeren. Eine

Schar aufgescheuchter Spatzen brach hervor. Ein Pfad führte zu einem schmalen Schopf, auf dem, mit Steinen beschwert, rostige Wellblechbahnen lagen. Langstielige Disteln waren fast bis zum Dach des Häuschens emporgewachsen.

»Das muß alles abgeschnitten werden«, sagte Pauline und deutete auf das Brombeergestrüpp. »Wenn hier die Schulkinder herumtollen, die können sich ja verletzen an den Dornen.«

Ludwig setzte das Bündel vorsichtig ab. »Die Teller«, sagte er, »die braucht man doch nur zu waschen. Die muß man doch nicht wegschmeißen.«

»Ja«, sagte Pauline, »das wird uns später sicher leid tun.« Sie hob das Bündel hoch über ihren Kopf und ließ es fallen. »So, jetzt«, sagte sie. Jetzt waren es Scherben.

»Was ist das?« fragte sie. Sie meinte den Schopf.

»Der Abort«, sagte Ludwig.

»Es gibt im Haus keinen?«

»Noch nicht, nein.«

»Gar keine Wasserleitung?«

»Nein.«

Ludwig machte sich daran, ein Loch auszuheben. Er stieß den Spaten in den kiesigen Grund, daß es knirschte und klirrte.

3

Flickschusterei war Paulines Sache nicht. Jedes Verhängnis hat seinen widrigen Knoten, seinen fatalen Punkt in der Mitte, das war ihre Überzeugung. Das Außendaranherumkratzen brachte nur Ärger. Und erforderte Geduld. Ein geduldiger Mensch aber war Pauline weiß Gott nicht. – Das hatte oft genug dazu geführt, daß schlußendlich alles liegenblieb.

Nun saßen sie vor dem Haus auf den Stufen. Blickten geradeaus. Berührten einander nicht. Warteten auf Kaspar und das Petroleum. Pauline verschränkte die Arme über ihren Knien, Ludwig saß zurückgelehnt und hatte die Ellbogen auf die Stufen gestützt. Er zog die Brauen etwas zusammen und pfiff kaum hörbar zwischen den Zähnen.

Da erst fällte sie ihre Entscheidung: zu bleiben, Ludwig eine Frau zu sein, heimisch zu werden in dieser Fremde. In einer einzigen Kraftaufwendung wollte sie alle offenen Angelegenheiten auf einmal klären. Nie war die Vorstellung von dem, was auf sie zukommen würde, weniger wirr gewesen. Ihr Entschluß war ohne Plan für die Zukunft. Ihre Vorsätze reichten nicht weiter als die Dauer eines Gesprächs. In den letzten fünfzehn Monaten hatte sie sich an allen möglichen Visionen abgearbeitet, hatte über ihre und Ludwigs Zukunft ein Rankenwerk aus Phantasien emporwachsen lassen – inszenierte Morgen-, Mittags- und Abendstunden, gepflegte wie spaßige Gespräche, dramatische Geschichtchen, Festlegungen und Mutmaßungen aller Art. Romane eben. Ein Dickicht war übriggeblieben. Das mußte jetzt niedergerissen werden. Sie wollte sich nicht lange versäumen.

Wenn ich schon einmal dabei bin, dachte sie, dann soll gleich alles erledigt werden, und ohne sich etwas zurechtzulegen, sagte sie geradeheraus: »Ludwig, wir sind verheiratet seit über eineinhalb Jahren, und wir haben noch nicht miteinander geschlafen. Unsere Ehe ist nicht vollzogen.«

Ihre Worte rührten sie seltsam vertraut an, zu oft sich selber vorgesagt waren sie, und sie wiederholte sie noch einmal im stillen, und da klangen sie ihr wie Spott. Hoch zu ihren Häupten kreisten Habichte und Hühnervögel im gläsern blauen Abendhimmel. Die Kämme der Berge waren noch von der Sonne beschienen. Das Tal lag im Schatten. Ludwig schwieg. Der Teufel hat es ins Werk gesetzt, dachte Pauline.

»Wo werden wir heute nacht schlafen, Ludwig?«

»Jetzt ist der Krieg vorbei«, nuschelte er, »jetzt ist alles anders, Pauline. Als wir geheiratet haben …«

Sie unterbrach ihn gleich. »Ich habe dich nicht verstanden.« Das stimmte nicht. Aber sie wollte, daß deutlich und fest über diese Sache gesprochen wurde.

»Ich meine«, sagte er sich räuspernd, »ich meine, daß, als wir geheiratet haben, Pauline, da war das Haus so voll, eure Wohnung meine ich, das weißt du doch, deine Verwandten aus Schweinfurt, dein Bruder …«

»Es ist niemand schuld«, unterbrach sie ihn wieder.

»Nein«, sagte er, »natürlich nicht.«

Dann mußte Pauline von neuem Anlauf nehmen. Sie hoffte nur, daß Kaspar nicht mit dem Petroleum daherkomme, noch bevor alles gesagt war.

»Ich kann nicht darum herumreden, Ludwig«, sagte sie. »Ich möchte, daß wir es heute tun. Aber ich möchte auch, daß es richtig geschieht. Und darum mußt du mir jetzt sagen, wo wir heute nacht schlafen.«

»Eben«, sagte er, »wie ich schon gesagt habe: oben im Haus, ich meine, im Elternhaus.«

»Wo im Haus, Ludwig? In welchem Zimmer? In welchem Bett?«

»Das weiß ich noch nicht.«

»Können wir das Wohnzimmer haben?«

»Ja, das glaube ich schon. Das können wir sicher haben.«

»Ich sollte mich nicht schämen müssen, wenn ich das alles frage. Und du solltest dich auch nicht schämen, Ludwig. Aber ich muß es wissen: Sind wir dort ungestört?«

Ludwig trat auf den Platz hinaus. Ohne sich zu ihr umzuwenden, sagte er: »Nein, im Wohnzimmer sind wir nicht ungestört. Der Gaden ist gleich daneben.«

»Was ist der Gaden?«

»Das Elternschlafzimmer. Wo die Mama schläft. Sie muß durchs Wohnzimmer.«

»Und in deinem Zimmer?«

»Ich habe kein eigenes Zimmer. Ich schlafe mit dem Kaspar zusammen. Oben im Bubenzimmer. In Stockbetten. Er unten, ich oben.«

»Vielleicht schläft der Kaspar im Wohnzimmer, und wir beide können das Bubenzimmer haben.«

»Das tut er sicher, freilich. Ich rede mit ihm.«

Ludwig schleuderte die Stiefel von den Füßen. Sie flogen in hohem Bogen auf den Platz hinaus. Er strich mit den nackten Zehen durch den Staub.

»Pauline«, sagte er gedehnt, dabei drehte er ihr immer noch den Rücken zu.

»Ja?«

»Es ist nicht gut im Haus oben bei uns.«

»Ja, das denke ich auch«, sagte sie.

»Ich kann nicht sagen, warum. Aber ich glaube, es ist nicht gut. Nein.«

»Was tun wir dann?« drängte sie.

»Weiß nicht. Weiß einfach nicht.«

»Denken wir halt nach, Ludwig. Jeder sagt, was er denkt. Es muß nur einer den Anfang machen.«

»Wenn du meinst«, sagte er. Es klang mühsam, wie er sprach.

»Was sollen wir also tun?« fragte sie wieder.

Ludwig suchte sich die Stiefel zusammen und zog sie wieder an. Dabei setzte er sich breitbeinig in den Staub.

Und dann hatte er gesagt: »Warten wir, bis die Wohnung hier fertig ist. Was meinst du. Das sind dann unsere eigenen vier Wände.«

Und ihr war mit einem Mal ganz lind und getrost ums Herz geworden, und sie hatte nicht gewußt, warum.

»Und wie lange?« fragte sie.

Er hob die Schultern. »Zwei Wochen«, sagte er leise. »Nicht darunter. Eher drei.«

»Das ist lang«, sagte sie. »Wenn einer von uns beiden in der Zwischenzeit stirbt …«

Er wandte ihr langsam den Kopf zu, und sein Blick hatte etwas Gezwungenes, Gedrücktes. »Was ist dann?«

»Nur ein Spaß«, sagte sie.

»Wer von uns beiden stirbt?«

»Aber niemand! Es war nur ein Spaß! Ich wollte nur sagen, vor der katholischen Kirche sind wir noch kein Paar, und wenn einer von uns beiden jetzt stirbt, angenommen, dann ist das so, als wären wir nie verheiratet gewesen.«

»Aber vor Gott doch, oder.«

»Natürlich vor Gott, Ludwig«, antwortete sie schnell, denn sein Blick wurde ihr unheimlich. »Setz dich wieder zu mir, Ludwig!«

Sie lehnte sich an seine Schulter. »Es soll in den eigenen vier Wänden geschehen, du hast recht.«

»Ja«, sagte er, »das ist gut. Ich liebe dich.«

»Glaubst du wirklich, Ludwig, daß es gut ist?« fragte sie.

»Es ist das beste«, sagte er.

»Du glaubst es also wirklich, ja?« Sie schmiegte sich ganz eng an seinen Arm. Er schien ihr plötzlich so geistesabwesend, daß sie meinte, sie müsse ihn rütteln, um ihn zur Gegenwart zurückzubringen. »Sag doch etwas«, sagte sie.

»Ja, ich glaube es wirklich.«

»Wir machen ein Fest daraus, nicht wahr.«

»Das machen wir.«

»Es ist doch besser so, als nicht richtig, nicht wahr? Ludwig, was denkst du?«

»Viel besser so.«

»Ich habe lange gewartet, und jetzt warte ich eben noch ein bißchen.«

»So ist es bei mir auch.«

Sie sahen den Raubvögeln am Himmel zu, und Ludwig tauschte mit einem Radfahrer Zurufe aus.

»Gut«, sagte sie schließlich und erhob sich. »Ich werde arbeiten wie ein Tier.«

Sie sprach ein schnelles Gebet, die Güte Gottes war ja mit Händen zu greifen. Hoffentlich ist es so, dachte sie.

Die Mutter arbeitete beim Stall. Mit grimmigem Blick führte sie die Mistgabel. Graue Strähnen wehten um ihr Gesicht.

»Warum ist die Schule eigentlich außerhalb des Dorfes?« fragte Pauline. Ludwig wußte darauf keine Antwort. Kaspar auch nicht. Und die Mutter merkte gar nicht, daß die Frage auch an sie gerichtet war.

Im Haus war für Pauline ein Bad bereitet. Im Wohnzimmer wartete ein Holzzuber, und das Wasser darin dampfte. Die Mutter hatte das Stück Kernseife aus der Küche mit einem Messer abgeschabt. Damit es nicht aussah wie ein Steinbrocken.

In dieser Nacht schlief Pauline im Wohnzimmer auf der Ofenbank. Die hieß nur so, war aber in Wahrheit eine Chaiselongue. Bei Kerzenlicht war das Wohnzimmer freundlich einladend. Diesem Tag jedenfalls habe ich standgehalten, dachte Pauline.

Sechstes Kapitel

1

Der Anfang war schwer. Sie verstand die Leute nicht. Sie beobachtete eine junge Frau und einen jungen Mann, die warteten beim Dorfladen und unterhielten sich dabei. Sie versuchte, herauszubekommen, in was für einem Verhältnis die beiden zueinander standen, ob Liebespaar oder verheiratet oder nichts von beidem. Er, ein kraushaariger Komischer mit roten Bäckchen, Tirolerhut im Nacken, Arme braun wie Kupfer. Sie, ohne Zweifel eine Schönheit, blondes Haar, zu zwei Schläfenkränzen geflochten, gertenschlanke Figur, hellblaue Augen, kleines freches Kinn. Pauline hätte gern gewußt, was die beiden miteinander zu bereden hatten. Sie spitzte die Ohren, starrte ihnen schließlich unverfroren auf die Lippen. Sie konnte nicht einmal heraushören, ob sie sich stritten oder einfach nur unterhielten oder ob sie Zärtlichkeiten austauschten. Sie verstand sie nicht. Kein Wort verstand sie.

Gut, dachte sie, ich werde es lernen. Nach so einer ungewissen Reise, dachte sie, ist der Mensch empfindlich, und sie prüfte inständig jede ihrer Regungen, ob auch ja keine Ungerechtigkeit darunter sei. Sie wollte sich vorurteilsfrei ein Bild machen. Ludwig führte sie durch das Dorf. Das waren zwei Wege, die nur aus Höckern und Löchern bestanden und übersät waren mit Hühnern, Hunden, Katzen und Kindern. Aus den Hauseingängen krümmten sich alte Männer, die waren klein und verschrumpft und berichteten sich über die Straße hinweg von den ungewöhnlichsten Vorfällen in ihren

Familien. Angeblich. Sagte Ludwig. Das sei hier so Brauch. – Es half kein Leugnen und Sich-etwas-Vormachen: das Dorf erschien ihr ungastlich. Und krank. Warum? Sie hätte es nicht zu sagen vermocht. Eben das ängstigte sie und erzürnte sie gegen sich selbst. Gegen ihren Argwohn, der ihr einflüsterte: Ein Betrogenwerden ist hier nie auszuschließen. Jeder lachte ihr offen und bereitwillig ins Gesicht, egal, ob sie einen Gruß erwidert hatte oder nicht. Ob das Mundauseinanderziehen hierzulande vielleicht eine andere Bedeutung hatte? Eine heimtückische etwa. Ihr fielen Geschichten ein, die zu Hause die Runde gemacht hatten, haarsträubende Erlebnisse deutscher Besatzungssoldaten in den fremden Ländern. Sie sei sehr zynisch, sagte Ludwig. Er verwette sein Bein, daß nicht einer, nicht ein einziger im Dorf auch nur den kleinsten bösen Gedanken gegen sie im Sinn habe.

Sie wurde auch angestarrt.

»Das ist doch verständlich«, sagte Ludwig. »Hier kennt jeder jeden. Hat ja jeder gewußt, daß ich eine Frau in Deutschland habe. Habe ich ja allen erzählt. Ich habe ihnen ja von dir vorgeschwärmt. Ist doch klar, daß sie neugierig sind. Wärst du doch auch. Oder wärst du nicht?«

»Doch«, sagte sie, »entschuldige, Ludwig.«

Keine Stunde verging, ohne daß nicht einer vorbeikam, um sich die Neue aus der Nähe anzuschauen. Frauen, breit wie Heuhaufen, brachten ihr nette Dinge mit, kunstvolle Blumensträußchen oder kleine, mit Eigelb bestrichene Backwaren. Junge Mädchen sanken sich kichernd in die Arme.

»Sie tun, als ob ich eine Reliquie wäre«, sagte Pauline.

Da war einer, dem verschlug es in ihrer Gegenwart gar die Sprache. Ein ehemaliger Mitschüler von Ludwig. Vom Aussehen her hätte er der Lehrer sein können. Grauhaarig bereits. Nickte und tätschelte ihre Hand. Greisenhaft. Dabei verharrte sein Körper die ganze Zeit über in einer leichten Vorlage. Ein krumm eingeschlagener Nagel.

»Als ob ich Bittgesuche entgegennähme!«

»Sie wollen dir zeigen, daß du willkommen bist. Daß du jetzt zu uns gehörst«, sagte Ludwig und fügte ein wenig gekränkt hinzu: »Vielleicht wirken wir unterwürfig, das mag schon sein. Aber du kannst es mir glauben: Wir sind es nicht.«

»Du doch nicht, Ludwig«, sagte sie.

»Ich bin aber wie sie«, sagte er.

Ein anderer wieder brüllte aus Leibeskräften auf sie herunter, als wäre sie eine Schwerhörige, und fuchtelte dabei mit den Armen. »Basches«, brüllte er, die Haut zwischen Augen, Mundwinkeln und Ohren war wie zerknülltes Ölpapier, er sei ein Postadjunkt gewesen, und falls die gnädige Frau jemals gusto habe auf: »... Hung ...«

»Was ist *Hung*?«

»Honig«, übersetzte Ludwig.

»... dann soll sie sich an mich wenden!«

»Was, mein Gott, heißt Postadjunkt«, flüsterte Pauline verzweifelt.

»Briefträger«, sagte Ludwig. »Berühmter Imker in der Gegend, der Mann.«

»Und Basches?«

»So heißt er. Sebastian.«

Die meisten aber bestürmten sie mit Fragen. Wie die Lage in Deutschland sei, ob noch immer Hunger herrsche, ob es wahr sei, daß sich in den großen Städten Seuchen ausbreiteten, wie viele man in Nürnberg nun tatsächlich aufgehängt habe. Es gebe keine Informationen im Dorf, nur Gerüchte und die Propaganda der Franzosen. Die freie Zeitung sollte zwar in Kürze wieder erscheinen dürfen, aber das sei schon letzten Monat versprochen worden, sagten sie. In einem Ton, so empfand Pauline, als erwarte man in diesem Belang ihre Einflußnahme.

Manchmal wurde sie von einem Nachbarn eingeladen zu einer Jause vor dem Haus – ›auf dem Bänkle‹. Da gab es dann frische Milch und fettriefende Spiegeleier und selbstgebackenes Brot mit einer harten, schwarzen Kruste. Und der Nachbar wandte den Blick nicht von ihr, während sie aß. Sie sollte essen wie eine halbverhungerte Städterin. Das war es, was erwartet wurde.

Pauline merkte, daß sie den Leuten exotisch und auch etwas rätselhaft erschien, und daß es den meisten bei ihren Fragen nur darauf ankam, sie reden zu hören. Sie fand vorübergehend sogar Gefallen daran, als eine Besonderheit zu gelten, und vermied in ihren Antworten Einzelheiten, die diesen Eindruck hätten abschwächen können. Niemand zeigte ihr Abneigung oder begegnete ihr etwa mit politischem Hochmut, nicht einer, der sich ihr gegenüber gleichgültig oder gar abschätzig gab. Jeder sprach Hochdeutsch mit ihr, so gut er es eben beherrschte. Und doch, wenn sie untereinander waren und Pauline wieder kein Wort verstand, weil sie sich in dieser krachenden, unverständlichen Sprache austauschten, dann konnte sie sich des Eindrucks nicht erwehren, daß sie in einer Weise über sie verhandelten, als rechnete keiner von ihnen damit, diese Frau könnte irgendwann einmal – auch am entferntesten aller Tage nicht – eine von ihnen werden.

»Willst du das denn überhaupt?« fragte Ludwig.

»Aber selbstverständlich«, sagte sie. »Was denkst du denn!«

Im Bruchteil einer Sekunde hatte sie sich dafür entschieden, hierzubleiben, und in einer einzigen Kraftaufwendung hatte sie alle offenen Angelegenheiten klären wollen. Und wenn es dazu nötig gewesen wäre, einen kleinen Finger stellvertretend für ihre Vergangenheit abzuhacken, sie hätte es machen lassen. Sie rechnete ja auch mit Sicherheit auf das Ewige Leben, und dennoch fürchtete sie den Tod. Weil er abstoßend war. Im Vergleich dazu nahm sich alles Irdische freilich als Bitzelwasser aus. Was eine gute Heimat ist, entschied ja nicht ein erster Blick.

2

Nach drei Tagen war Ankunft genug gefeiert worden. Nun ging's an die Arbeit. Pauline lief in Hose und Hemdjacke herum. Röhren und Ärmel mit der Schere gekürzt. Rauhes blaues Zeug. Manchmal Gummistiefel. Meistens barfuß. Auf dem Kopf ein verknotetes Sacktuch. Oder der schwarze Sonntagshut von Ludwigs Vater. Ludwig machte ihr Komplimente. Sie sehe aus wie Charlie Chaplin. Sie wirkte so zart unter dem Groben. Sie konnte mit den Augen blinzeln.

Sie beizte die Fensterläden ab. Verätzte sich die Finger. Als sie die Wohnung geputzt und gescheuert hatte, konnte man sehen, daß der Zustand durchaus nicht hoffnungslos war. Pauline half aber auch beim Ausbessern des Daches. Sie war nicht schwindelfrei. Ludwig schon.

Es waren schöne Tage.

Sie bedachte ihn mit kleinen Geschenken. Aus Pappe faltete sie einen Rahmen und klemmte ihr Hochzeitsbild hinein. Das schmuggelte sie in seine Jackentasche. Sie bat die Frau Theres unten im Laden, ihr eine Zigarettenspitze zu besorgen. Sie dürfe ruhig ein Vermögen kosten, sagte sie. Ob es auch eine gebrauchte sein könne, fragte die. Auf keinen Fall, sagte Pauline. Es war dann aber doch eine gebrauchte, eine aus schwarzem Kunststoff. Pauline weichte sie eine Stunde lang in heißer Lauge ein und zog Wollfäden durch das Loch, bis es an dem Stück nichts mehr zu riechen und auszusetzen gab. Und es war ein schönes Geschenk. Die Spitze wirkte sehr elegant in Ludwigs Hand. Leider fiel sie ihm schon am ersten Tag aus dem Hemd, und er trat darauf. Dafür hatte Pauline ein Eck Speck von der Schwiegermutter abgebettelt und vier Schachteln Astor Filter von Kaspar. Das zusammen mit 400 Reichsmarklappen – diese mehr symbolisch – hatte sie nämlich der Theres auf die Budel blättern müssen.

Und Ludwig arbeitete wie ein Tier. Er lieh sich im Dorf

eine zusätzliche Leiter und eine Maurerkelle. Er schwitzte im Gesicht, und der Schweiß rann ihm in die Wimpern. Es war erst wenig Kraft in seinen dünnen Armen. Zu Mittag aßen sie unten bei der Baustelle. Keine Zeit sollte verlorengehen. Sie säbelten Brot ab und zerrissen getrocknete Würste. Oder verdrückten jeder eine Tafel Schweizer Schokolade – wenn Kaspar spendabel gewesen war. Kleine Bissen warfen sie den Eichkätzchen zu, die sich bis nahe ans Haus wagten. Die waren braun wie Zimt und frech wie Oskar Seifert.

Pauline gelang es, Ludwig zum Lachen zu bringen. Sie machte Leute nach, die ihr auf der Straße oder beim Laden begegnet waren oder die auf der Baustelle aufgetaucht waren, um ihnen ein Stück Zeit abzunehmen, und Ludwig mußte raten, wer es war.

Sie war froh, wenn sie seine Aufmerksamkeit über eine kurze Zeit zu halten vermochte. Er arbeitete zügig und genau und in einem stetigen Rhythmus, aber sein Geist schien nicht bei der Sache zu sein. Er konnte nicht aufhören, zu träumen. Dann sagte er nur »Ja« oder »Nein«, meistens nur »Ja«. Und blickte immer wieder zur Straße hinüber. Dann wieder kam es vor, daß er eine Stunde lang ohne Unterbrechung redete.

Sie ließen die Arbeit Arbeit sein, hockten sich dicht nebeneinander in eine Ecke, und Pauline hörte sich Geschichten aus der Gegend an. Manchmal prasselte ein Wolkenbruch nieder. Das waren Stunden, die sie gern hatte. Und da fiel es ihr auch nicht schwer, seinem Redeschwall zuzuhören.

Einmal zog sie einen Clownmund und sagte: »Jetzt zeig ich dir die kleine Pauline, wie sie ihren großen Ludwig gesucht hat.« Sie starrte wie vom Donner gerührt, zog den Mund zu einem Halbmond nach unten, runzelte die Stirn – und dann tat sie, als ob sie in ihren Kleidern nach etwas suchte. Krümelte ein unsichtbar Winziges aus ihrer Hosentasche, prüfte es gegen die Sonne, schüttelte traurig den Kopf. Das war eigentlich auch schon alles. Mehr führte sie nicht vor. Es genügte. Sie hatte das einmal im Zirkus gesehen. Ihr selbst wurde ganz mulmig dabei, und Ludwigs Gesicht nahm einen so sehnsüchtig verlorenen Ausdruck an, daß Pauline losheulen wollte, noch ehe sie mit ihrer Vorführung zu Ende war.

»Schau doch nicht so, Ludwig«, sagte sie, »da wird einem ja ganz anders!«

Am Abend sang sie. Die untergehende Sonne hatte etwas Beschwichtigendes. Das Tal lag bereits im Dunst. Pauline hatte keine besonders schöne Stimme, das wußte sie selber am besten. Aber es gelang ihr, Inbrunst zu vermitteln, das heißt, eigentlich tat sie so, als vermittle sie Inbrunst. Und so wurde auch aus ihrem Gesang wieder eine kleine Posse.

Beim Heimweg nahmen sie die Abkürzung über die Wiese, machten einen Bogen um die berühmten Bienenstöcke des Postadjunkten Basches, und Pauline mußte öfter rasten, weil ihr der Schnauf ausging. Ludwig wartete auf sie und neckte sie, was sie doch für ein Stadtkind sei. Sie hatte das gern. Sie war bezaubert von seiner Art, zu gehen, ja, bezaubert war sie, und auch von seiner Art, innezuhalten und sich in der Hüfte zu drehen. Sie liebte es, wie er die Schultern straffte. Sie verspürte so starkes Verlangen nach seinem Körper, und das war der wahre Grund dafür, warum sie immer wieder stehenblieb. Und ihre Bewunderung für ihn fand kein Ende. Und sie hätte die Bewunderung für ihren Mann gern in die Welt hinausgerufen.

Am Hang kauerten sie sich aneinander und schauten hinunter auf ihre Schule, deren Dach vom Mond beschienen war. Tiere waren zu hören. Und der Wind ging darüber.

3

In der Nacht setzte sich Ludwig neben die Ofenbank auf einen Stuhl und hielt Paulines Hand, bis sie eingeschlafen war. Das war zu seiner Gewohnheit geworden. Manchmal blieb er bis zum Morgengrauen. Er konnte sich nicht aufraffen.

Falter umkreisten die Kerze. Ludwig betrachtete seine Frau. Er wog den steinernen Aschenbecher in seiner Hand und löschte die Flamme. Er mochte die Form und das Gewicht des Aschenbechers. Sie erinnerten ihn an seine Armeepistole. Als Offizier wäre ihm zwar die leichtere Walther PP oder die griffige PPK oder die elegante Mauser HSC zugestanden. Er aber hatte sich ausbedungen, weiterhin seine Luger 08 zu tragen. Seine Parabellum. Er schloß die Augen und führte mit den Händen exakt und schnell jene Bewegungen aus, die nötig waren, um die Waffe auseinanderzunehmen und wieder zusammenzusetzen. Das Spiel hatte geheißen, ein volles Magazin gegen ein leeres zu tauschen, dann den Lauf an die Schläfe zu setzen und abzudrücken. Das hatte ein sattes metallisches »Tack« gemacht. Er hatte dabei ein wohliges Gefühl im Körper gespürt. Ein wenig Schwindel. Wie nach der ersten Zigarette am Morgen. Er hatte nicht einschlafen können ohne dieses Spiel. Die Gefahr war gering. Es hätte sein können – hätte sein können –, daß er in der Dunkelheit das volle und das leere Magazin miteinander verwechselte. Diese winzige Möglichkeit war der Grund gewesen, warum er sein Spiel spielte. Sagte er sich. Es war sein Spiel. Sein Spiel gegen seinen Schutzengel. Sein Trost gegen alles. Wenn er auf seinen Kopf abdrückte, zog er sich vorher die Decke über. Damit die Kameraden das »Tack« nicht hörten. Den wahren Kopfschuß dachte er sich als eine Wolke, die in sich die Sonne trug. Und ein langes Nachglühen unter den Augenlidern. Es war ihm ein Trost, sich vorzustellen, sein Körper gehe in Erde über. Die Haut, die Nerven, die Adern.

In der Gefangenschaft war ihm die Pistole abgenommen worden. Seither machte er es mit dem Zeigefinger der rechten Hand. Und das »Tack« machte er mit Zunge und Gaumen. Besonders angenehm war es, wenn er dabei gleichzeitig in der linken Hand den steinernen Aschenbecher wog.

Er beugte sich vor und streichelte Paulines Rücken, kaum berührte er ihren Schlafanzug, ordnete die Decke über ihrer Schulter. Seine Dumpfheit war ohne Konturen, sein Wille gelähmt. Die unbequemste Körperhaltung ließ sich beliebig lange ertragen. Er wollte nicht, daß etwas geschah. Jedem Entschluß schien etwas Ungeheuerliches innezuwohnen, eine unfaßliche tückische Macht, die sich in seinem Versagen ausdrückte.

Er zündete die Kerze wieder an und widmete sich der Zukunft. Pauline kam aus der Zivilisation. Eine zerbombte Zivilisation zwar, aber jeder Mensch dort hatte eine Ahnung davon, was eine Brause war. Wohin war sie nur geraten! Die Lebensverhältnisse im Dorf waren schändlich und ekelhaft. Hier gab es nicht einmal eine Wasserleitung. Die weiter unten im Tal hatten Pumpen. Die weiter oben zogen Quellwasser ans Haus. Die Deutschen, als sie hier waren, hatten Pläne für ein Versorgungsnetz ausgearbeitet. Jetzt scheute man sich, diese Pläne den Franzosen vorzulegen.

Er begann, in seinem Kopf zu debattieren. Mit einem gesichtslosen Gegenüber. Vor einem Publikum, das aus Pauline und ihresgleichen bestand. Er führte Argumente ins Feld. Mehr, um durch sie Beifall einzuheimsen, als mit ihnen zu überzeugen. Ein Anflug von Draufgängertum. Ellenbogen, Gehirn und geschliffene Reden. Und allmählich gewann auch sein Gegenüber Konturen. Pauline würde Zeuge eines Zweikampfes werden. Ludwig gegen den von den Franzosen eingesetzten Bürgermeister. – Aber gleich verrannte er sich in der Pose. Nicht einmal sich selber konnte er etwas vormachen. Und die Debatte in seinem Kopf schnurrte zusammen zu einem zagen Aufzählen von einigen verbröselten guten Taten – daß er angeregt hatte, im Laden ein Brett auszuhängen, worauf jeder, der wollte, eine Mitteilung heften konnte –, was er zu tauschen, zu kaufen oder zu verkaufen wünschte, oder wenn jemand wußte, wo man günstige Kartoffeln herbekommen konnte; oder sein Vorschlag, einmal in der Woche unten beim Brunnen einen kleinen Markt abzuhalten, wo sich die Frauen mit ihren Vorräten einfinden sollten; oder sein Vorschlag, einen Milchdienst einzurichten – junge Männer stiegen zweimal in der Woche hinauf auf die Alpe und trugen volle Kannen herunter zum Laden, wo die Milch schwarz verteilt wurde.

Ja, würde Pauline sagen, das ist doch großartig, Ludwig! Das sind keine Kleinigkeiten. Aus solchen Dingen, würde sie sagen, besteht die Hoffnung.

Nein, würde er sagen, das ist alles zusammen gar nichts.

O doch, Ludwig, würde sie sagen, laß es nicht leichter erscheinen, als es ist! Es macht Menschen Mut. Und was gibt es Besseres!

Und alle würden ihr recht geben. Ja, Pauline Juen, dein Mann hat uns Mut gemacht! Er hat Schneid. Spricht aus, was gedacht wird. Hat nicht verlernt, zwischen Unrecht und Recht zu unterscheiden. Wir vertrauen deinem Mann, Pauline Juen.

Dem Bürgermeister nämlich vertraute niemand. Der stammte nicht aus der Gegend. Niemand kannte ihn. Niemand nahm sich die Mühe, ihn kennenzulernen. Man nannte ihn *den Schiefen*. Weil er ein Bein nachzog. Und eine lange Schulter hatte. Über der Stirn trug er ein Haarteil, einen Pepi, schon etwas ausgefranst und ungeschickt in der Farbe. Alles, was man von diesem Herrn wußte, war, daß er bei den Deutschen im Gefängnis gesessen hatte. Da gab es Eigene auch. Das Wesentliche hatte einen Namen: daß er keiner von hier war. Ludwig dagegen war einer aus dem Dorf. Und er war gescheiter als alle zusammen. Das war ihm schon als Kind bestätigt worden. Darum hatte man ihn auch auf die Offiziersschule geschickt. Ein *Vomag* – »Volksoffizier mit Arbeitergesicht«. Ein Spaß. Die Deutschen wußten, wer die Besten sind. Im Gegensatz zu den Franzosen. Die wußten es nicht. Die setzten auf Günstlingswirtschaft und nahmen den Menschen die Zuversicht.

Ja, Ludwig wünschte sich, irgend jemand würde Pauline von seinen Taten und seinem Einfluß erzählen, würde zu ihr sagen: Dein Mann, Pauline Juen, den hier jeder kennt, der oben über dem Waldzipfel aufgewachsen ist, der hat viel für uns getan, der kann einem nämlich die Verzagtheit wegnehmen. Das kann er, wirklich, das kann dein Mann, Pauline Juen. Für ihn wird hier im Dorf jede Hand ins Feuer gelegt.

Es war weit über Mitternacht, als er sich nach oben ins Bubenzimmer begab. Er hatte ein gutes Gewissen, weil er seine Frau liebte. Und ein schlechtes, weil er keinen Gedanken an sie lange halten konnte.

Kaspar war noch wach. Er sortierte Zigaretten, Schokolade, Spirituosen und Illustrierte. Schnell schob er alles in seinen Winkel und drehte das Licht ab. Ludwig fiel aufs Bett, als wären ihm mit einem Streich die Beine abgemäht worden.

Manchmal wachte Pauline in der Nacht auf, und ihr Herz füllte sich mit Zärtlichkeit. Denn sie meinte, Ludwig sitze noch neben ihr. Sie prüfte es nicht nach. Sie verließ sich auf das befriedigende Bewußtsein ihrer eigenen Existenz, das sie in seiner Gegenwart überkam. Und allmählich begann sie sich wohlzufühlen in dieser verkramten Stube.

Siebtes Kapitel

1

Das Sägewerk lieferte falsch. Fichte statt Eiche. Eiche sei nicht genehmigt worden, hieß es. Zu teuer.

»Fichte für einen Boden, auf dem jeden Tag zwanzig Lausbuben mit ihren dreckigen Schuhen herumtrampeln«, rief Ludwig. »Wer denkt sich so etwas aus!«

»Uns brauchst du das nicht zu sagen«, antworteten die vom Sägewerk. Sie hätten auch lieber Eiche geliefert gegen Geld. Aber über Eiche konnten sie nicht frei verfügen.

Ludwig mußte nach Bregenz fahren. Erst wollte ihn Pauline begleiten, sogar die Mutter redete ihr zu, und auch Ludwig wollte es, sie hätten sich ein paar Stunden nehmen und am Bodensee spazierengehen können. Aber dann blieb sie doch bei der Schule zurück. Man müsse vorwärtsmachen, sagte sie.

Kaspar hatte nämlich einen Eimer hellgrüner Ölfarbe organisiert. Erste Qualität. »Was an der Wand ist, ist an der Wand«, sagte er, »das kratzt dir keiner mehr herunter.«

Es interessierte sie nicht, woher er die Farbe hatte. Sie konnte es sich denken. Sie wußte ja, daß Kaspar seinen Lebensunterhalt mit Schleichhandel und Schwarzgeschäften verdiente und damit auch die magere Pension seiner Mutter aufbesserte. Die Farbe war genau richtig für die Küche. Ein zartes Lindgrün. Sie machte sich zügig ans Werk. Sie wollte Ludwig überraschen. Sie strich die Wände vom Boden hinauf auf Schulterhöhe. Sicher, es wäre vernünftiger gewesen, zuerst den oberen Teil der Wände und die Decke weiß zu tünchen. Aber Ölfarbe war da, weiße Kalkfarbe nicht.

Sie arbeitete allein. Kaspar hatte irgend etwas anderes zu tun. Sie hatte nicht nachgefragt. Obwohl sie gespürt hatte, daß er es erwartete. Die rabenschwarzen Schnittlauchlocken waren ihm bis zum Mund heruntergehangen, er hatte ein verschmitztes Gesicht gemacht, das heißt, er hatte ein Gesicht gemacht, das sagen sollte: Ich bin jetzt verschmitzt. So jedenfalls interpretierte es Pauline.

»Ich habe noch eine Besorgung zu machen«, hatte er gesagt.

»Dann gehe ruhig, Kaspar«, hatte Pauline geantwortet. »Ich komme unten schon allein zurecht.«

»Weißt du, ich glaube, es ist etwas Besonderes, was ich zu besorgen habe.«

»So«, hatte Pauline gesagt.

»Aber nur, wenn du mich wirklich nicht brauchst?«

»Nein, nein.«

Dann stiefelte er talauswärts.

Die Unterwürfigkeit dieses Burschen machte sie fuchtig. Zu jeder Belanglosigkeit nickte und katzbuckelte er. Immer gab er ihr recht. Er gab ihr recht, noch ehe sie ausgeredet hatte. Heimlich beobachtete er sie. Sie spürte seinen Blick in ihrem Rücken. Und dann seine kleinen Aufmerksamkeiten! Ohne daß sie ein Wort gesagt hätte, schüttete er das schmutzige Putzwasser aus und füllte den Kübel neu. Fegte ihr vor der Nase herum. Wohlwollend. Flink und genau und dennoch unnütz. Sie haßte seine Fisimatenten. Liegt doch eines Morgens ein Stück parfümierter Seife auf ihrem Koffer! Alle Welt stinkt hier nach Kuh- und Schweinescheiße, da soll sie nach falschen Veilchen duften! Sie war ein Schlamprian beim Werkzeug – Kaspar räumt auf, denkt sich sogar eine paulinegerechte Ordnung aus. Nur: einen ordentlichen Bohnenkaffee konnte nicht einmal er auftreiben. Und das wiederum ließ ihn auf eine rasendmachende Weise unglücklich sein.

Sie wußte nicht, woher seine Zuneigung rührte. Das war es! Sie hatte mitbekommen, wie grob er zu anderen sein konnte. Die Männer, die wegen der neuen Dachsparren dagewesen waren, hatte er herumkommandiert. Er hatte ihnen Beleidigungen auf den Kopf zugesagt. Mit böser Stimme. Die hätten Vater und Onkel von ihm sein können. Er war Ludwigs Bruder, und deshalb getraute sie es sich kaum, einzugestehen: Sie konnte an Kaspar Juen nichts Liebenswürdiges finden. Seine Verehrung für Ludwig schien ihr blind und blödsinnig. Er hatte eine schwarze Seele. Sie hätte ihm gern einen Klotz an den musikalischen Hinterkopf geworfen, und manchmal wäre ihr beinahe der Geduldsfaden gerissen.

Es kam ihr sehr zupaß, daß Kaspar anderes zu tun hatte. Wahrhaftig.

Sie sang während der Arbeit, sang so laut, daß ihr schwarz wurde und sie sich setzen mußte. Sie redete mit sich selbst, kommentierte jeden Handgriff. Es war ein gelungener Tag. Das Schulgebäude roch nach Ölfarbe, das war ein neuer Geruch hier. Er würde sich lange halten. Die Küche, der Flur und das Stiegenhaus bis hinunter zu den Schulräumen leuchteten in Freundlichkeit und Sauberkeit.

Sie lief hinaus auf die Wiese, die sich hinter dem Schulhaus bis zum Bach herunter erstreckte. Sie betrachtete das Gebäude aus der Entfernung. Mit dem spitzen Dach und dem gedrungenen Gemäuer sah es aus wie ein kleiner stämmiger Zwerg. Die Wiese war feucht, rostfarbene Sumpfgräser wuchsen hier. Eine Libelle zuckte an ihr vorüber, blieb in der Luft stehen, schlug einen Haken und verschwand. Ein Elsternpaar flog kreischend dicht über dem Boden davon.

Sie stapfte bis zum Bach hinunter und streckte sich auf den Steinen aus. Neben ihr war ein Raummeter Schwemmholz aufgeschichtet, der versperrte den Blick zum Schulhaus und zur Straße. Das Holz roch modrig, Pilze sprossen auf dem morschen Untergrund, drängten ihre Lamellendächer aneinander. Ameisen und Käfer waren unterwegs. Über Paulines Kopf flatterten dunkelbraune Schmetterlinge zwischen dem feinen Gezweig eines Strauches. Sie brach kleine Holzbrocken ab, warf sie ins Wasser und sah zu, wie sie in der Strömung auf und nieder wippten. Dann verlor sie das Interesse daran und blickte nur noch in den Himmel. Die Kühle, die vom Wasser aufstieg, empfand sie als milde Zärtlichkeit auf ihren Schläfen. Sie schloß die Augen und dachte, das habe ich mir verdient, weiß Gott. Die Düfte der Erde luden zum Faulenzen ein. Sie ließ sich die Sonne schmecken.

Wieder kam ihr die Sage von den Steinen in den Sinn: Nur wenige Steine, hieß es, haben Gefühle, und diese Steine, die ihren Zustand fühlen können, sind schrecklich elend. Und sie dachte: Was wäre das für ein Zufall, wenn mir jetzt hier der Heilige Sebastian erschiene. Wenn er herausgeflitzt käme aus seiner Dorfkirche, kleiner Besuch am Nachmittag, grad auf ein bequemes Getratsch. Dabei habe ich gar nichts mit ihm im Sinn. Nie habe ich ein Gebet an ihn gerichtet. Es wäre mir nicht eingefallen. Seine Leidensgeschichte kenne ich. Und sein Bild kenne ich.

Ein Schatten fiel auf ihre Lider, und eine Frauenstimme sagte: »Pauline Juen?«

»Ja«, antwortete sie.

»Oder doch lieber Pauline Laube?«

»Pauline Juen!«

»Ja, das dachte ich mir.«

Die Frau war groß und dünn. Sie trug einen hohen, schwarzen Hut, darunter quollen gelbrote Haare hervor. Ihre Brust war eingeschnürt in ein tannengrünes Miederjäckchen. Goldene Knöpfe blinkten. Sie war wohl durch den Bach gewatet. Sie war barfuß. In der einen Hand trug sie Sandalen, mit der anderen hielt sie ihren Rock über die Knie.

»So sehen Sie also aus«, sagte sie. Um ihre Augen spielte ein Lächeln.

»Bitte?«

»Ich sagte: So sehen Sie also aus.«

»Ich kenne Sie nicht«, sagte Pauline.

»Ich Sie auch nur aus Erzählungen, Pauline. Sagen Sie, ist Ludwig nicht da?«

»Nein, er ist nicht da. Ich richte ihm aber gern etwas aus.«

»Nein, nein«, sagte die Frau. »In diesem Fall ist nichts auszurichten.«

Wenn sie lachte, hob sich ihre Oberlippe, und dann wirkte diese Frau auf eine vornehme Art ordinär.

»Wollen Sie denn etwas von meinem Mann?«

»Er von mir, ich von ihm …«

Und sie kam ihr doch bekannt vor! Jetzt, da sie ihr Jäckchen öffnete und eine Schulter freilegte. Wem sah sie denn nur ähnlich? Einem Bild in einer Illustrierten? Und dann wurde Pauline klar, daß alles nur ein Traum war, denn sie hörte über sich den Holzboden knarren, und sie wußte, das kam von Kaspars Stiefeln. Und Kaspars Stimme sagte, jemand müsse aufgehängt und ein anderer an die Wand gestellt und ein dritter erschossen und ein vierter mit Eichenknüppeln erschlagen werden. Und gab keine zureichende Erklärung dafür ab.

Ein Traum also! Das machte es Pauline leichter.

»Haben Sie etwas mit meinem Mann?« fragte sie, und sie mußte laut sprechen, um gegen Kaspars Stimme und Schritte durchzukommen. »Bitte, sagen Sie mir die Wahrheit: Haben Sie etwas mit meinem Ludwig?«

»Nur ein klitzeklein wenig etwas«, gab die Frau neckisch zur Antwort.

»Bitte, sagen Sie es mir!«

»Er hat mich manchmal angeschaut«, sagte die Frau. »Sonst war nichts. Ich schwöre, ich schwöre.«

»Was hat er von Ihnen angeschaut?«

»Ach, Sie kleines Entchen! Was will ein Mann von einer Frau anschauen, na?«

»Sagen Sie es mir! Ich kann es mir schon denken. Aber ich will es trotzdem von Ihnen hören.«

»Also, das war unterschiedlich. Einmal ließ ich ihn nur meine Brust anschauen. Ein anderes Mal wieder ließ ich ihn alles anschauen.«

»Und das ist von ihm ausgegangen?«

»Wie soll man das nach so vielen Malen noch sagen!«

»So viele Male.«

»Ja, schon direkt eine Gewohnheit.«

Pauline fuhr hoch, und der Traum sank ab wie Wasser durch ein Sieb und war vergessen.

Sie ging zum Schulhaus zurück und vertrieb sich die Zeit damit, daß sie den Herd putzte. Ein aussichtsloses Unterfangen. Seit Tagen schon plagte sie sich damit. Als bestehe dieses Gerät nicht aus Blech, sondern aus gebackenem und gepreßtem Schmutz.

2

Als Ludwig am Abend zur Baustelle kam, wartete Pauline bereits sehnsüchtig auf ihn. Sie lief ihm auf der Straße entgegen und hängte sich bei ihm ein.

Ludwig hatte es geschafft, den Behörden klarzumachen, daß Fichte die kostspieligere Variante sei, weil die Böden schon nach wenigen Jahren erneuert werden müßten; aber – und das verdarb die Freude über seinen Erfolg einigermaßen – auf die Eichenriemen mußten sie mindestens vier Wochen warten.

»Wenn die sagen eine Woche, dann heißt das zwei.«

»Die Schule, die Schule«, rief Pauline. »Was geht uns die

Schule an! Die Kinder werden sich freuen, wenn sie noch ein paar Tage länger Ferien haben! Frag mich, was ich den ganzen Tag gemacht habe! Frag mich!«

»Was riecht denn hier so«, sagte er.

»Du mußt mich fragen!«

»Also, ich frage dich«, sagte Ludwig.

»Bitte sehr«, sagte Pauline und führte ihn hinauf in die Wohnung.

Sie wußte sich vor Übermut nicht zu lassen, und Ludwig mußte sie immer wieder aus der Küche ziehen, denn er fürchtete, sie streife an der Wand an.

»Kalkfarbe brauche ich«, rief sie, »zwei große Eimer mit weißer Kalkfarbe! Wenn jetzt noch die Decken getüncht sind! Und Tapete! Ich muß Kaspar bitten, daß er mir Tapete besorgt! Im Wohnzimmer und im Schlafzimmer möchte ich Tapete! Das ist doch nur Papier! Die billigste Tapete!«

»Du wirst alles bekommen«, sagte Ludwig.

Sie stolzierte durch die Wohnung, zeigte, wo der behagliche Sessel stehen sollte, wo das Bett, der Kleiderschrank, wo die Kredenz mit dem guten Geschirr. Alles Dinge, die sie nicht besaßen. Ludwig trottete hinter ihr her. Er war zerfahren. Erst dachte sie, er sinne noch seinen Verhandlungen nach. Aber das war es nicht. Dann dachte sie, es wird sein altes Träumen sein. Aber das war es auch nicht. Er schaute sie von der Seite an. Nahm sie in Augenschein. Es machte sie verlegen.

Dann taten sie, was sie jeden Abend taten: Sie setzten sich vor das Schulhaus auf einen Putzlappen und schauten zu, wie die letzten Sonnenstrahlen langsam über den Berg hinaufglitten.

»Wo ist der Kaspar?« fragte Ludwig.

»Weiß nicht.«

»Ist er nur einen Sprung weg?«

»Nein, schon den ganzen Tag.«

»Und kommt er heute gar nicht mehr zur Baustelle?«

»Doch, er wollte am Abend kommen. Er wollte nur noch eine Besorgung machen.«

Ihr Atem begann rascher zu gehen. Denn sie ahnte, was dieses Ausfragen zu bedeuten hatte. Mit einem Schlag stand wieder ein Bild vor ihren Augen, wie sie es seit ihrer Hochzeitsnacht nicht mehr zugelassen hatte: Ludwigs magerer, nach hinten gespannter Körper, auf den sie mit ihren Händen niederfuhr, kein Gesicht. Seit sie wie Falschgeld durch den Nachkrieg gekollert war, hatte sie keine solche Aufregung mehr in sich gespürt, ein Flattern in allen Nerven, eine kindliche Ungeduld in den Armen und den Beinen. Und sie ermahnte sich, ja nicht, ja nicht zu zergliedern, was sie als bedenkenlos wonnig empfand.

Ludwig reckte sich und drehte seine Runden über den Platz. Das tat er auch an jedem Abend, wenn sie hier allein saßen. Aber heute konnte sie es nicht leiden.

»Bleib doch bei mir sitzen«, sagte sie, und da fiel ihr der Traum wieder ein. »Eine Frau war hier«, sagte sie, »die erzählte mir, du würdest sie manchmal anschauen.«

»Wie bitte!«

»Manchmal nur ihre Brust und manchmal sie ganz.«

»Pauline, was erzählst du da!«

»Und du hättest damit angefangen. Es sei von dir ausgegangen, Ludwig.«

»Das ist doch gelogen!«

»Es sei inzwischen schon eine Gewohnheit zwischen euch geworden.«

»Wer war diese Frau?«

»Niemand. Das habe ich geträumt.«

Ludwig war rot im Gesicht geworden. Sie verschränkte die Arme, damit er nicht sehen konnte, wie sehr ihre Hände zitterten. Aber seine Hände zitterten ja auch. Und sie sah das gern. Und jetzt konnte sie es auch leiden, daß er seine Runden drehte. Das ließ ihr ein wenig Zeit zum Luftholen. Denn dieser Abend sollte unter gar keinen Umständen so ausgehen wie die Abende zuvor. Sie fühlte, daß auf einmal eine Nähe zwischen ihnen bestand, wie sie bisher noch nicht gewesen war. Sie hatte keine Nerven, sich zu fragen, wie ihnen das gelungen war, aber, sagte sie sich, das würde ihnen vielleicht nicht ein zweites Mal gelingen. Es müsse da nämlich vieles zusammentreffen an Gelegenheit und Stunde, was sich gewiß nicht planen und veranstalten ließ.

Ludwig trat zu ihr und blickte auf sie nieder. Sein Gesicht war dem hellen Teil des Himmels zugekehrt.

»Setz dich doch wieder zu mir«, sagte sie mit leiser, vertraulicher Stimme.

»Nein«, sagte er. Er betrachtete sie ganz offen. »Ich möchte dich sehen.«

Paulines Herz schlug wild, und jeder Schlag tat weh bis hinauf in den Hals. Sie nickte und erhob sich. Sie nahm Ludwig bei der Hand und führte ihn ins Lehrerzimmer. Da waren nicht so viele Fenster wie im Schülerzimmer, und man konnte die Straße überblicken. Sie stellte sich an die Außenwand, gleich neben die Fensterhöhle.

Ludwig blieb zwei Schritte vor ihr stehen.

»Du mußt schauen, ob jemand kommt«, sagte sie.

Dann schlüpfte sie aus der Jacke, ließ sie achtlos fallen und öffnete schnell die Knöpfe an dem weiten, karierten Hemd, drehte sich um, schnippte den Büstenhalter auf, und mit einer Bewegung entledigte sie sich der beiden Kleidungsstücke.

Gleich darauf stand sie nackt vor ihrem Mann. Sie preßte die Arme gegen die Wand. Denn sie war verlegen. Und die Arme wollten sich vor der Brust verschränken. Ludwig hatte den Lichtschein vom Fenster im Gesicht. Es kam ihr schamlos vor, ihn auszuforschen. Sie schloß die Augen. Sie stellte sich vor, sie wäre jene Frau, die ihr im Traum begegnet war.

Während sie sich anzog, ging Ludwig nach draußen, die Augen abgewandt.

Dann saßen sie wieder auf den Stufen und schwiegen. Sein Gesicht hatte einen Ausdruck strenger Verzweiflung angenommen. Er hielt ihre Hand und küßte unaufhörlich und lautlos ihre Finger. Er verfiel in seine Geistesabwesenheit, und Pauline hatte Scheu davor. Sie fürchtete, er gleite ihr wieder ab und versinke wieder ganz in dieser Selbstvergessenheit, die ihr unheimlich war.

»Ich habe mir vorgestellt«, sagte sie und neigte sich ihm zu. »Ich habe mir eben vorgestellt, Ludwig, ich sei diese Frau in meinem Traum.«

Ludwig antwortete nicht. Er drehte zwei Zigaretten, zündete sie an und hielt eine Pauline hin.

»Die Frau sagte, ihr würdet das oft machen.«

»Was?«

»Euch anschauen.«

»Im Traum.«

»Euch anschauen. Ja. Das sagte diese Frau.«

Ludwig lachte grell auf. »Wüßte nicht, wer das sein könnte! Wär aber interessant! Deine Phantasie, Line!«

Sie ließ ihn nicht ausreden. »Habe ich dir gefallen, Ludwig?«

Er nickte.

»Ich möchte dich auch sehen«, sagte sie.

Ludwig rührte sich nicht. Nach einer Weile sagte er: »Ach so, ja«, sprang auf und hastete mit langen, schnellen Schritten ins Haus.

Pauline wartete. Am schwersten wird ihm das Ausziehen fallen, dachte sie. Dabei wollte sie ihn allein lassen.

Als sie das Lehrerzimmer betrat, stand Ludwig nackt neben dem Fenster. Eben dort, wo sie zuvor gestanden hatte. Sie konnte seine Rippen sehen und die Stelle, wo sein Herz pochte, und sie war erstaunt, wie blaß sein Penis war.

Sie ging auf ihren Mann zu, küßte ihn auf das Schlüsselbein. Dann drückte sie seinen hageren Körper mit aller Kraft gegen die Wand. Mit der Schläfe stemmte sie sich gegen seine Achseln, und dann faßte sie seinen Penis und ließ ihn erst wieder los, als sie seinen Samen in ihrer Hand spürte.

3

Zu Hause warteten Jakob, der ältere Bruder Ludwigs, und dessen Frau Wilma. Sie hatten ihren sechs Monate alten Säugling mitgebracht. Sie nannten ihn Wurstengel. Es war ein Madchen und hieß Renate.

Jakob hatte einen breiten, eckigen Kopf. Das Haar war geschoren, auf einen Millimeter herunter, und es bedeckte den Schädel wie ein schwarzes Fell. Sein Gesicht war sonnengebräunt und mager. Die Backenknochen drückten durch die Haut und verursachten weiße Flecken auf den Wangen. Der Mund war fleischig, die Oberlippe etwas aufgeworfen, was ihm das Aussehen eines staunenden Lehrlings verlieh. Seine runden, dunklen Augen blickten neugierig auf Pauline.

Wilma, die Schwägerin, kam hinter dem Tisch hervor und reichte Pauline die Hand: »Grüß Gott«, sagte sie und deutete einen Knicks an. »Ich bin Jakobs Frau.«

»Grüß Gott, Wilma«, sagte Pauline.

Wilma war nicht älter als zwanzig. Ihr Haar war zu einem Kranz geflochten. Wenn sie lachte, bildeten sich Grübchen in ihren Wangen. Sie flatterte mit den Lidern und seufzte: »Das ist also deine Pauline! So eine schöne Frau, Ludwig!«

»Es ist folgendes«, sagte Jakob, und seine Blicke bewegten sich im Zickzack von einem zum anderen.

Da flog die Tür auf, und die Mutter war da. »Ich kann sagen, was ist! Warum paßt ihr beiden Turteltauben nicht auf, ha! Sie haben den Kaspar festgenommen. Weil er ein Dieb ist! Das ist! Das ist! Himmel, das ist! Das ist! Das ist!«

Dritter Teil

Achtes Kapitel

1

Nachdem Kaspar seine Einberufung zum Volkssturm erhalten hatte, war er von zu Hause verschwunden. Seine Mutter hatte nicht gewußt, wo er war. Er hatte nie bemerken lassen, daß er gegen das Regime oder gegen den Krieg sei. Die Mutter wurde verhört. Einen ganzen Tag verbrachte sie in Bregenz im Grenzpolizeikommissariat. Ludwig hatte auf der Offiziersschule ausgezeichnete Zeugnisse vorzuweisen, dem verdankte sie es schlußendlich, daß ihr weitere Schikanen erspart blieben.

Niemand glaubte, daß Kaspar desertiert sei. Er war einfach verschwunden. Ein Jahr lang hörte man nichts von ihm. Die Mutter hatte sich damit abgefunden, daß er nicht mehr lebte. Er war immer waghalsig gewesen und auch früher schon manchmal tagelang in den Bergen herumgestreunt. Sie glaubte, daß er irgendwo abgestürzt sei. Auch im Dorf dachte man nicht anders darüber.

Dann tauchte er wieder auf. Zusammen mit anderen griff er wenige Tage vor Ende des Krieges einen Trupp der SS an. Die Soldaten hatten Befehl, eine Brücke zu sprengen. Sie wurden von allen Seiten beschossen. Es gelang ihnen aber, mit ihren Fahrzeugen zu flüchten. Die Freischärler sprengten das Wachhaus, und die ersten französischen Verbände rückten noch am selben Tag über die Brücke vor.

Einer der SSler, der aus der Gegend stammte, hatte Kaspar erkannt. Auch einige der Freischärler hatte er erkannt. Es waren Burschen aus den verschiedenen Dörfern des Tals. Keiner älter als siebzehn oder achtzehn. Kaspar sei ihr Anführer, sagte der Soldat aus.

Die Mutter glaubte kein Wort. Die anderen im Dorf auch nicht. Es war schließlich allgemein bekannt, daß Kaspar schon seit einigen Jahren verschwunden war. Wäre er unter die Partisanen gegangen, dann, sagten die Leute, hätte er sich zu Hause gemeldet, schon allein um Verpflegung und Informationen zu holen. So, wie es die anderen taten. Nichts einfacher, als einem Toten die Schuld zuzuschieben. So sagten und dachten die Leute im Dorf.

Dann fielen Kaspar und seine Bande erneut einen Trupp der SS an. Zwei Tage später bereits. Zwei Soldaten und drei Freischärler wurden dabei erschossen. Kaspar wurde gefaßt. Man schleppte ihn in das Jagdschlößchen eines Fabrikanten, das dieser der SS zur Verfügung gestellt hatte. Die SS wollte den anderen zur Warnung ein Exempel statuieren. Man band Kaspar eine Klaviersaite um den rechten Knöchel und hängte ihn an einem Bein mitten im Raum an den Haken, an dem in zivilen Zeiten der Kronleuchter befestigt war. Es war ein Spaß, den sich die Soldaten machten. Über dem Eingang war nämlich eine Uhr an die Wand geschraubt. Und diese Uhr war kaputt. Alle Versuche der Soldaten, sie zu reparieren, waren gescheitert. Sie zeigte zehn Minuten vor zwölf. Der Spaß bestand darin, Kaspar so zu drehen, daß er die Uhr sehen konnte, und ihn durch Prügeln dazuzubringen, mit seinen Beinen die Stellung der Zeiger nachzuahmen.

Aber die Franzosen rückten auch von der anderen Seite ins Tal vor, und die Soldaten ließen alles stehen und liegen. Und Kaspar ließen sie hängen. Man fand ihn bewußtlos. Er mußte an der Achillessehne operiert werden.

Später wurde Kaspar als Widerständler ausgezeichnet. Er bekam sogar vom *Gouverneur Militaire* einen Orden überreicht. Sein Name war in der ersten Ausgabe der von den

Franzosen kontrollierten Landeszeitung mehrere Male erwähnt. An der Stelle, an der seine drei Kameraden gestorben waren, wurde eine Feier veranstaltet und eine Tafel an einen Pfosten genagelt. Irgendwann sollte hier ein Gedenkstein errichtet werden. Kaspar war zu der Feier nicht erschienen.

Er tauschte den Orden gegen Bourbon aus Tennessee, Schokolade aus Neuchâtel, Zigaretten aus Frankreich und Ägypten und gießgelben Büchsenkäse aus Texas ein.

»Behauptet er jedenfalls«, sagte Ludwig.

»Und wo hat er sich versteckt gehabt die ganze Zeit?« fragte Pauline.

»Keine Ahnung. Einmal da, einmal dort. Es gibt keinen, der so viele Plätze in den Bergen hier kennt wie er. Er redet nicht darüber. Einmal sagt er so, dann wieder anders. Er ist ja nicht ernst zu nehmen in diesem Punkt.«

Pauline hockte, die Beine zum Schneidersitz gewinkelt, den Rücken gerade, auf der Ofenbank. Sie hatte Ludwigs Erzählung gespannt zugehört. Sie war noch nicht ausgezogen, trug noch die Arbeitshose und hatte die Arbeitsjacke über die Schultern gehängt. Nun blickte sie zur Decke und lauschte. Mit gleichmäßigen Schritten ging Kaspar oben auf und ab. Seit gestern war er wieder zurück. Er hatte sich in das Bubenzimmer eingesperrt. Er wollte weder mit Ludwig sprechen noch mit der Mutter.

Sie hatten ihn eine Nacht auf der Wache behalten. Erst habe er noch geflucht und herumgebrüllt. Dann habe er grelle, kurzatmige Schreie ausgestoßen, manche so hoch, daß sie sich wie Pfiffe anhörten. Dabei sei er immer leiser geworden. In der Zelle schließlich habe er nur noch geweint wie ein kleines Kind. Er sei völlig zusammengebrochen, zum Gotterbarmen. Die Beamten öffneten die Tür zu seiner Zelle und sagten, er dürfe sich in ihren Büroräumen frei bewegen. Aber Kaspar habe sich in einen Winkel der Zelle gedrückt und die Hände abwehrend vors Gesicht gehalten und gewimmert und gebettelt, sie sollten ihm nichts tun. Die Beamten kannten ihn ja. Sie waren schockiert über sein Benehmen und schickten nach einem Arzt, beteuerten, daß sie Kaspar nicht angerührt hätten, daß er bei seiner Verhaftung noch arrogant und frech gewesen sei und sie heruntergemacht habe und Zigaretten geraucht habe.

Was geschehen war: Kaspar hatte aus einem Haus in einer der Nachbargemeinden Vorhänge gestohlen. Er hatte am Nachmittag das Haus durch die Vordertür betreten, hatte vor den Augen der Besitzerin – Witwe eines Schuldirektors – die Vorhänge von den Fenstern genommen und dann seelenruhig das Haus wieder verlassen. Wortlos das Ganze. Die Frau verständigte daraufhin die Gendarmerie.

Bei seiner Festnahme behauptete Kaspar, es seien dieselben Vorhänge, die der Schuldirektor während des Krieges persönlich aus der Schule mitgenommen habe. Ja. Alle wußten, daß Kaspar die Wahrheit sagte. Der betreffende Schuldirektor hatte noch viel mehr als nur die Vorhänge mitgenommen. Tatsächlich existierte ein unbehagliches Aktenstück. Um weiteres Aufsehen zu vermeiden, zog die Witwe die Anzeige zurück, und Kaspar wurde freigelassen.

»Die Frau hat übrigens die Vorhänge der Schule gespendet«, sagte Ludwig.

»Die wollen wir aber nicht haben, oder?«

Ludwig zwinkerte Pauline zu: »Ich glaube, es bleibt uns nichts anderes übrig.«

»Oh, bitte nein«, sagte sie leise.

Ludwig hatte sich neben der Ofenbank aus zwei Wolldecken ein Lager hergerichtet. Es waren zwei von den praktischen marokkanischen Pferdedecken, die die Mutter geflickt und gewaschen hatte. Er lag in Turnhose und Unterhemd auf dem Bauch, hatte den Kopf auf die Hände gestützt, und wie Pauline lauschte er nach oben: vier Schritte in die eine Richtung, dann Halt, und dann vier Schritte in die andere

Richtung. So ging das schon den ganzen Abend. Jetzt war es bald Mitternacht. Aus dem Schlafzimmer nebenan war das unregelmäßige, keuchende Schnarchen der Mutter zu hören. Durch das offene Fenster strömte die Nachtluft herein. Die Stube war erleuchtet von einer Kerze, die bei ihren Köpfen brannte. Paulines Arme waren zerstochen. Aber bei geschlossenem Fenster war es zu stickig in dem niederen Raum. Mit Zigarettenrauch versuchten sie, das Getier zu vertreiben. Die Asche klopften sie in eine Blechbüchse. Sie rauchten Filterzigaretten. Ludwig hatte schon vor Tagen eine Packung Lucky Strike aus Kaspars Lager genommen. Er hatte es ihm selbstverständlich sagen wollen, aber dann war diese Sache dazwischengekommen.

»Er hat es meinetwegen getan«, flüsterte Pauline. »Ich weiß es ganz bestimmt. Ich hab irgendwann gesagt, der größte Saustall sieht gleich gemütlich aus, wenn erst Vorhänge und Lampen da sind ...«

»Jesses«, rief Ludwig, »Lampen auch noch!«

»Er hat es meinetwegen getan«, wiederholte Pauline. »Ich weiß es.«

»Ach, was«, sagte Ludwig. »Er macht immer solche Sachen und wird immer solche Sachen machen. Er ist ein Held in dieser Gegend. Er genießt Narrenfreiheit. Irgendwann wird er sich schon wieder beruhigen. Spätestens dann, wenn seine Heldentat vergessen ist.« – Und dann folgte etwas Bemerkenswertes. Er sagte: »Der Kaspar ist sich selber nichts wert. Aber er ist zu feige zum Sarkasmus.«

»Da muß ich überlegen, was du damit meinst«, sagte sie. Sie war erstaunt über seinen hämischen Ton und über seine triumphierende Miene dabei.

»Und bitte, ein Gutes hat die Sache immerhin«, wischte er drüber. »Ich muß jetzt hier schlafen.«

»So«, sagte sie.

»Ja, da kann einer sagen, was er will ...«

Sie wußte genau, was er meinte, und daß er es ironisch meinte und daß es eigentlich etwas Liebes war, was er meinte. Dennoch sagte sie: »Wenn es für dich ein Müssen ist ...«

»Verstehst du denn nicht, wie ich das meine«, wandte er schnell ein und wiederholte gleich zweimal dasselbe, und sein Ton sank ab in diese leisetreterische und verhalten räsonierende Verzagtheit, die sich in letzter Zeit immer in seine Stimme schlich, wenn das Gespräch auf sie beide kam, – »doch, doch, ich versteh schon, was du meinst, ich versteh schon ...« –, was Pauline wiederum in eine madonnenhaft leidende Wortkargheit trieb, die sie verabscheute, die ihr aber gleichzeitig auch ein böses Vergnügen bereitete.

»Daß jetzt«, hakte er nach, »nicht der geringste Zweifel mehr besteht, wohin ich in der Nacht gehöre, nämlich an deine Seite – das meine ich.«

»Ich weiß doch«, sagte sie.

»... weil du gesagt hast, du müßtest darüber nachdenken ...«

»War doch nur so geredet, Ludwig.« – Es wäre ihr ein leichtes gewesen, jetzt ein kleines Seelengeknuffe anzuzetteln, das sich dank langer Brütpausen bis in die Morgenstunden hätte ausdehnen lassen. Und es hätte auch kein Zweifel bestanden, wer daraus als Sieger hervorgegangen wäre. Einen Augenblick spekulierte sie sogar mit dieser traurigen Art von Befriedigung. Aber dann glitt sie von der Bank herunter und setzte sich neben ihn auf die Pferdedecken.

»Rück ein Stück«, sagte sie. »Und schau nicht so!«

Sie waren sich aus dem Weg gegangen in den letzten beiden Tagen. Es hatte keiner langen Zeit bedurft, bis das Gefühl, das an jenem Abend im Lehrerzimmer so stürmisch von ihnen Besitz ergriffen hatte, wieder verweht war. Sie hatten nicht darüber gesprochen. Über: »das im Lehrerzimmer«. Pauline wußte nicht einmal, wie sie dieses Geschehen Ludwig gegenüber hätte bezeichnen sollen. Es fiel ihr kein Wort ein, das umschrieb, was sie meinte, und bei dem sie sicher war, ob es Ludwig auch richtig auffassen würde. Sie hätte so ein Gespräch vorsichtig einfädeln müssen, behutsam. Sensibel. Sie hätte Fingerspitzengefühl beweisen müssen. Sie hatte aber kein Fingerspitzengefühl. Na und! Freilich wußte sie, *was hätte sein sollen*. Aber sie wußte nicht, wie es tun. Wenn es galt, sensibel zu sein, dann hatte sie immer und überall Mißverständnisse hervorgerufen. »Das im Lehrerzimmer« – was sollte das heißen! Wie sollte das Ludwig verstehen? Was es für sie bedeutet hatte – »das im Lehrerzimmer«. Auf keinem anderen Gebiet des Lebens war es so dringend wünschenswert, daß sich Gemeintes und Aufgefaßtes als Gesagtes und Gehörtes ineinander wiedererkannten. Ein kleines Mißverständnis konnte eine Kettenreaktion auslösen. – Das Wunderbare war allein in ihrem Kopf geblieben und hatte sich dort mit sich selber ausgetauscht bis zum Wunderlichen. Und dem Wunderlichen war eine Scheußlichkeit auf dem Fuß gefolgt. Eine Idee nämlich – ohne jede Begründung, so etwas mochte möglich sein oder nicht –: *daß Ludwig in seinem ganzen Verhalten ihr gegenüber lediglich eine vermeintliche Pflicht erfüllte*. – Was dann? Ja, was dann. Was für einen Sinn hätte dann die weitere Arbeit an der Wohnung noch gehabt? Das hätte allen Gedanken eine völlig andere Richtung gegeben. Das hätte ihre gesamte Existenz ins Himmelschreiende gerissen! Und so etwas, nein, duldete sie nicht. *Pauline ließ sich von Gefühlen nicht meistern und von solchen schon gar nicht*. – Ach, gern wäre sie so eine Pauline gewesen! – Aber das war ja alles Quatsch! – Heute war ein Mann vom Elektrizitätswerk zur Schule heruntergekommen. Der hatte die Hände über dem Kopf zusammengeschlagen. Alle Leitungen im Haus mußten erneuert werden. Das hieß, die Wände mußten aufgespitzt werden, mußten neu übermalt werden … – Und oben tappte dieser Bub auf und ab, der fast zu Tode gequält worden war. – Pauline schämte sich dafür, daß ihr die eigenen Sorgen über alles gingen. Aber so war das eben.

Sie legte ihre Hand zwischen Ludwigs Schulterblätter.

»Vielleicht möchte er mit mir reden«, sagte sie.

Ludwig schüttelte den Kopf. »Am besten ist, man läßt ihn in Ruhe.« Er drehte sich mit einer schnellen Bewegung auf den Rücken. »Solange er geht, ist es ja gut.«

»Wie meinst du das?« fragte Pauline.

»Dann weiß man, was er tut. Dann geht er.« In der Familie, das wurde nicht ausgesprochen und war nur aus Andeutungen zu erschließen, geisterte ein Kummer durch die Gehirne, nämlich, Kaspar könnte sich etwas antun.

»Ich glaube doch, er wartet, daß ich zu ihm hinaufgehe«, sagte Pauline.

»Das bildest du dir ein.«

Was sie sich selbst vorwarf, das sagte sie nun zu Ludwig: »Du bist kalt zu ihm und lieblos, Ludwig, und in Wahrheit ist dir egal, was mit ihm ist und was in ihm vorgeht. Du magst ihn nicht. Wenn er mit dir redet, verdrehst du die Augen.« Als wären ihre bösen Gedanken an jenem Nachmittag schuld daran gewesen, daß Kaspar in der Zelle geweint hatte. Daß er geweint haben soll wie ein kleines Kind, das seine Strafe erwartet, das drückte sie nieder. Das entsetzte sie. Das ließ ihr einen kalten Schauer über den Rücken laufen.

»Du kannst es ja probieren«, sagte Ludwig.

Pauline erhob sich und zog die Jacke über. »Ja, ich probier's«, sagte sie.

»Ist zwar sinnlos«, sagte Ludwig.

Er blieb liegen und verschränkte die Hände im Nacken. Er blickte ihr nicht nach. Er hörte, wie sie leise die Tür hinter sich schloß, hörte sie draußen über die Holztreppe nach oben steigen. Die Dielen gaben genaue Auskunft. Er sah sie vor sich, wie sie bei der Tür zum Bubenzimmer innehielt. Wie sie den Zeigefinger krümmte und den Kopf etwas vorbeugte. Dann hörte er sie klopfen. Kaspar unterbrach seine Wanderschaft. Auch das hörte Ludwig. Dann Paulines Stimme. Sie flüsterte. Was sie sagte, war nicht zu verstehen. Er konnte es sich denken. Und dann hörte Ludwig, daß Kaspar die Tür aufsperrte und Pauline ins Zimmer ließ. Es war ihr also doch gelungen.

Ludwig setzte sich auf die Ofenbank und lauschte. Paulines Stimme war ein Brummton, der in unregelmäßigen Rhythmen einsetzte. Dann ein anderer Brummton, das war Kaspar. Er sprach lange. Wurde unterbrochen von Pauline. Sprach weiter. Lange. Sie wechselten sich ab. Frage, Antwort. Und wieder Kaspar. Und dann Stille.

Stille.

Ludwig erhob sich. Die Decke war niedrig, nur wenige Zentimeter waren zwischen Scheitel und Getäfer. Er hielt den Kopf schief, stellte sich auf die Zehenspitzen, versuchte, so nahe wie möglich mit dem Ohr an die Decke zu gelangen. Nichts war zu hören.

Er wartete. Es kam ihm endlos vor. Schließlich verließ er die Stube und tastete sich nach oben. Er kannte die Treppe seit seiner Kindheit, wußte genau, wie man den Fuß zu stellen hatte, wenn man jedes Knarren vermeiden wollte. Er würde klopfen und fragen, ob er sich dazugesellen dürfe. Er bereitete einen fröhlichen Ton vor, indem er ein fröhliches Gesicht machte. Aber andererseits: Vielleicht hatte Pauline wirklich Erfolg, vielleicht war es ihr gegeben, was bisher niemandem in der Familie gelungen war, nämlich vorzudringen zu Kaspars verstockter Seele. Dann wäre sein Auftritt ruinös. Wie ein Holzklotz würde er im Türrahmen stehen. Und Pauline in Verlegenheit bringen. Sie konnte ja nicht sagen: Bitte, Ludwig, laß mich mit Kaspar allein. Niemals würde sie so etwas sagen. Komm doch rein, würde sie sagen, und so tun, als wäre er willkommen. Aber er würde nicht willkommen sein. Er war nicht willkommen. Kaspar hatte vorher nicht mit ihm sprechen wollen, warum sollte er jetzt. Kaspar wollte mit Pauline sprechen. Nicht einmal verhandeln hatte Pauline müssen. Geklopft, ihren Namen gesagt, und die Tür war geöffnet worden. Er, Ludwig, war dort drinnen nicht gefragt. Wenn man ihn dort drinnen brauchte, dann würde sich schon einer finden, der die paar Stufen hinunterginge, um ihn zu holen.

Er beugte sich zum Schlüsselloch nieder. Aber es war nichts zu sehen. Die beiden saßen in der Dunkelheit. Ludwig legte sein Ohr an die Tür. Ein leises, unverkrampftes Schluchzen wie bei einem Kind, das sich zufrieden in den Schlaf hinüberweint. Und ganz fein, mehr Atem als Stimme, summte Pauline darüber ein Lied.

Ludwig ging zurück in die Stube und legte sich auf sein Lager.

2

Die von den Franzosen provisorisch eingerichtete Behörde für Landesschulangelegenheiten schickte einen Mann, der die Abrechnungen und Belege einsehen und sich an Ort und Stelle erkundigen sollte, wie weit der Umbau schon gediehen sei, ob man damit rechnen könnte, in vierzehn Tagen mit dem Unterricht zu beginnen. Der Mann bereiste das ganze Land, überall waren desolate Schulgebäude, er war zu Fuß oder mit dem Fahrrad oder mit dem Bus unterwegs und ärgerte sich über sein Los und über den Zustand seiner Zähne und die gewissenlose Krautkopfigkeit seiner Vorgesetzten, die ihm dieses Leben bescherten. Über alles ärgerte er sich. Gegen alles geiferte er.

Sein Kommen war nicht angekündigt worden. Absichtlich nicht. Man wollte schauen, ob die Gelder, die die Franzosen zur Verfügung gestellt hatten, tatsächlich für die Schule und nicht etwa nur für die Wohnung im oberen Stock verwendet worden waren. Er war in einen Regenguß geraten, sein Gesicht triefte, und Pauline kam es vor, als wären seine Tränensäcke ausgelaufen, so schlaff hingen sie unter seinen Augen. Er schimpfte, während er sich durch die Räume führen ließ, und als er die Tasse Kaffee trank, die ihm Pauline aus der Thermosflasche eingeschenkt hatte, schimpfte er, daß er diesen ungustiösen, grauslichen Malzkaffee schon nicht mehr riechen könne.

»Dann geht es Ihnen so wie mir«, sagte Pauline und knallte die Kaffeekanne auf den umgekehrten Eimer, der ihnen als Tisch diente. Und vielleicht war es das, was bewirkte, daß der Mann plötzlich Sympathien für ihr Projekt empfand. Seine Stimmung zeigte sich schlagartig gebessert. Er hatte nichts auszusetzen an ihrer Arbeit. Ganz im Gegenteil.

»Gute Arbeit«, sagte er, »wirklich gute Arbeit. Bravo. Gratuliere.«

»Wir werden aber nicht fertig«, sagte Ludwig. Er hatte sich auf Vorwürfe eingestellt. Denn die Baustelle sah in Wahrheit deprimierend aus. In den Räumen waren noch immer die Böden offen, der blanke Zement, die Fenster waren leere Höhlen, die Schulbänke türmten sich im Flur. Die neue Schultafel war nicht da. Aber auf den Mann von der Behörde machte das alles wenig Eindruck. Man solle halt schauen, daß das Lehrerzimmer zuerst fertig werde, sagte er. Der Lehrer werde nämlich bald eintreffen. Sonst aber sei alles in bester Ordnung.

»Alles in bester Ordnung?« rief Ludwig. »Überhaupt nichts ist in Ordnung!« Und er legte dar, zählte auf, rechnete vor, und schließlich drohte er damit, den »ganzen Scheißdreck« hinzuschmeißen und sich eine andere Arbeit zu suchen, wenn die Behörde nicht sofort bei den betreffenden Betrieben Dampf mache, daß die bestellten Dinge unverzüglich geliefert würden.

»Treten Sie denen in Bregenz gehörig in die Weichen!«

Am nächsten Tag bereits fuhr ein Lastwagen vor, der hatte einen Anhänger mit Fenstern geladen. Neue, weiß gestrichene Doppelfenster. Und neue, weiß gestrichene Fensterstöcke. Offensichtlich hatte Ludwigs Drohung Wirkung gezeigt.

Und schon am darauffolgenden Tag wurden die Eichendielen geliefert. Sie waren sogar billiger, als veranschlagt worden war. Eine Schreinerei im Oberland hatte in ihrem Lager einige Kubikmeter entdeckt. Ganz zufällig. Die alte Bestellung war *stante pede* storniert und der Schreinerei aus dem Oberland der Auftrag erteilt worden.

Mit den Brettern tauchte auch ein greiser Mann auf, dessen ganzes Kapital eine Schleifmaschine war. Er hatte anscheinend gute Verbindungen, denn landauf, landab wurde kein Boden verlegt, ohne daß er davon erfuhr. Er war mit einem Handwagen unterwegs, den er an sein Fahrrad anhängte. Darauf hatte er die schwere Schleifmaschine geschnallt, ein altertümliches Monstrum, das aber blitzblank geputzt war. Während die Männer in der Schulklasse und im Lehrerzimmer die Eichendielen schifteten – die Arbeit hatte inzwischen Ausmaße angenommen, die Ludwig allein nicht mehr in den Griff bekommen konnte –, saß der Alte draußen neben seiner Maschine in der Hochsommerhitze und sang oder spielte auf einem Instrument, einmal war es eine Mundharmonika, dann eine kleine Quetschorgel, dann wieder eine Maultrommel oder eine Okarina. Er bemühte sich nicht sonderlich um den Auftrag. Er war einfach da. Er war der Naheliegende. Er stammte aus dem Trentino und sprach immer noch einen starken Akzent, obwohl er, wie er Pauline erzählte, schon vor dem ersten Krieg ins Land gekommen sei. Die Schleifmaschine begleite ihn nun bereits seit fünfundzwanzig Jahren, ihr verdanke er es, daß er seither nie gezwungen war, den Bettelsack aufzunehmen. Seine Nase war verquollen und schwarz gesprenkelt, sein Haar drahtig, auf der Brust wuchs ihm ein grauer Pelz. Wenn er sang, machte er einen spitzen Mund

und reckte den Kopf vor. Seine Stimme klang dünn. Pauline brachte ihm manchmal eine Flasche Bier und ein Speckbrot. Dann nickte er ihr zu. Ob sie Wünsche habe, eine Melodie betreffend? Aber die Lieder, die sie kannte, kannte er nicht, und umgekehrt. Er wartete vor dem Schulhaus, lebte aus seiner riesigen Schnapptasche, rollte sich in der Nacht neben seiner Maschine in eine Decke, bis er endlich nach drei Tagen zu seiner Arbeit kam.

Mit Fichte wäre Ludwig allein zurechtgekommen, Eiche ließ sich nicht einfach nur so nageln, und das Stiften mußte gekonnt sein. Er sägte Bretter auf Maß zu, und das strengte ihn schon viel zu sehr an. Die Eichenbretter, an die vier Zentimeter stark, waren hart und schwer. Das Sägeblatt schlingerte, es wäre ein zweiter nötig gewesen, der auf der anderen Seite, am anderen Griff der Säge gestanden hätte.

Kaspar half Pauline in der Wohnung. Er duckte sich an Ludwig vorbei. Auf Fragen gab er drei Gesten: Kopfschütteln oder Kopfnicken oder Schulterheben. Manchmal kam auch die Mutter vom Hang herunter, brachte eine Seite Speck oder einen Käs mit oder einen Krug Most und pflanzte sich breitbeinig mitten auf dem Schulhof auf. Die Fäuste in die Hüften gestemmt, den Unterleib vorgeschoben, so schaute sie mit offenem Mund den Arbeitern zu. Sie lachte laut heraus, wenn ihr einer der Männer zurief, ob sie denn zum Mitschaffen nicht Lust habe. Das Lachen klang wie von einem übermütigen Backfisch. Spitz und pfiffig sein wollend. Pauline vermied es, sie anzusehen. Die verknöcherte Mädchenhaftigkeit ihres Körpers löste Unbehagen in ihr aus. Die Wohnung oben betrat die Schwiegermutter nicht. Und sie verschwand jedesmal, ohne sich zu verabschieden. Und den Sack mit der Jause ließ sie einfach auf dem Schulhof liegen.

Es war ein *Tschoch* alles in allem. Das Wort bedeutete Schwerarbeit.

Ludwig schien es nicht zu kümmern, welche Fortschritte

die Arbeit oben in der Wohnung machte. Oder ob überhaupt. Er fragte auch nicht danach. Nur selten betrat er die Wohnung. Die Erschöpfung war ihm anzusehen. Es wäre ein lächerlicher Gedanke gewesen: Ludwig arbeite nur deshalb so kräfteverzehrend, damit er einen Grund habe, um nicht mit Pauline zu sprechen. Es war ein lächerlicher Gedanke. Aber er war eben da. Und Pauline wußte, daß es sich so verhielt, wie dieser Gedanke sagte. Nur ließ sich dieser Gedanke nicht aussprechen, nicht in eine Frage kleiden. Die Zeit drängt, und darum muß eben gearbeitet werden bis zum Umfallen – so hätte die Antwort gelautet. Und die wäre genauso wahr gewesen.

Gleichsam zum Eingewöhnen schliff der Trentiner zuerst oben in der Wohnung die Böden ab. Die alten Dielen seien noch in Ordnung, sie müßten nur recht tief behandelt werden. »Zwei Millimeter mindestens«, sagte er, und das wiederholte er dann öfter. Voller Gleichmut und mit unbeschreiblicher Gemächlichkeit ging er ans Werk. Pauline, die sich nur eine Minute setzen und ihm bei der Arbeit zusehen wollte, sank trotz des Lärms der Maschine in Schlummer. Sie legte den Kopf auf den Tisch und wachte erst auf, als der Mann den Motor seiner Maschine abstellte. Von der Stille war sie erwacht.

»Entschuldigung«, sagte der Mann.

Die Wohnung sah aus wie neu. Der Boden war weiß und glatt wie Seide. Aber der Anblick machte sie nicht froh. Sie war matt und niedergeschlagen.

Sie trat vor den schweißüberströmten Ludwig hin und sagte stumpf: »Der Fußboden oben muß versiegelt werden. Wie macht ihr das unten?«

Ludwig brauchte eine Weile, bis er den Atem zum Sprechen fand. »Nitrolack wahrscheinlich«, brummte er.

»Wo krieg ich das her?« fragte sie.

Er zuckte mit der Schulter. Aber dann begab er sich doch hinein und besprach sich mit den Handwerkern. Die wußten auch nicht, woher zur Zeit Nitrolack zu bekommen war.

3

Durch einen Spalt im Vorhang drang das Morgenrot in die Stube, und Pauline erwachte. Sie stieg über den auf dem Rücken liegenden Ludwig, klemmte sich ihr Reisenecessaire und ein Handtuch unter den Arm und trat ins Freie. In den ersten Stunden des Tages spürte sie Kraft und Hoffnung, und es war ihr, als sähe sie ihr Leben wieder klar: daß die Trägheit und der Stumpfsinn die Ausnahme waren und die Freude am Leben ihr Gesetz. Inzwischen kam sie sogar mit dem abgebrochenen Riegel bei der Haustür leidlich zurecht.

Unter ihr lag das Tal in einem milchig bläulichen Schimmer. Weit vorne bog es sanft ab und verschwand hinter einem sonnenüberfluteten Hang. Hinter diesem wiederum ragte eine silbern glänzende Felswand empor. Die ferner gelegenen Berge hoben sich kaum ab vom weißen Himmel, und wenn man sie direkt anschaute, verschwanden sie ganz.

Der erste Strahl der Sonne hatte das Haus getroffen, war durch das Fenster in die Stube gedrungen und in Paulines Auge. Nun schien die Sonne auf Haus und Stall und weckte die Gerüche. Es roch nach Heu und Dung, nach Holzschindeln und dem taufeuchten Gras. Die Luft war angefüllt mit Gezwitscher und Gesang. Eine Blaumeise hockte auf dem Fensterbrett und pickte nach den harten Bröseln vom getrockneten Maismus. Dabei zirrte sie und zuckte mit dem Köpfchen. Die Hühner gackerten hinter dem Haus. Die Schweine ruchelten im Stall, es klang friedlich und schlaftrunken. Weit unten im Tal schlug ein Hund an. Nicht ein Geräusch war zu hören, das vom Menschen stammte. Die

Sonnenstrahlen berührten die Tautropfen und setzten den Gräsern funkelnde Juwelen auf.

Pauline faltete die Hände und sprach ein Morgengebet. »Laß alles gut werden«, sagte sie zum Schluß. »Mach, daß es die Erschöpfung ist, die schuld daran hat, daß mein Mann und ich kaum noch miteinander sprechen!«

Ja, die Wahrheit lautete: Sie redeten kaum mehr miteinander. In den abgerissenen, kleinen Gesprächen, die während der Arbeit stattfanden, wurde nichts gesagt, was einem auch nur ein wenig das Herz wärmen konnte.

Einmal hatte sie ihn gefragt: »Liebst du mich denn noch, Ludwig?«

»Aber ja«, hatte er geantwortet.

Sie hätte sich für die Frage ohrfeigen mögen. Und trotzdem hatte sie nachgehakt: »Wirklich?«

»Ja, wirklich«, hatte er gesagt und dabei einen begehrlichen Blick aufgesetzt. Aber der war ja nicht echt, der hatte die Zerknirschung abzudecken. Das war schon klar. Schwach deckte er sie ab. Vielleicht aber war die Zerknirschung auch nur eine Maske, die vor etwas anderes gehalten wurde, was nicht angeschaut werden wollte. *Er leidet nicht.* Dieser Gedanke empörte sie. Sie blickte heimlich zu ihm hinüber und suchte nach Kleinlichem in seiner Erscheinung. Nur um ihren Schmerz zu übertölpeln. Es war eine klägliche Schlauheit. Sie sehnte sich nach zärtlicher Teilnahme. Und das Sehnen dauerte den ganzen Tag über an und zermürbte sie. Die herrschende Schwüle machte einen obendrein gedankenträge und wortfaul.

»Lieber Gott, laß den heißen Sommer und die schwere Arbeit und die Müdigkeit schuld daran sein!«

Es war abzusehen: Entweder würde sich aus der gegenwärtigen Flaute ein zäher, fader Spuk ziehen, der über Tage, Wochen, ja Monate reichen konnte und bis dahin womöglich alle Empfindungen eingeebnet und durch Gleichmachen verwirrt haben würde, so daß sich schließlich ein neuer Anfang nicht mehr finden ließ, weil sie dann beide nicht mehr wußten, worauf ein erstes Augenmerk zu richten war; oder aber – warum sollte sie es nicht machen wie Lots Töchter mit ihrem Vater, die hatten sich ohne Federlesen auf den Schlafenden gesetzt ...

Pauline blickte hinauf zu den Apfelbäumen und sah Kaspar. Er saß an den Stamm eines Baumes gelehnt und winkte ihr mit beiden Armen zu. In der Hand hielt er zwei blinkende Äpfel.

»Warum bist du denn schon so früh auf?« rief sie.

»Ich war noch gar nicht im Bett«, sagte er.

»Was hast du denn getan die ganze Nacht?«

»So etwas und etwas anderes ... Ich bleibe oft die ganze Nacht wach.«

Sie gingen nebeneinander über die Wiese hinunter und kauten an ihren Äpfeln. Das Schulhaus war kaum zu erkennen. Im Tal nahe dem Bach lag ein Nebelschmauch.

»Wenn du willst«, sagte Kaspar, »kann ich dir jetzt den Platz zeigen.«

»Welchen Platz denn?«

»Der so schön ist ...« Er zögerte, weiterzusprechen. Pauline merkte, daß er gekränkt war.

»Ich weiß jetzt ehrlich nicht, was du meinst, Kaspar.«

»Ich habe dir doch gesagt, ich zeige dir den schönsten Platz, den es gibt.«

Das hatte er gesagt. Als sie in jener Nacht das Bubenzimmer verlassen hatte. Sie hatte zu ihm gesagt, er solle nicht traurig sein, Gott habe die Welt schön gemacht. Da hatte Kaspar gesagt, wo der schönste Platz sei, das wisse er, und er werde ihn Pauline zeigen.

»Ist es denn weit?« fragte Pauline.

»Nein«, sagte Kaspar. »Bis die anderen beim Bau sind, sind wir auch da.«

Sie hatte keine Lust, auf einen Berg zu kraxeln oder in ein Tal zu hatschen. Obwohl sie lange und tief geschlafen hatte, war sie dennoch am Ende ihrer Kräfte. Aber sie wußte nicht, wie sie es Kaspar hätte abschlagen sollen.

»Gut, dann gehen wir«, sagte sie.

Kaspar führte sie nicht auf einen Berg. Auch nicht in ein Tal. Er schritt vor ihr her, winkte ihr immer wieder, als wäre sie ein junges Ding, das gleich in Jucheia ausbräche. Was für Blasen sein Gehirn wieder auftreibt, dachte sie. Was bitte, um aller Engel willen, mache ich hier? Was, habe ich hier verloren? Welcher Witz hat mich auf diese krumme Matte gespuckt! Und je weiter sie ins Tal hinunterkamen, desto grämiger wurde sie.

Kaspar führte sie den üblichen Weg hinunter zur Schule. Schon vor dem Haus stieg Pauline der scharfe Nitrogeruch in die Nase.

»Hier ist der schönste Platz auf Gottes weiter Welt«, sagte Kaspar. Es war ihm anzuhören, daß er diesen Satz ausprobiert hatte. Und es war dem Satz anzuhören, daß er einer unter vielen Sätzen war, die in Frage gekommen waren. Er war hochdeutsch gesagt, ausgewählt für Pauline, und im ersten Augenblick schüttelte sie ein Gefühl von Ekel.

»Nicht zu sagen, Kaspar, das hast du in dieser Nacht gemacht!« Wie eine Parodie auf seinen Satz, so klang das.

»In vierundzwanzig Stunden ist der Boden trocken, dann könnt ihr einziehen«, sagte Kaspar. »Und nach einem Jahr kriegt er die Farbe von Honig. Dafür steh ich.«

»Die Farbe von Honig!«

Gott mochte wissen, was wirklich in diesem jungen Mann vorging, der sich gebeugt hielt und seinen Kopf zwischen die Schultern zog und nuschelte, der wirklich leicht krummrückig war und zu rasch in seinen Bewegungen, der unberechenbar und anmaßend war, zum Jähzorn und zum Hochmut neigte.

»Pauline?«

»Ja, Kaspar?«

»Du glaubst nicht auch, daß ich ein Eck abhabe, oder?«

»Was?«

»Daß ich nicht ganz normal bin?«

Da tat sie im stillen Abbitte für jeden bösen Gedanken, den sie dem Kaspar je an den Hinterkopf geschmissen hatte.

»Oh, nein«, sagte sie, »das glaube ich wirklich nicht.«

Er zog eine Packung Pall Mall aus der Hosentasche und gab sie ihr in die Hand. »Dann, Gratulation zu eurem Heim«, sagte er.

»Gratulation«, sagte sie.

»Aber die sind nur für dich«, betonte er. »Für Ludwig habe ich andere.«

Nun war es endgültig. Endgültig war sie hier gelandet. Der beißende Geruch von Nitrolack, der schimmernde Fußboden, die Pall Mall waren wie Siegel unter einem Vertrag. Die Farbe von Honig. In vierundzwanzig Stunden begann das Eheleben. Und Ludwig war so weit von ihr fort, daß sie bezweifelte, ob Rufen etwas nützte.

Neuntes Kapitel

1

Am selben Tag, an dem Pauline und Ludwig in ihre eigenen vier Wände zogen, kam der Lehrer an. Der Bürgermeister führte ihn zum Schulhaus.

Es war später Vormittag, Ende September, der Himmel kräftig blau und keine Wolke. Die Helfer hatten sich schon gestern verabschiedet. Auf eine Firstfeier war verzichtet worden, das heißt, sie war verschoben worden auf bessere Zeiten. Aber auch das war nur so dahergeredet. Die Männer waren von auswärts gekommen, und sie zogen weiter auf eine nächste Baustelle, wo sie lieber für Naturalien als für Geld eine Beschäftigung annahmen. Die Maschinen und das andere Gerät waren ins Dorf zurückgebracht worden. Kaspar zog durch die Gegend. Es war still im Tal bei der Schule.

Pauline oben in der Wohnung, den Rücken zum Fenster, Ludwig unten im Klassenzimmer, den Rücken zum Fenster, sie taten nichts, saßen am Boden, die Beine ausgestreckt, und betrachteten die Wände, sie oben, er unten, vor zwei Tagen hatten sie das letzte Wort miteinander gesprochen. Seit Ludwig das Bett gebracht hatte, kein Wort mehr. Es waren sechs Matratzen gewesen, die er mit einer Schnur umwunden hatte, damit sie auf dem glatten Boden nicht auseinanderdrifteten. Pauline war dabeigestanden. Erst hatte sie ihm nur zugesehen. Ludwig zischelte eine leise Melodie zwischen den Zähnen. Er legte einen marokkanischen Woilach auf die Matratzen und spannte zwei Leintücher darüber.

Seine Hände bewegten sich flink und scheinbar gezielt, und doch waren die meisten ihrer Verrichtungen unzweckmäßig. Es war ein nervöses Rucken und Zucken, das einen beim Zuschauen drängelig machte. Dann halfen sie sich gegenseitig beim Überziehen von zwei weiteren dieser schweren Pferdedecken mit den Aufschriften in Französisch und Arabisch. – *Tirailleurs maroccains.* – Die Kopfpolster hatte die Mutter spendiert. Zum Schluß schauten sie vom Fußende auf ihr Lager nieder.

»Schön, oder?«

»Sehr schön, ja.«

Weitere Bemerkungen hatten sie sich verbeten.

Seither Schweigen. Kein bockiges Schweigen. Kein berechnendes Schweigen. Kein vorwurfsvolles Schweigen. Schuld daran hatte keiner oder beide, sie waren umeinander herumgeschlichen, hatten es aber nur bei halben Schritten bewenden lassen, und dann war die Trägheit in sie hineingekrochen, und herausgekommen war, daß sie am Boden saßen, die Beine ausgestreckt, den Rücken zum Fenster, und dabei die Wände anstarrten, Pauline oben in der Wohnung, Ludwig unten im Klassenzimmer.

Sie wußten, heute mußte ein Strich gezogen werden. Und es war jetzt bald Mittag, und bis zum Abend mußte der Strich gezogen worden sein. Weil, heute nacht würden sie zum erstenmal in diesen vier Wänden schlafen, die nun ihre eigenen waren. Sie hatten dem Nitrolack eine ganze Woche Zeit gelassen, um zu trocknen. Und nun war er trocken. – Bis zum Abend mußte das Schweigen gebrochen sein.

Pauline sah die zwei Männer auf das Schulhaus zukommen, den hinkenden Bürgermeister mit der langen linken Schulter und einen anderen, der einen halben Schritt vorneweg war und den Kopf gesenkt hielt.

Sie meldete Ludwig: »Ich glaube, der Lehrer ist da.«

Den ganzen Vormittag hatte sie über ein Wort nachgesonnen, das ein Wunderwort hätte sein müssen, weil es den Anfang des Guten und zugleich das Ende des Schlechten hätte bereiten sollen. So ein Wort schien es nicht zu geben.

Aber dann: Als sie miteinander vor das Haus traten, um die beiden zu begrüßen, waren sie nichts anderes als ein glückliches Paar. Pauline empfand das so. Ihr schien, als spiegelte das sich wider im Blick dieses Mannes, den sie noch nie gesehen hatte und von dem sie annahm, daß er der Lehrer sei. Es war ein melancholischer Blick, ein bißchen schwarz gemacht von Neid und Spott. Daraus schloß sie, daß sie und Ludwig wie ein glückliches Paar wirkten, dem eine Misere nicht anzusehen war. Warum? Weil es sich bei dem zwischen ihr und Ludwig eben nicht um eine Misere handelte, Herrgottnocheinmal, darum!

Es war einfach und leicht: Sie lächelte zu Ludwig hinüber, der legte seine Hand an ihren Arm, und alles zwischen ihnen war gut. Hatte sie vor einem Umsehen noch gedacht, sie seien sich unheilbar entfremdet, durchströmte sie nun ein Gefühl der Innigkeit mit ihrem Mann. Alles war gut geworden. Kein Wort war dazu nötig gewesen, und kein Wort mußte jetzt noch darüber verloren werden.

Pauline hätte sich am liebsten bei diesem fremden Herrn eingehakt und wäre mit ihm eine Runde ums Haus gegangen und hätte mit ihm gesprochen wie mit einem lange vertrauten Freund, denn ihm schrieb sie es zu – ja, diesem schmalen Winkel Neid in seinem Auge schrieb sie es zu, daß sich der Knoten zwischen ihr und Ludwig gelöst hatte.

»So«, sagte der Bürgermeister, »jetzt kann's ja dann endlich losgehen.«

Man schüttelte sich die Hand. »Freut mich, freut mich«, sagte der Lehrer. Gleich zweimal sagte er es – zu Ludwig und zu Pauline.

»Freut uns auch aufrichtig«, sagte Pauline. »Wir haben ja schon seit Tagen gewartet.«

Der Lehrer hängte noch etwas an, ein paar allgemeine Sätze. – An Pauline gerichtet. Er ließ sie nicht aus den Augen. – Er war klein und untersetzt und von bulliger Statur, hatte einen schrägen Nacken und eine Glatze, die war rötlichbraun von der Sonne und eingefaßt von einem dunklen, krausen Haarkranz. Die Stirn wölbte sich breit über die verstruppten Augenbrauen. Der Mund zog leicht nach unten, auf der einen Seite mehr als auf der anderen, und das gab dem Gesicht etwas Spöttisches. Seine Stimme aber hatte einen weichen Klang, und seine Hände waren zart.

»Sie müssen achtgeben hier draußen«, sagte Pauline, »es ist alles noch schmutzig und staubig.«

»Ich bin nicht empfindlich«, sagte er.

»Oh, man weiß nie«, sagte sie.

Er trug ein Sakko aus englischem Tuch. Ein wenig kannte sich Pauline bei Stoffen aus – beileibe! –, und soviel wußte sie, daß es sich hier um gute Ware handelte. Den Schnitt fand sie zwar ein wenig zu versnobt – Golffalten und Dragoner. Auch Hose und Hemd waren von bester Qualität. Den Hemdkragen hatte er offen über den Jackenkragen gelegt. Die Schuhe waren aus doppeltem Leder gefertigt und zweifarbig. Hatte es für diesen Mann Verwüstung und Not nicht gegeben?

»Das ist ja wie im Märchenbuch hier«, sagte er. Er zog die Jacke aus und hängte sie sich über die Schultern. Neben dem zerknautschten Bürgermeister wirkte er wie ein Siegeroffizier in Zivil. Ein Mann, der sich bewußt von anderen abheben will. Der auf eine beinahe verachtende Art unzeitgemäß ist. Der auf Sauberkeit bedacht ist. Der sich wahrscheinlich schrubbt. Der Wert legt auf würdevolles Gebaren. Ja, der in bescheidener Weise einen gewissen Aufwand treibt.

»Und niemand kann einem hier erklären, warum die Schule außerhalb des Dorfes liegt«, sagte er. Er schaute Pauline an, eben nur sie, wie ihr schien – einordnend und eindeutig. Und in seinen Mundwinkeln kräuselte sich zum Spöttischen dazu etwas Anzügliches, das sie neugierig machte.

»Wissen Sie vielleicht, warum in diesem Dorf die Schule so weit von der Kirche entfernt liegt?«

»Nein, weiß ich auch nicht.«

Nein, der eignete sich nicht, um sich bei ihm einzuhaken und mit ihm zu sprechen wie mit einem vertrauten Freund und mit ihm eine Runde um das Haus zu drehen.

»Das ist ja auch bei Gott vollkommen wurscht«, sagte der Bürgermeister. »Oder nicht?«

Ludwig sagte immer noch nichts. Und darum antwortete Pauline auch in diese Richtung: »Ja, eigentlich schon.«

»Aber es wäre doch interessant, zu wissen«, insistierte der Lehrer weiter. »Das ist doch zumindest ungewöhnlich, daß ein Dorf seine Schule einfach nach draußen verlegt.« Und wieder zu Pauline: »Oder etwa nicht?«

»Doch.«

»Oder haben Sie das schon einmal irgendwo gesehen?«

»Nein.«

»Ganz bestimmt hat das seinen Grund. Es muß ja einen Grund dafür geben.«

»Stimmt.« – Was war denn das für ein Gerede! Was bin ich denn, dachte sie. Ein Antwortenautomat? Und dazu das Gegrinse dieses Herrn. Sie kam sich vor wie eine Wetterhexe in ihrer Drillichkluft. Mit ihrer losen Frisur. Seitwärts gescheitelt. Den verstaubten Haaren. Dem sonnenbrandigen Gesicht. Den schwarzen Fingernägeln. Dreck, der nicht wegging. Überhaupt ihre Haare: allerweltsblond und widerspenstig. Und in ihrem Rücken das Haus, in dem sie geochst hatte, fünf Wochen lang. Verzicht auf alles – so lautete ihr Titel. Das war ein Übermaß an Anständigkeit, was sie da präsentierte. Das mußte ja zum Spott herausfordern.

»Und Sie und Ihr Mann haben«, sagte der Lehrer mit einer

freundlich gemeinten Ungläubigkeit in der Stimme, »ich meine ... das Haus hergerichtet? Sie beide? Tatsächlich?«

Sie murmelte etwas, das keine Worte hatte und eine Mischung war aus einem erleichterten Fluch, einem Räusperhusten, einem Nach-hinten-Deuten; was alles zusammen umreißen sollte, daß bei dieser braven Arbeit gar nie ein rechter Ernst dabeigewesen sei, ihrerseits jedenfalls nicht; und plötzlich verspürte sie den brennenden Wunsch, diesen fremden Mann in eine Lächerlichkeit hineinzumanövrieren, in etwas Bloßstellendes, weil er ihr Unruhe brachte und die gerade neu gewonnene Einigkeit mit Ludwig störte, und zwar nur dadurch, daß er sich anmerken ließ, was er auf diese Einigkeit gab; nein, sie hatte sich gründlich verschätzt. Dieser Mann hielt sie und Ludwig nicht für ein glückliches Paar. Mit der dem Schwarzseher eigenen Zufriedenheit konstatierte er ihre Misere. Und sein stilles Teilhaben an dieser Misere brachte sie in Verlegenheit, und es wurmte sie, daß sie durchschaut wurde, und daß sie sich selbst etwas vorgemacht hatte, und daß auch das durchschaut worden war. – Sie rückte einen halben Schritt näher an Ludwig heran. Aber der war ja wie ein Stein. Warum denn auf einmal! Schau mich an, dachte sie, schau mir doch in die Augen!

Dann stellte sich der Lehrer vor. Er heiße Kurt Fasching, sei vierzig Jahre alt und ledig. Das nannte er gleich zu Anfang. Name, Alter, Stand. Er war tatsächlich Offizier gewesen. Bei den Engländern. 1938 war er nach London emigriert, war englischer Staatsbürger geworden, bei Kriegsbeginn in die Royal Air Force eingetreten und vor einem Jahr als Soldat nach Österreich zurückgekehrt. Nun wollte er wieder in seinem alten Beruf arbeiten. Er erzählte in knappen Sätzen und mit vielen Worten und mit geschmeidiger Stimme.

Ludwig schaute dabei die ganze Zeit ins Universum hinaus. Rauchte. Kaute Luft. Tat so, als hätte er diese Geschichte schon hundertmal gehört. Manchmal nickte er schnell, als wollte er den Redner antreiben. Und sein Gesicht hatte einen überheblichen Ausdruck. – Pauline zwickte ein schlechtes Gewissen. Weil sie die Einigkeit, die so plötzlich zwischen ihnen entstanden war, so schnell wieder aufgegeben hatte. Aus Opportunismus obendrein. Ludwigs schmale Oberarme rührten sie. Wie er die Arme vor der Brust verschränkte, sich mit der linken Hand am Kragen festkrallte, in der rechten Hand die Zigarette hielt, bot er das Bild eines stolzen Mannes, für den man aber Mitleid empfand. Und das mochte sie absolut nicht, daß jemand mit ihrem Mann Mitleid hatte. Auch nicht, daß ihn jemand rührend fand. Auch sie selbst wollte ihren Mann nicht rührend finden. Außerdem fiel ihr auf, daß seine Ärmel abgeschnitten waren. Was konnte das wieder bedeuten?

Es wäre anständig gewesen, dem Neuankömmling Fragen zu stellen oder ihn in ein Gespräch zu verwickeln oder sich ihm gegenüber sonst irgendwie freundnachbarlich zu benehmen, auf seine Erzählung einzugehen, Kommentare dazu abzugeben, schließlich würde man ja einen Teil der nächsten Zeit unter einem gemeinsamen Dach verbringen – nichts: Kaum ließ der Lehrer eine Pause, sprang Ludwig dazwischen, als wäre er der nächste auf der Liste, und er ignorierte den Lehrer, war nur darauf aus, dem Schiefen spitze Bemerkungen hinzufitzen:

»Kommt der Herr Bürgermeister unter anderem vielleicht auch, um uns zu sagen, wann mit der Wasserleitung begonnen wird? Kommt er, um uns das zu sagen?«

»Nein«, sagte der Bürgermeister, »ich habe dem Herrn Fasching den Weg gezeigt.«

Weiter sagte der Bürgermeister nichts. Er ließ Ludwig reden. Er stand da wie ein Lehmgötze und hörte zu. Ludwig war von Anfang an der Sieger. Er merkte es nur nicht und redete immer weiter. Und zuletzt war es kein Sieg mehr. Was sollte man von so einem halten? Das war ein Spintisierer. Bestenfalls.

Pauline sah dem Lehrer an, daß er dasselbe dachte wie sie. Sie schämte sich für Ludwig. Und verfluchte sich dafür und den Lehrer auch, der offenbar etwas an sich hatte, das Menschen in den Opportunismus trieb.

Ob sie ihm die Schule zeigen wolle, fragte er. Sie ließen Ludwig und den Bürgermeister stehen und betraten das Haus.

»Es gibt nicht viel zu zeigen«, sagte sie.

»Soll ich die Schuhe ausziehen?« fragte er. »Ich will keinen Schmutz hineintragen.«

»Nein, *diese* Schuhe brauchen sie nicht auszuziehen«, sagte sie, und fast wäre ihr noch etwas Schnippischeres eingefallen. Aber leider nur fast. Sie wollte nämlich seinen spöttischen Mund sehen. Sie kam sich so unsprühend vor.

»Und oben wohnen Sie?«

»Ja.«

»Ihr Mann und Sie.«

»Mein Mann und ich, ja.«

»Es wird laut sein am Tag, wenn erst die Schüler hier unten toben.«

»Das wird schon nicht so schlimm werden.« – Nicht ein Satz fiel ihr ein, der Esprit hatte.

Das Klassenzimmer betrachtete er nur von der Schwelle aus. Er gab keine Meinung dazu ab. Dann zeigte ihm Pauline das Lehrerzimmer. Sie hatte sich geweigert, die Vorhänge der Direktorswitwe an die Fenster zu hängen.

»Um die Möbel, um die müssen Sie sich halt selber kümmern«, sagte sie.

Er schritt langsam an den Wänden entlang, als wollte er sie ausmessen.

»Ein schöner, großer Raum«, sagte er.

»Man könnte ihn unterteilen«, sagte Pauline. »Aber wir wollten nicht vorgreifen.«

»Man könnte ihn unterteilen, ja«, sagte er. »Man könnte ihn unterteilen.«

»Man müßte ja nicht gleich eine Mauer hochziehen.«

»Können Sie das – eine Mauer hochziehen?«

»Ja, das kann ich«, sagte sie. »Jetzt kann ich das. Vor zwei Monaten hätte ich das noch nicht gekonnt.«

Er blieb stehen und drückte mit der flachen Hand gegen eine Stelle an der Wand, klopfte mit den Knöcheln dagegen.

»Was haben Sie gesagt?« fragte er.

»Nichts.«

»Sie haben recht, man muß nicht unbedingt eine Wand hochziehen«, sagte er. »Nein, das muß man nicht. Man kann das mit einem Regal unterteilen. Wenn man das will.«

Von draußen war Ludwig zu hören, der immer weiter auf den Bürgermeister einredete.

Der Lehrer schloß die Fenster. »Woher aus Deutschland kommen Sie?«

»Aus Coburg. Sie werden es nicht kennen.«

Er antwortete nicht darauf. »Es wird mir nichts anderes übrigbleiben«, sagte er, »als vorübergehend hier in diesem Zimmer auch zu wohnen. Bis ich etwas gefunden habe.«

»Ja, klar«, sagte sie.

»Ich hoffe, das stört Sie nicht.«

»Natürlich nicht. Wieso auch.

»Weil Sie sicher damit gerechnet haben, hier ungestört zu sein in dieser Idylle.«

»Haben wir«, sagte sie.

»Na, bis meine Möbel hier ankommen«, sagte er, »werde ich jedenfalls beim Bürgermeister wohnen. Warum haßt ihn Ihr Mann eigentlich?«

Pauline gab keine Antwort. Der Grund dafür war, daß sie über die Frage nachdachte, und dann zu lange nachgedacht hatte. Und auch, daß sie keine Antwort wußte. Die Frage paßte so wenig in ihr Leben, daß sie sie beinahe vergaß, noch während sie ihre Gedanken für eine Antwort ordnete.

Der Lehrer blickte ihr fest in die Augen, und sie sah, daß

er ihr Schweigen deutete. So brutal war die Aufforderung, mit ihm gemeinsam über ihren Mann zu grinsen, daß sie sich ihr nur entziehen konnte, indem sie auf der Stelle den Raum verließ.

2

Pauline eilte nach oben, um ein Malzgetränk aufzukochen, sich schnell etwas anderes überzuziehen und sich die Haare auszubürsten, und als sie wieder herunterkam und vor das Haus trat und fragen wollte, ob sich die Herren denn nicht nach oben begeben und eine Tasse mit ihr trinken wollten, da war keiner mehr hier. Grußlos waren sie gegangen. Und Ludwig hatte sich ihnen angeschlossen. Ohne ein Wort zu ihr.

Sie war bestürzt. Schaute um die Ecken. Rief Ludwigs Namen. Ins Leere hinein. Sie lief hinter das Haus und ein Stück über die Wiese in Richtung des Baches. Rief abermals Ludwigs Namen. Sie fühlte sich gedemütigt. Für null und nichtig erklärt. Für nicht anwesend. »Das darf nicht wahr sein«, sagte sie laut vor sich her. »Das darf doch einfach nicht wahr sein!«

Sie riß sich das Haarband vom Kopf und schleuderte es auf den Haufen Bauschutt. Sie hatte sich nämlich das Haar aufgesteckt. Für wen? Ja, für ihren Mann. Natürlich für ihren Mann. Damit er bemerken sollte, daß seine Frau hübsch war. Am ersten Tag in ihren eigenen vier Wänden. Sie hatte einen zarten Schwung im Nacken. Der hatte bisher überall Wirkung gezeigt. Hier für die Katz! Wie jetzt bewiesen war. Natürlich auch für den Lehrer hatte sie sich hübsch gemacht. Damit sein Spott widerlegt würde, und sie in seinen Augen wieder dieses Blitzen des Neides sähe. Und auch damit Ludwig bemerkte, was für Blicke der Lehrer ihr zuwarf. Nun konnte niemand etwas dagegen haben, wenn sie hübsch aussah. Nun sah Pauline hübsch aus für sich allein und die geputzten Schulfenster und die Regenwürmer und die Spatzen und die Hummeln und die Fahne auf dem Dach, die sie selber erst vor kurzem angemalt hatte.

Sie ging nach oben und hockte sich auf einen Schemel und beschäftigte sich mit finsteren Gedanken und mit Herumstieren in denselben. Was sollte sie denn sonst tun? Die Koffer packen und sich aus der Episode stehlen?

Am Nachmittag klopfte jemand unten an die Tür, und sie eilte ans Fenster. Es war ein Bub, und der rief atemlos zu ihr herauf, der Herr Juen lasse ausrichten, er habe eine Debatte mit dem Bürgermeister und komme erst am Abend, dann aber sicher. Dabei strahlte er über die polierten Backen, in der Gewißheit, der Überbringer einer guten Botschaft zu sein.

»Welcher Herr Juen!« schrie Pauline den Buben an.

Der vergaß vor Schreck, sein Lachen zu löschen. »Halt der Herr Juen, *der* Herr Juen«, stammelte er. Dann rannte er kopflos über die Wiese davon.

Oh, sie hätte ihm gern die Wascheln langgezogen, diesem miesmacherischen Fratz, dem! Sie funkte ihm vom offenen Fenster aus nach, bis er sich im hohen Gras verlor.

Ja, freilich, eine Debatte! – »Sehen Sie, Herr Fasching, mein Mann verfügt über eine gewisse Gabe, zu reden, und er bedient sich ihrer, um seine Beliebtheit im Dorf zu erhöhen.« – Sie dachte sich das geringschätzige Grinsen des Lehrers dazu, dem ja ganz offensichtlich nichts heilig war, und sie versuchte, den Tonfall in seiner Stimme nachzuahmen. Letzteres gelang ihr nicht. Der Lehrer sprach mit einem mundartlichen Einschlag, den sie noch nie vorher gehört hatte. Er stammte nicht aus dieser Gegend. Ein Einwanderer wie sie.

Aber was für eine törichte Gans war sie dagegen! Ihr war der ganze Himmel heilig. Der Rosenkranz war ihr heilig. Und ihre Wünsche dazu. Und was gab es dafür? Wenn es so war, daß jeder seinen eigenen Teufel besaß, der auf eigene Weise die Fallstricke knotete und über dem vorbestimmten bösen Weg wachte, dann mußte der ihre wahrlich ein zäher Kerl sein. Vielleicht war die Frau, die ihr im Traum erschienen war, ihre Teufelin. Die sie in blinde Gassen führte und dann oben gegen sie auftrat als Zeugin. Und Ludwigs Teufel? Sie erinnerte sich an den Mann, mit dem sie damals vor München durchs Feld und über die Landstraße gezogen war.

Trostreich wäre es jetzt gewesen, jemandem einen Brief zu schreiben. Aber wem? Der Hilla vielleicht. Pauline kramte das schweinslederne Federmäppel aus ihrem Koffer. Steckte es aber gleich wieder zurück. Sie hatte kein Briefpapier. Und eigentlich auch keine Lust, Hilla zu schreiben. Außerdem hafteten an dem Gegenstand Erinnerungen, die sie im Augenblick nicht brauchen konnte.

Sie besaß keinen Spiegel. Ludwig hatte versprochen, ihr einen zu besorgen. Er hatte immer wieder darauf vergessen, und es war ja auch nicht dringend gewesen, denn oben im Elternhaus hing in der Küche ein Scherben über der Waschschüssel. Sie stellte einen Fensterflügel in einen Winkel, der das einfallende Licht spiegelte, und betrachtete ihr Gesicht. Sie glaubte, einen ängstlichen Zug um ihren Mund zu bemerken, und das bekümmerte sie. Sie fühlte, daß eine Sprödigkeit sie von innen bedrohte. Das Banalste, was sich in diesem Leben, auf dieser Welt denken ließ, war gewiß eine Debatte mit einem Bürgermeister. Sie, Pauline, war also gerade gut für gesuchte Ausreden. Friß fadenscheinigstes Zeug, da! Und dort: leidenschaftlichste Erörterungen zum Thema Abwasserbeseitigung.

Eine Verzweiflungswut überfiel sie. Was machte sie denn falsch? Sie war immer im Bestreben, etwas durchzuführen, was sie dann doch nicht fertigbrachte. Keiner ihrer Entschlüsse hatte je nur einen Teil, sondern immer das Ganze gemeint. Als sie sich entschlossen hatte, hierzubleiben, Ludwig eine

Frau zu sein, heimisch zu werden in dieser Fremde, da war sie bereit gewesen, dafür ihr bisheriges Leben wegzuwischen. Sie hatte ihre Stadt verlassen, hatte ihre Mittel vertan und hatte ihre Kraft erschöpft. Das war die Wahrheit. Sollte sie beten oder fluchen? – Sie rang die Hände, und da ging es ihr dann schon besser, denn das war bereits Theater. Vielleicht war Theater die Rettung – was man nicht hatte, das konnte man spielen.

Die Müdigkeit zog sie nieder. Sie hatte Muskelkater in den Armen, in den Waden, am Rücken, und die Gelenke in den Fingern schmerzten. Sie setzte sich auf die Matratze, legte den Kopf auf ihre Knie und dämmerte ein bißchen vor sich hin. Ein Erlebnis fiel ihr ein, das tiefen Eindruck bei ihr hinterlassen hatte. Es war am Palmsonntag in München gewesen. Mitten in den Trümmern vor der Frauenkirche führte ein Chor die Matthäus-Passion von Heinrich Schütz auf. Pauline war zufällig vorbeigekommen, sie hatte noch niemals eine so schöne Musik gehört. Ergriffen lauschte sie, als der Darsteller des Jesus sang: »Mein Vater, ist's möglich, so gehe dieser Kelch von mir, doch nicht, wie ich will, sondern wie du willst.« Und dann der Kreuzestod, das langgezogene »Eli, Eli, lama asabthani« – »Mein Gott, mein Gott, warum hast du mich verlassen?«

Sie schrak hoch, denn wie ein Donnerschlag fuhr ihr ein Gedanke ins Bewußtsein: Warum sagt er am Schluß nicht mehr *Vater*? Wird ihm vielleicht klar, daß er gar nicht der Sohn Gottes ist? Ein Eishauch traf sie. War denn alles, alles, wirklich alles nur Theater?

Sie rappelte sich auf und stapelte ihre Wäsche aus dem Coburger Koffer, zog den dunkelblauen Schlafanzug aus Futterseide über und schlüpfte unter die Zudecke. Sie schlief sofort ein. Sie träumte, aber im Traum noch sagte sie zu sich selbst: Auch Träume sind bloß Theater. Und damit erlosch der Traum, und sie lag allein im Schwarzen.

3

Musik weckte sie. Es war eine Operettenmelodie, die sie kannte. Aber ihr fiel der Titel nicht ein. Die Musik kam aus der Küche. Jetzt wird doch noch alles gut werden, dachte sie. Sie verstand ihre Aufregung von vor einer Stunde nicht – oder wie lange es her sein mochte, als sie ganz die Fassung verloren hatte. Sie räkelte sich auf dem Laken und nahm sich vor, ihren Mann mit unanständigen Worten zu schockieren. Als Rache. Aber erst, wenn der Abend weiter fortgeschritten wäre.

Ein Bild tauchte in ihr auf, das hatte sie sich zurechtgelegt: Sie, sitzend auf der Brust ihres Mannes, kehrte ihm den Rücken zu. Betrachtete sein Geschlecht, ohne daß er ihr ins Gesicht sah.

Sie rief seinen Namen.

Zehntes Kapitel

1

Er hatte gewußt, wie es sein würde, wenn er zum erstenmal mit einer Frau schläft. Er wußte das seit seinem siebzehnten Lebensjahr. Er hatte sich den Geschlechtsverkehr nicht in Szenen exemplarisch gemacht. Er hatte auch kein Bild in sich getragen – wie die Frau aussähe. Damals jedenfalls noch nicht. Aber er konnte die Wärme des anderen Körpers an seiner eigenen Haut spüren. Er hatte keine Wünsche, und er schwärmte nicht im stillen. Es war ein Zerren in seinem Unterleib. Ein unverwechselbares Zerren. Und eben die Wärme an seiner Haut. Mehr war es nicht.

Als Ludwig in Ostpreußen gewesen war, hatte sich ihm die Frau eines Kameraden angeboten. Die Frau war gekommen, um ihren Mann zu sehen. Wie war es ihr gelungen, seinen wahren Aufenthaltsort zu erfahren? Hatte ihr Mann die Vorschriften mißachtet und ihr seinen Standort verraten? Wie auch immer – sie war zu spät gekommen. Ludwig hatte keinen Zweifel, daß dieser Mann, dessen Namen er vergessen hatte, daß dieser Namenlose bereits tot war. Verloren für alle und für alle Zeit. Er hatte ihn vom Kartenspielen her gekannt. Und noch etwas wußte er über ihn: Er konnte mit verbundenen Augen jede beliebige Waffe auseinandernehmen und wieder zusammensetzen, und von Mal zu Mal unterbot er dabei seinen eigenen Rekord. Er war immer mit einer Stoppuhr und einer Augenbinde unterwegs, den Gürtel voll eiserner Teufelseier, und bat jeden, der ihm über den

Weg lief, ihm die Zeit abzunehmen. Sonst hatte Ludwig keine Erinnerung an diesen Mann. Nur an seine Uniformjacke erinnerte er sich. Und an noch etwas: daß am Schluß nur noch die Hälfte des Mannes darin steckte.

Die Frau hieß Irene. Ludwig bekam aus ihr heraus, daß auch sie davon überzeugt war, daß ihr Mann nicht mehr lebte. Sie vermutete, er habe sich umgebracht. Selbstmord ist natürlich Diebstahl. Ludwig erinnerte sich, daß er selbst es gewesen war, der den Befehl gegeben hatte, die Jacke dürfe nicht beerdigt werden. Sie lag einen Tag lang in der Latrine. Mitten in einer Blutlache.

»O nein«, sagte er, »ich bin sicher, es war ein Unfall.«

Die Kameraden bestätigten das: »Unfall!« – »Unfall!«

Die Kameraden, eine Mannschaft aus Hartguß, respektierten ihn, waren aber froh, wenn er das Zimmer verließ, und sie dachten auch gar nicht daran, ihn zu fragen, ob er Mitglied in ihrer *Branntweinvertilgungsgesellschaft* werden wollte. Den einen oder anderen schüttelte es in der Nacht, und das war bekanntlich ansteckend. Darum gab Ludwig die Parole aus: »Charakter ist, was ihr in der Dunkelheit seid.«

»Wer findet sich denn hier zurecht?« seufzte die Frau, als sie den Flur entlanggingen.

»Gewohnheit«, sagte Ludwig.

Was vor dem Krieg in dem weitläufigen Gebäude untergebracht war, wozu es diente, ob als Schule, als Behörde oder als Kontor eines Kaufhauses, das wußte Ludwig nicht; jetzt war es eine Kaserne, und seine südliche Hälfte war bereits weggeschossen. Das hatte Wochen gedauert und war Stück für Stück geschehen. Als ob sich der Krieg an diesem Ort von diesem Gebäude ernährte. Das erzählten die, die schon länger hier waren, die hatten es von anderen erfahren: daß das Gebäude am Anfang noch unbeschädigt gewesen sei, und daß der erste Angriff lediglich die Außenwand im Süden wegrasiert habe.

Die Frau hatte das Haus durch die aufgerissene Seite betreten, und Ludwig war der einzige gewesen, der sie nicht für ein Gespenst gehalten hatte. Eine große Frau. Die glänzte wie Metall. Ihr Hintern schimmerte wie Silber in dem enganliegenden Rock. Sie war für die Jahreszeit zu luftig gekleidet. Vielleicht war sie aus einem Wagen gestiegen, der draußen auf sie wartete. Nein, so war es nicht. Die anderen blickten kurz zu ihr hin und wandten dann die Gesichter ab und sprachen die Sätze zu Ende, die sie angefangen hatten.

»Niemand von euch meldet diesen Vorfall, habt ihr verstanden!« Die Kameraden verdrehten nur die Augen. Und Ludwig mußte nachschnauzen. »Ob ihr das verstanden habt!«

»Ja, wir haben verstanden.«

»Das ist ein Befehl!«

Die Kameraden nickten und machten weiter. Es war von nun an verboten, außerhalb des Dienstes mit Handgranaten im Gürtel herumzulaufen.

Ludwig bot der Frau seinen Arm an, dann korrigierte er sich, wand sich aus seinem Wintermantel, der nach Pferd roch, legte ihn der Dame über die Schultern, und so spazierten sie hinüber zur unbeschädigten Seite des Gebäudes. Dort wuchsen drei Tannen, die hatten schon Schneehauben. Ein Laternchen hing zwischen den Wipfeln. Dieser Platz war für die Stabsoffiziere reserviert gewesen. Hier hatten die Herren vor Zeiten auf den Steinbänken gesessen, ein Knie angezogen, das andere ausgestreckt, hatten die Schnurrbärte gezwirbelt und lässig in ihrer Korrespondenz geblättert.

Die Frau interessierte ihn. Weil sie über den Tod ihres Gatten hinaus und trotz all ihrer Trauer und Verzweiflung danach gierte, mit ihm, Ludwig, ins Bett zu gehen. Das hatte sie gesagt. Als sie bei den schneebestäubten Tannen hielten. Sie nannte ihn bei seinem Vornamen, und er durfte Irene zu ihr sagen. Für das vertrauliche Du allerdings sei es noch zu früh. Sie hielt sich an ihm fest, und er mußte den Kopf nicht senken, um ihr ins Gesicht zu schauen. So groß war sie. Und seine Hände berührten seine eigenen Ellbogen, wenn er sie umarmte. So dünn war sie.

»Warum gerade mit mir?«

»Weil gerade mit Ihnen.«

Sie hatte nichts mit Pauline gemeinsam. Ihre Haare blähten sich zügellos auf, ihre Finger waren knochig, und sie knickte die Gelenke nicht ab.

Ludwig hatte um Bedenkzeit gebeten. Nur eine Nacht. Nur eine einzige Nacht.

»Dann geschieht es nicht«, hatte sie gesagt.

»Aber was ist schon eine Nacht«, hatte Ludwig gefleht.

»Morgen fahr ich ab.«

»Wohin um Gottes willen, Irene, wollen Sie denn abfahren?!«

»Nach Hause.«

»Wo ist das?«

»In Pommerland.«

»Nein«, sagte Ludwig, »das glaub ich nicht. Aber es ist schön gesagt.«

»Mein Mann ist tot«, sagte sie, »darum bin ich auf das Lied gekommen.«

»Selbstverständlich«, sagte er.

»Schwanken Sie denn immer noch, Ludwig?« hatte sie gefragt, weil eine lange Zeit Schweigen zwischen ihnen gewesen war.

»Ich habe eine Frau«, hatte Ludwig endlich geantwortet, »und meine Frau lebt noch.«

»Ach, das ist schön«, hatte sie gesagt. »Aber genaugenommen können Sie das nicht wissen.«

»O doch, natürlich! Sie schreibt Briefe«, hatte er gesagt. »Wir sind ein junges Paar. Wir haben erst vor wenigen Wochen geheiratet. Ihr zum Respekt, Irene, müssen Sie mir eine Nacht Bedenkzeit geben!«

»Morgen will ich wahrscheinlich nicht mehr mit Ihnen schlafen«, hatte sie gesagt. »Weil es morgen schon ein wenig besser geht – damit, daß mein Mann tot ist.«

Er feilschte mit ihr, bis seine Lippen vor Kälte blau wurden. Aber die Frau wollte ihn jetzt und nur jetzt. Da war ihm nichts anderes übriggeblieben, als ihr zu Willen zu sein.

»Ab in die Kolepka!« hatte sie ihm ins Ohr geflüstert.

Die Kameraden hielten sie für ein Gespenst, für ein Gespenst, das man beim erstenmal vielleicht sieht, aber beim zweitenmal schon nicht mehr sehen möchte und deshalb auch nicht mehr sieht; und darum war es durchaus unkompliziert, sie hinauf in den Schlafraum mitzunehmen. Sie zog sich vor ihm aus, da war es draußen noch nicht einmal dunkel. Ihre Brüste sahen aus wie kleine Säckchen, die nur wenig gefüllt waren. Die Schlüsselbeine sprangen hervor. Aber ihr Becken war breit, und sie drehte sich vor seinen Augen, weil sie wollte, daß er auch ihren Hintern betrachtete. Dann erst legte sie sich zu ihm. Sie drückte ihre Hände auf seinen Rücken, nicht die Fingerkuppen berührten seine Haut, sondern die Gelenke, so durchgebogen waren ihre Finger. Sie lag unter ihm und umklammerte mit ihren Schenkeln seine Lenden, und bei jedem Stoß preßte sie ihre Schenkel zusammen und drückte sie nach unten, als wollte sie sein Innerstes aus ihm heraustreiben.

So war es, wenn man mit einer Frau schlief, so hatte es sich Ludwig vorgestellt, seitdem er siebzehn war.

Noch bevor draußen das Abendsignal ertönte, war die Frau wieder angezogen, und als das Signal zu Ende war, war sie verschwunden. Die Sirene befand sich im Süden des Gebäudes, und jeder wußte, wenn der Krieg das nächste Mal vom Haus abbiß, dann würde es keine Sirene mehr geben.

Ludwig war gar nicht mehr aus dem Bett aufgestanden. Das hatte ja keinen Zweck! Hohes Kissen, Decke bis zum Kinn. Kopf wie ein Kegel. Keiner der Kameraden verließ das

Gebäude. In der Stadt tobten Wahnsinnige durch die Straßen. Der Dienst war dem Krieg immer ein Stück voraus. Und ohne Sirene würde es bald endgültig keinen Dienst mehr geben.

In dieser Nacht hatte sich Ludwig selbst befriedigt, vor seinen Augen das Bild dieser großen, dünnen Frau mit den nach außen gedrückten dünnen Fingern, und dieses Bild trug er von nun an mit sich. Er befriedigte sich jede Nacht selbst und manchmal auch am Morgen oder während des Tages auf dem Abort.

Als Pauline an jenem Abend im Lehrerzimmer geschaut hatte, wie er nackt aussah, und sie ihn berührt hatte, da war dieses Bild deutlicher als jemals zuvor in ihm erstanden.

2

Die *Debatte* fand wenige Meter oberhalb des Brunnens statt. Aber was ist das für eine Debatte, wenn nur einer redet!

Der Brunnen begann sich zu bevölkern, bereits ein Dutzend Männer war schon da. Handorgeln wurden gespielt, auf Kuhglocken wurde mit Löffeln geschlagen und auf leere Bierflaschen mit Kieselsteinen. Und jeder schaute herauf zu Ludwig und dem *Schiefen* und dem neuen Lehrer. Anstatt zu singen, lachten die Männer im Rhythmus ihrer Musik. Gestalten waren darunter, von der Feldarbeit krummgezogen und zu nichts mehr nütze. Der Feierabend war der praktische Zweck dieser Existenzen. Die Frauen wollten später dazukommen. Dann würde es erst richtig losgehen. Kühe kreuzten die Straße, ihre Schellen störten den Rhythmus. Ihre Hinterteile ragten ungewöhnlich hoch auf. Weil sie so mager waren. Es war gar nichts mehr an ihnen, was von Interesse sein konnte.

Ludwig sprach laut und in einfachen Sätzen. Wenn er seine Stimme erhob, wurde es unten beim Brunnen leise. Nur noch sehr fein wurde der Rhythmus geschlagen, gerade so stark, daß er sich nicht verlor. Wenn Ludwig seine Sache gesagt hatte und auf Antwort wartete, brach's unten los, als wär's der Refrain.

So sah Ludwigs Debatte aus. Er tanzte zwei Schritte vor und zwei Schritte zurück, seine Arme ruderten durch die Luft, als führten seine Hände zwei Klingen gleichzeitig. Und jedes Wort war gut gestochen. Es ging gegen den Schiefen. Und nicht um Kanalisation und Wasserleitung drehte es sich. Sondern um die Würde. Sowie um das Weiterleben hier in diesem Dorf. Das war Politik. Sie konnte nämlich auch Trost bringen. Die Politik zerzauste die Gespenster, die Ludwig plagten. Politik war die Zukunft, und die Zukunft war wie der Herbst, vom Frühling aus betrachtet! Ähnlich fern und ähnlich warm.

Der Lehrer verdünnisierte sich bei der ersten Gelegenheit. Politik war das Seine nicht. Nicht mehr.

Und der Schiefe? – Er, unwirsch von Natur, verließ tagsüber die Gemeindestube selten, und an den Brunnen hätte ihn nur eine Katastrophe gebracht. Um den Bürgermeisterposten hatte er sich nicht gerissen. Er war angefleht worden von den Schwarzen. Die Franzosen hatten jede anständige Partei aufgefordert, ein Kontingent von sauberen Kandidaten zusammenzustellen. Wer sauber war, mußte heran. Ein Gedränge gab das keins. Schließlich hatte sich der Schiefe überreden lassen. Aber erst, nachdem er vom Schimpfen erschöpft gewesen war. Obendrein war ihm ein Auto zur Verfügung gestellt worden. Ein DKW als Entgeltung für ein Humpelbein und zwei Jahre Gefängnis. Noch die kleinsten Wege fuhr er damit.

»Schauen Sie den Menschen hier ins Gesicht«, rief Ludwig. »Glauben Sie denn wirklich, daß alle zu denen gehört haben? In diesem Dorf müssen Sie sich Mühe geben, auch nur einen einzigen Hundertprozentigen zu finden. Stimmt's?«

Das letzte war an die unten beim Brunnen gerichtet und wurde quittiert mit Geschnatter und Gerassel und Geklirr.

»Warum glauben Sie uns nicht?«

Der Bürgermeister verzog keine Miene. Ausdruckslos blickte er durch Ludwig hindurch.

»Ich sehe Ihnen doch an, daß Sie uns nicht glauben!« beharrte Ludwig. »Mit den Hundertprozentigen haben wir selber aufgeräumt, lange bevor Sie hier eingesetzt worden sind!«

Die Kuhglocken und Bierflaschen kommentierten, und die Handorgeln titulierten den Schiefen mit schiefen Akkorden als einen, der hier nie geliebt werden wird. Und es war ein Heidenkrach.

Ludwig winkte denen unten beim Brunnen ab und streckte dem Bürgermeister die Hand hin. »Mein Wort, hier gibt es nicht einen einzigen Hundertprozentigen!«

»Es ist nicht meine Aufgabe, einen Hundertprozentigen zu suchen«, bemerkte der Bürgermeister giftig. Prozentangaben ließen ihn völlig kalt. Nur zwei, drei Männer gab es in diesem Dorf, von denen wußte er definitiv und schriftlich, daß sie nicht nur nicht zu denen damals gehört hatten, sondern das Gegenteil. Einer davon war dem Lulatsch da sein Bruder. Und der war ein verrückter Dieb.

Ludwigs Hand blieb in der Luft hängen. Der Bürgermeister starrte ihm ungerührt mitten auf die Stirn. Er haßte die Menschen. Redete mit niemand und stritt mit allen, schon sein Leben lang. Wegen Unbiegsamkeit. Und am meisten haßte er Debatten, in denen erst Gustav und Gasthof durcheinandergewürfelt und zuletzt mit Zungenschmalz falsch wieder zusammengepickt wurden. Seine Augen sahen nur braches Land. In seinem Blick trafen sich Ungeduld und Langeweile. Er wußte um seine Engherzigkeit. Und es war ihm grad wurscht. Und das war der Grund, warum er gegen jeden im Vorteil war. Die witzigsten Philosophenköpfe waren schon vor ihm zu Schwätzern und Schwaflern geworden. Zu

Debattören! Prädikanten! Ganz Wien hatte er schon seine Verachtung spüren lassen. Und da wollte ihm dieser Schulwart, der Leutnant gewesen war, dieser Faselhans, etwas klarmachen über die anderen Hänse hier in diesem Dorf!

»Genau das!«

»Ach!«

»Doch, genau! Debattieren wir!« rief Ludwig. »Messen wir unsere Argumente!«

»Was heißt debattieren? Mit wem debattieren? Worüber debattieren? Ha?«

»Mit jedem«, sagte Ludwig mit Nachdruck, »und über alles.«

Da stirbt der Mensch langsam und elend, außer er hilft sich selbst – im Leben muß er sich helfen, und im Sterben muß er sich helfen. Das war Politik. Alles mußte neu benannt werden. Seit einiger Zeit hatte Ludwig wieder angefangen, sich Sätze und ganze Wendungen zu notieren. Das waren Momente eines zierlichen Glücks, da blickte er hoffnungsvoll in die Zukunft, in die eigene und in die der Menschheit.

Da kam Kaspar um die Ecke und ruinierte alles. Der Held des Dorfes. Mit einem dicken, kantigen Bauch unter der Bluse. Und der Bürgermeister humpelte ihm entgegen und hatte ihn schon auf dem Korn: »Was hast du da wieder gestohlen, du Vollrind, du unglückseliges!« dröhnte er. »Du wirst dem Dorf die Soldaten bescheren!«

Am Kaspar durfte man sich auslassen. Den mochte hier nämlich niemand. Nicht einmal sein eigener Bruder mochte ihn. Nicht einmal seine eigene Mutter mochte ihn. Wer mochte den eigentlich! Was für ein Jammerhaufen war doch dieses Dorf! Hochmütige, Kriecher, Schurken und Schmeichler, Besserwisser, Wichser, Ränkeschmieder und Nichtswisser, Skrupellose, Zahnlose, Schadenfreudige, Unbarmherzige und Unglückliche, Einstreicher und Anzeiger! Eine Falle, dieses Dorf! Wo nicht einmal die eigenen Helden geliebt wurden!

3

»Es ist ein Radio«, sagte Kaspar. Er trippelte vor dem schwer schnaufenden Ludwig rückwärts über die Wiese hinauf und umklammerte das Ding unter seinem Hemd. »Es ist für die Pauline. Aber ich möchte, daß du es ihr schenkst.«

»Herrgott, bleib stehen«, japste Ludwig.

Kaspar achtete darauf, daß er außer Reichweite seines Bruders war. Er holte den Apparat hervor und hielt ihn in die Höhe. Ludwig stützte sich auf seine Knie, und eine Weile war er nicht in der Lage, zu sprechen.

»Weil ich genau weiß, daß du kein Geschenk für sie hast«, sagte Kaspar.

»Du verdammter Hund«, keuchte Ludwig. »Misch dich nicht bei uns ein!«

»Du hast nichts für sie, stimmt's?«

»Halt dein Maul!«

»Warum hast du nichts für sie? Hast du's vergessen? Du mußt sie über die Schwelle tragen. Das hast du natürlich auch vergessen. Nicht das kleinste Geschenk für den Einstand!«

»Dich geht überhaupt nichts etwas an hier!«

»Dann kann ich ihr das Radio auch gleich selber schenken.«

»Es ist ja doch gestohlen!«

»Es ist nicht gestohlen!«

»Natürlich ist es gestohlen!«

»Und wenn schon, es funktioniert jedenfalls!«

»Du mieser Haufen Scheißdreck, du!«

Ludwig stürzte vor und gab seinem Bruder mit der flachen Hand einen Stoß gegen die Stirn. Ein stechender Schmerz fuhr Kaspar ins Genick, und er ließ den Radioapparat los. Er fiel seinem Bruder vor die Füße. Ludwig hob ihn auf und rannte davon.

Kaspar hatte einen merkwürdigen Laut von sich gegeben. Ludwig blickte sich nicht um. Er lief bis zum Waldrand, stampfte sich einen Weg durch das Brombeergestrüpp, zerkratzte sich die Arme. Die Ärmel seiner Jacke hatte er heute morgen abgeschnitten. Aus Langeweile. Bei den ersten Bäumen wandte er sich um und blickte hinunter ins Tal. Hinter den Eschen beim Bach sah er das spitze Dach des Schulhauses hervorschauen.

Es war jetzt nicht viel später als vier Uhr. Wenn der Bub die Nachricht an Pauline übermittelt hatte, dann hatte er noch zwei oder gar drei Stunden Zeit für sich.

Er betrachtete den Radioapparat. Es war ein elegantes Stück. Schien neu zu sein. Der Lautsprecher war mit golden schimmerndem Stoff überzogen, der Drehknopf war aus Aluminium, das Gehäuse aus hellgrün gebeiztem Holz. Schweizer Fabrikat das Ganze.

Das Wichtigste vorerst war, daß er sich säuberte. Und zwar von Kopf bis Fuß.

Er kannte weiter oben im Tal eine Stelle, dort hatte der Bach eine Steinplatte ausgewaschen. Die Stelle war geschützt hinter einem dichten Wald aus jungen Fichten. Dachse und Füchse hausten dort, und manches Dunkle regte sich gebückt zwischen den Baumstämmen. Ihm dämmerte, daß vollkommene Glückseligkeit nichts anderes bedeutete, als in der Stille mit sich allein zu sein. Er selbst hatte mitgeholfen, die Fichten zu pflanzen. Damals war er zehn Jahre alt gewesen, und sie hatten schulfrei bekommen, um beim Aufforsten mitzuarbeiten. Ein Holzarbeiter hatte den Buben die Stelle beim Bach gezeigt. Sie hatten sich bis auf die Unterhosen ausgezogen und den ganzen Nachmittag im Wasser geplantscht. Ihr steht uns ja doch nur im Weg, hatte der Mann gesagt. Sie waren fast so viele Buben wie Fichten gewesen. Müßte er ein Baum sein ab morgen, und hätte er die Wahl, er würde eine Fichte sein wollen. Es war ein Spiel, das er öfters mit Pauline gespielt hatte. Aber das ging anders: Wenn ich ein Baum wäre, was für ein Baum wäre ich dann? Und der andere mußte es sagen. Wenn ich ein Kleidungsstück wäre, was für ein Kleidungsstück wäre ich dann? An diese Frage erinnerte er sich. Und er erinnerte sich, daß Schnee gefallen war, als sie über die Brandsteinsebene spazierten und diese Frage erörterten. Dort waren keine Nadelbäume. Und auf den nackten Ästen der Buchen und Ulmen hielt der Schnee nicht. Was hatte er ihr geantwortet? Das wußte er nicht mehr.

Eine Stunde vielleicht war die Stelle entfernt. Eine Stunde hin, eine Stunde zurück, gewaschen hatte er sich schnell. Die Politik wird meine Rettung sein, sagte er sich wieder und wieder, und wußte eigentlich nicht, was er damit meinte, und wieder war es ein Trost für ihn, sich ein blutschwarzes Loch in seiner Schläfe vorzustellen.

Als er beim Schulhaus anlangte, war es sieben Uhr. Die Tür war nur angelehnt. Er zog unten die Schuhe aus und stieg in Socken die Treppe hinauf. Wenn Pauline auf ihn wartete, dann hätte er eine Erklärung dafür abgeben müssen, warum er sich in seine eigene Wohnung stahl. Er drückte sich in die Küche und lauschte. Einen Augenblick war er erleichtert, hoffte, Pauline hätte das Haus verlassen. Vielleicht um etwas für den Abend einzukaufen. Unten bei der Gemischtwarenhändlerin. Die nichts anderes im Sinn hatte, als die Kundschaft zu rupfen. Und absurdes Zeug zu verbreiten. Daß verwilderte Hunde die Wälder unsicher machten. Und verwilderte Katzen dazu.

Er hustete. Hustete nochmals. Lauter. Dann öffnete er die Tür zum Schlafzimmer.

Kaspar war da. Mitten im Zimmer. In seinem Gesicht stand Entsetzen, er hob den Finger und drückte ihn gegen den Mund. Pauline lag auf dem Bett. Die Bettdecke war um ihre Schultern gelegt, nur ein Teil ihres Gesichtes war zu sehen.

Ein Auge und eine Wange waren im Kissen verborgen. Ein tiefes Luftholen preßte sich aus Ludwigs Brust, als er auf das Gesicht seiner Frau niederblickte. Es schien ihm kleiner als sonst. Auch ihre Gestalt, die sich unter der Decke abhob, schien ihm kleiner.

Schnell drehte er sich um und ging hinaus. Er setzte sich an den Küchentisch und wartete. Die Arme grob verschränkt. Er wartete, daß der Zorn in ihm hochstieg. Ein Stück Zorn für Kaspar, dafür, daß er in seine Wohnung, in sein Schlafzimmer eingedrungen war, ein Stück Zorn für Pauline, die an einem so wichtigen Abend, dem wichtigsten Abend ihrer Ehe, im Bett lag und schlief.

Aber bald fiel ihn ein Gefühl von Stumpfheit an, das ihn in den letzten Tagen so oft in die Zange genommen hatte, und er glaubte, es liege vielleicht an dem Haus, daß das einen so kopflahm machte und so seelengepanzert, und er wollte darüber nachdenken. Ob er den klugen Armin von der Molkerei bitten sollte, das Haus auszupendeln?

»Wenn du mich schlägst«, flüsterte Kaspar – er war plötzlich hinter ihm –, »dann werde ich schreien, ich kann nichts dafür, daß ich dann schreie. Ich will aber nicht schreien. Sie wacht sonst auf. Bitte schlag mich also nicht.«

In seinem Gesicht war solche Angst, daß Ludwig der Rükken kalt wurde.

»Um Gottes willen, Kaspar«, sagt er. »Ich tu dir doch nichts. Was denkst du denn!«

»Du hast mich vorhin geschlagen«, wimmerte Kaspar. »Das vertrage ich nicht.«

»Es tut mir leid, Kaspar. Ich schlage dich nicht. Jetzt schlag ich dich sicher nicht. Nein.«

»Ich bin hergekommen in eure Wohnung, weil ich der Pauline sagen wollte, daß inzwischen sogar du, mein eigener Bruder, mich schlägst.«

»Es tut mir leid, Kaspar. Es tut mir leid.«

»Ich hätte es ihr lieber gesagt, wenn du mit dabeigewesen wärst. Ich will das nicht hintenherum machen. Aber du warst nicht da. Und sie schläft.« Sein Ton war täppisch, und seine Stimme klang nach Flennen. Eine hausgemachte Mischung. Das war die familieneigene Art, zu erpressen und zu bestechen und andere einzuschüchtern und herumzukriegen und schlechtes Gewissen bei ihnen zu erzeugen. Keiner in der Familie beherrschte die Methode so perfekt wie Kaspar. Bei ihm wußte man nicht, ob er nur spielte oder ob ihm tatsächlich zum Heulen war. Ich habe einen hinterlistigen Bruder, dachte Ludwig, einen, der nicht einmal Respekt vor seinem eigenen Schmerz hat.

»Und was machst du in unserem Schlafzimmer?«

»Ich bin ja gerade erst gekommen. Und weil die Pauline nirgends war, hab ich eben auch im Schlafzimmer nachgeschaut.«

»Das glaube ich dir nicht. Das ist doch schon wieder gelogen! Du bist doch schon viel länger hier.«

»Ja, ich wollte Pauline sagen, daß du mich geschlagen hast, damit du den Dreck hast«, zischte Kaspar, und er hob gleich die Hände vor sein Gesicht. »Das Genick tut mir immer noch weh. Ich muß zum Doktor!«

Ludwig überlegte. Er hatte bisher immer einen Ausweg gefunden, und jeder Ausweg hatte sich hinterher als Rettung herausgestellt. War also stets mehr als ein Ausweg gewesen. Denn nur ein richtiger Weg bedeutete Rettung. Er ließ Kaspar nicht aus den Augen, und der behielt die Hände in Abwehrhaltung.

Schließlich erhob sich Ludwig, räusperte sich in einer offiziellen Weise, als wollte er damit den letzten Rest an privater Luft aus dem Hals schicken.

»Es ist etwas ganz entscheidend Wichtiges vorgefallen«, sagte er. »Ich kann es dir im Moment nicht erklären, es ist eine geheime Sache.«

Er wunderte sich selbst über das, was er da sagte. Nichts davon war auch nur den Bruchteil einer Sekunde vorher in seinem Kopf gewesen.

»Was für eine geheime Sache denn?« fragte Kaspar. »Es gibt doch inzwischen keine geheimen Sachen mehr.«

»Ich habe eine Nachricht von der Regierung erhalten«, sagte Ludwig, und es gab keine Möglichkeit mehr, diesen Satz zurückzunehmen.

»Nicht so laut«, sagte Kaspar. »Von was für einer Regierung denn?«

»Von unserer Regierung. Von unserer neuen Regierung, verstehst du, Kaspar. Es gibt eine neue Regierung. Mehr kann ich nicht sagen. Eine neue Regierung ist gebildet worden. Sie ist noch nicht im Amt, und man soll auch nicht herumerzählen, daß es eine neue Regierung gibt. Neue Minister. Einen neuen Kanzler. Ja. Eine neue Regierung.«

»Eine neue Regierung also.«

»Ja.«

»Und wer hat die eingesetzt, ha?« Kaspar strich sich die Haare in die Stirn und versteckte seine Augen hinter diesem schwarzen Vorhang. Aber sein Mund war zu sehen, und der zog sich zu einem Knäuel zusammen, um das Grinsen zu bändigen.

Ludwig kümmerte sich nicht darum. »Der Alliierte Kontrollrat weiß Bescheid«, sagte er. »Es wird doch früher oder später ohnehin eine neue Regierung gebildet werden müssen. Und dann, wenn es soweit ist, dann hat man bereits eine. Es muß alles im Leben vorbereitet sein, Kaspar. Verzeih mir nochmals, daß ich dich geschlagen habe.«

»Und warum hast ausgerechnet du von der neuen Regierung eine Nachricht erhalten?«

Ludwig schüttelte den Kopf. »Ich habe dich geschlagen, und du kannst sagen: Nein, ich helfe ihm nicht, weil er mich geschlagen hat. Aber ich bitte dich trotzdem, mir zu helfen.«

Kaspar sah, daß es Ludwig ernst war, daß es keine Lüge war, und daß sein Bruder Hilfe brauchte, denn sein Gesicht war weiß. Er tat ihm leid, und er ging zu ihm hin und reichte ihm die Hand und flüsterte: »Du kannst dich ganz auf mich verlassen, Ludwig.«

»Ich muß nämlich verreisen«, sagte Ludwig.

»Nicht so laut«, sagte Kaspar. »Sonst wacht sie auf. Wann mußt du verreisen?

»Jetzt sofort.«

»Aber das kannst du nicht.«

»Ich muß, Kaspar.«

»Aber du kannst nicht einfach weggehen, heute, an diesem Tag! Heute ist euer Einstand hier!«

»Ich kann nicht dableiben, Kaspar.«

»Weiß Pauline davon?«

»Nein, sie weiß es nicht. Du mußt es ihr sagen, Kaspar. Das ist die Hilfe, um die ich dich bitte.«

»Was soll ich ihr denn sagen, Ludwig?«

»Daß ich fortmußte.«

»Und warum sagst du es ihr nicht selber?«

»Du mußt es ihr sagen, Kaspar!«

»Ich kann ihr doch nicht sagen, daß wir beide hier in der Küche gesessen sind, und dann bist du weggegangen. Warum hat er mich nicht geweckt? wird sie fragen. Das kann ich ihr nicht sagen, Ludwig! Niemand könnte das. Vielleicht könnte das irgend jemand anderes, aber ich kann das nicht, Ludwig! Ich kann das einfach nicht!«

»Doch, Kaspar.«

»Im Auftrag der neuen Regierung bist du weggegangen?«

»Ja. Aber das darfst du ihr nicht sagen. Du mußt Pauline sagen, daß ich fortfahren mußte. Daß ich dich vorhin geschlagen habe, das war nur deshalb, weil ich verzweifelt bin, Kaspar, verstehst du das?«

»Ich weiß es nicht«, sagte Kaspar. »Ich weiß es nicht, ich

weiß es nicht. Was soll ich denn um Himmels willen Pauline sagen, wenn ich nicht einmal sagen darf, daß du im Auftrag der neuen Regierung fortgefahren bist?«

»Glaubst du mir wenigstens, Kaspar?«

Kaspar schwieg. Er schwieg lang. Sein Kopf senkte sich auf die Brust, und es sah aus, als wäre er im Stehen eingeschlafen.

»Was ist, Kaspar?« flüsterte Ludwig. »Wenn du mir keine Antwort geben willst, dann laß es. Was ist los, Kaspar?«

Er faßte ihn am Kinn und hob seinen Kopf hoch. Da war wieder der verstockte Blick, der für die ganze Familie ein Ärgernis war.

»Ich lüge sie nicht an«, sagte Kaspar. »Ich kann dir leider nicht helfen, Ludwig.«

»Du sagst so und tust dann doch anders«, sagte Ludwig. »Ich muß jetzt aufbrechen, Kaspar. Ich verlaß mich auf dich. Du wirst Pauline das Richtige erzählen.«

Vorsichtig öffnete er die Wohnungstür, und auf Zehenspitzen schlich er über die Stiege.

Als Kaspar unten die Tür hörte, lief er ihm nach. Ludwig war schon auf der Straße. Er rannte in Richtung auf das Dorf.

»Und wann, soll ich sagen, kommst du wieder?« rief Kaspar.

Aber Ludwig tat, als hörte er ihn nicht.

Traurig trottete Kaspar zum Schulhaus zurück. Jetzt gab er sich keine Mühe mehr, leise zu sein. Er setzte sich in die Küche, steckte den Radioapparat ein und suchte einen Sender. Nur zwei Sender waren auf dem Gerät zu empfangen. Ein österreichischer und ein schweizer. Der schweizer brachte Musik.

Operettenmelodien.

Vierter Teil

Elftes Kapitel

1

Das entsprach nicht ihrer Natur: daß sie sich im Sarkasmus einnistete wie in einem miefigen Turm und sich selber in die Hand gratulierte, wenn sie zufällig dort hockte, wo Dreck von der Decke fiel. Not hielt bei ihr nicht lang. Noch gestern war sie an der Kirche des Heiligen Sebastian vorbeigegangen, hatte sich nur flüchtig bekreuzigt, das Kirchenschiff aber nicht betreten; denn ihr ganzes Leben war ihr als ein Hohn erschienen. Ob sie Gott verhöhnte, oder ob Gott sie verhöhnte, das war einerlei. Sie war gefaßt darauf, daß die Art und Weise, wie sie mit Ludwig zusammenlebte, sich nach theologischem Fachurteil als eine Sünde herausstellte. Am Sonntag in der Kirche ging sie bei der Eucharistie nicht nach vorne, um die Kommunion zu empfangen. Eine Sünde und eine Zumutung! Der katholische Glaube gab klare Weisungen, wie sich ein verheiratetes Paar zu benehmen hatte, was es zu tun und was es zu lassen hatte. Da drängte nicht nur die Sehnsucht, da drängte auch eine Pflicht. – So hatte sie gedacht, und eine rechthaberische Resignation war in ihr gewesen und schlichte Wut. Wut. Weil einem ja schlecht werden konnte vor dem Leben, das sie sich da selber gewählt hatte. Freiwillig! Was sie nicht alles auf sich genommen hatte, um hierherzugelangen in dieses Nest! Absurd! Du bist nur noch ein Scherben, hatte sie zu sich selber gesagt. Wehe, der Hund von Ägypten ließ seinen Rachedurst an ihr aus! – Und dann war doch ein einigermaßen gelungener Nachmittag gefolgt. Man wußte nie, und man konnte nie wissen. In solchen Sätzen äußerte sich ihr Mut. Und der Mut setzte sich durch. Von Stunde zu Stunde meldeten sich neue Hoffnungen. Sie waren immer plausibel, zwar niemals überaus glänzend und oft sprichwörtlich bis ins Lächerliche hinein, aber sie schupften Pauline hinüber auf die gute Seite. Und dort gehörte sie hin. Sie eignete sich weder für selbstrichtende, selbstgerechte Zerknirschung noch für euphemistische Schwarzseherei. Wut war Wut für sie, Reue war Reue, und Hoffnung hieß, wenn man wußte, worauf man sich freuen durfte.

Mit Schulbeginn kamen die Sachen des Lehrers an. Vom Fensterchen in der Abstellkammer aus schaute Pauline zu, wie ihm Ludwig dabei half, den Lastwagen abzuladen. Es war ein bescheidener Hausrat. Ein kleiner quadratischer Tisch aus rötlich poliertem Holz, die Teile eines metallenen Bettgestells, eine Federkernmatratze, dann ein Stück, das aussah, als hätte es der Lehrer selber gezimmert – eine mannshohe offene Kiste mit einem geblümten Vorhang davor, diente als Schrank wahrscheinlich. Der Kleinkram war wohl in den verschnürten Pappschachteln untergebracht, schätzte sie, die Wäsche in den beiden schwarzen Lederkoffern, die mit Riemen und Spagaten zusätzlich gesichert waren. – Sie konnte sich diesen Mann gut an der Reling eines Schiffes stehend vorstellen. – Und dann war da noch ein wuchtiger Gegenstand, der in eine Plane gewickelt war. Der mußte Gewicht haben, die beiden Männer plagten sich mit ihm. Brüllend stemmten sie ihn von der Ladefläche. Der Fahrer des Lastwagens fläzte währenddessen seelenruhig auf der Kühlerhaube und ließ sich die Sonne auf seinen stachligen Hals scheinen.

Ludwig und der Lehrer unterhielten sich noch eine Weile im Hof und lachten miteinander. Sie kehrten dem Haus den Rücken zu, und Pauline, oben hinter dem Fensterchen, konnte nicht verstehen, was sie sprachen. Die meiste Zeit war nur die Stimme des Lehrers zu hören. Und Ludwig – was außerordentlich war – hörte zu. Auf dem Stromdraht, der zum Haus führte, saß ein Dutzend Stare aufgereiht nebeneinander, und die Vögel schienen wie Pauline und Ludwig dem Klang der Lehrerstimme zu lauschen. Einen guten Klang hatte diese Stimme. Sie stieg tief aus der Kehle empor, war kräftig und voluminös, konnte aber gleich in ein melancholisches Heisern versinken, als wäre er über einen dem Ohr des Lauschers fernen, unausgesprochenen Gedanken in Zweifel geraten.

Die Glatze des Lehrers glänzte. Er reichte Ludwig gerade bis zur Schulter. Er trug ein weißes Unterhemd mit kurzen Ärmeln, wie es Pauline bei den amerikanischen Soldaten in Coburg gesehen hatte. Sein Körper war breit und unbeweglich. Die Beine hatte er leicht gespreizt. Ludwig daneben wirkte graziös wie ein Tänzer. Ein Artist. Ein Jongleur. Der Lehrer war ein Boxer. Einmal stieß ihn Ludwig mit dem Ellbogen an. Das sah nach Kumpanei aus, und das mißfiel Pauline.

Später fragte Ludwig, ob es ihr etwas ausmache, dem Lehrer am Vormittag während der großen Pause eine Tasse Kaffee nach unten zu bringen. Der Lehrer habe nämlich diese Idee geäußert.

»Diese Idee?«

»Ja.«

»Ist das eine Idee, wenn ich ihm Kaffee koche?«

»Das drückt man im Englischen so aus, glaub ich.«

»Und warum fragt er mich das nicht selber?« sagte sie.

»Er ist schüchtern.«

»Der!«

»Du kennst ihn ja gar nicht.«

Seit seiner Ankunft, als sie ihm die Räumlichkeiten gezeigt hatte, waren keine zehn Worte zwischen ihr und dem

Lehrer gewechselt worden. Wenn sie sich unten im Flur begegneten, lächelte sie ihm zu, und er nickte mit dem Kopf und sagte »Guten Tag« oder »Hoffentlich wird es ein guter Tag« oder »An so einem Tag muß man hinaus«, und sie antwortete etwas in derselben Art. Er konnte übrigens ihrem Blick nicht standhalten. Es machte ihr Vergnügen, das festzustellen.

»Und was meint er mit Kaffee?«

»Halt eben Kaffee.«

»Malzkaffee? Zichorienkaffee? Oder vielleicht sogar euren *Columbia*-Feigenkaffee.«

»Was weiß ich.«

»Das kann ich mir nämlich nicht vorstellen! So etwas will man doch nicht trinken. So etwas muß man vielleicht trinken. Aber wollen tut man das nicht. Ich nehme natürlich an, daß er Bohnenkaffee wünscht.«

»Ich werde ihn fragen«, sagte Ludwig.

»Das brauchst du ihn erst gar nicht«, spöttelte Pauline. »Es gibt nämlich nichts anderes als Malzkaffee oder Feigenkaffee oder Zichorienkaffee oder für den Anspruchsvollen ein Gemisch aus allen dreien. Leider, Ludwig, leider!«

»Ich werde ihn trotzdem fragen, was für einen Kaffee er haben will.«

Am nächsten Morgen lag vor der Wohnungstür ein Kilopaket Bohnenkaffee der *Nestlé Alimentana Company* mit englischer Beschriftung. Und ein gefalteter Bogen Papier: »Mit freundlichem Gruß und Dankeschön. Kurt Fasching.«

Pauline war ganz aus dem Häuschen.

»Siehst du«, sagte Ludwig, »es soll ja nicht mehr sein als eine kleine Gefälligkeit.«

»Eine kleine Gefälligkeit«, wiederholte sie empört. »Das ist wahrscheinlich der beste Kaffee der Welt!«

»Aber geh!«

»Ludwig, Ludwig, was weißt du von Kaffee!« Sie hielt ihre Nase in das Paket und ging schnurrend wie eine Katze durch die Küche.

Ludwig kicherte und schüttelte den Kopf. »So wichtig ist das für dich? Du solltest dich sehen!«

»So wichtig, ja!« Plötzlich blieb sie stehen und starrte, teils wirklich in Panik, teils die Panik parodierend, Ludwig an. »Um Gottes willen!« rief sie. »Was soll ich damit?«

»Mit dem Bohnenkaffee?«

»Wir haben keine Kaffeemühle!«

Also mußte Ludwig noch einmal nach unten. Der Unterricht war schon im Gange. Das ließ ihn kalt. Er holte den Lehrer aus dem Klassenzimmer. Pauline setzte derweil Wasser auf. Alle möglichen Methoden des Kaffeebohnenzermalmens gingen ihr durch den Kopf – für den Fall, daß auch der Lehrer keine Mühle besaß.

Ludwig brachte ein ganz neues Stück aus Messing herauf. Eine arabische Kaffeemühle mit zusammenklappbarer Kurbel. Und noch etwas hatte ihm der Lehrer mitgegeben – einen Karlsbader Filter aus Porzellan. Ludwig konnte Paulines Aufregung wahrhaftig nicht verstehen. »Was soll denn dabei sein, Jesses!«

»Ich sag's dir: Wann hast du deinen letzten Bohnenkaffee getrunken?«

»Weiß ich nicht.«

»Aber ich.«

Sie schüttete zwei Handvoll Bohnen in die Mühle und hielt immer wieder im Mahlen inne, um an den zerriebenen Bohnen zu riechen. Und verdrehte die Augen dabei.

»Ich interpretiere das so«, sagte sie. »Daß wir den Kaffee mit ihm teilen sollen. Eine Tasse für dich und eine Tasse für mich und zwei Tassen für ihn. Ich würde mir das im umgekehrten Fall so denken. Das ist sicher kein Schaden für ihn. So einen Kaffee kriegt man entweder umsonst oder gar nicht.

Der kostet ein Vermögen, wenn man keine Beziehungen hat. Den hat er von seinen Engländern. Meinst du nicht?«

»Ach, das ist doch alles völlig wurscht! Trink doch einfach eine Tasse, wenn du so eine Lust drauf hast!«

»Ich kann nicht diesen Kaffee aufbrühen und selbst nicht davon trinken. Das kann ich einfach nicht! Das ist ein Ding der Unmöglichkeit! Du siehst das ein.«

»Du bist viel zu früh dran«, sagte Ludwig. »Bis um zehn wird der Kaffee doch kalt!«

»Ich kann nicht so lange warten«, rief sie. »Ich werde ihm dann einen frischen machen.«

»Also«, lachte Ludwig, »nehmen wir an, du hast recht, und er denkt sich, wir sollen auch jeder eine Tasse davon trinken, dann schenk ich dir meine, Line. Dann trink du zwei Tassen! Das hast du dir verdient.«

Ludwig hatte zu tun. Jeden Morgen, nachdem es unten im Klassenzimmer ruhig geworden war, verließ er das Haus, und erst am Abend kehrte er wieder zurück. Manchmal auch erst in der Nacht. Pauline wußte nicht genau, was er zu tun hatte. Er hatte eben zu tun. Eine Arbeit vielleicht. Eine Tätigkeit. Er nehme tätiges Interesse an der Politik, sagte er. Das konnte viel heißen. Sogar Arbeit, ja.

»Vergiß den Heimweg nicht«, sagte sie leise, da war er schon zur Tür hinaus.

Sie trank drei Tassen – nur heute, ausnahmsweise. In Zukunft wollte sie sich mit einer Tasse begnügen. Oder einer halben. Sie ließ sich Zeit. Jeder Schluck war eine Erinnerung an Coburg, an die enge Wohnung in der Eupenstraße, an ihr winziges Zimmer mit dem Photographienblick auf die Veste. Auch den süßen Geruch von Streuselkuchen konnte sie sich dazuphantasieren. Sie kaute den Kaffeesatz und spuckte ihn in den Mülleimer.

Das Geschirr war schäbig. Die Schwiegermutter hatte ihren Kasten ausgemustert. Die Tassen, flach wie Finkennäpfe, hatten keine Henkel mehr, das war billigstes Steingut, übersät mit schwarzen Punkten, die wie Fliegendreck aussahen. Die Unterteller waren an den Rändern rauh und abgesplittert, und die Kaffeekanne war aus Blech. Sie hatte eine schöne Form, aber sie war aus Blech. Auch das Besteck war aus Blech. Und das hatte keine schöne Form. Und wohinein sollte sie die Milch geben? Und den Zucker? Sie wollte sich lieber beim Lehrer entschuldigen, als sich vor ihm blamieren. Vielleicht trank er den Kaffee ohnehin schwarz und bitter. Er sah ihr danach aus.

Sie zog sich eines der beiden Kleider an, die nicht schlecht waren, und rieb sich die Lippen zwischen den Zähnen. Das war besser als Lippenstift. Und die Wimpern feuchtete sie mit Spucke an.

Punkt halb zehn setzte das Kindergeschrei ein. Als hätte jemand einen Schalter betätigt. Sie nahm das Tablett mit Kanne und Tasse und ging nach unten. Herr Fasching stand in der offenen Tür zum Lehrerzimmer und erwartete sie bereits.

»Man hält es nicht für möglich«, sagte er.

»Was denn?«

»Daß das Leben wieder angefangen hat. Das hat doch mit Kaffee zu tun, oder nicht?«

Er bat sie herein. Es sei eine Zumutung von ihm, sie um diesen Gefallen zu bitten, das wisse er wohl, entschuldigte er sich, und darum bestehe er darauf, daß sie jetzt mit ihm eine Tasse trinke.

»Danke. Danke. Vielleicht ein anderes Mal«, wehrte sie ab. Ihre Hände zitterten, und sie schwitzte am ganzen Körper, und ihr Kreislauf machte Mätzchen. Sie war Bohnenkaffee nicht mehr gewöhnt.

Der Lehrer war unrasiert und entschuldigte sich auch dafür. Er habe, sagte er, die größten Schwierigkeiten mit dem frühen Aufstehen. Das rühre noch aus seiner eigenen Schulzeit, da habe er sich einmal beim Fußballspiel ehrenvoll den Fuß verstaucht und in der Folge das Bett hüten müssen, und bei dieser Gelegenheit sei ihm aufgegangen, wie wunderbar es war, auszuschlafen, während die anderen aufstehen mußten – ja, und seither falle ihm das frühe Aufstehen schwer …

Pauline nickte. Sie hatte gleich hinauf in die Wohnung gehen wollen. Weil ihr nicht wohl war. Weil sie gewärtig sein mußte, daß es ihr mit einem Schlag schwarz vor Augen würde. Aber unwillkürlich fesselte sie, was der Lehrer sagte – oder vielmehr, wie er es sagte. Die Stimme nahm ihre Einbildungskraft gefangen. O ja, selbstverständlich interessierte sie der Lehrer. Alles an ihm interessierte sie. Ohne deswegen seinem Wesen tiefer nachforschen zu wollen. Das Alleinsein oben war interessant, wenn man wußte, daß hier unten jemand war, den man noch nicht kannte.

»Setzen Sie sich doch«, sagte er.

An den Fenstern hingen keine Vorhänge, sondern Rouleaus aus grobem Leinenstoff. Sie waren heruntergezogen, aber durchlässig genug, daß der Raum von einem milden Licht durchflutet war. In der Mitte des Zimmers prangte ein wuchtiges Möbel mit einer niederen, weit ausholenden Lehne. Ein Lederfauteuil, Modell Chesterfield. An manchen Stellen war der Überzug zerschlissen. Das war also das Ungetüm, das unter der Plane gesteckt hatte. So zentral plaziert strahlte der Sessel eine männlich ernste Gemütlichkeit aus. Das polierte Tischchen daneben wurde abgedeckt von einem beigeseidenen, gehäkelten Deckchen. Und mitten darauf stand ein reliefartiges grünes Stück Gips, das einen Wald darstellte, nicht höher als die Kaffeekanne das Ganze, davor ein fingerbreiter Fleck Wiese, auf die ein Laubsägehirte geschraubt war. Ein wenig absonderlich wirkte das alles.

»Nehmen Sie den Sessel«, sagte er. »Ich habe im Atlas nachgesehen und weiß jetzt, wo Coburg liegt.«

»Als Engländer müssen Sie wissen, wo Coburg liegt«, betonte sie mit gespielter kindischer Entrüstung.

»Als Lehrer meinen Sie.«

»Nein, durchaus als Engländer.« Ohne daß sie sich dagegen wehren konnte, schlitterte sie in einen Tonfall der Konversation, der ein recht albernes Bild von ihr erzeugen mußte. »Wir Coburger sind mit den Engländern nämlich sehr eng.«

»Ach ja?«

»Wir sind nämlich mit dem englischen Königshaus verwandt.«

Das Lärmen der Kinder drang herein, und sie mußten laut sprechen, um dagegenzuhalten, und Albernheiten klingen noch dümmer, wenn sie laut vorgetragen werden.

»Und Ihr Mann war Soldat in Coburg, und dort haben Sie sich kennengelernt?«

»Ja.«

»Und es ist Ihnen leichtgefallen, alles zu verlassen und ihm hierher in dieses Dorf zu folgen?« Um seine Mundwinkel spielte wieder diese Abschätzigkeit, die sie schon bei ihrem ersten Gespräch beeindruckt hatte.

»Freilich ist es mir leichtgefallen, meinem Mann hierher zu folgen«, sagte sie, und wie sie es sagte, war es unmöglich, ihr das zu glauben. »Das ist so«, setzte sie nach.

»Das ist schön.«

»Ja.«

»Das ist schön.«

Wenn ich jetzt noch einmal ›ja‹ sage, dachte sie, dann sagt er wieder ›es ist schön‹.

»Ja, das ist schön«, sagte sie.

Und er sagte darauf nichts.

Ein Bedürfnis zu lügen überkam sie. Egal, in welche Richtung lügen. Nur eine Lüge sollte es sein. Besser in die gute als in die schlechte Richtung. Eine kleine Rede wollte sie vielleicht halten. Über das Leben mit ihrem Mann. Daß echte Hingabe sei zwischen ihnen. Erfüllung von lange Ersehntem. Leidenschaft ebenso wie ruhiges, gelassenes Planen. Aber welchen Zweck hätte so eine Rede haben sollen? Doch lediglich den, vor diesem Fremden zu beteuern, daß mehr als nur Quark für Kinder in ihrem Kopf steckte. Und vor allem: daß sie glücklich sei. Daß sie dieses zynische Mitleid aus seinem Mundwinkel nicht nötig habe. Mein Mann und ich, wie Gans und Ganter im Märchen, so flattern wir über der Gegend!

»Sie haben ja gar keine Bücher«, sagte sie.

»Nicht viele, nein.«

Sie spürte es schon die ganze Zeit: Er hatte sich vorgenommen, heute ihrem Blick fest zu begegnen und nicht wegzusehen. Es kostete ihn große Mühe. Es kostete ihn Mühe, ihrem Blick standzuhalten, und es kostete ihn Mühe, dabei nicht zu schlucken. Vielleicht aber wollte er sie mit seinem Anstarren auch nur aus der Fassung bringen. Warum aber?

»Morgen werde ich sehr gern eine Tasse mit Ihnen trinken«, sagte sie und erhob sich. Er antwortete nicht, nickte nur und verzog seinen Mund zu einem Lächeln, das ein freudiges Jawohl ausdrücken hätte sollen, und doch zuviel davon war. Ob es ihm ähnlich ergeht wie mir, dachte sie, daß es aus ihm herausredet und er sich nicht dagegen wehren kann?

»Und was die Bücher betrifft«, sagte er und führte aus, er habe sich als junger Mensch – lange sei's her – der Täuschung hingegeben, er würde nach der Lektüre eines Buches behalten, was darin geschrieben stand, aber heute wisse er … Nein, dachte sie, es ist bei ihm anders als bei mir, er hat einen Hang zum Anekdotischen. Vermutlich, weil er sich seiner Stimme bewußt ist und die Erfahrung gemacht hat, daß sie am besten bei solchen Geschichtchen zur Geltung kommt.

»Jetzt ist die Pause gleich um«, unterbrach sie ihn barsch.

»Also dann«, sagte er.

»Also dann«, sagte sie, und, um ihre vorige Abruptheit wiedergutzumachen, ließ sie ein wenig ein Fragezeichen mitklingen – und sie hätte sich gleich dafür anfauchen können, weil der Ton so ekelhaft kokett in der Luft hängenblieb.

»... dann bis morgen«, führte er den Satz zu Ende wie eine Antwort auf ihr Fragezeichen. Er hob zwei Finger. »Rasiert – ich verspreche.«

»Gut, bis morgen. Bis morgen.« – Hatte das nach Enttäuschung geklungen? Sollte er den Eindruck gewonnen haben, sie habe etwas anderes erwartet? Sie ließ ihn nicht aus den Augen, bis sie die Tür hinter sich geschlossen hatte. Und auch das konnte wieder nur als ein Kokettieren aufgefaßt werden.

Als sie wieder in der Wohnung war, tat ihr der Kehlkopf weh. Er ist ein häßlicher Mann, sagte sie sich, sogar auf den Fingerrücken wachsen ihm die Haare. Sie betrachtete ihr Gesicht in dem kleinen Spiegel, den Ludwig in der Küche neben das Fenster geklebt hatte. Ihre Wangen waren schattig geworden, sie hatte zuviel abgenommen, und unter den Augen zog sich eine lange dünne Falte hin, die auch nicht verschwand, wenn sie das Gesicht mit den Händen straffte. Leider war der Spiegel so klein. Wenn sie sich weiter weg stellte, um wenigstens ihren Oberkörper zu sehen, dann wurde das Bild zu allgemein, es zeigte eine Frau, die keinerlei Vorzüge aufwies. Sie wünschte zu gefallen. Und wieder fiel ihr auf, daß sie sich anders sah, als sie der Spiegel zeigte. Immer waren die Haare ein Problem gewesen. Man konnte nur wenig mit ihnen anfangen. Vor Jahren war ihr der Einfall gekommen, sie mit Wasserstoffsuperoxyd zu behandeln. Es war kein guter Einfall gewesen. Die Haare waren ihr auf dem Kopf zerbrochen. Ein Jahr lang nur Ärger.

Ein zäher Tag dehnte sich vor ihr. Der Sommer war bald zu Ende, am Morgen war es kühl, und wenn man zum Bach ging, um Wasser zu holen, dann vertrug man eine Strickjakke; aber an den Mittagen brannte die Sonne in die Windstille hinein, und die Nachmittage waren dämsig wie im Hochsommer. Die Arbeit nahm nicht viel Zeit in Anspruch. Klassenzimmer und Flur waren schnell gewischt. Um das Lehrerzimmer kümmerte sich Herr Fasching selber. Er wollte das so. Eine Zugeherin hätte genügt. Ein Schulwart mit Gattin war weiß Gott nicht erforderlich.

Manchmal spazierte Pauline ins Dorf, kaufte eine unnütze Kleinigkeit im Laden, eine Handvoll Rosinen oder eine Schaufel Haferflocken. Seife gab es zweierlei, eine billige weiße und eine teure grüne. Obligatorisch beim Einkauf waren nur die Tube Sardellenpaste und der Wecken Schwarzbrot. Dann vertrieb sie sich den Rest des hellen Tages damit, daß sie Erbsen auspalte. Erbsen in Butter, dazu Schwarzbrot mit Sardellenpaste, das war Ludwigs Lieblingsessen. Und hie und da eine Dose Sardinen.

Oder aber sie ›richtete sich her‹. Sie besaß keinen Lippenstift, keinen Augenbrauenstift, keine Wimperntusche, keinen Puder, kein Rouge, nichts besaß sie. Drei Kleider besaß sie. Und ihre Einbildungskraft. Und das genügte manchmal. Nicht immer. Aber manchmal genügte es. Dann stellte sie ihren Koffer mit den Sommersachen mitten ins Wohnzimmer, füllte sich ein Glas mit Waldmeisterlimonade, von der ihr die Schwiegermutter zehn Flaschen gebracht hatte, und spielte mit ihren drei Kleidern. Früher hatte sie sich ihre Kleider selber gewendet. Das eine oder andere hatte sie sogar selber genäht. Wenn sie günstige Schnittware angeboten bekommen hatte. Aber sie hatte wenig Talent dafür. Und eigentlich keine Ambitionen in dieser Richtung. Sie wollte nichts Hingestricktes, sondern höchste Qualität. Es war immer ihre Ansicht gewesen, besser nur ein gutes, teures Teil im Schrank, als zehn minderwertige, billige. Von ihrem Gehalt bei der Handwerkskammer hatte sie sich ab und zu etwas Feines leisten können. Mit Wehmut erinnerte sie sich an die schönen Sachen – nichts Auffälliges, nichts übertrieben Modisches –, erinnerte sich daran, wie sie vor dem Krieg durch die Modehäuser in der Spitalgasse und am Steinweg gegangen war – bei Hagenbuch und Krell. Letzteres hatte von außen ausgesehen wie ein Gewächshaus. Wenigstens einmal in der Woche hatte sie sich Zeit genommen für eine Visite. Es war gewesen wie ein Besuch in einer Galerie. Sie hatte die Stoffe zwischen Daumen und Zeigefinger geprüft, war begeistert vom Schnitt oder hatte die Accessoires mit abschätzigen Kommentaren abgetan. Der Chefverkäufer bei Krell, ein gewisser Können – nomen est omen –, katholisch und untadelhaft im Äußeren wie im Inneren, zu dem die reichsten Kundinnen der Stadt aufblickten wie zu einem rettenden Ratgeber, einem zuverlässigen Wegweiser durch den großstädtischen Chic – Können behandelte sie, die kleine Pauline Laube, als jemanden vom Fach, ließ ungeniert dicke Brieftaschen stehen, wenn sie den Laden betrat, und seine Verbeugung war mehr als nur eine Andeutung.

Und Schuhe! Schuhe! Leidenschaftlich gern hatte sie sich Schuhe gekauft! Exemplare waren dabei, die konnte man sich getrost als Schmuckstücke auf die Kredenz stellen! Heute besaß sie ein einziges diskutables Paar. Die Kroko aus München, die ihre Füße erwürgten. Und über drei Kleider verfügte sie – ein schönes und zwei, die nicht schlecht waren. Die letzteren trug sie am Sonntag, wenn sie mit Ludwig in die Nachbargemeinde zur Kirche ging. Während der Woche lief sie in dem Drillichzeug herum. Wie ein Mann. Entweder – oder, sagte sie sich. Sie gefiel sich darin besser als in dem kratzwollenen Rock und dem brettartigen Überrock und der verfilzten Strickjacke und diesen wehrhaften Stutzen – Wilma, Ludwigs Schwägerin, hatte ihr diese Unmöglichkeiten geschenkt. Das sei zwar keine Tracht, aber die landesübliche Kleidung der verheirateten Frau. Alle Frauen hier trugen solche Kleider. Sie waren schwer, braun und luftundurchlässig, und die Körper darunter schienen im Schweiß zu gären. Pauline hatte sie nicht einmal anprobiert. Da war ihr das Drillichzeug lieber. Darin sah sie wenigstens nicht wie eine eingeweckte Frucht aus.

Das schöne Kleid aber, das gelbe mit dem Rosenmuster am Kragen, das sie in München erstanden und auf ihrer Fahrt hierher getragen hatte, das Verführerische mit den weit ausgeschnittenen Ärmeln und den winzigen überzogenen Knöpfen auf der Brust, das Kleid, das fast die Hälfte von dem gekostet hatte, was in München ihr Lohn gewesen war – das ruhte verwaist im Koffer. Nicht ein einziges Mal hatte sie es hier getragen. Nicht einmal, wenn sie sich ›herrichtete‹. Es war ein fremder Gegenstand hier. Und wollte fremd bleiben.

Heute aber nahm sie es heraus, glättete es über das Bett und betrachtete es. Sie wurde traurig bei dem Anblick und wehleidig, und schließlich zog sie es sich über.

Sie hörte ihren Namen rufen und wurde aus ihren Träumen gerissen. Es war der Lehrer. Er brachte ihr die Tasse und die Kanne. Er reichte ihr das Tablett über die Stiege hinauf.

»Ich habe sie erst gar nicht wiedererkannt«, sagte er.

Ohne ein Wort nahm sie das Geschirr und eilte in die Wohnung zurück. Sie legte sich ins Bett und deckte sich zu, so daß nur das Gesicht unter der Tuchent herausschaute, und es war ihr gleichgültig, ob dabei das gelbe Kleid zerknitterte.

Es war schon zu lange her, daß sie mit einem Mann geschlafen hatte, viel zu lange, und sie dachte, richtig geschlafen habe ich noch nie mit einem Mann, denn sie hatte eine sehr genaue Vorstellung davon, wie es sein sollte. Nämlich, daß sie ganz in diesen Mann hineinkriechen wollte, daß sich sein Körper um sie legen würde, und sie sich in diesem Körper drehte und überall gleichzeitig seine Haut spürte. Sie hatte jeden Tag darauf gewartet, keine Stunde war vergangen, ohne daß sie sich ausgemalt hätte, wie es sein würde, mit Ludwig zu schlafen. Nein, sagte sie sich, ich habe keinen Ehrgeiz, eine Petersilienkrone aufgesetzt zu bekommen. Das sagte sie sich. Wenn der Lehrer den Mut hatte, es auszusprechen, dann wollte sie es mit ihm tun. Vielleicht morgen schon.

2

In jener ersten Nacht in ihren eigenen vier Wänden war Ludwig um vier Uhr in der Früh nach Hause gekommen. Er hatte sich neben sie gelegt, und sie hatte sich schlafend gestellt. Er hatte ihr einen Kuß auf die Stirn gegeben und ihr den Rücken zugedreht. Sie hatte gehofft, er rieche nach Alkohol. Das hätte wenigstens etwas Melodramatisches gehabt. Trotzdem war sie froh gewesen, daß sie nicht ihre ganze erste Nacht allein auf den sechs zusammengebundenen Matratzen verbringen mußte.

»Danke für das Geschenk«, hatte sie am Morgen beim Frühstück gesagt.

»Das Radio ist Kaspars Geschenk«, hatte er geantwortet.

Sie wußte nicht, wo Ludwig in der Nacht gewesen war, und sie fragte ihn auch nicht danach. Kaspar hatte gesagt, sein Bruder sei wegen einer überaus wichtigen Sache unterwegs, und er wisse nicht, wann er komme. Pauline war klar, daß die überaus wichtige Sache sie selbst war. Daß Ludwig Angst hatte, mit ihr zu schlafen. Und sie sagte sich, es wird nie mehr etwas daraus werden, nie, nie, nie. Sie hatte die Pflicht, darüber nachzudenken, wie diese Angelegenheit zu Ende geführt werden sollte. Ihr Verlangen war ja nicht rechtlos. Die Ehe war nicht vollzogen. Also war sie nicht gültig. Nicht vor der katholischen Kirche. Warum sollte sie sich nicht auf einen Justamentstandpunkt stellen.

Ja, ihr Gemeinsames war nur noch eine Angelegenheit. In

Fällen wie dem ihren gab es Richtlinien, wie vorzugehen war. Aber was kümmerte sich die menschliche Natur um Weisungen! Manchmal, am hellichten Tag, brach der Schmerz aus ihr heraus. Dann steckte sie ihr Gesicht in die Hände, beugte sich weit vor und schluchzte. Ihr Leben war ein böser Traum, und sie konnte jeden Augenblick durchbrechen zu noch Schlimmerem. Gab es denn nichts, das sie wieder emporzog? Das Schwanken des Bodens unter ihren Füßen machte, daß sie alle Kontrolle über sich verlor. Trug das Unglück ihren Namen? Wo sie sich auch umblickte, nirgends war solche Kümmernis zu entdecken! Das waren ihre furchtbaren Stunden.

Sie sah ihr verheultes Gesicht im Spiegel. Welch ein erbarmungswürdiges Gebilde ein unglücklicher Mensch doch war! Sie mußte Obacht geben, daß ihre Seele nicht ins Rutschen geriet und sie in Schwermut verfiel. Sie versuchte, sich zu beherrschen, sprach sich selbst Mut zu. Sagte sich, in fünf Jahren werde ich alles vergessen haben. Fand feine Fäden von Hinweisen, die dafür sprachen, daß sich sogar schon in absehbarer Zeit ihr Dilemma entwirren und sich alles zum Besseren wenden werde. Aber was sie in dieser Minute beschwichtigte, gab sich in der nächsten als Selbstbetrug zu erkennen. – Sie mußte eine Entscheidung treffen. Das war ihre Pflicht sich selbst gegenüber, und sie schob diese Pflicht von einem Tag auf den nächsten. Was sollte sie nur tun!

Am Abend war Ludwig mit einem Damenfahrrad, einem etwas zerzausten Rosenbukett und einem Pfund Bodenseefelchen vor dem Haus gestanden.

»So, das ist dann also mein Einstandsgeschenk«, hatte er gesagt.

Und Pauline: Jetzt wird doch noch alles gut, hatte sie gedacht. Hatte sie wieder gedacht. Und der Kummer war verflogen. Sie umhalste Ludwig und küßte ihn, und er hob sie zu seinem Gesicht.

Sie liebte das Fahrrad von der ersten Sekunde an. Es war schwarz und klobig, und selbstverständlich war es gebraucht, sicher schon zehn Jahre alt. Sie fuhren ein Stück weit taleinwärts, Ludwig trampelte, sie saß auf dem Gepäckträger. Sie juchzten und machten Unsinn und kehrten erst zurück, als es schon dunkel war. Sie schoben das Rad, und Pauline ging mit erhobenem Haupt und staunte über den dicht ausgestirnten Himmel, und sie hätte eine Hymne anstimmen mögen. Aber in der Nacht war Ludwig lange in der Küche gesessen, und Pauline im Wohnzimmer, das Ohr am Radioapparat, und schließlich war sie zu Bett gegangen. Und er hatte gewartet, bis er glaubte, sie sei eingeschlafen.

Und am Tag darauf war alles gewesen wie immer. Er wisse aus zuverlässiger Quelle, daß die Franzosen gleich zu Beginn des nächsten Jahres Wahlen in den Gemeinden zulassen würden, vielleicht schon vor Jahreswechsel, und er, Ludwig, würde dann hier für das Amt des Bürgermeisters kandidieren.

Eines Abends legte er etwas Zusammengefaltetes vor sie auf den Tisch.

»Das ist eine Zeitung«, sagte Pauline. »Und weiter?«

»Das ist die einzige unabhängige Zeitung, die im Land zugelassen ist«, sagte er.

»Und was ist dabei die Überraschung?« fragte sie. »Ich bin Korrespondent dieser Zeitung, Pauline. Ab heute.«

Die Zeitung bestand nur aus einem einzigen Bogen.

»Das ist wirklich eine Überraschung, Ludwig!«

»Ich werde kleine Artikel schreiben. Über: wenn etwas passiert hier.«

»Wo hier?«

»Hier im Dorf … im Tal …«

»Was soll hier schon passieren«, lachte sie und setzte sich auf seinen Schoß und drückte ihn. Denn das war inzwischen üblich geworden – daß sie sich küßten, daß sich Pauline auf seinen Schoß setzte, daß sie sich liebe Worte ins Ohr flüsterten, die Versprechungen enthielten, die bis ans Lebensende reichten, daß sie sich umarmten und still vor sich hinschauten, als wären sie in ihr Glück versponnen. Und das alles war weiter nichts als dünne, lauwarme Luft.

»Hier passiert doch nichts, worüber man schreiben könnte«, sagte sie.

»Wir verdienen damit Geld«, rief er, und sie mußte von seinen Beinen heruntersteigen, denn jetzt brauchte er Raum, um mit seinen Armen die bevorstehenden Spannweiten auszumessen. »Es ist vorläufig nicht viel, was wir dabei verdienen. Einen großen Hintergrund kann ich uns damit jetzt noch nicht schaffen, das weiß ich. Aber das wird meine Zukunft, das weiß ich auch, Pauline, verstehst du. Politik machen oder über Politik schreiben! Vielleicht beides, Pauline. Vorerst werde ich die Artikel mit der Hand schreiben. Oder ich diktiere sie dir, und du schreibst. Deine Schrift ist schöner und leserlicher. Das Schönste am Leben ist die Zukunft. Wenn uns überhaupt etwas aufrechthält, Pauline, dann die Zukunft. Vielleicht können wir uns schon bald eine Schreibmaschine leisten. Vielleicht werde ich irgendwann zu einer großen Zeitung gerufen, vielleicht nach Wien! Ich ende nicht als Schulwart, das schwöre ich dir. Nicht in einer Zwergschule, die gar keinen Schulwart braucht. Nein, Pauline. Ach, ich habe das Gefühl, daß ich etwas wert bin!«

»Ja«, rief sie zurück, »darüber spaltenlange Abhandlungen!« Er merkte ihren Spott nicht.

Hatte er in den letzten Tagen schon ähnlich gesprochen? Ihr war nichts davon geblieben. Sein Gesicht strahlte. Nie war er ihr jünger vorgekommen. Er erinnerte sie an den Buben mit den kleinen, breiten Bauernzähnen, der in der Ecke des Schulhofs aus den übriggebliebenen Brettern eine Theaterbühne zu bauen versuchte. Konnte sie sich vom Charakter ihres Mannes noch ein Bild geben?

»Gehen wir Fahrrad fahren«, sagte sie.

Sie radelten wieder taleinwärts – Ludwig trat in die Pedale, Pauline saß auf dem Gepäckträger –, dann schoben sie gemeinsam das Rad zum Bach hinunter und beobachteten die Vögel, die auf den aus dem Wasser ragenden Steinen hockten. Ludwigs Miene hatte sich verfinstert.

»Also, erzähl mir noch einmal von deiner neuen Aufgabe«, sagte Pauline ängstlich. Es war, als ob er sie nicht hörte.

Sie machte sich Sorgen um ihn. Oft ließ er seine Mahlzeit unbeendet auf dem Tisch stehen, weil er in seine Träumereien versank. Sein Gesicht bekam einen starren Ausdruck, sein Blick war ohne Betrachtung. Es war ihm anzusehen, daß sein Denken ein automatisches Grübeln war, und dieses Grübeln umgab ihn wie eine Wand. Pauline war sich sicher, daß es ein quälender Automatismus war, der in solchen Augenblikken über Ludwig herrschte. Seine Wachträume mußten wie Heimsuchungen für ihn sein, stellte sie sich vor. Die über ihn herfielen und ihn aus jeder Ordnung rissen. Sie versuchte es mit Späßen. Früher hatte das geholfen. Aber für Possen und Parodien fehlten ihr nun Zutrauen und Überzeugtheit. Ihre Späße waren flach und flau und erreichten nichts gegen diese verstockte Schwermut.

Meistens aber saß Ludwig nur verträumt da und sah schläfrig drein. Als wäre das Leben eine Aufgabe, bei der innere Anteilnahme nicht vorausgesetzt wurde. Daß er, wie eben noch, in Feuer geriet, wenn er über die Zukunft sprach, das hatte nichts zu bedeuten. Er war dann nicht näher an der Welt und bei ihr, als wenn er schwieg. Und noch nie war er ihr so weltabgewandt und verlassen vorgekommen wie jetzt, da er neben ihr auf den warmen, glatten Bachsteinen saß. Sie fragte sich, was ihm wohl durch den Kopf ging. Seine Augenbrauen waren ein wenig hochgezogen, wie wenn er sich über etwas amüsierte. Dabei starrte er festgenagelt ins Leere. Als Kinder hatten sie sich solche Blicke gegenseitig mit der Fingerschere abgeschnitten.

»Was denkst du?« fragte sie. – Nun also doch! Und sie hatte sich so sehr vorgenommen, sich nie dazu verführen zu lassen, lauthals seine Seele zu zergliedern, hineinzulärmen in seine Nachdenklichkeit. Zu der er schließlich ein Recht hatte, auch wenn sie seine Frau noch so befangen machte. »Bitte, bitte, Ludwig, sag mir, was du denkst«, wiederholte sie flehend.

»Nichts«, sagte er.

»Man denkt doch nicht nichts, Ludwig. Man denkt doch immer etwas.«

»Weißt du, warum ich die Stelle gekriegt habe?« fragte er plötzlich.

»Bei der Zeitung?«

»Nein, ich meine die Stelle als Schulwart.«

»Nein, ich weiß es nicht«, sagte sie.

»Weil ich der Bruder von Kaspar Juen bin«, sagte er. »Das ist die Wahrheit, Pauline.«

Pauline wußte nicht, ob sie Ludwig noch liebte. Die Frage war ihr unangenehm wie die Frage nach einer Krankheit. Sie fürchtete nämlich, die Antwort laute nein. Aber das wäre eine Zerstörung gewesen. Eine Krankheit zum Tode. Und deshalb ließ sie diese Frage nicht zu.

In der Nacht, als sie allein im Bett lag und darauf wartete, daß Ludwig meinte, sie sei eingeschlafen, spann sie den Roman weiter, den sie am Nachmittag begonnen hatte. Sie drehte sich zur Wand, schämte sich und war niedergeschlagen. Sie preßte die Lippen aufeinander, fest entschlossen, kein Wort zu erwidern, wenn Ludwig, was nicht zu erwarten war, mitten in der Nacht ein Gespräch begänne.

Lange lag sie wach. Es ist überall dieselbe Welt, sagte sie sich, und sie ist nicht besser als man selbst und nicht schlechter. Wie jämmerlich doch ihr Dasein war! Als ob ihr Leben dadurch einen Sinn bekommen sollte, daß sie allmorgendlich diesem Mann mit der interessanten Stimme, der in diesem Moment ein Stockwerk unter ihr auf seinem Metallbett lag, eine Tasse Bohnenkaffee brachte.

Aber es war doch schön, sich auszumalen, wie es eben dieser Mann anstellen würde, sie zu verführen.

Das war ihr neuer *Roman* …

Zwölftes Kapitel

1

Es wären die ersten Tage im Oktober, die Sonne ließe sich unten im Tal bei der Schule erst gegen Mittag sehen, da würde Pauline ihr zitronengelbes Kleid anziehen. Es war zu dünn für den frühen Morgen, und eine Strickjacke darüber wäre ratsam gewesen. Sie wußte, daß sie reizend aussah in dem Zitronengelben, es war ja schließlich das Raffinierteste, was sie besaß. Sie hatte sich ein wenig Duft auf die Ohrläppchen gelegt. Die letzten Tropfen ihres erbarmungswürdigen Parfums. Sie wartete nicht, bis die große Pause begann. Diesmal ging sie ohne Kaffeekanne nach unten. Sie betrat das Lehrerzimmer, setzte sich in den Chesterfield und schlug die Beine übereinander. Pünktlich auf die Minute begannen die Kinder zu schreien, und Pauline hörte sie durch den Flur trampeln, hinaus ins Freie.

Als der Lehrer Pauline sah, schloß er schnell die Tür hinter sich. Die Hände im Rücken an der Türschnalle, blieb er stehen. Er trug einen Cutaway und als i-Tüpfelchen eine schwarz-grau gestreifte Hose.

So hältst du Unterricht, sagte Pauline.

Warum nicht?

Du bist wirklich ein Snob.

Er zuckte mit der Schulter – großspurig und subaltern in einem.

Wunderst du dich gar nicht, daß ich heute ohne Kaffee heruntergekommen bin, sagte sie.

Er lief puterrot an, eilte mit leicht eingeknickten Knien zu ihr hin und nuschelte irgend etwas. Pauline meinte zuerst, es sei Englisch.

Ich möchte nicht, daß du Englisch sprichst, sagte sie.

Ich spreche nicht Englisch, sagte er.

Du wunderst dich also nicht, daß ich ohne Kaffee gekommen bin, fragte sie nochmals.

Ich werde die Schüler nach Hause schicken, sagte er. Es kann hundert Gründe dafür geben, warum wir eine Stunde früher fertig sind.

Nein, das will ich nicht. Sie blitzte mutwillig mit den Augen. Sag mir, was denkst du, warum ich ohne Kaffee zu dir gekommen bin? Sag es mir!

Das heißt, daß du mit mir schlafen willst, sagte er. Ich werde die Schüler doch nach Hause schicken. Es wäre verantwortungslos.

Ich will nicht, daß du die Schüler nach Hause schickst, sagte sie wie nebenbei und von oben herab, und ich will auch nicht mit dir schlafen.

Dann komm nie wieder hier herunter, sagte er.

Das weiß ich noch nicht.

Es ist schlimmer als eine Hurerei! Weil es nicht einmal eine Hurerei ist, und es ist typisch, daß du eine Deutsche bist.

Sie wollte nicht, daß er so mit ihr sprach. Das strich sie aus ihrem *Roman*.

Warum hast du dann dieses Kleid angezogen? Er strich mit den Händen über den Stoff an ihrer Schulter.

Ich erlaube dir, daß du meine Brust angreifst, sagte sie. Aber ich möchte nicht, daß du Englisch dabei sprichst. Ob du mich verstanden hast?

Er hatte die Angewohnheit, obszöne Dinge zu sagen, wenn er sie berührte. Sie wollte das nicht hören. Manchmal sprach er Englisch. Sie vermutete, daß es dieselben Dinge waren. Sie berührte ihn nie. Das wäre ja noch schöner gewesen! Und sie blieb bewegungslos, bei allem, was er tat. Er wollte sich in ihrer Gegenwart selbst befriedigen. Sie hatte es ihm nicht erlaubt. Er solle warten, bis sie gegangen sei. Sie treibe es zu weit, hatte er zu ihr gesagt.

Dann versperr deine Tür und laß mich nicht mehr herein, hatte sie geantwortet.

Hast du keine Angst? hatte er gefragt.

Wovor sollte ich Angst haben?

Vor mir.

Sie lachte nur.

Gehört jetzt Lügen auch dazu?

Was ist eine Lüge?

Wenn er sich unterwürfig gab, schwamm seine großartige Stimme den Bach hinunter: Du hast gesagt, daß du, wenn du ohne Kaffee kommst, mit mir schlafen wirst.

Das hatte sie gesagt, ja. Und wenn schon! Es war völlig zwecklos, darauf zu pochen. Habe ich eben gelogen. Na! Hab ich dich eben angeführt. Na!

An den Nachmittagen gingen sie sich aus dem Weg. Meistens verließ der Lehrer das Haus und kam erst in der Nacht zurück. Meistens betrunken übrigens. Sie wußte nicht, wo er sich herumtrieb. Huren gab es keine, im ganzen Land nicht eine. Einmal sah sie ihn im Auto des Bürgermeisters durch das Dorf fahren. Da streckte sie ihm die Zunge heraus. Aber wenn sie gemeinsam mit Ludwig den Lehrer traf, dann war sie charmant und gesprächig, und sie stimmte Ludwig zu, daß der Lehrer ein zuvorkommender Mensch sei.

Ludwig sagt, du seist ein zuvorkommender Mensch.

Was würde dein Mann sagen, wenn ich ihm eine Geschichte erzählte?

Und ihre patzige Antwort: Tu es!

Umgekehrt: Sie wollte dem Lehrer eine Geschichte erzählen. Sie bat ihn, er möge sich, während sie erzählte, zwischen die Fenster an die Wand stellen.

Lehrer, Lehrer an die Wand! sagte sie.

Nein, das tu ich nicht, sagte er.

Bitte, sagte sie, mir zuliebe! Dann laß ich dich auch noch was an mir machen.

Nein, sagte er, das tu ich nicht. Irgendwann muß einmal Schluß sein!

Du kannst mir die Augen verbinden und dann alles tun, was du willst.

Nein, nein, sagte er. Seine Stimme, sonst so – hinreißend –, klang jetzt mißtönig. Sie holperte über die Worte. Samt und sonders kläglich der Mann. Entgeistert. Bekümmert. Spendierte Bohnenkaffee. War also als Gönner zu betrachten. Innerlich schlicht. Alles andere als verwegen. Weinerlich: Nein, ich will das alles nicht! Ich will das alles nicht mehr!

Aber freilich willst du es, sagte sie, und sie erzählte ihre Geschichte, ob er sie hören wollte oder nicht. Sie schwelgte im Genuß ihrer Überlegenheit und ihres Wagemuts und dachte, irgendwie mache ich alles anders als andere Leute und, ihn werde ich kirre machen, diesen Undurchschaubaren, schau, wie Fensterglas ist er jetzt. Und sie erzählte, daß sie es hier, genau in diesem Zimmer, mit ihrem Mann gemacht habe.

Da war noch kein Boden da, da waren noch keine Fensterscheiben da, und die Wände waren noch nicht verputzt. Jeder, der draußen vorbeigekommen wäre, hätte hereinschauen können.

Ich will das nicht wissen, sagte er.

Ich will es aber jemandem erzählen, sagte sie.

Aber nicht mir.

Willst du nicht wissen, wie wir es gemacht haben?

Nein, das will ich nicht.

Dann sagte er wieder, sie solle augenblicklich diesen Raum verlassen. Er hängte noch etwas Englisches an.

Ach Gottchen, sagte sie nur und schnalzte mit der Zunge.

Fast jeder ihrer Besuche endete damit, daß er sie hinausschmiß. Wenn sie ging, lächelte sie schräg. Oft hängte sie noch etwas Abgeschmacktes an. Zum Beispiel: Das Geschlechtliche, mein Freund, ist ja nur Beiwerk der Liebe, die Liebe aber ist das Leben selbst.

Manchmal veranstaltete der Lehrer Freiübungen im Hof. Dann hüpften die Kinder wie Affen auf allen vieren im Kreis, und Pauline, die vom Speicherfenster aus Publikum spielte, schickte ihnen vom Wasser her Tiere zu, die zwar Tiere waren, sich aber wie Menschen aufführten, wie Bettler nämlich. Kratzbürstige Elendsgestalten. Das waren ihre Träume. Für sie durfte sie nicht zur Verantwortung gezogen werden. Die Bettler benahmen sich wie die Schweine. Verwahrlost waren sie. Ihre Gesichter waren helle Flecken auf dem dunklen Grund ihrer Lumpen. Bleichsüchtige Schmarotzer, die sie in die Zwicke nehmen und Verhöre mit ihr anstellen wollten. Sie zwingen wollten zur Preisgabe all ihrer Hoffnung. Sie vermehrten sich, schossen heraus aus Maulwurfshügeln. Zirpten wie Grillen. Ließen sich nicht verscheuchen. Pauline wachte mitten in der Nacht auf und schrie. Einer der Bettler habe Läuse in ihre Richtung geworfen. In ihrer Benommenheit durchlebte sie ein bestürzendes Gefühl des Verlorenseins. Ihr Nachthemd war naßgeschwitzt. Ihr Mund war spröd. Da hat ihr Ludwig ein Glas Wasser gebracht, hat sie in seine Arme genommen und hat sie getröstet. Er liebe nur sie, und er wisse, daß bald alles gut werde. Er sage das nicht nur so, er wisse es.

Ihre Seele war rein. Für ihre Träume durfte sie nicht zur Verantwortung gezogen werden.

2

Eines Tages tauchte Ludwig gegen Mittag auf. Unerwartet. Pauline war gerade mit den Fußböden fertig, sie kehrte die Steinstufen vor der Schultür, da sah sie ihn, die Hände in den Hosentaschen, den Weg herunterschlendern. Schon von weitem winkte er ihr entgegen. Er flankte über den Weidezaun und lief über die Wiese auf die Schule zu. Er schien guter Laune zu sein.

Pauline war auf der Hut. Im Haus war es still. Der Lehrer machte seinen Mittagsschlaf, oder er war ausgegangen. Es war an einem Mittwoch. Da hatten die Kinder nachmittags schulfrei.

Sie sei nicht vorbereitet, sagte Pauline, aber Ludwig sagte, das mache nichts, er sei nicht wegen des Essens gekommen. Er setzte sich nicht, blieb an der Küchentür stehen.

»Weswegen denn?« fragte sie. Sie drehte ihm den Rücken zu, öffnete den Vorratskasten, ohne ihm etwas zu entnehmen, schob die Töpfe auf dem Herd zurecht, als kochte sie Luft. »Ist deine Arbeit denn schon fertig?«

»Du weißt, daß ich keine Arbeit habe«, sagte er.

»Aber doch«, sagte sie, »das ist doch Arbeit, was du machst.«

»Nein, ist es nicht«, sagte er.

Sie musterte ihn verstohlen. Aber sie konnte nichts Außergewöhnliches in seiner Miene entdecken. Das beruhigte sie ein wenig. Ludwig war es noch nie gelungen, sich zu verstellen, es war gar nicht seine Art.

»Deinetwegen bin ich gekommen«, sagte er.

»Milch haben wir und Eier und Mehl«, sagte sie. »Für Kaiserschmarren reicht es. Kein Zucker ist da.«

Ludwig stellte sich hinter sie und drückte ihre Schulterblätter an seine Brust. Sie spürte, daß er ihren Busen betrachtete, und daß er ihre Schultern deshalb so stark an sich drückte, damit sich ihre Brüste deutlicher abhoben.

»Der Lehrer hat sicher Zucker«, sagte er. »Ich werde uns schnell welchen von ihm ausborgen.«

»Er ist nicht da«, sagte sie.

»Ich kann's ja versuchen«, sagte er. »Vielleicht hat er nicht abgesperrt, dann hol ich mir einfach ein paar Löffel voll. Vielleicht hat er auch noch Rosinen oder gedörrte Zwetschgen. Wäre doch was, oder?«

»Vielleicht«, sagte sie.

Er ließ sie los und war schon zur Tür hinaus, als sie sich umdrehte.

Sie rührte den Teig an. Es war alles anders als sonst, das fühlte sie. Aber es löste nur eine gelinde Betroffenheit in ihr aus, ein kaum recht zur Kenntnis genommenes Beben ihrer Nerven. Wurde das Glück unter der Hand vergeben wie Bohnenkaffee? War denn nicht mehr für sie übrig als Willkür und Zufall? War sie nicht mehr wert als ein Stück, nach dem man griff, grad wenn einem danach war? Hatte diese verwinkelte Angelegenheit, die ihre Ehe war, alle Gefühle heruntergespannt – die Leidenschaft auf die Ebene von Sympathie, den Schmerz auf ein vorübergehendes Unwohlsein? So viele Tage waren vergangen, seit sie hier gelandet war, und rückwärts betrachtet waren diese Tage alle gleich, egal, was geschehen war. Was würde sie einer Frau raten, die ihr diese Geschichte erzählte? Und dennoch, sie hatte eine Vorahnung: Am Abend, so lautete die Vorahnung, würde sie auf diesen Tag zurückblicken wie auf eine ganze Woche oder sogar auf einen ganzen Monat. So, wie sie heute auf die Abende zurückblickte, als sie in Coburg in ihrem Zimmer gesessen und Briefe geschrieben hatte. An ihren Verlobten erst. Dann an ihren Gatten. Was an jenen Tagen unbedeutend gewesen war, das hatte die Erinnerung herausgeblichen. Nur ein feiner Ton war übriggeblieben. Aber der würde halten bis in ihren Tod.

Ludwig kam mit einer Tasse Zucker zurück. »Ich weiß gar nicht, wie du auf die Idee kommst! Er sitzt draußen in der Sonne und liest.«

Sie goß den Teig in die Pfanne. Ludwig stellte sich wieder in ihren Rücken, und wieder drückte er ihre Schulterblätter an sich. Sie hackte auf den Teig ein und ermahnte sich, jetzt ja nicht hysterisch zu werden, denn sie spürte ein Schluchzen in ihrer Kehle kitzeln. Heute wird es geschehen. Sie wußte, sie würde recht haben. Die Art, wie Ludwig sie berührte, war anders. Sein Griff war anders. Das registrierte sie. Sie habe begonnen, die Dinge gelassener zu betrachten. Das hatte sie geglaubt. Noch vor einer Minute hatte sie das geglaubt. Wenn das nun doch das Glück war, dann hatte es sich hereingemogelt wie jemand, der zu spät dran war. Sie mußte ihm helfen. Und das kostete sie große Überwindung. Aber es galt ja, ihre Liebe neu erstehen zu lassen. War das denn gar nichts?

Sie aßen beide nicht viel. Sie pickten die süßen Klümpchen mit der Gabel auf. Und sprachen beim Essen nicht.

Dann standen sie Angesicht zu Angesicht. Er wollte sich zu ihr niederbeugen und sie küssen, aber sie drehte sich schnell um und drückte wieder ihre Schultern gegen ihn. Sich zu ihr niederbeugen und sie küssen, das hatte er schon so oft getan, das wollte sie nicht mehr haben. Sie haßte es sogar. Es bedeutete ihr gar nichts. Es war so viel wie eine Gaudi. Es war immer ein Abschluß gewesen, ein Signal für ›Beendet!‹ Sie lehnte ihren Kopf zurück und drückte ihre Brust so weit heraus, wie sie nur konnte. Wenn er das haben wollte!

Aber dann war es vorbei, und sie setzten sich wieder.

»Ich muß gehen«, sagte er. »Dann bis zum Abend.«

»Ich denke, du hast gar keine Arbeit«, sagte sie.

»Oh, doch, natürlich habe ich eine Arbeit! Es ist nur nicht so eine Arbeit, wie die andren haben. Aber Arbeit ist es schon.«

»Bleib hier«, sagte sie.

Seine Augen waren traurig. »Vielleicht bleibe ich doch noch eine Minute«, sagte er. Sie nahm seine Hand und streichelte sie. Aber sie hatte nur wenig Geduld mehr.

»Bleib hier«, drängte sie, »bleib einfach den ganzen Tag hier. Und arbeite dafür morgen um so mehr.«

»Ja, ja, vielleicht bleibe ich doch noch eine Minute«, sagte er wieder.

»Legen wir uns aufs Bett!«

»Ah, das machen wir besser am Abend«, sagte er, »dann habe ich auch Zeit. Dafür braucht man Zeit.«

»Ich will dich nur festhalten«, sagte sie. »Mehr will ich doch nicht! Bitte!«

»Rauchen wir noch eine Zigarette«, sagte er, und nun beugte er sich doch zu ihr nieder, und, den Mund auf ihren Lippen, sagte er: »Heute abend, Pauline, ich weiß, daß es heute abend geschehen wird.«

»Es muß«, sagte sie.

»Ja«, sagte er, »es muß.«

Sie zögerte einen Augenblick, dann sagte sie: »Also gut, ich möchte doch eine Zigarette mit dir rauchen.«

Erleichtert griff Ludwig in seine Brusttasche und zog die zusammengerollte Papiertüte mit Tabak heraus.

»Rauchen wir draußen«, sagte sie. »Beim Bach möchte ich gerne rauchen.« Es war Ludwig recht, es war ihm sehr recht.

Auf der Sonnenseite saß der Lehrer auf seiner blauen Dekke. Er lehnte mit dem Rücken an der Wand des Schulhauses und hielt ein Buch auf den Knien. Er nickte Ludwig einen Gruß zu. An Pauline blickte er vorbei. Ludwig sagte ein paar Worte und nochmals Dankeschön für den Zucker. Der Lehrer murmelte darauf etwas. Die Einsilbigkeit, die er an den Tag legte, jagte in Pauline das Blut auf. Dieses Aus-dem-Mundwinkel-Sprechen machte sie verrückt. Sie setzte eine gnädige Miene auf. Als sie schon ein Stück weit vom Haus entfernt waren, drehte sie sich rasch um und sah, daß er aufgestanden war und den Hals nach ihnen reckte.

Sie stapften durch das moosige Gras, Pauline wollte nicht zur Kiesbank hinunter, wo die Kinder im Sommer badeten und wo sie an den Samstagen die Wäsche wusch, sie wollte ihre Zigarette weiter oben rauchen, bei den gestutzten Weiden. Die Baumkronen zweier Eschen neigten sich zueinander und sahen aus, als zettelten sie eine stumme Verschwörung an.

Ludwig drehte ihnen Zigaretten. Es war dies die einzige Verspieltheit an ihm, die ihr je aufgefallen war. Das Stück, das ihm schöner gelungen war, zündete er zuerst an und gab es hinüber in Paulines Mund.

»Ich möchte, daß du mich noch einmal so an dich drückst wie vorhin oben in der Küche«, sagte sie, und dabei schlug sie die Augen nieder.

So, wie es Pauline gewollt hatte, standen sie eine Weile und sogen so heftig an ihren Zigaretten, daß die Glut bald länger war als der unverbrannte Teil, und als sie die Stummel ins Wasser warfen, faßte Pauline Ludwigs Hände und legte sie sich auf den Busen. »Du mußt sie drücken, daß es weh tut«, sagte sie.

Wenn der Lehrer ihnen gefolgt war, um sie zu beobachten, dann würde ihm nichts anders übrigbleiben, als sich hinter ihnen im Weidengebüsch zu verbergen, dachte sie. So würde er aber nur Ludwigs Rücken sehen. Also machte sie einen Schritt zur Seite, damit der Beobachter, falls es ihn gab, sie beide von der Seite anschauen konnte. Er sollte sehen, wie ihr Mann sie umschlungen hielt. Sie öffnete die oberen zwei Knöpfe ihres Kleides, ließ dabei Ludwigs Hand nicht los und schob sie in den Ausschnitt. Wenn sie nun ihre Schultern gegen seine Rippen preßte, würde der Beobachter, falls es ihn gab, ihre nackte Brust sehen, wie sie in der Hand ihres Mannes lag. Wie gern wäre sie selbst die Beobachterin gewesen!

Sie schlenderten gemächlich zur Schule zurück. Von weitem schon sahen sie den Lehrer auf seinem Platz sitzen. Er saß, wie er vorhin gesessen hatte, den Rücken an der Wand, das Buch auf seinen Knien. Aber das besagte ja alles nichts.

Ludwig hatte den Arm um ihre Schulter gelegt, Pauline umschlang seine Taille.

»Ich dachte, Sie fahren heute noch nach Bregenz«, sagte der Lehrer.

»Ja«, sagte Ludwig, »ich wollte fahren. Aber der Bus ist jetzt schon weg.«

»Ich wollte auch nach Bregenz«, sagte der Lehrer. »Ich fahr mit dem Wagen des Bürgermeisters. Wenn Sie wollen, nehme ich Sie mit.« Er faltete sorgsam die blaue Decke zusammen und folgte ihnen ins Haus. »Dann warte ich auf Sie«, sagte er.

Oben in der Küche legte Pauline ihre Hand auf Ludwigs Geschlecht. Nur eine halbe Sekunde lang. Wie zum Schwur. »Du hast es versprochen«, sagte sie.

»Heute abend«, sagte Ludwig.

»Heute abend.«

Dann ging er.

Sie setzte sich im Wohnzimmer ans offene Fenster, stellte den Korb mit der Wäsche, die zu richten war, neben sich und machte sich an die Arbeit. Die warme Luft trug ihr die letzten Gerüche des Sommers zu.

Ludwig hatte ihr eine Verlängerungsschnur zurechtgeklemmt, nun konnte sie das Radio an jede beliebige Stelle in der Wohnung tragen. Sie suchte einen Sender mit Musik und lauschte dem süßen Spiel der Geigen.

3

Am Abend setzte sie einen großen Topf Wasser auf den Herd, ließ ihn kochen und mischte sich im Holzzuber ein Bad zurecht. Den Zuber hatte sie ins Wohnzimmer gestellt, und zwar so, daß sie durch das Fenster den scharlachroten Himmel über den Bergen sehen konnte. An den Hängen brannten Feuer, Strähnen von weißgelbem Schwalch lagen über dem Tal. Schwalben segelten am Fenster vorbei. Ich werde eine Arbeit annehmen, dachte Pauline. Irgendwo wird man eine Schreibkraft brauchen, die ein Büro führen kann, wie hier in dieser Gegend noch nie ein Büro geführt worden ist.

Am Nachmittag war die Schwiegermutter gekommen und hatte Tomaten und Paprika und gelbe Rüben gebracht. Sie sei gerade auf dem Weg gewesen, sagte sie. Sie hatte Pferdeäpfel von der Straße gesammelt, einen ganzen Blecheimer voll. Sie wollte aber nicht in die Wohnung hinauf.

»Warum denn nicht«, hatte Pauline gefragt.

»Ah, man soll die jungen Leute allein lassen!«

»Es ist niemand da. Ich habe Bohnenkaffee.«

Sie wollte trotzdem nicht. Mit dem Absatz hackte sie in die Erde. »Hier könntest du auch was anpflanzen nächstes Jahr«, sagte sie und blickte Pauline kalt ins Auge. »Gemüse ziehen. Tomaten. Gurken. Bohnen. Radieschen.«

»Das würden die Kinder dann alles wegessen, noch bevor es reif ist.«

»Oder Rosen. Gleich jetzt. Es ist ein günstiger Mond. Ich geb dir die Hälfte von den Roßbollen ab, wenn du willst.«

»Nein, danke. Die Rosen würden die Schüler nur abreißen und sich an den Dornen verletzen.«

»Ist auch wieder wahr.«

Dann hatte sie sich davongemacht. Hatte sich immer wieder umgedreht und etwas gemurmelt.

Pauline hatte eine halbe Stunde gewartet, dann war sie mit

dem Fahrrad zum Laden gefahren und hatte zwei Schaufeln Reis gekauft, eine Tüte mit süßem Paprikapulver und hundert Gramm – zehn Deka – Speckwurst. Zwiebeln waren zu Hause. Sie bräunte die Zwiebeln, schnitt die Wurst in Würfel, brutzelte sie mit den Zwiebeln an, putzte das Gemüse und setzte alles zusammen auf niedrige Hitze. Während das Gemüse garte, war sie ins Bad gestiegen. Wenn Ludwig das Haus betrat, wollte sie mit dem Reis anfangen. Das Ei wurde dann erst ganz zum Schluß unter das Letscho gerührt.

Sie schloß die Augen, rutschte im Zuber etwas nach vorne, so daß auch ihre Schultern unter Wasser waren, und hörte der Schlagermusik aus dem Radio zu. Sie dachte an Coburg und an ihre Freundin Hilla Medicus. Die war immer so verrückt nach Schlagern gewesen. Was wohl aus ihr geworden war? Ob sie endlich einen Mann gefunden hatte? Sie erinnerte sich, was Hilla einmal gesagt hatte: »Du mußt ihm das Wasser zu trinken geben, in dem du deinen Busen gewaschen hast, dann kommt er nicht mehr von dir los.«

»Aber Hilla«, hatte sie geantwortet, »wie kann ich ihn denn dazu bringen, so viel Wasser zu trinken!«

Aber Hilla hatte nicht auf den Witz geachtet und gesagt: »Dann koch mit dem Wasser, mach ein Gulasch und gieß mit dem Wasser auf, das gilt auch.« Und Hilla hatte gesagt, sie werde es ganz bestimmt so machen, wenn sie nur ja erst einen eigenen Schatz habe.

Pauline nahm sich vor, ihr doch einen Brief zu schreiben. Vielleicht noch heute nacht. Ein Brief von einer, die ausgewandert war. Nun erst war ans Seßhaftwerden zu denken. Wofür würde sich Hilla interessieren – außer für das Private? Dafür, was es hier zu essen gab. Ja, nun, im großen und ganzen dasselbe wie bei euch, liebe Hilla. Pauline hatte einen Korb Hagebutten gesammelt – für Hiftenmarmelade. Auch Riebel, die Landesspeise aus Maisgries, verstand sie inzwischen passabel zuzubereiten. Sie war von Nachbarsfrauen zum Kuchen eingeladen worden und hatte im Gegenzug Nußtaschen gebacken – mit einem Zuckerguß, da haben die Frauen Augen gemacht –, auf das Prischen Pfeffer kommt es an. Die Kochkünste der Frauen hier bauten auf Bescheidenem, aber Butter gab es ohne Beschränkung. Pauline durfte sich einbilden, dieser Gegend ohne Wissen und Wollen den Blätterteig gebracht zu haben. Das Kuchenbacken war vorübergehend in Mode geraten wie ein neuaufgekommenes Vergnügen. Pauline dagegen hatte das Finden und Zubereiten von Parasolpilzen gelernt – schmeckt am besten paniert, liebe Hilla. Oder Sauerampfer in den Salat – auch etwas Neues, vorzüglich und bekömmlich. – Ja, es hatte auch Momente völliger Zufriedenheit gegeben, ausgelöst von Erwägungen, die den allernächsten Bedürfnissen galten – Trockenheit nach Wolkenbrüchen, Sättigung, Ordnung der klappernden Dinge in der Küche.

Sie stieg aus dem Zuber, legte sich Ludwigs Mantel über die Schulter und trat in die Küche. Vor Schreck zuckte ihr ein roter Blitz durch die Augen, und sie mußte sich am Tisch festhalten, damit sie nicht vornüber kippte. Denn da stand der Lehrer. Er streckte beschwichtigend den Arm nach ihr aus.

»Es ist nichts, bitte«, sagte er.

»Mein Mann wird gleich kommen«, sagte sie und verschluckte sich dabei. Sie bekam einen Hustenkrampf und hielt sich die Gurgel.

»Was ist denn, um Gottes willen«, rief er und klopfte ihr mit der flachen Hand auf den Rücken.

Pauline wehrte ihn ab. Sie konnte nicht reden. Ihr Hals war zugeschnürt, und sie rang nach Luft. Erst allmählich fing sie sich wieder.

»Das ist verrückt«, sagte der Lehrer, »daß sich ein Mensch so erschrecken kann. Ich habe gerufen. Hört man das hier heroben nicht?«

»Nein«, drückte sie heraus. »Bitte, mein Mann wird gleich kommen.«

»Wissen Sie«, sagte der Lehrer, »wissen Sie, ich muß mich jetzt grad hinsetzen, weil Sie mich so erschreckt haben. Sie haben mich erschreckt, weil Sie so erschrocken sind. Das ist mir doch noch nie passiert! Ich dachte, Sie hätten mich gehört. Ich schwöre, ich wollte Sie nicht erschrecken.«

»Ich glaube es Ihnen ja«, sagte Pauline. Sie lachte nun über sich selbst, ein wenig gezwungen, das schon. »Ich weiß wirklich auch nicht, was da in mich gefahren ist!«

»Man darf so einen Schrecken nicht auf die leichte Schulter nehmen«, sagte er. »Es hat Leute gegeben, die waren von so einem Schrecken weg Stotterer. Oder es verkutzt sich einer so sehr, daß ihm eine Ader im Auge reißt.«

»Jetzt ist es ja schon gut«, sagte sie. Was verkutzen heiße, fragte sie. Er machte es ihr vor. Es war ein Schlucksen und ein verzweifeltes Nach-Luft-Ringen. Vielleicht ist er der Teufel meines Mannes, schoß es ihr ein. Vielleicht trotzdem, obwohl er Ludwig in allem am entferntesten ist. Es war ihr nämlich, als hätte sie dieselbe Situation schon einmal erlebt.

Der Lehrer machte keine Anstalten, zu gehen. Er blieb auf dem Küchenstuhl sitzen. »Das riecht gut«, sagte er.

»Wissen Sie«, sagte sie wieder und kam sich schon dumm dabei vor, »mein Mann kommt gleich.«

»Nein, er kommt nicht«, sagte der Lehrer. »Tut mir leid. Ich meine, er wird nicht vor Mitternacht kommen. Ich soll Ihnen das ausrichten. Darum bin ich hier. Tut mir leid.« Er erhob sich und wischte verlegen über die Tischplatte. »Tut mir wirklich leid. Wirklich.« Dann wandte er sich mit einer leichten Verbeugung zur Tür.

Ob er das kann, darauf achten, daß ich nicht schwanger werde, dachte sie. »Schlafen Sie mit mir«, sagte sie. Das Blut schoß ihr ins Gesicht, aber sie schaute ihn gerade an.

»Das dürfen Sie nicht sagen«, sagte er.

»Ich weiß, daß Sie es wollen.«

»Ich habe Ihnen niemals Anzeichen gegeben, daß ich so etwas will.«

»Aber Sie wollen es doch!«

»Das geht aber niemanden etwas an.«

»Doch. Mich geht es etwas an.«

»Ich habe Ihnen nie eine Andeutung gemacht. Ich weiß nicht, wie Sie darauf kommen.«

»Schlafen Sie mit mir«, sagte sie noch mal und war wieder über ihre eigenen Worte erstaunt.

Er ließ die Arme sinken. »Bitte«, sagte er, »ich habe hier alles zu verlieren.« Aber er ging auf sie zu und streichelte ihr mit den Händen übers Haar und berührte mit den Fingerkuppen ihre Stirn, kaum, daß sie es spürte.

»Ich hätte es nie gesagt«, sagte er. »Aber ich kann nichts für meine Gedanken. Das Schönste sind Ihre Augen.«

Sie umfaßte seinen Körper und spürte den festen, fleischigen Rücken unter dem Hemd.

»Habe ich Ihnen denn Anlaß gegeben?« fragte er wieder. »Sagen Sie ganz ehrlich!«

»Aber ja, natürlich«, sagte sie.

Sie wühlte sein Hemd aus der Hose, schob sein Unterhemd über die Brust. Die Brust war voll krauser Haare, und der Bauch stand vor wie eine in den Leib gesunkene Kugel. Ein fröhlicher Bauch eigentlich.

Sie führte ihn ins Schlafzimmer. »Zuerst will ich Sie sehen!« sagte sie.

Seine Haut war dunkel. Er hatte schwere Oberschenkel, und sein Geschlecht war dicht und schwarz behaart. Sein Penis zeigte krumm nach oben.

»Können Sie das, aufpassen, daß ich nicht schwanger werde?«

»Ich glaube schon«, sagte er.

»Das ist mir zu wenig.«

»Das hängt auch von Ihnen ab«, sagte er, und er grinste etwas verschämt. »Wenn ich mich darauf verlassen kann, daß Sie mich dabei nicht allein lassen.«

»Tu ich schon nicht«, sagte sie.

Sie öffnete den Mantel und empfing ihn. Ihre Beine hingen über die Bettkante. Ihre Hände flatterten über seinen Rücken und sein Gesäß. Sie machte keinen Hehl aus ihrer Not.

Ludwig bestieg auf seiner Seite das Bett und lag bewegungslos und stumm. Er meinte, sie schlafe längst, es war drei Uhr vorbei. Er streckte seine Hand nach ihr aus, berührte ihren Rücken und strich sanft über den Stoff ihres Nachthemdes. Leise sagte er ihren Namen.

Pauline schlief nicht. Und sie antwortete ihm nicht gleich. Sie lag mitweit geöffneten Augen da, mehr denn je überzeugt, daß man den Dingen nicht auf den Grund gehen dürfe. Dann antwortete sie ihm.

Er schloß sie in seine Arme und drehte sie auf den Rücken. Er wollte sich auf sie legen. Sie schob ihn weg.

»Nein«, sagte sie.

»Wir haben es uns versprochen«, sagte er.

»Ja«, sagte sie, »dann halt morgen.«

»Bist du ganz wach?« fragte er.

»Ziemlich«, sagte sie. »Möchtest du etwas essen?«

»Nein«, sagte er.

»Komm, schlafen«, sagte sie.

»Bist du wirklich ganz wach?«

»Aber was ist denn?« fragte sie.

»Wir haben früher so schön geredet in der Nacht«, sagte er. »Als du auf der Ofenbank gelegen bist, Pauline, und ich auf dem Boden daneben.«

»Das will ich aber nicht mehr«, sagte sie.

»Aber warum denn nicht?«

»Das bringt die schlechten Träume zurück.«

»Du hast mir nie erzählt, daß du schlecht träumst.«
»Auf der Ofenbank habe ich schlecht geträumt.«
»Hättest du etwas gesagt!«
»Ist auch nicht so wichtig.«
»Und warum soll das daher kommen, weil wir vor dem Einschlafen noch geredet haben?«
»Das können wir ja wieder tun«, sagte sie. »Morgen.«
»Ich würde dir aber gern jetzt etwas erzählen, Pauline.«
»Was würdest du mir gern erzählen?«
»Ja, ich weiß eben nicht, wie ich anfangen soll.«
»Was ist es denn, Ludwig?«
»Ich war in Wahrheit gar nicht in Polen stationiert, Pauline.«
»Das ist doch jetzt vorbei, Ludwig. Ich bin müde.«
»Ich war in Königsberg stationiert.«
»Das willst du mir erzählen?«
»In der Nähe von Königsberg.«
»Und weiter?«
»Später dann war Königsberg eingeschlossen. Ich bin früher weggekommen.«
»Und?«
»Was und?«
»Was willst du mir denn sagen?«
»Ist es für dich so lästig, wenn ich mit dir rede?«
»Nein. Aber ich dachte, du wolltest mir etwas erzählen.«
»Es interessiert dich nicht.«
»Das weiß ich jetzt doch noch nicht.«
»Die Front verlief damals um Königsberg herum.«
»Der Krieg ist seit anderthalb Jahren vorbei, Ludwig.«
Er schwieg. Beleidigt. Sollte es so zwischen ihnen enden? Mit einem Gezänk über einen Frontabschnitt in Ostpreußen?
»Ludwig.«
Er antwortete nicht.
»Erzähl es mir morgen, Ludwig«, sagte Pauline.

4

Noch zweimal ließ sie sich vom Lehrer nehmen. Beide Male am darauffolgenden Tag. Dann packte sie ihre beiden Koffer, und mit der letzten Oktobersonne verließ sie den Ehemann und das Dorf und das Land auf demselben Weg, auf dem sie gekommen war.

Dreizehntes Kapitel

1

Ihre gemeinsame Sache war vernichtet. Unwiderruflich mißlungen. *Vorbeigelungen.* So hätte es ihr Cousin Manfred ausgedrückt. Hals über Kopf hatte sie die Wohnung verlassen. Sie war sich nicht einmal sicher, ob sie ohne neue Papiere die deutsche Grenze überschreiten durfte. Sie wußte nicht, wohin sie gehen sollte. Sie wußte nur, daß jede Minute, die sie noch in dem Dorf zubrachte, peinvoll wäre.

Gern hätte sie sich von Kaspar verabschiedet. Sie vermutete, daß er diesmal nicht zu ihr helfen würde. Und obwohl ihr das nun ja gleichgültig sein konnte, da sie zurück in eine ganz andere Welt fuhr, bedrückte sie der Gedanke, daß es im Dorf niemanden gab, der sie in guter Erinnerung behielt.

Sie nahm alles Geld mit, das in der Wohnung war. Das verursachte ihr keinerlei Gewissensbisse. Wie hätte sie es anständig anstellen sollen? Außerdem – als Gattin – war sie in natürlichem und einleuchtendem Recht. Das Geld reichte ohnehin nur für eine Fahrkarte nach München.

In München ging sie in das protestantische Mädchenheim, in dem sie ja noch zwei Monate zuvor gearbeitet hatte. Sie mußte der neuen Leiterin, einer Schwäbin, den Paß zeigen, und da war deutlich vermerkt: römisch-katholisch. Und sie erhielt die Anstellung nicht. Die neue Leiterin kannte kein Erbarmen. Eine Nacht durfte Pauline im Heim schlafen. Natürlich nicht in ihrem ehemaligen Zimmer. Sie bekam ein Bett im Schlafsaal zugewiesen. Die meisten Mädchen von damals waren noch da, sie umringten sie, baten sie, zu erzählen, erzählten dann aber doch lieber selber, alle gleichzeitig. Sie umarmten, küßten Pauline mit einer Herzlichkeit, die ihr merkwürdig und unverdient erschien, weil sie nicht glauben konnte, daß sie hier solche Zuneigung geschaffen hatte.

Die Mädchen setzten dann schließlich doch durch, daß Pauline so lange bei ihnen im Schlafsaal übernachten durfte, bis etwas anderes für sie gefunden war.

Tagsüber war sie auf Suche – nach Arbeit und nach einer neuen Unterkunft –, aber sie strengte sich nicht an. Sie bummelte durch die Stadt, staunte darüber, wieviel Schutt schon weggeräumt worden war. Frische Fundamente waren ausgeschachtet. Bauplätze abgezäunt. An den Abenden und an den Wochenenden half sie eifrig im Heim mit. Sie wollte sich unentbehrlich machen. Aber die Heimleiterin durchschaute sie. Eine böse Frau, ausgetrocknet bis in die Achselhöhlen. Welk und ohne Güte.

Wenige Tage vor Weihnachten, just an ihrem Geburtstag, mußte Pauline ausziehen. Die Mädchen hatten Geld für sie gesammelt. Es war gerade so viel, daß sie sich davon ein Lebkuchenherz kaufen konnte. Sie sah bei einem Straßenhändler ein Lebkuchenherz, da war ihr Name mit Zuckerguß draufgeschrieben. Das hielt sie für ein gutes Zeichen. Der Händler war ein junger Bursche, zwanzig Jahre erst. Er führte Pauline auf einem steilen, sandigen Weg durch die Ruinen, zum Schluß mußten sie über einen Mauergrat balancieren und durch ein Fenster einsteigen. Er stellte sie seiner Verlobten vor. Die arbeitete in einem Verpackungsbetrieb. Die beiden stammten aus Mannheim, die Frau hatte ihre Eltern bei einem Luftangriff verloren. Sie bewohnten zwei Zimmer, von denen eines offen war. Das heißt, eine Wand fehlte. Aber sie mußten dieses Zimmer mitbezahlen, als wäre es bewohnbar. Sie mußten auch für eine Küche mitbezahlen, aber da war gar keine Küche. Ein paar Tage blieb Pauline.

Die Bemühungen von Elfriede, so hieß die Frau, waren vergebens: In der Verpackungsfirma war kein Bedarf für eine weibliche Hilfskraft.

Pauline dachte, niemand braucht mich, und ich selbst brauche mich auch nicht mehr. Das ihr beschiedene Los schien erfüllt. Sie wurde störrisch wie ein Esel. Setzte sich auf die gestapelten Ziegel vor dem Berg, der einst der Bahnhof gewesen war, und sagte:

»Aus. Ich bin mit meiner Weisheit am Ende.«

Einer, der vorbeikam, sagte: »Es geht auch dumm weiter.«

»Manche Menschen sind anspruchsvoll!« rief sie ihm nach.

Und auf einmal war die beste Laune da. Wie zurückgekehrt aus der Gefangenschaft. Alles Vergangene war schließlich ein unersetzlicher Verlust. Was hinter einem lag, wurde eingetauscht gegen das, was vor einem lag. Um das zu verstehen, war Weisheit nicht nötig. Ihre Liebe war ein spurloses Ereignis gewesen. Na, und wenn schon! Es hatte sich erwiesen, daß sie ein Produkt des Zufalls war. Na, und wenn schon …

Sie klopfte wieder bei ihrem protestantischen Mädchenheim an, und an der Pforte wartete ein Brief auf sie. Papier dreckbraun und zerbrechlich wie getrocknete Blüten. Ein Brief aus Coburg. Das war nicht das Beste, was hätte passieren können, aber es ging immerhin etwas weiter.

Sie hatte ihren Eltern geschrieben und sie gebeten, ihr Geld zu schicken, damit sie die Fahrt nach Hause bezahlen könnte. Sie hatte ein Postamt in München angegeben, und tatsächlich war das Geld angewiesen worden. Den Brief hatte die Mutter geschrieben. Er enthielt keine Fragen. Das bedrückte Pauline. Sie kam sich wie ein Fall vor, über den zu sprechen tunlichst vermieden wurde. Aber was blieb ihr anderes übrig, als nach Coburg zu fahren.

Rechtzeitig zum Weihnachtsfest kam sie an. Und es war, wie sie befürchtet hatte. Niemand stellte Fragen. Nicht einmal Otto. Nicht einen unverschämten Haken entdeckte sie in seinem Gesicht. Das hieß, ihr Fall war als schwerwiegend eingestuft. Und das war er ja wohl auch.

Bei Hilla Medicus schüttete sie ihr Herz aus. Versuchte es zumindest. Sie spazierte mit ihr über die Spitalgasse. Kaffee gab es keinen. Der Sarottimohr in Kaisers Kaffeegeschäft nickte wieder mit seinem Wuschelkopf. Über dem Bogen des Spitaltores hing ein achtzackiger Weihnachtsstern aus Reisig. Da und dort waren schon wieder elegante Handschuhe, Pelzkrägen, Schuhe zu sehen. Oder ein herübergeretteter Nerzmuff. Es ging aufwärts. Doch, es ging aufwärts. Da gebe es welche, die träumten bereits von einem Auto. In zehn Jahren vielleicht, wer weiß. Sagte Hilla und meinte damit durchaus auch sich selber. Sie war verlobt inzwischen. Er war Eisenbahner. Aber das besage nichts, er lerne auf seinen Ingenieur. Der Krieg habe ihm um wenige Wochen dazwischengefunkt. Aber weiß Gott ihn nicht aus der Bahn werfen können. Den nicht. Ein Herzhafter. Erwin Schempeshofe. Schade um das schöne Medicus. Das sei, sagte sie, aber auch ihr einziger Einwand gegen eine Heirat.

Hilla, die jüngere, war immer auch diejenige gewesen, die Pauline bewundert hatte, die ihr nachgeeifert hatte. Nun verhielt sie sich so, als wäre sie am Ziel und Pauline noch meilenweit davon entfernt. Vettelhaft war sie geworden, die Hilla. Hausbacken. Und quengelig, wenn es nicht gleich und perfekt nach ihrer Nase ging. Ihre offene Gradheit von früher war im Begriff, sich in Hoffart zu verwandeln. Sie war in Schwarz wegen irgendeiner Cousine. Zuspruch und Linderung waren von dieser Seite für Pauline nicht mehr zu erwarten. Nie mehr, wahrscheinlich.

Pauline bekam ihre alte Stelle in der Handwerkskammer. Es hatte sich nichts verändert. Die fuchtelnde Natur von Herrn Peters – ihrem Trauzeugen – hielt noch immer die Nerven im Büro in Spannung.

Kommerzienrat Grimm seufzte und legte Pauline die Hand in den Nacken. »Ist es nicht glücklich verlaufen?« fragte er.

»Nein, nicht«, sagte sie.

Den Hofgarten mied sie, es gelang ihr nicht, die lieblichen Eindrücke von damals aufzufrischen, und sie sagte sich, ich will's auch gar nicht. Aber sie hätte es schon wollen. Sie kam nicht zu Rande, mit allem nicht.

Zu Hause zog sie selbstverständlich aus. Die Mutter versuchte manchmal, mit ihr über Otto zu sprechen. Er gerate auf Abwege, benehme sich hochfahrend und respektlos und trage so einen amerikanischen Mantel mit weit ausladenden Schultern und sage nicht, woher er ihn habe; sie, die Mutter, predige und predige; selbst der Vater sei ohne Einfluß. Trost wurde von Pauline verlangt. Ausgerechnet von ihr! Und energisches Vorgehen. Das machte sie rasend. Und machte ihr auch ein schlechtes Gewissen.

Selbst der Vater war von ihr abgerückt. Sie spürte es. Sein schelmisches Zwinkern war nur mehr eine überkommene Gewohnheit. Früher, bei verwandter Gelegenheit, hätte er sie in ihrem Zimmer aufgesucht und ihren Rat erbeten. Er war alt geworden in den vergangenen zwei Jahren, seine Schultern waren nach vorne gesunken, seine Kraft und auch sein Wille reichten nicht mehr aus, um kategorisch zu werden vor seinem Sohn. Ihr angebeteter Papa – sie brauchte das nur zu denken, da wollte sie auch schon allein sein mit sich und einem Kopfkissen.

Sie mietete sich bei einer alleinstehenden Dame ein, einem Fräulein Montag, das an die siebzig war und nach Lavendel und Kernseife roch. Es war ein altmodisches Zimmer mit einem winzigen Fenster nach Westen. Pauline hielt sich nicht gern darin auf. Sie suchte sich einen neuen Bekanntenkreis.

Das Residenzcafé in der Judengasse eröffnete in diesen Tagen wieder. Es war renoviert worden, milde Farben, gelenkige Formen, und an den Wochenenden und manchmal auch an den Werktagabenden ging Pauline dorthin, um zu tanzen. Es spielte eine Vier-Mann-Kapelle. Wenn die Musik abbrach, standen die Paare auf der Tanzfläche still. Sie hatte die Bekanntschaft eines Abteilungsleiters gemacht. Er arbeitete in Brandts Kaufhaus in der Spitalgasse. Das war das erste Haus in der Stadt. Sie hatten sich bei einer Jungbürgerfeier kennengelernt. Er war eigentlich gar nicht eingeladen gewesen, hatte lediglich einen Bekannten begleitet. Pauline kümmerte sich im Auftrag der Handwerkskammer um die Lehrlinge und die Gesellen. Er hieß Georg, stammte aus Schlesien. Hatte alles an die Polen lassen müssen. – »Alles heißt alles, den sächlichen wie den personellen Anhang.« – Ein einziges Mal sagte er das, in seiner nasalen, an Hochmut und Verwöhntheit gemahnenden Sprechweise, ein weltläufiges Lächeln auf den Lippen, die Augenbrauen schräg nach oben gezogen. Er war schon Mitte Fünfzig. Ein Mann mit tadellosen Formen. Ein vollendeter Kavalier. Ein Schauspieler aus einem Film, in dem weder der Erste noch der Zweite Weltkrieg stattgefunden hatten. Schön war er nicht. Seine Ohren und seine Wangen hatten eine leicht violette Färbung. Das Haar war onduliert. Er schenkte Pauline Blumen und zartbittere Schokolade in Satinpapier. Für diesen Mann gab es kein Schrecknis, das sich nicht mit Ironie in verdaubare Happen zerlegen ließ.

Ihre gemeinsamen Besuche im Residenzcafé hatten stets etwas melancholisch Feierliches an sich. Georg – »Schorsch« – liebte es, ihren Bekannten eine melodramatische Leidenschaft vorzuspielen. Er küßte ihre behandschuhte Hand. Setzte dabei einen verschleierten Blick auf. Wenn sie allein waren, war er spaßig, und es machte ihm nichts aus, daß er als ihr Liebhaber nicht in Frage kam. Einen einzigen kinoechten Versuch hatte er unternommen. Am ersten Abend, als er sie nach Hause brachte. War dann aber sichtlich erleichtert gewesen, als ihm Pauline klipp und klar erklärte, sie wolle das nicht.

Er schlug vor, sie solle ihn als eine Art väterliches Wesen betrachten. Seine nachlässigen, etwas müden Zärtlichkeiten in der Öffentlichkeit ließ sie sich gern gefallen.

Mit keinem Wort erwähnte sie ihm gegenüber, daß sie verheiratet war. Er war nicht einer, der auskundschaftete, aber auch nicht einer, der die Ohren zudrückte, wenn geredet wurde. Und über Pauline wurde geredet.

»Erzähl mir von deinem Mann«, sagte er eines Tages.

Pauline erzählte einige Nebensächlichkeiten. Er war so taktvoll, nicht weiterzufragen. Von da an traf sie sich immer seltener mit Georg. Irgendwann schlief der Kontakt ein.

Zuweilen spazierte sie über den Schloßplatz zur Kirche St. Augustin. Sie fühlte sich gestärkt, wenn sie ein Gesätzchen vom Rosenkranz betete.

2

Und dann – sie war nun schon seit zwei Jahren wieder in Coburg – verwandte sie ihren kleinen Sommerurlaub und ihre kleinen Ersparnisse dazu, um in den Süden zu fahren. In Lindau stieg sie in einer Pension ab. Von der Plattform unterhalb des steinernen Löwen, der zusammen mit dem Leuchtturm die Hafeneinfahrt bewacht, blickte sie über den Bodensee zum österreichischen Ufer. Die Wolken hingen tief über dem gelbgrauen Wasser. An manchen Stellen stieß die Sonne ihre Lanzen durch. Pauline hatte Sehnsucht.

Inzwischen war auch die Schiffahrt wieder aufgenommen worden. Pauline kaufte sich ein Billet und setzte nach Bregenz über. Sie ließ sich keine Zeit zum Nachdenken und Planen, sie stieg in das Postauto, ohne sich vorher zu erkundigen, wie sie wieder nach Bregenz und dann nach Lindau zurückkommen könnte.

Je weiter sie ins Tal hineinfuhr, um so vertrauter wurde ihr die Gegend, und wie im Traum muteten ihr die zwei Monate an, die sie hier verbracht hatte, wie ein Wunder, das an den Rändern schon zu vergilben begann. Sich selbst sah sie barfuß und in zerschlissener Hose, die ihr zu lang war und im Staub schleifte.

Das Postauto hielt neben einem überdachten Christus. Dem war Stechlaub hinter die ausgebreiteten Arme geklemmt worden. Der Kopf hing weit über die Brust und war grau und rissig, denn das schmale Dach schützte gerade noch den Körper vor dem Wetter. Den Kopf schützte es nicht. Unter seinen Füßen steckte eine Dose Ata Scheuermittel mit gelben Blumen. Ein Mann mit einem hohen spitzen Filzhut stieg aus dem Omnibus. Ohne sich umzudrehen, winkte er dem Fahrer einen Gruß zu.

Als Pauline die Kirche am Hang sah, bat sie den Chauffeur, aussteigen zu dürfen. Sie lief über die Wiese und spazierte auf dem schmalen Weg, der unterhalb des Dorfes am Bach entlangführte, taleinwärts. Wenn ihr hier jemand entgegenkam, den sie kannte, dann bestand keine Möglichkeit, auszuweichen. Und wenn es Ludwig ist, dachte sie, und er will mich noch, oder er will mich wieder, dann gut. Die Luft war diesig, und der Berg am Ende des Tals sah aus wie eine graue Wolke.

Sie war eine Stunde gegangen, als sie am Schulhaus ankam. Sie hielt sich bei den Weiden versteckt und spähte hinüber zum Gebäude. Alles hatte sein Ansehen bewahrt. Nichts war verändert. Nur die Fensterläden schienen ihr heller zu sein. Hatte die Farbe doch nicht gehalten?

Kein Laut war zu hören. Wie sie diese heißen, starren Nachmittage genossen hatte! Noch war sie nicht eingeladen, wieder daran teilzunehmen. Oder bildete sie sich das alles nur ein? Manchmal überschnitten sich Bilder aus ihrer Erinnerung mit Szenen aus ihren Romanen. Aber auch ihre Romane waren ein Teil jener schattenhaften Tage. Das Vergangene blickte in ihr Leben, und ihr war, als hätte sie seither die Existenz einer müden Frau geführt. Als hätte sie nichts weiter getan, als die Stirn auf die Faust gestützt. Die Schläfrigkeit der vergangenen Jahre schien sich in diesem Augenblick erst von ihr zu lösen. Sie näherte sich der Schule, spähte durch ein Fenster in den Klassenraum. Die Stühle standen verkehrt herum auf den Pulten. Die Schüler waren in den Sommerferien.

Pauline faßte sich ein Herz und trat ein. Sie ging nach oben, klopfte an die Wohnungstür. Sie klopfte noch einmal, rief »hallo!« Dann drückte sie die Klinke nieder.

Ein Blick genügte, um zu wissen: Hier wohnten fremde Leute. Sie schlug die Tür hinter sich zu und eilte von Panik ergriffen nach unten.

Der Lehrer Fasching versperrte ihr vor dem Lehrerzimmer den Weg und sagte ihren Namen. Tatsächlich hatte sie gar nicht an ihn gedacht. Sie erinnerte sich wieder an diese lebhafte, vieler Wandlungen fähige Stimme, und sie wollte in den Boden versinken vor Scham. Er trug dieselbe Jacke, die er getragen hatte, als sie ihn zum ersten Mal sah.

»Komm herein«, sagte er und faßte sie am Ärmel. »Ich nehme zwar nicht an, daß du mich suchst.«

»Eigentlich nicht«, sagte sie. Er wußte Gelassenheit zu bewahren. Sie nicht.

»Du suchst deinen Mann, stimmt's?«

»Ja.«

Der Lehrer hatte keine Ahnung, wo sich Ludwig aufhielt. Erst, sagte er, habe er gewartet, daß sie wieder zurückkomme. Schließlich habe er die Hoffnung wohl aufgegeben. Er sei ausgezogen, fortgezogen. Ein Ehepaar aus einem Nachbardorf habe die Stelle des Schulwarts übernommen. Er, der Lehrer, wohne immer noch hier im Lehrerzimmer. Natürlich habe es im Dorf Gerede gegeben. Was sonst noch passiert sei? Der Schiefe sei nach wie vor Bürgermeister. Diesmal gewählt. Mit überwältigender Mehrheit übrigens. – Darüber, was zwischen ihm und Pauline vorgefallen war, sprach der Lehrer kein Wort.

Sie verzehrten gemeinsam ein kleines Abendbrot. Das Zimmer sah genauso aus, wie es Pauline in Erinnerung hatte, der lederne Chesterfield prangte noch am selben Platz, neben der Tür stapelten sich die in Decken verschnürten Gegenstände, das Stück Fahne vor dem selbstgezimmerten Kleiderschrank war noch dasselbe.

Der Lehrer hatte etwas Leutseliges dazugewonnen. Schließlich sagte er, wenn Pauline die Nerven habe, hier in seinem Zimmer zu warten, werde er sich das Auto des Bürgermeisters borgen und sie nach Einbruch der Dunkelheit hinüber nach Lindau fahren.

»Schämst du dich mit mir im Auto?« fragte sie.

»Natürlich nicht«, sagte er. »Aber es muß ja nicht unbedingt noch mehr Gerede geben. Es dreht sich dabei nicht um dich, sondern um mich. Man will mich hier nämlich verheiraten.«

»Ich glaube nicht, daß mich einer erkennen würde«, sagte Pauline.

»Ich glaube es auch nicht«, sagte er. Pauline war flott gekleidet und stark geschminkt. Und sie hatte einen blonden Kopf voll neuer Locken.

Während sie auf ihn wartete, ging ein Wolkenbruch nieder. Der Regen dauerte nur wenige Minuten, dann war der Himmel wieder hell. Pauline sah durch das Fenster die Gewitterwolken über den Bergen verschwinden. Ihre Ränder glühten wie Asche nach einem Brand. Im Licht der untergehenden Sonne leuchteten die Berghänge in den Grundfarben. In den Pfützen auf dem Schulhof spiegelte sich rosenrot der Abendhimmel.

Als der Lehrer kam, war es Nacht. Er stellte erst gar nicht den Motor ab. Ohne ein Wort stieg Pauline ein. Durch die kleine ovale Heckscheibe des Autos warf sie noch einen Blick auf das mondbeschienene Gemäuer der Schule.

Als sie sich in Lindau vor der Pension verabschiedeten, und er ihre Hand länger hielt, als ein Gruß dauert, da wurde Pauline traurig, und sie sagte es auch. Sie genoß seine kleinen Liebkosungen. Er fragte, ob er ein Zimmer in der Pension nehmen sollte. Damit man ihn überhaupt hineinlasse. Er sagte, er würde gern noch einmal mit ihr schlafen. Ein letztes Mal.

»Ich weiß es nicht«, sagte Pauline. »Vielleicht tut es mir leid, wenn wir es nicht tun, und vielleicht tut es mir leid, wenn wir es tun. Ich weiß es einfach nicht.«

»Es kann nichts Schlechtes daran sein«, sagte er. »Wir sind kein Liebespaar, und de facto bist du frei.«

»Aber was ist dann Gutes daran?« fragte sie. Sie erinnerte sich, daß er ihr einmal erzählt hatte, man habe ihn in England zwischenzeitlich für einen Juden gehalten. Und das habe durchaus etwas Gutes für ihn gehabt. Vordem hatte man ihm nämlich des öfteren vorgeworfen, daß er nicht gern sterbe. Einem Juden dagegen gönnte man ein langes Leben. Er hatte sich sogar den einen oder anderen jiddischen und hebräischen Ausspruch angeeignet. Den für ›Glück und Segen‹ hatte sich Pauline gemerkt.

»Laß mich nachdenken«, sagte sie.

»Über so etwas denkt man nicht nach«, sagte er. »Das tut man oder tut man nicht.«

»Ich muß aber darüber nachdenken.«

»Morgen sagst du bestimmt nein.«

»Wir werden uns wahrscheinlich nie wiedersehen.«

»Ach, das habe ich schon einmal gedacht.«

Er versprach, er werde sich nach Ludwigs Aufenthaltsort erkundigen und ihr schreiben.

»Hazloche un broche«, sagte sie zum Abschied.

3

Erst ein halbes Jahr später erhielt sie seinen Brief. Ludwig wohne in Wien, er arbeite bei einer Reinigung und lerne in Abendkursen auf seine Matura. Womöglich sei er schon fertig damit. Er habe die Absicht geäußert, Jus zu studieren. Oder Volkswirtschaft.

Pauline überlegte sehr lange. Sie war immer überzeugt gewesen, daß Gott jedem Menschen einen zweiten Menschen zur Seite erschaffen hatte. Aber wo stand geschrieben, daß daraus Glück erwachsen mußte? Nirgends. Und wenn das finsterste Verhängnis über sie hereinbräche, es ließ sich nichts daran ändern, wem sie angehörte.

Hier wurde sie nicht gebraucht. Sie kündigte bei der Handwerkskammer, verabschiedete sich von niemandem und fuhr nach Wien.

Im Winter des frühen Jahres 1949 stand Pauline in der Neustiftgasse, Höhe Neubaugasse, im siebten Wiener Gemeindebezirk und betrachtete am Himmel das Sternbild des Orion. Die Luft war lauwarm. Am Nachmittag war ein Föhnsturm über Wien gebraust, und die Menschen hatten sich auf die Straße gestellt und den Himmel betrachtet. Sie sagten es nicht, weil es unhaltbar war, aber ihnen allen schien der Himmel höher zu sein, als sie ihn je in ihrem Leben gesehen hatten. Und das blieb so bis zum Abend. In der Nacht erlosch diese Einbildung. Die Sterne waren außerhalb der Höhe, die gemeint war.

Pauline ging durch die Tür, die in das große Tor zum Haus Nummer 52 eingelassen war. In der Einfahrt war es stockfinster. Der Boden war mit kopfrunden Pflastersteinen ausgelegt. Sie mußte achtgeben, daß sie mit ihren hohen Schuhen nicht umknickte. Sie zündete ein Streichholz an und steuerte, die Flamme mit der anderen Hand abschirmend, auf die linke Stiege zu. Sie brauchte noch ein Streichholz, um den

Lichtschalter zu finden. Die Treppen umkreisten einen Personenlift. Pauline mißtraute dem Gefährt. Sie ging zu Fuß bis ins Dachgeschoß. Zwei Türen führten in den Speicher, die dritte hatte ein Namensschild unter der Klingel: Ludwig Juen.

Sie wartete, bis ihr Puls nicht mehr so wild hämmerte, dann drückte sie auf den Klingelknopf.

Ludwig öffnete.

»Schrei nicht«, sagte sie und kicherte dabei.

Weder Umarmung noch Händeschütteln eigneten sich zwischen Tür und Angel. Mit dem wenigen, das die Eheleute sich sagten, fielen sie sich obendrein ins Wort. Als er dann zu fragen anfing, sagte sie:

»Laß mich halt rein, Ludwig.«

Sie hatte sich vorgenommen, keine Fragen zu stellen und keine Fragen zu beantworten, ehe nicht geklärt war, wie sie zueinander standen.

Sie sagte: »Wir tun es sofort, oder ich geh wieder. Auf der Stelle.«

Er nickte, schloß die Tür ab und half ihr aus dem Mantel. Da erst sah sie, daß ihm der linke Arm fehlte. Sie erschrak so sehr, daß sie erst gar nichts sagen konnte. Sie zeigte nur mit dem Finger auf den aufgebundenen Hemdsärmel.

»Wir tun es sofort und reden später«, sagte Ludwig.

Geh mit mir

Für Birgit

»Ich sehe nichts«, sagte er.
»Natürlich siehst du's«, sagte sie mit einem Lächeln. »Genau solche Dinge siehst du. Für dich ist nichts harmlos.«
»Ich versuche, mir das abzugewöhnen …«

Richard Ford

We always did feel the same
We just saw it from a different point of view
Tangled up in blue

Bob Dylan

Erstes Kapitel

Als sich die Dinge ereigneten, von denen ich hier erzählen möchte, war ich gerade noch neunzehn und wohnte mit Franka zusammen in Gießen. Da rief eines Tages meine Schwester an und sagte, unser Vater habe einen Herzinfarkt gehabt. Aber er lebe.

»Es ist nur ein Streifer gewesen«, sagte sie. Zuerst hatte sie Herzinfarkt gesagt.

»Wo bist du?« fragte ich.

»In Wien noch«, sagte sie. »Morgen fahre ich heim.«

Ich stand im Flur unserer Nachbarswohnung. Das Telefon hing an der Wand, und ich fühlte, wie meine Oberlippe feucht und klamm wurde, und mir wurde kalt um den Kopf, nur kurz, und ich wußte, daß mir jetzt auch mit aller Kraft kein beschwichtigendes Lächeln gelingen würde.

Ich sagte in den Hörer: »Dann komme ich natürlich auch gleich heim.«

»Und wann?« fragte meine Schwester. Ich hörte in ihrem Hintergrund einen Preßlufthammer, und ich sah sie vor mir, wie sie am Fenster ihrer Wohnung in der Rechten Wienzeile stand und die Gardine zwischen Daumen und Zeigefinger rieb und hinunterschaute auf den Platz vor dem Haus, wo ich mich so gut auskenne, weil ich selber einmal an derselben Stelle gestanden und einen ganzen Tag lang zum Fenster hinausgeschaut habe. Jetzt wird dort draußen gearbeitet, dachte ich, und das gab mir einen kleinen Trost, denn mir war, als horchte ich in den Kopf meiner Schwester hinein, wo ich mich auch ein bißchen auskenne, glaube ich wenigstens.

»Ich kann jetzt nicht lange sprechen«, sagte ich. Ich befand mich nämlich in der Wohnung von Frau Hanne Rotmann, die unsere Nachbarin war, und ich benützte ihr Telefon, weil Franka und ich keines hatten, und ich wollte Hanne nicht lange stören.

Aber Hanne rief aus ihrer Küche: »Nein, du kannst ruhig so lang reden, wie du willst. Du bist ja angerufen worden.«

»Was ist das für eine?« fragte meine Schwester. Sie hatte mich noch nie hier angerufen, Hannes Nummer hatte ich ihr nur für den Notfall gegeben, den äußersten, aber ein Notfall lag jetzt vor.

»Gut«, sagte ich, »sehr gut.«

»Die ist neugierig und redet einen Scheiß zusammen«, sagte meine Schwester.

»Gut«, sagte ich.

Hanne hatte etwas auf dem Herd stehen, was tatsächlich gut roch, es war später Vormittag. Der Fernseher in der Küche lief. Es war ein kleiner Schwarzweißfernseher, der das Bild nicht halten konnte, es rollte alle halbe Minute über den Schirm.

»Jemand muß bei der Mama bleiben«, sagte meine Schwester.

»Hast du mit ihr gesprochen?« fragte ich.

»Nur mit ihr.«

»Dann komme ich auch morgen. Oder übermorgen«, sagte ich ins Ohr meiner Schwester und drückte schnell den Daumen auf die Gabel, ohne ihre Antwort abzuwarten, und legte den Hörer auf.

Und dann stand ich eine Weile so da.

Es war Herbst, das ist die Jahreszeit, in der ich mich selber am liebsten habe und mich am liebsten im Freien aufhalte. Ich kann den Herbst durch die Mauern riechen, und von allen Gerüchen begeistert mich der Herbstgeruch am meisten, und ich kann ihn auch dann noch durch eine Mauer hindurch riechen, wenn in einer Küche Basilikum gehackt und Zwiebeln in der Pfanne angeschmolzen werden. Im Herbst habe ich viel vor. Deshalb blicke ich im Herbst öfter in die Zukunft als sonst, und dort sehe ich mich als einen, der es auf manchen Gebieten geschafft hat. Einmal hat mir ein Freund ein Gedicht über den Herbst vorgelesen, das er selber geschrieben hat, da hieß es: *Meine Gedanken flattern durch eine Horde Gespenster hindurch.* Ich fragte ihn, was damit gemeint sei, und er sagte, er wisse es nicht, er habe die Zeile irgendwo abgeschrieben.

Das fiel mir ein, als ich im Flur von der Hanne Rotmann stand, und ich dachte, ob jetzt wohl meine Gedanken durch eine Horde Gespenster flattern, und ich fand, das taten sie nicht. Die Wand neben dem Telefon war lindgrün und abwaschbar und reliefartig, und sie war einfach nur da, und ich konnte mir nicht vorstellen, daß Hanne und ihr Mann diese Tapete an die Wand geklebt hatten. Ich dachte, das muß ihr Vormieter gewesen sein, so gleichgültig und fremd und gottverlassen war sie da, daß mir übel wurde. Gleichgültig wie der Asphalt auf dem Platz vor dem Fenster meiner Schwester in Wien. – Ich habe vergessen, zu sagen: Ich heiße Wise. Das leitet sich ab von Alois, womit ich aber nicht sagen will, daß ich eigentlich Alois heiße. Alle sagen Wise zu mir, und das will ich auch, denn so heiße ich.

Hanne Rotmann fragte, ob zu Hause etwas passiert sei. Ich sah sie nicht, hörte aber, daß sie vom Kochlöffel probierte, während sie sprach.

»Die Frau redet so ähnlich wie du«, sagte sie. »Wir haben uns unterhalten. Die längste Zeit, bevor ich dich geholt habe.«

Hanne trat in die Küchentür, sie hatte ihre Haare unter eine Mütze geschoben. Als sie mich geholt hatte, waren ihre Haare offen auf die Schulter gefallen, schöne, dunkle Haare, die über jeder Locke glänzten. Sie war eine kleine, feingliedrige Person, die auf mich immer etwas verhuscht gewirkt hat, als wollte sie sich entschuldigen, weil ihr vielleicht gerade etwas aus den Händen gefallen war. Sie war schon dreißig oder darüber, aber sie wirkte jünger, so alt wie ich ungefähr.

»Hanne«, sagte ich, »meinem Vater ist etwas passiert, er hat einen Herzinfarkt gehabt, aber nur einen Streifer.«

»Das muß doch nicht gleich etwas bedeuten«, sagte sie und war nicht erschrocken. Sie hat es gewußt, dachte ich, meine Schwester hat es ihr gesagt. Sie trug ein T-Shirt ihres Mannes, ich kannte es, *Hard Rock Cafe Orlando*, und Bluejeans, deren Enden sie eine gute Handbreit umgeschlagen hatte, und hatte sogar in der eigenen Wohnung Schuhe an, hohe Stöckelschuhe.

»Dein Vater kann noch uralt werden«, sagte sie. Sie trat auf mich zu, und ich machte mich kleiner, indem ich das Gewicht auf ein Bein verlagerte und den Kopf zur Seite neigte, das mache ich automatisch.

»Uralt«, wiederholte sie.

Wir schauten uns gerade in die Augen, und ich hielt es leicht aus. Dann verzog sie ihr Gesicht, und ich dachte, jetzt fängt sie gleich zu weinen an, weil meine Sache sie vielleicht an eine eigene Sache erinnerte. Aber es war ein Lächeln, sollte es jedenfalls sein. Sie vermied es, die Zähne zu zeigen, weil die ziemlich schlecht waren, und preßte bei geöffnetem Kiefer die Lippen zusammen, das war ihr Lächeln. Einen Suppenlöffel hielt sie zwischen Daumen und Zeigefinger, auf dem war noch etwas rote Sauce.

»Sie ist deine Schwester, stimmt's?«

»Ja«, sagte ich. »Sie heißt wie du, Johanna.«

»Oh«, sagte sie.

»Aber wir sagen Johanna zu ihr.«

»Und sie sieht dir ähnlich, stimmt's?«

»Nein. Gar nicht.«

»Johanna heißt sie also.«

»Ja«, sagte ich.

»Ich muß immer denken, wenn zwei gleich sprechen, sehen sie auch gleich aus.«

»Meine Schwester und ich sprechen nicht gleich«, sagte ich.

»Für mich schon«, sagte sie und war jetzt sehr verlegen. »Es tut mir so leid, Wise, man kann hundert damit werden. Sie hat sich gewundert, daß du überhaupt noch hier oben zu erreichen bist.«

»Ich wundere mich auch«, sagte ich. Dann sagte ich noch »danke«, und daß sie Joko von mir grüßen soll, und »Mahlzeit«, was in Gießen, glaube ich, keiner sagt. Und dann ging ich über den Flur hinüber zu unserer Wohnung. Das heißt, zu Frankas Wohnung.

Ich glaube, niemand in dieser Stadt hatte, bevor ich hierher – kam, je eine Ahnung, was Wise mit Alois zu tun haben könnte. Wenn ich mich den Leuten vorstellte, dann hieß es erst: Mit ie wie die Wiese? Und dann: Und wie mit Vornamen? Und wenn ich sagte, Wise sei mein Vorname, dann fanden das die meisten Leute höchst interessant, und wenn ich sagte, es sei ein ganz normaler Name, er leitet sich von Alois ab, denn in meiner Heimat sagt man zu Alois Alawis, dann fand kaum einer meinen Namen noch interessant, und das war mir recht, denn es ist tatsächlich ein normaler Name, der genauso auch in meinem Paß steht.

Wise Fink.

Ich war allein an diesem Vormittag, und weil ich allein war, hatte ich auch keinen Drang mehr, zu weinen. Vormittags war ich meistens allein. Ich schenkte mir Kaffee in eine von Frankas Tassen, die ich manchmal in aller Ruhe anschaute, mit denen ich manchmal sogar redete, nicht im Ernst, nur: »Also, was machen wir jetzt?« oder »Gehn wir's an!« oder so ähnlich, sie waren mit grünen, blauen und türkisen Gewächsen bemalt und gingen alle kaputt. Ich kam mir herzlos vor und wußte nicht, warum. Ich setzte mich an den Küchentisch, hielt meine Finger über die Tasse, bis sie feucht wurden vom Kaffeedampf.

Wir wohnten im achten Stock, Franka, ihre beiden Kinder, Merle und Simon, und ich. Franka war neun Jahre älter als ich, sie hatte nach ihrer Scheidung wieder angefangen zu studieren und lebte vom Geld ihrer Eltern, und ich lebte mit davon. Denn einen Beruf im eigentlichen Sinn hatte ich nicht. Manchmal habe ich mir von Studenten Arbeiten in den Computer diktieren lassen, weil ich doch ziemlich rasant schreiben kann. Davon habe ich mein Benzin bezahlt. Fast alles, was in der Wohnung stand, hatte Franka von ihren Eltern geschenkt bekommen, auch die Tassen. Oder wir haben Stücke bei einem Trödler außerhalb der Stadt gekauft, der mit amerikanischen Möbeln handelte, die mit dunkel gebeiztem Holz furniert und schwer wie Gußeisen waren, oder wir kauften uns unten in der Stadt goldfarbene Bilderrahmen ein, wenn einmal im Monat auf dem Seltersweg ein Flohmarkt abgehalten wurde. Bezahlt haben wir auf jeden Fall mit dem Geld von Frankas Eltern.

Ich habe Frankas Eltern nur ein Mal gesehen, nämlich, als sie kamen, um mich zu begutachten. Der Vater war Notar, die Mutter Ärztin. Er war groß, fast so groß wie ich, und ich bin so groß wie Boris Karlow, und der ist sehr groß. Frankas Vater hatte dicke, glatte, graue Haare und einen Scheitel, der sich wie eine Schlucht über seinen Kopf zog. Ich gab ihm die Hand. Er sah mich nicht an. Schlimmer aber war Frankas Mutter. Sie sah mich nicht an und nahm auch nicht meine Hand. Sie machte eine Bewegung mit der Schulter, die für mich eindeutig hieß: So einer also! Und damit meinte sie nichts Gutes. Alles spielte sich im Flur unserer Wohnung ab, vor der Küchentür, die offenstand. Die Mutter hatte einen Mund, den ich sexy fand, den Mantel zog sie nicht aus, sie gab kleine Rülpser von sich und blähte dabei ihre Backen auf. Dann sagte sie etwas vor sich in die Luft hinein und wandte mir den Kopf zu, ohne mich anzusehen freilich, und hob die Brauen, um mich wissen zu lassen, daß sie das lustig fand, was sie eben gesagt hatte. Aber ich war viel zu aufgeregt gewesen, um darauf zu achten, und darum verstand ich den Witz nicht, und das war dann schon wieder ein Minus für mich gewesen. Der Vater sprach zweimal hintereinander meinen Namen aus und bewegte dabei so leicht seinen Kopf hin und her, daß er jederzeit hätte abstreiten können, es sei ein Kopfschütteln gewesen, und die Mutter lächelte dazu und blähte wieder ihre Backen auf. Dann lächelten sie beide. Es war ein Lächeln, das ich überhaupt nicht mochte, so, als wäre mit meinem Namen ein Witz verbunden, den ich wieder nicht verstand. – Mehr möchte ich über Frankas Eltern nicht berichten. – Franka jedenfalls war auf meiner Seite. Sie sagte: »Hast du mit etwas anderem gerechnet?« Das hatte ich, ja.

Genaugenommen bin ich einen Meter zweiundneunzig groß. In dieser Tatsache könnte der Grund allen Übels liegen. Man hat aber auch schon gesagt, Franka und ich passen gut zusammen, weil wir beide solche Bohnenstangen seien. Dabei ist sie einen guten Kopf kleiner als ich, was immer noch groß ist für eine Frau. Etwas haben mich Frankas Eltern dann doch gefragt, nämlich, was mein Vater von Beruf sei. Ich sagte, er schreibe für diverse Zeitungen. »Für diverse also«, antworteten sie fast gleichzeitig.

An manchen Vormittagen, wenn ich allein in unserer Küche saß, konnte es innerhalb von fünf Minuten passieren, daß ich mich erstklassig fühlte, was schon eine ganz andere Art von Luftholen war, aber dann fühlte ich mich auf einmal ängstlich und gleich darauf unbedeutend und am Ende wie ausradiert. Und die Vision einer zeitlosen Langeweile suchte mich heim, breit wie ein Fußballfeld aus der Perspektive eines Käfers, aber die Vision verflüchtigte sich in Sekunden, und alles fing wieder von vorne an, und es war doch auch tröstlich, zu wissen, daß immer wieder in Abständen das Gute kommt.

Das Küchenfenster in Frankas Wohnung ging nach hinten hinaus auf den Philosophenwald, der gleich hinter dem Block beginnt. Der Blick vom Küchentisch fiel auf die Kronen seiner Bäume, und man konnte sich hier fühlen, als ob man in einem Baumhaus wohnte, und zu jeder Zeit war in der Küche der Geruch des Waldes, auch wenn Franka das Fenster zumachte, weil ihr kalt war, auch wenn ich Zwiebeln anbriet, weil ich zum Beispiel einen Hackbraten vorbereitete, der eindeutig zu meinen Lieblingsspeisen gehört, auch kalt, mit Senf und Kartoffelsalat dazu. Hauptsächlich wuchsen Eichen und Buchen vor dem Fenster, die Blätter waren bereits braun und rot und golden. Ich sah die Eichenhütchen, die an den Zweigen hängengeblieben waren, so nah standen die Bäume. Eine Linde schob ihre Äste nahe heran. Sie hatte nur noch wenig Laub, es leuchtete in einem sonnigen Gelb. Und ich war allein und nur für mich da, und es war ein Zustand, der sich sogar dem Zugriff der Liebe entzog, denn ich meinte, ich hätte sie im Augenblick nicht nötig … – Die Vormittage und den Küchentisch und das alles, das Wachstuch mit den blassen Karos, die ich mit meinem Füller nachzeichnete, die Gerüche vom Gasherd und vom Kaffee mochte ich, die bunte Blechdose, in der wir den Kaffee aufbewahrten, das Radioprogramm um zehn Uhr vormittags, wenn über Probleme geredet wurde, die ich nicht hatte, aber verstand. Oder ich lehnte einen ganzen Vormittag lang am Fenster und blickte hinaus auf das Fensterbrett aus Beton, wo Käfer Laub zersägten und abtransportierten, wo in den Ecken der Schimmel blühte. Aber am liebsten saß ich am Küchentisch und trank Kaffee und tat sonst nichts und hörte nichts. Mir ist in meinem Leben noch nicht viel Besseres passiert, aber das kann ja noch kommen. Daß beispielsweise irgendwelche

Erfolge über mich hereinbrechen wie der Münzregen aus einem Spielautomaten.

Aber nachdem ich aus Hanne Rotmanns Wohnung zurückgekommen war, war mir die Brust schwer, und ich atmete so gering, daß ich zwischenhinein tief seufzen mußte, was aber wahrscheinlich kein Seufzen war, sondern lediglich ein größeres Luftholen. Nicht einmal zum Seufzen war mir zumute, und ich dachte, das ist nicht normal, aber ich wußte, ich bin an gar nichts schuld. Ich hatte Schwein gehabt, ich war nicht brutal mit dem Unwiderruflichen konfrontiert worden, das sagte das Wort *Streifer*. Ich war immer auf der Hut gewesen, mir Sachen zu wünschen, die ich nicht bekommen konnte. Ich habe zum Beispiel lange, ungraziöse Schritte, und zu schmale Schultern für meine Größe habe ich auch. Aber ich habe keine Schuppenflechte, wie Herr Wilhelm Graf eine hatte, der Leiter der Spar-Filiale, wo Franka und ich immer einkauften. Sie klaute dort Haltbarmilch, was ich mißbilligte, schon deshalb, weil ihre Eltern genau so etwas mir zugetraut hätten.

Jetzt wünschte ich mir, Franka hätte das Angebot ihrer Eltern angenommen und sich ein Telefon bezahlen lassen. Dann hätte ich mich vor den Apparat setzen, ihn erst anschauen können, ein oder zwei Minuten lang, wie die Kaffeetasse, in aller Ruhe, und dann hätte ich zu Hause angerufen. Das brachte ich nämlich nicht zusammen im Flur von Hannes Wohnung. Aber wahrscheinlich hätte ich es auch nicht in unserer Wohnung zusammengebracht. Ich wußte ja nicht, wer abnehmen würde. Meine Mutter. Oder mein Vater. Oder niemand. Was, wenn der Hörer endlos in meinem Ohr nach ihnen rufen würde? Sie könne sich mit fast dreißig nicht alles von ihren Eltern bezahlen lassen, sagte Franka. Aber wir lassen uns doch alles von ihnen bezahlen, hatte ich darauf geantwortet. Weil es ja auch stimmte. Für jedes Ei, das ich mir in die Pfanne haue, legen sie ab. Sagte ich. Für jeden Schritt, den ich hier mache, weil sie ja auch die Miete zahlen. Aber Franka wollte kein Telefon. Das hatte nichts mit einer Lebensstrategie zu tun. Ich glaube sogar, Franka hatte gar keine Lebensstrategie. Ich dagegen habe eine. Auch wenn ich nicht genau sagen kann, wie die aussieht. Ich spüre, was ich will, kann es aber nicht sagen. Besonders deutlich, wie gesagt, spüre ich im Herbst, was ich vom Leben erwarte.

Mittags verließ ich die Wohnung. Ich lief die acht Stockwerke hinunter. Ich wollte nicht warten, bis der Lift kommt, weil mich Hanne sehen hätte können, wenn sie durch den Spion in ihrer Wohnungstür geguckt hätte. Der Kindergarten war gleich ums Eck bei unserem Block, ein flacher Bau, der bei schlechtem Wetter während einer Woche in einen Hinterhof geklemmt worden war. Zwei junge Kastanienbäume standen rechts und links vom Eingang, die waren schon vier Meter hoch gewesen, als man sie eingesetzt hatte, die Wurzelballen in ein Tuch geschlagen wie in Windeln. Ich schlurfte durch die Blätter, es duftete und rauschte, das Herz meines Vaters soll mir nicht böse sein, daß ich glücklich war. Eine Luft war, die mich an den Föhn bei uns zu Hause erinnerte, ich höre zu solchen Gerüchen gern deutsche Schlager, weil ich dann das Gefühl habe, ich bin mitten im Leben, und das Leben tut mir trotzdem nicht weh. Berberitzen wuchsen vor der langen Fensterreihe des Kindergartens, um sie herum war ein Teppich aus kleinen, roten Blättern, und auch dürre Zweiglein waren darunter und Schokoriegelpapier. Ich habe im Kindergarten zu den Kindern gesagt, sie sollen nicht auf den Boden greifen, weil die Berberitzendornen ein Wahnsinn sind, der drei Tage lang weh tut und dann eitert. Unsere haben sich's gemerkt, aber von manchen anderen weiß ich, daß sie es sich nicht gemerkt haben.

Ich sah Simons Kopf hinter der Scheibe. Er hatte seinen

Platz gleich am Fenster, den hatte er sich ergattert, als vor einem Dreivierteljahr der Kindergarten eröffnet worden war, damals war Winter gewesen, und Simon wollte dicht an der Heizung sitzen. Wie seine Mutter friert er leicht. Ich setzte ein Lächeln auf, damit er mich gleich lächeln sieht, falls er zum Fenster herausschaut. Die Haare fielen ihm auf die Schultern, oben auf dem Kopf waren sie glatt und dunkel, aber am Ende lockten sie sich noch und waren hellblond. Ich sah nur seinen Kopf und wußte doch, daß er mit etwas Kniffligem beschäftigt war. Den Mund schob er schief in die Backen hinein, und im Mundwinkel waren die Lippen ein wenig geöffnet, als ob er Rauch ausblasen wollte. Die Augenbrauen, die ja nur aus Flaum bestanden, in der Farbe nicht anders als die Haut, waren streng nach oben gezogen, und auf der Stirn war eine Falte. So ein Gesicht machte er, wenn er zum Beispiel Zwirn um vier Streichhölzer wickelte, zwischen die er vorne eine Nadel und hinten ein gefaltetes Papierkreuz gesteckt hatte, das war zur Zeit unserer Dart-Olympiade.

Als ich den großen Spielraum betrat, rief ein Mädchen nach hinten, wo die Turnstangen an die Wand geschraubt waren: »Euer Riese ist da!« Irgendein Kind rief das immer, wenn ich am Mittag kam, um Merle und Simon abzuholen.

»Hast du's denn vergessen?« rief Merle von dort, ich konnte sie nicht sehen. Kinder standen um sie herum, sie wühlte irgendwo und wollte mich nicht sehen.

»Ja, ich hab's vergessen«, rief ich zurück.

Simon reagierte nicht, ich nahm an, er hatte gar nicht bemerkt, daß ich hier war. Er klebte etwas, neben ihm auf dem Pult lag sein Sacktuch, hart vor Rotze.

Als ich wieder draußen in der Garderobe war, lief Merle hinter mir her.

»Das ist gemein von dir«, sagte sie. »Daß du kommst, und ich muß denken, was es heute im Kindergarten zum Essen gibt und ich lieber bei dir essen würde.«

»Ich habe gar nichts gekocht daheim«, sagte ich. »Daheim gibt's gar nichts. Ich bin gekommen zum Hier-Essen.«

»Das geht, glaub ich, nicht.«

Sie bekam ganz leicht ein schlechtes Gewissen, und ich muß zugeben, es hat mich immer gejuckt, es anzuzünden. Sie setzte sich auf die Bank unter den Mänteln und Jacken, schob mit ihren bestrumpften Füßen die Turnschuhe beiseite, was eine Aufforderung war, mich neben sie zu setzen. Sie hatte alle Locken verloren, als Franka ihr im Sommer die Haare geschnitten hatte. Jetzt waren nur fade, blasse Strähnen auf ihrem Kopf. An ganz Merle war nichts Aufregendes, nur die Augenbrauen, die wie bei ihrem Bruder beinahe haarlos waren, die waren doch ein bißchen besonders, weil niemand solche hatte, das sagte ich auch immer zu ihr, sie waren wie kleine Giebel und schnellten empor, wenn sie redete, und wer sie nicht kannte, meinte, gleich fängt das Kind zu weinen an. Und man hatte oft nicht unrecht damit. Merle weinte gern. Man mußte zum Beispiel nur zu jemandem sagen: Hör auf, sonst weint sie. Dann weinte sie. Ganz egal, was war. Sie hielt sich für meinen hervorragenden Schatz, und das war sie auch, alle Sorgen, die ich mit ihrer Mutter hatte, hörte sie sich an und nickte dazu wie eine weise Indianerin.

Ich setzte mich und lehnte mich an die Wand und war dabei so ungeschickt, daß der Aufhänger eines dunkelroten Lodenmantels abriß.

»Der gehört der Janin«, sagte Merle.

»Soll ich den Aufhänger wieder annähen?« fragte ich.

»Aber du hast keinen Faden.«

»Der Jean Pierre kann mir einen geben und eine Nadel.«

Merle nickte, blieb noch eine halbe Minute sitzen, ohne sich zu rühren, und sprang dann in den Spielsaal zurück. Ich schloß die Augen, vergrub die Hände in dem roten Lodenmantel auf meinen Knien, gleich wurden sie warm. So rettete ich ein paar Minuten des Tages.

»Hast du mich trotzdem lieb?« fragte Merle.

»Ja«, sagte ich. Sie fädelte den Zwirn ein. Das andere machte ich. Sie fragte nie weniger als zehnmal am Tag, ob ich sie lieb habe, und immer setzte sie ein Trotzdem vor die Frage. Das war ihre Mode.

Ich wußte nicht, wie ich ihr das von meinem Vater sagen sollte. Ich war mir auch nicht sicher, ob mir bei dieser Sache ihr Indianernicken geholfen hätte. Sie kannte meinen Vater gar nicht, ich hatte ihr nie von ihm erzählt, es mußte ihr gleichgültig sein, was mit ihm war, außerdem konnte sie sich unter einem Herzinfarkt oder einem Streifer nichts vorstellen und unter einem Vater eigentlich auch nichts.

»Ich habe am Abend Hunger«, sagte sie.

»Ist gut«, sagte ich. Dann ging ich.

Am Rand zum Philosophenwald hockten die Männer vom nahen Asyl auf den gefällten Fichten und warteten auf eine Lücke in den Wolken, damit sich die Farbe des Asphalts zu ihren Gunsten veränderte, und steckten ihre abgebrannten Streichhölzer in den Boden und zeigten zum Gruß mit dem Finger auf mich.

Nach und nach fiel mir wieder ein, was meine Schwester alles gesagt hatte. Sie hatte nämlich viel mehr gesagt, als mir im ersten Augenblick bewußt geworden war. Ich konnte nicht behaupten, sie nicht verstanden zu haben, denn verstanden hatte ich die Worte alle, aber Herzinfarkt und Tod waren Worte, die in mir keinen Widerhall fanden und tatsächlich wie unerlöste Gespenster waren. Ich mußte im nachhinein meinem Freund, dem Gedichteschreiber, recht geben: Das kann es geben, daß Gedanken durch eine Horde Gespenster hindurchflattern.

Als ich schon vor unserem Block stand, kehrte ich wieder um und ging denselben Weg zurück und betrat die Spar-Filiale, die vor dem Kindergarten steht. Es war knapp nach Mittag, und ich war der einzige Kunde, die Kassen waren alle unbesetzt, und auch hinten beim Fleisch war keine Bedienung zu sehen. Ich nahm einen Wagen und schob ihn durch die Reihen. Vier Fruchtmolkepackungen gab ich in den Korb, Maracuja, Mango, Grapefruit und Orange, das gesunde Joghurt, das Simon so gern aß, Milch nicht, Gemüse von allem, was da war, Schmetterlingsnudeln und zwei Dosen mit italienischen Tomaten, die frischer schmecken als die frischen, und dann wartete ich an einer der Kassen, bis die dicke Lotte mit den blauen Streifen im Haar daherkam, mit der ich mich gern unterhielt. Sie war mit einem Amerikaner verheiratet, einem früheren GI, der hier in Gießen stationiert gewesen war, ebenfalls dick. Sie borgte mir manchmal Kassetten mit Country-music, Emmylou Harris und Dwight Yoakam, und so. Wie es mir geht, fragte sie. Ihr hätte ich von meinem Vater erzählen können, und wenn Franka ein Telefon gehabt hätte, dann hätte die Lotte mit Sicherheit unsere Nummer herausbekommen und am Nachmittag bei uns angerufen und gesagt, das mit meinem Vater habe ihr keine Ruhe gelassen. Aber ich erzählte ihr nichts, und wir hatten kein Telefon.

Merle und Simon schmeckte alles, was ich kochte, am liebsten hatten sie eingebrannte Grießsuppe oder Kartoffelgulasch oder Spinatspätzle, obwohl ihnen davon manchmal schlecht wurde, weil ich es nicht lassen konnte, zuviel Rahm unter die Sauce zu ziehen, und selbstverständlich schmeckten ihnen meine Schmetterlingsnudeln, ganz gleich, mit was für einer Sauce dazu. Simon mochte am allerliebsten Brötchen, dick mit amerikanischer Erdnußbutter beschmiert, die ihm am Gaumen klebenblieb, bis er kaum mehr Luft bekam und sie mit den Fingern abkratzte. Wenige Tage, bevor meine Schwester anrief, hatten Franka und ich leider eine neue Regelung getroffen. Die Kinder blieben über Mittag im Kindergarten, und Franka aß unten in der Mensa. Es gab gemeinsam also nur Abendbrot, und zwar etwas Kaltes. Das war die Folge, weil ich einmal, ein einziges Mal nur, gesagt hatte, ich sei es leid, die Hausarbeit zu machen, obwohl ich es gar nicht leid war, sondern, wie gesagt, im Gegenteil. Franka sagte, sie wünsche sich von einer Beziehung gegenseitiges Verständnis ohne wesentliche Ironie. Darüber habe ich lange gerätselt. Simon, dem Kleinen, war es egal, wo er aß, aber Merle weinte natürlich, als Franka die Befehle austeilte, und ich hätte alles getan, damit Merle aufhört, denn wenn ihr die Tränen kamen, wurde ihr helles Gesichtchen auf eine Art häßlich, die mich rührte, wie mich sonst nur Geburten in amerikanischen Ärztefilmen rühren. Ich spürte, und zwar zum erstenmal, daß mein Leben an mir vorbei- und davonzog, und ich stand da und hielt meinen Körper vor mich hin wie eine Puppe, und logischerweise war meine Existenz dahinter ein Bluff. Aber ich wußte auch, dieses Gefühl hört gleich auf, und dann fühlt sich alles wieder normal an, und Schmerz heißt Schmerz und Ärger Ärger und so weiter.

Franka aß übrigens gar nicht unten in der Mensa zu Mittag, sondern bei dem Lehrer, der zur Zeit an ihrem Institut kleine Vorträge über irgend etwas hielt und angeblich fein irgendwelche Kleinigkeiten kochen konnte und mit dem sie zur Zeit etwas hatte, was nichts bedeutete, außer daß es mir weh tat, als wäre meine Brust zwischen zwei Autoreifen geraten. Nebenbei: Das mit den Geburten in amerikanischen Ärztefilmen, das sage ich nicht nur jetzt, das hatte ich auch zu Franka gesagt, und es hat sie noch wütender gemacht, und ich konnte es nicht mehr zurücknehmen, denn ich hatte es bereits zweimal gesagt, und sie sagte, es sei nichts weiter als Angeberei, und ich versuchte, ein unschuldiges Flackern in die Augen zu kriegen, und sagte, ja, zugegeben, es ist Angeberei, und es tut mir leid, aber es war keine Angeberei.

Ich setzte mich in die Küche, hörte die Politik im Radio und tat, was ich gerne tat, nämlich Gemüse fein schneiden, so fein wie für eine Minestrone. Das ließ ich alles zusammen in einem Ölsee in der Pfanne anziehen. Am meisten Freude hatte ich beim Sellerie. Den Geruch des Selleries stelle ich an die Spitze der Gerüche. Ich nahm ihn mir als letzten vor. Damit meine Finger seinen Geruch behalten.

Daß ich Simon und Merle weiterhin ins Bett bringen durfte, das hatte ich herausgehandelt aus der neuen Vereinbarung. Wenn die beiden aus dem Badezimmer kamen, wo ich ihre Rücken abgeschrubbt und mir ihre Tagesgeschichten angehört hatte, schlüpften sie in ihre Flanellschlafanzüge und liefen zu ihrer Mutter ins Zimmer und sprangen auf ihren Arm. Dann warteten sie. Waren still. Schauten zur Tür. Schauten einander an und zuckten mit den Schultern. Schauten wieder zur Tür. Sie warteten, bis sie vor der Tür jemanden stampfen hörten. Sie kreischten und versteckten sich unter dem Glastisch, was ein Blödsinn war, weil man sie dort sehen konnte, als säßen sie mitten auf dem Teppich. Dann riß der Jemand die Tür auf, und sie zeigten ihm ihre schmalen, kleinen Zünglein, die aussahen wie Scheibchen von Fonduefleisch, und derjenige machte mit Zeige- und Mittelfinger eine Geste, als wollte er ihnen die Zungen abschneiden. Worauf sie ihre Hand vor den Mund preßten und kicherten. Dann trug der Jemand die beiden hinüber ins Kinderzimmer und legte sie in ihre Betten und deckte sie zu, wickelte ihre Füße in die Decke, als wären sie Postpakete, und legte sich dann selber lang auf den Boden, so daß sein Kopf bei Simons Bett und seine Füße bei Merles Bett waren, damit sie sich ohne Bangigkeit von den Klippen ihrer weichen Kopfkissen ins Traumland stürzen konnten.

Zweites Kapitel

Im Mai hatten Franka und ich meine Eltern besucht. Ich war über ein Jahr nicht mehr bei ihnen gewesen. Als ich bei Johanna in Wien wohnte, hatte ich bestimmt einmal in der Woche mit zu Hause telefoniert. Es hatte immer meine Mutter abgenommen. Mit meinem Vater hatte ich nicht gesprochen. Hat sich so ergeben. Aus Gießen habe ich nie angerufen.

Ich wollte den beiden zeigen, daß aus mir etwas geworden war. Ich trug einen Anzug. Ausverkauf, aber neu, braun mit winzigem Fischgrätmuster, eine Weste und ein violettes Hemd. Am liebsten hätte ich nur noch Anzug getragen. Er hatte ein paar kleine Fehler und deshalb ein Zehntel des Ladenpreises gekostet, nicht einmal fünfzig Mark. Weder mein Vater noch meine Mutter gaben allerdings einen Kommentar ab. Da hängte ich ihn auf einen Bügel und zog Jeans und T-Shirt an.

Franka mochte meinen Vater. Sie bewundere die laue Wildnis und meinte damit: daß er das Hemd über die Hose hängen hatte und nicht ein Knopf an seiner Kleidung in einem Knopfloch steckte, daß er barfuß im Haus herumging, Haare bis zum Gürtel hatte, ungekämmt war, unrasiert war, daß er in der Küche aus den Töpfen aß und zum Fenster hinausspuckte und viertelstundenlang mit stirnrunzelnder Sachverständigkeit in der Nase bohrte. Und daß er sich als »der alte Fink« vorstellte, gefiel ihr auch. Und seinen Geruch mochte sie besonders gern.

»Wie ein voller Aschenbecher«, sagte ich.

»Wie ein altes Lagerfeuer«, sagte sie. Mein Vater hat nämlich die Angewohnheit, seine Virginias und Zigaretten zwischen Daumen und Zeigefinger auszudrücken und in die Tasche zu stecken, um sie später weiterzurauchen.

Unser Haus schaute sie sich mit einer euphorischen Fassungslosigkeit an. Daß es so wenig Steckdosen gab und fast keine Tür richtig geschlossen werden konnte, weil überall Elektrokabel im Weg lagen, das fand sie genial. Mein Vater führte sie durch die Zimmer, ich tappte hinterher. Ich sah, daß sie mit den Lippen zuckte und den Mund leicht geöffnet hielt, was bei ihr nur Gutes heißt.

In der Nacht in meinem ehemaligen Bubenzimmer hatten Franka und ich dann ein bißchen einen Streit, seinetwegen. Es hatte einen Kampf gegeben zwischen ihm und mir. Zuerst war es nur ein Blödsinn gewesen, am Ende nicht mehr. Franka sagte, es sei am Ende nur von mir aus kein Blödsinn mehr gewesen, von ihm aus immer noch. Ich weiß, daß es am Ende auch von ihm aus kein Blödsinn mehr war. Und wahrscheinlich war es für ihn von Anfang an keiner.

Weil ein warmer Abend war, hatten mein Vater und ich die Mama mitsamt dem Sessel in den Wintergarten getragen. Es war sein Vorschlag gewesen, die Mama mochte das nicht. Er hat unbedingt eine Show abziehen wollen. Vor Franka. So sehe ich das. Und ich habe mitgemacht. Wir faßten den Ledersessel unten an den Beinen und hoben ihn hoch. Die Lehne ragte über unsere Köpfe hinaus, und die Mama schwebte hoch in der Luft wie in einer Sänfte. Sie hatte keine Angst, aber sie genierte sich vor Franka. Franka tat, als ob hier eine normale Aktion ablaufe, man kann ihr das nicht verübeln, aber eben weil sie so tat, genierte sich meine Mutter vor ihr.

Dann saßen wir beisammen draußen im Wintergarten im Dämmerlicht des Abends, schauten zu, wie der Zigarettenrauch zum Fenster hinausgeweht wurde, wie er sich draußen zum Himmel erhob, als würde er angesaugt, und wir wußten beim besten Willen nicht, was wir sagen sollten.

Mein Vater ließ einen Spucketropfen auf die Glut fallen, schnippte die Kippe in den Garten und zwickte mich in den Oberarm. Und ich? Ich zwickte zurück, in seinen Oberarm. Ich tat es, um ihn nicht bloßzustellen. Wenn ich nicht reagiert oder zum Beispiel gesagt hätte, laß das oder spinnst du, wäre er vor Franka als ein Idiot dagestanden. Ihm zuliebe, dachte ich, müßte ich so tun, als ob eine Verständigung, und sei es eine boshafte, zwischen uns beiden stattfinde. Er war eingeraucht. Ich hatte es nicht gleich gemerkt. Es riecht im Haus immer danach, und ich jedenfalls kann nicht immer mit Bestimmtheit sagen, ob der Geruch nach Gras frisch oder alt ist, ich verstehe nichts davon. Als wir die Mama getragen haben, habe ich es nicht gemerkt, sonst hätte ich nicht mitgemacht. Aber jetzt merkte ich es. An seinem Gesicht. Das angestrengte Schauen. Das überbetonte Normaltun. Das feine Schmatzen, das ein Schmatzen gegen den Grinsmund war. Und das Vorbeischauen, weil man ja Aug in Aug so leicht einen Lachkrampf kriegen könnte.

Er und ich hockten nebeneinander auf dem Boden. Franka saß auf dem alten Korbsofa, dessen Polster grau von Zigarettenasche waren.

»Ich habe einen komischen Sohn«, sagte er.

»Ich habe einen komischen Vater«, sagte ich.

»Ich habe einen komischen Sohn«, sagte er noch einmal. Er hatte vergessen, was er vor zwanzig Sekunden gesagt hatte.

Also ich wieder: »Und ich habe einen komischen Vater.«

Inzwischen war ihm das Normaltun zu anstrengend geworden. Er wirkte völlig geistesabwesend. Nickte und leckte sich die Lippen, schaute an keinem von uns mehr vorbei. Starrte nur noch vor sich nieder. Fixierte einen Punkt. Ließ ihn nicht los, gleich, wie er den Kopf bewegte. Als wäre sein

Blick ein unsichtbarer Faden, der am Boden festgeklebt war. Er saß im Schneidersitz, wenn ich im Schneidersitz saß, und wenn ich die Beine ausstreckte, streckte er sie ebenfalls aus, aber es war, als ob immer ich ihn und nicht er mich nachmachte.

Und dann legte er mir seine Hand ins Genick. Und kam immer noch nicht herunter von seinem Spruch: »Ein komischer Sohn.«

»So ist es«, sagte ich. Ich hob die Arme hoch, spreizte die Finger ab. Wollte zeigen, daß nichts, was hier geschah, von mir ausging. Ich war von uns beiden der viel ältere.

Auf einmal preßte er seine Hand zusammen und drückte mein Genick nach unten. Ich schrie auf. Faßte mit beiden Händen seinen Unterarm und versuchte, ihn wegzuzerren. Ich erreichte aber nur, daß der ganze Mann zur Seite kippte. Er stieß mich mit der Schulter um, wir fielen, und er landete auf mir. Mein Genick ließ er nicht los, und sein Griff hatte sich nicht gelockert. Er stieß einen langen Laut aus, der sich wie eine Mischung aus Stöhnen, Schnarchen und asthmatischem Schnaufen anhörte.

»Hör auf!« sagte ich. »Bitte, hör halt auf!« und sagte es mit einem Lachen, was mir schwerfiel, denn mein Genick tat sauweh, und am liebsten hätte ich meinem Vater den Ellbogen in die Seite gerammt, und wären wir allein gewesen, ich hätte es getan, aber wenn wir allein gewesen wären, hätte er mit diesem Blödsinn ja erst gar nicht angefangen.

»Du bist mein komischer Sohn«, flüsterte er.

»Klar«, sagte ich.

Seine Haare fielen mir übers Gesicht, sie rochen nach Haschisch und altem Heu, bitter und sommerlich. Durch die Strähnen hindurch sah ich Franka und meine Mutter, die nebeneinandersaßen wie Zuschauer. Franka auf dem Korbsofa, die Beine in den weißen Strumpfhosen neben sich gezogen, meine Mutter aufrecht in dem grünen Ledersessel mit den vielen Messingnieten, eine Indianerdecke über ihren Beinen. Beide sahen zu uns herunter, und in beider Augen schien mir wenig Interesse zu sein.

»Das ist mein komischer Vater«, rief ich zu Franka hin, und im selben Augenblick war mir klar, daß von nun an ich als derjenige dastehen würde, der von diesem Satz nicht herunterkam. Und daß folglich ich es gewesen sein würde, der diesen idiotischen Kampf angefangen hatte.

»Okay, du hast gewonnen«, sagte ich zu ihm. »Einigen wir uns darauf, daß ich das Arschloch bin.«

Aber mein Vater dachte nicht daran, seinen Griff zu lokkern, im Gegenteil. Ich lag seitlich auf meiner linken Schulter, er mit seinem Oberkörper über mir. Er drückte meinen Kopf zu Boden, und um noch mehr Druck auszuüben, preßte er nun auch noch sein Kinn auf seinen Daumen nieder, und der grub sich in die Muskeln und Bänder an der Seite meines Halses. Der Schmerz war so heftig und fuhr bis in die Brust hinunter, daß ich wieder aufschrie, und ich schrie gleich noch einmal, diesmal aber aus Zorn. Ich nahm meine ganze Kraft zusammen und riß den Kopf hoch und schrie ein drittes Mal, und zwar meinem Vater ins Ohr, aus einem Abstand von höchstens einem Zentimeter. Er ließ meinen Nacken los und richtete sich mühsam auf. Ich sah sein Gesicht. Es zeigte nichts weiter als Verblüffung. Er faßte sich ans Ohr, schaute die Hand an, faßte sich wieder ans Ohr, schaute wieder seine Hand an. Als ob es möglich wäre, ein Ohr blutig zu schreien. Er schleckte über seine Lippen, aber er sagte nichts. Er gab keinen Laut von sich. Aus dem CD-Player, den meine Mutter aus der Küche mitgenommen hatte, spielte Musik, aber ich erkannte nicht, was es war.

Mein Fehler war, daß ich nun doch meinem Vater den Ellbogen in die Seite rammte. Es war gerecht, trotzdem war es ein Fehler. Und was hätte es für einen Sinn gehabt, mit halber Kraft zuzuhauen oder mit einem Viertel der Kraft.

Ich hatte eine Vorstellung von dem Schmerz, den ich ihm zufügen wollte, und ich stieß mit aller Kraft zu.

Er gab wieder diesen langen Laut von sich, und dann sagte er leise: »Das hat weh getan.«

»Deines hat auch weh getan«, sagte ich leise zurück.

»Aber so weh getan kann es nicht haben.«

»Laßt es gut sein«, hörte ich meine Mutter sagen.

Aber wir ließen es nicht gut sein. Mein Vater saß eine Weile da, eine Hand an seinem Ohr, die andere an seiner Rippe. Es sah aus, als führe er ein indisches Ritual vor. Er verschränkte die Beine zum Schneidersitz, was ihm Umstände machte, weil er dabei seine Hände nicht zu Hilfe nehmen wollte. Dann saß er, die Unterlippe glänzte feucht, sein Oberkörper neigte sich nach vorne, und ich hörte die Musik und wußte immer noch nicht, was da spielte.

Plötzlich fuhr er mir mit den Fingern an die Haare.

»Franka«, rief er, schaute aber nicht zu ihr hinüber, »früher hat mein komischer Sohn auch lange Haare gehabt.«

»Ich habe nie lange Haare gehabt«, sagte ich und schüttelte mir seine Hände vom Kopf. Er wagte es nicht, meine Haare festzuhalten.

»Zum ersten Mal haben wir ihm die Haare geschnitten, als er in die Schule kam«, sagte er. Die Seite tat ihm weh beim Sprechen, das konnte man ihm ansehen, und man konnte es hören, quietschende Töne mischten sich in seinen Baß.

»Das ist nicht wahr«, sagte ich.

»Er ist ein Jahr zu spät in die Schule gekommen«, sagte er. »Weil wir vergessen haben, ihn anzumelden. Kannst du dir das vorstellen, Franka?«

»Das stimmt auch nicht, Franka! Das geht ja gar nicht. Da wäre man ja gekommen und hätte mich abgeholt. Es gibt ja eine Schulpflicht!«

»Er weiß alles besser, Franka. Er weiß wirklich alles besser, Franka!«

»Ich setze mich irgendwoanders hin«, sagte ich.

»Warum bleibst du nicht neben mir sitzen?« sagte er.

Er erhob sich gleichzeitig mit mir. Ich dachte, er will mich wieder festhalten, war gefaßt darauf, daß er mich in den Schwitzkasten nimmt oder etwas Ähnliches. Sein Hemd war offen. Wie immer. Auf seiner Brust war ein frischer Kratzer, sah aus wie ein feiner, roter Faden. Mir war nicht bewußt, daß ich ihn an der Brust berührt hatte.

Ich umklammerte seine Handgelenke.

»Achtung«, sagte er nur. Er setzte nichts dagegen. Seine Arme hingen schlaff in meinen Fäusten.

Ich wandte den Kopf zur Seite, ich wollte meine Mutter und Franka als Zeuginnen aufrufen. Daß ich zumindest in diesem Augenblick defensiv war. Wollte ihnen zeigen, daß ich nichts anderes tat, als seine Hände festzuhalten. Verteidigung. Prävention. Damit dieser verrückte, eingerauchte Mann mich nicht wieder am Genick packen konnte. Oder sonst etwas, dieser unberechenbare Mann. Aber Franka und auch meine Mutter schauten gar nicht zu uns herüber, sie unterhielten sich, was mir unbegreiflich war, denn es mußte doch Lärm machen, was mein Vater und ich taten.

»Achtung«, sagte er noch einmal. Dann riß er seine Arme herunter und umklammerte nun meine knapp oberhalb der Gelenke. Er preßte Elle und Speiche zusammen.

»Hör doch auf!« rief ich. »Du machst mir etwas kaputt!«

»Soll ich ihn loslassen?« fragte er laut.

Ich schaute in seine Augen. Sein Blick war nüchtern. Er wich mir nicht aus. Gefaßt und leise sagte er zu mir: »He, was ist denn los mit dir, Wise?« Und wandte sich noch einmal an die Frauen: »Soll ich ihn loslassen?«

»Erst wenn er sich beruhigt hat«, sagte Franka.

Das war das Wort, das den Streit zwischen mir und ihr auslöste.

»Du hast gesagt, er soll mich erst loslassen, wenn ich mich

beruhigt habe«, hielt ich ihr vor, als wir eine Stunde später in meinem ehemaligen Bubenzimmer waren.

Sie trug den dunkelgrünen Schlafanzug, der unter dem Kopfkissen gelegen hatte, ungewaschen, und zwar schon seit Jahren, und stand nun am Bettende, mit einem kleinen Hüftknick, wie sie immer dastand, wenn sie stehend diskutierte.

»Was willst du eigentlich von mir, Wise?« fragte sie.

»Nichts«, sagte ich.

Der wenig beeindruckende Klang meines Namens deprimierte mich noch mehr. Wenn ich mich bewegte, knarrte mein Ledergürtel, ich mußte den Kopf vorbeugen und einen krummen Rücken machen, weil ich unter der Dachschräge stand und sie mir keinen Weg frei ließ, und ich dachte: Ein so kurzlebiges Wesen wie der Mensch sollte sich nur so viel Mißtrauen leisten dürfen, wie es zum Überleben unbedingt nötig hat. Sie umarmte mich und ließ mich nicht los, und ich umarmte sie auch, und sie ließ mich erst los, als ich ihr das Schlafanzugoberteil über den Kopf zog. Sie hatte ganz kleine Brüste, fast gar keine, und deckte sie nun mit den Händen ab, legte die Finger V-förmig um die Brustwarzen und sagte: »Ich verjage dich noch.«

Und ich fragte, was sie damit meine.

Daß sie es schon noch schaffe, daß ich von ihr weggehe, das meinte sie. In der Lampe über dem Bett lagen unzählige tote Fliegen und Mücken, deren Schatten das Milchglas sprenkelten. Frankas Gesicht hatte in dem halben Licht Züge einer lässigen Verderbtheit, wie man sie manchmal bei Schauspielerinnen in alten deutschen Filmen sehen kann, die Kerben neben ihrem Mund waren schärfer gezeichnet, und die Oberlippe warf einen verwischten Schatten, und sie sah ihrer Mutter ähnlicher als sonst.

Nein, sagte ich, das schaffe sie nicht.

Darum nicht, weil ich ein anständiger Mensch sei, der gar nicht anders könne, als bei einer traurigen, hageren, geschiedenen Frau mit zwei Kindern zu bleiben, die ihn irgendwann zu sich nach Hause mitgenommen hat und um vier Uhr morgens in Tränen ausgebrochen ist?

»Nein«, sagte ich, »das ist nicht der Grund.«

Sie sah mir unnachgiebig in die Augen.

»Ich kann so nicht stehen«, sagte ich, »ich kriege einen Krampf im Rücken.«

Wir legten uns aufs Bett. Ich schlüpfte aus meinen Jeans und meinem T-Shirt, die Gürtelschnalle schepperte auf den Fichtendielen. Wir zogen die Steppdecke über uns und hatten nun unsere Gesichter vor unseren Augen, da klopfte mein Vater an die Tür und kam herein, ohne daß Franka oder ich etwas gesagt hätten.

Ob Franka mit ihm etwas Gutes rauchen wolle, zum Bessereinschlafen quasi.

Er hockte sich auf meine Seite und reichte Franka über mich hinweg einen seiner herrlich gewickelten Joints. Ob der in Ordnung sei. Franka kicherte. Schon bevor sie auch nur einen einzigen Zug genommen hatte, kicherte sie.

»Er will nicht«, sagte mein Vater. Meinte mich. Schaute mich aber nicht an.

Er ließ Franka zweimal ziehen, dann ging er. Er hielt den Oberkörper etwas schief.

Als wir allein waren, sagte ich, und ich schwöre, ich meinte es reuig und versöhnlich: »Ich auf jeden Fall finde ihn komisch.«

»Und mich?« fragte Franka.

»Auch«, rutschte es mir heraus.

Da war sie beleidigt, und wir ließen uns unter der Decke los, und der Abend war fertig mit uns.

Ein halbes Jahr später saßen Franka und ich in ihrer Wohnung am Rand von Gießen, im achten Stock des Hochhauses am Trieb 3. Wir saßen auf dem Schaumgummisofa in ihrem

Wohnzimmer, das auch ihr Arbeitszimmer war und ihr Fernsehzimmer und ihr Eßzimmer, wenn Besuch kam, und wo an der Wand neben dem Fernseher meine paar Bücher gestapelt lagen, von denen ich nicht eines mitgenommen hätte, wenn ich ausgezogen wäre. Simon und Merle waren längst in ihren Betten.

»Sagst du ihm, daß es mir leid tut?« sagte Franka.

»Ich glaube nicht, daß es so schlimm ist«, sagte ich.

»Ein Streifer ist etwas Schlimmes«, sagte sie. Ihr Gesicht war ruhig, leergefegt von aller Empfindung. So sah es aus. Für mich. »Wenn er das gehabt hat, was man unter einem Streifer versteht, dann ist es schlimm.«

»Es war ja wahrscheinlich nur ein ganz leichter Streifer«, sagte ich.

Die Haut an ihren Schläfen war karamelfarben und vernarbt von Windpocken, an denen sie als Kind sehr heftig erkrankt war. Da war ein kreisrunder Fleck, etwas heller als die Haut darum herum, ein zigarettenfiltergroßer Mondkrater, in dessen Auge ein glatter, porenloser See lag, und dann waren da noch eine gondelförmige Narbe, die in den Haaransatz hineinreichte, und mehrere kleine Vertiefungen, die aussahen, als hätte man sie mit einem Streichholz sanft in die Haut gedrückt. Man mußte nahe herangehen und genau hinschauen, um die Narben zu sehen, und ich durfte mir einbilden, sie seien nur für mich da. Und auch ihre Haare mochte ich, die waren wie ein goldener Helm und formten ihr einen schönen Hinterkopf.

Sie sagte: »Einen ganz leichten Streifer gibt es nicht.«

»Ich glaube schon«, sagte ich.

»Nein«, sagte sie.

»Das kann schon manchmal vorkommen«, sagte ich.

»Nein«, sagte sie.

»Doch, doch«, sagte ich.

Genauso wie jeder andere Erdenbürger weiß ich, daß

grundsätzlich jeder Abgrund in dieser Welt möglich ist und daß sich keine Wüste zu rechtfertigen braucht und daß kein Unfall, der geschieht, der Logik widerspricht. Aber ich muß mir einbilden dürfen, daß alles ebensogut grad noch die Kurve erwischen könnte und wir wenigstens die Möglichkeit haben, davonzukommen. Franka drehte ihr Weinglas auf ihrem Knie und rieb die Unterlippe an der Oberlippe, und ich wußte, sie war ebensowenig wie ich erpicht auf das Unglück, sie betrieb ihren Pessimismus ohne Leidenschaft. Aber blickte dabei ins Leere. Und sie appellierte nicht an den Himmel, heiter zu bleiben. Oder wieder heiter zu werden. Ich dagegen traute mich nicht einmal, laut auszusprechen, daß mein Vater in Lebensgefahr gewesen war und vielleicht immer noch in Lebensgefahr war.

»Wann fährst du?« fragte sie.

»Ich weiß noch nicht«, antwortete ich.

Sie rauchte Camel, hatte die Angewohnheit, die Zigarette mit den Lippen aus der Packung zu ziehen, und blies den Rauch seitlich aus dem Mundwinkel. Hielt die Zigarette fast senkrecht, so daß sie bei jedem Zug mit dem Gesicht von unten an den Filter herantauchen mußte, nicht, wie ich eine Zigarette gehalten hätte, nämlich parallel zur Erdoberfläche. Aber ich war ja Nichtraucher und bin es bis heute.

Franka brachte mein Bettzeug aus dem Schlafzimmer, und ich legte mich auf das Schaumgummisofa. Meine Füße hingen über den Rand, aber das störte mich nicht. Im Gegenteil. Weil ich nur auf dem Bauch einschlafen kann, war das angenehm, so konnte ich die Fußgelenke bequem abgeknickt lassen. Seit Franka mit dem Lehrer etwas hatte, was ihr, wie sie sagte, nicht viel bedeutete und sicher bald vorbei sein würde, schlief ich nicht mehr bei ihr. Ich wollte das. Aber wir schliefen doch miteinander. Nur nicht in der Nacht in ihrem Schlafzimmer. Meistens am Nachmittag, bevor sie oder ich die Kinder aus dem Kindergarten abholten. Oder am Abend vor dem Fernseher auf dem Schaumgummisofa. Ich habe das immer gern gehabt, wenn ich nackt auf dem Rand des Sofas saß und sich Franka auf mich setzte und ich über ihre Schultern in den Fernseher schaute. Wenn amerikanische Landschaften gezeigt wurden, die am Autofenster vorüberzogen, das hatte ich besonders gern, riesige Strommasten und tiefhängende Drähte mit roten Ballons, um die Flugzeuge zu warnen, oder endlose, an den Rändern ins Feld ausfransende Straßen, die in der Ferne verflimmerten, oder Farmen, wo kein Mensch zu sehen war, Landschaften, wo die Köpfe höher waren als die Horizonte. Fernsehen hat mich nie und in keinster Weise abgelenkt. Und Franka hat es auch nicht gestört. Nur den Ton haben wir abgedreht.

Am nächsten Tag wachte ich auf, da war es dunkel. Franka schlief noch, und die Kinder schliefen auch. Ich setzte mich in die Küche. Schaltete das Licht nicht ein. Schaute auf das Fenster, bis es sich aus der Dunkelheit abzuheben begann.

Manchmal scharrten Eichkätzchen am Fensterbrett. Ich habe ihnen oft zugesehen, dann saß ich genauso bewegungslos an Frankas Küchentisch. Ich habe sie auch gefüttert. Franka hat mir nicht geglaubt, daß so etwas im achten Stock geschehen kann, daß Eichkätzchen auf dem Fensterbrett hocken. Ihr sei jedenfalls noch nie so etwas passiert, und sie wohne immerhin drei Jahre länger hier als ich. Weil sie eben keine Geduld habe, sagte ich, und nicht eine Stunde ruhig sitzen könne. Daß es daran liege, sagte ich. Aber dann haben wir gemeinsam eines gesehen. Einen mageren Kerl, schwarz und viel kleiner, als Franka erwartet hatte. Er hockte auf dem Fensterbrett und hielt den Brotbrocken, den ich ausgelegt hatte, in seinen winzigen Klauen, und er blickte uns aus seinen Knopfaugen ungeniert an und kaute dabei in einem rasenden Tempo, und Franka fragte, was geschehe, wenn sie sich bewege, und ich sagte, dann werde das Tier verschwinden, und da hob Franka ihre Arme, als ob sie einen Fernlaster aufhalten wollte, und das Tier verschwand.

Während Merle und Simon von Franka in den Kindergarten gebracht wurden, fuhr ich davon. Die beiden waren daran gewöhnt, daß ich unverhofft verreiste und irgendwann unverhofft zurückkam, obgleich man sich daran wohl nur schlecht gewöhnen kann.

Ich besaß einen sehr gelben Toyota Corolla, der ab und zu Schwierigkeiten machte, aber keine komplizierten. Ich fuhr über Frankfurt, Stuttgart, Ulm. Ich überholte eine Militärkolonne und winkte den Soldaten zu. Sie hatten sich schwarze und grüne Tarnpaste ins Gesicht geschmiert und grüßten nicht zurück, weil sie das wahrscheinlich nicht durften.

Vor Ulm tankte ich und trank einen Kaffee und aß ein Stück Apfelkuchen und machte mir Gedanken, wie es sein würde, zu Hause bei meinen Eltern anzukommen. Die Autobahnraststätte war schwach besucht, das Restaurant ein langgezogener Raum mit einer niedrigen Decke und einer Fensterfront nach vorne auf den Parkplatz hinaus. Im Hintergrund war eine lange Bar, an der ein alter Mann und eine alte Frau saßen, das heißt, der Mann stand, er hatte nur einen Schenkel auf den Barhocker gelegt. Ich schätzte die beiden an die Siebzig und nahm an, daß sie verheiratet waren. Warum sonst stehen zwei alte Leute so nahe beieinander, außer sie sind vielleicht Geschwister. Die Frau hatte die Ellbogen auf die Theke gestützt, und es sah aus, als ahme sie juxhalber eine junge Frau nach, die ihrerseits eine Frau aus einem Film nachahmt. Als die beiden bemerkten, daß ich sie ansah, hoben sie gleichzeitig ihre Kaffeetassen und prosteten mir zu. Ich prostete mit meinem leeren Mineralwasserglas zurück.

Ich hätte meine Schwester aus einer der Telefonzellen anrufen können, die draußen, wo es zu den Toiletten ging, an der Wand entlang standen. Vermutlich hätte ich sie noch in ihrer Wohnung in Wien erreicht. Ich nahm an, sie würde erst gegen Mittag oder wahrscheinlich überhaupt erst mit dem letzten Zug am frühen Abend von Wien abfahren. Ich hätte vielleicht wieder den Preßlufthammer im Hintergrund gehört. Aber als ich in dem großen leeren Raum allein an dem Tisch saß, vor mir ein leeres Glas und eine Tasse Kaffee, auf deren Unterteller eine Zuckertüte und ein Portionsbecher Kondensmilch lagen, da sickerte eine Trägheit in mich ein, die es mir schwermachte, die Tasse an meine Lippen zu heben. Wenn ich die Augen zukniff, so daß ich die Gegenstände nicht mehr erkennen, sondern nur noch Farben und Formen sehen konnte, und dann hinaus auf den Parkplatz schaute, war mein Toyota der auffallendste Fleck im ganzen Bild. Ausgerechnet auf ihn fiel ein Sonnenstrahl. Während der Fahrt hierher hatte es leicht geregnet, jetzt rissen die Wolken auf. Was sollte ich tun? Ich war müde, legte mein Kinn auf die Fäuste. Aber warum soll man überhaupt etwas sollen, dachte ich, warum überhaupt sollen. Ich wäre gern irgendwo geblieben, hätte gern zu mir gesagt, ich bleibe. Frankas Küche war ein Ort, wo ich gern geblieben wäre. Was soll man tun, um einer zu sein, der bleibt, wo er gerade ist, egal, wo er ist? Meine schöne Zeit in Frankas Küche schien mir auf einmal verloren. Der Geruch der Küche war in meiner Erinnerung, und es waren ihm Zerstörungskraft und Heil zugleich beigemischt, denn alles, was für mich gut war, so kam mir in den Sinn, war an diesem Ort entstanden und alles, was schlecht für mich war, auch. Einen Augenblick überlegte ich, ob ich umkehren und nach Gießen zurückfahren sollte, weil ich Franka vermißte. Oder irgendwoanders hin, nach Frankreich vielleicht, wo ich noch nie war.

Ich ging zur Bar, um meinen Kaffee, mein Mineralwasser und den Apfelkuchen zu bezahlen. Von der Nähe sah ich, daß der Mann wesentlich jünger war als die Frau, daß die beiden bestimmt nicht verheiratet und bestimmt auch nicht Geschwister, daß sie höchstens Sohn und Mutter waren.

Aber so, wie sie nun nebeneinandersaßen und vor sich hin blickten, hätte es ebensogut sein können, daß sie gar nichts miteinander zu tun hatten, daß es lediglich eine Folge der Anziehungskraft von Materie war, daß sie hier nebeneinandersaßen.

Die Frau, die mich bedient hatte, kam mit einem freundlichen Lächeln auf mich zu, und einen Augenblick dachte ich, sie kennt mich von irgendwoher. Ich konnte hören, wie ihre Strümpfe aneinanderrieben. Gestern bei Hanne Rotmann im Hausflur hatte ich mir eine Frage gestellt, die wahrscheinlich zur Kategorie der letzten Fragen gehörte, die ja bekanntlich sehr ernst und erhaben sind, solange man sie nicht ausspricht. Unter gar keinen Umständen aber dürfen sie auf beweisbare Antworten hoffen.

Kurz nach Mittag passierte ich bei Bregenz die österreichische Grenze.

Drittes Kapitel

Der alte Fink war zu Hause. Er saß im offenen Hemd und in Trainingshose in dem nietenbeschlagenen Ledersessel, hatte ein Tischchen vor sich und ein Tischchen neben sich, auf dem einen ein Buch und einen Teller Suppe, auf dem anderen Tee und ein Puzzle. Er war nur eine Nacht im Krankenhaus gewesen, dann war er auf eigene Verantwortung nach Hause gegangen. Er erklärte mir, was ein Streifer ist, und schilderte mir, wie man sich dabei fühlt.

»Es ist, wie wenn du einem Bus nachläufst und ihn fast erwischst und ihn dann doch nicht erwischst«, sagte er.

»Kommt das von dir?« fragte ich.

»Nein«, sagte er. »Der Arzt hat mich gefragt, ob es so gewesen ist, und ich sagte ihm, es war genau so.«

Er zeigte mir seine weißen Zähne, die er unbeschadet durch sein Leben getragen hatte. Alles, was der Mann unter Körperpflege verstand, meinte im Grunde lediglich die Zähne. Er war Anfang Fünfzig oder Mitte Fünfzig. Er war so schlank wie immer, aber die Haut auf seiner Brust war grobporig geworden und schlaff. Er saß weit zurückgelehnt, mußte die Arme ganz ausstrecken, wenn er zum Tee oder zur Suppe greifen oder ein Puzzleplättchen aus dem Schachteldeckel nehmen wollte. Er sprach mit Vorliebe zu einem Mundwinkel heraus. Ich habe mir das eine Zeitlang von ihm ausgeborgt, weil ich irgendwann merkte, daß die Leute das mögen, ich weiß nicht, warum, ich glaube, es wirkt freundlich und vertraulich, so, als ob man nur einen einzigen im Sinn hat und alle anderen nicht.

»Das Interessante ist«, sagte er, während er seinen Tee schlürfte, »daß alles genau so abläuft, wie man es immer gehört hat.«

Ich zog mir einen Stuhl vom Eßtisch heran. Die Farbe war abgeblättert. Seit immer sahen diese Stühle so aus, und keiner war wie der andere. Zur Zeit meiner Geburt hatte er sie bei verschiedenen Trödlern zusammengekauft und in einem Anfall von Energie in verschiedenen Farben gestrichen, vielleicht sogar zu meiner Begrüßung.

»Wie denn?« fragte ich.

»Im linken«, sagte er, nahm noch einen Schluck Tee und noch einen und schmatzte nach und sagte dann: »Arm.«

»Was im linken Arm?«

»Nicht im Herzen.«

»Was nicht im Herzen?«

»Tut es weh.«

Er schüttelte den Kopf, hob einen Löffel Suppe an den Mund, probierte, blies darauf, wobei die Hälfte auf seine Brust tropfte und in den Bauchnabel sickerte, ließ den Rest zwischen die Lippen rinnen und schüttelte weiter den Kopf. »Im Grunde wie eine komische Art von Muskelkater.«

Zum ersten Mal blickte er mir gerade in die Augen.

»Mensch, du«, sagte ich und legte meine Hand auf sein Haar und fühlte, wie sich sein Kopf unter meiner Hand bewegte.

Die Haare hingen ihm in merkwürdig zierlichen Locken bis über die Schultern herab. Über den Ohren waren sie grau schattiert, ansonsten glänzten sie dunkel und wuchsen so dicht wie eh und je. Es sah aus, als wären sie die gleichen geblieben, während der Kopf unter ihnen gealtert war. Im Hinterkopf stand ein verfilzter Balg ab. Er kämmte sein Haar nicht öfter als ein Mal in der Woche, nämlich, wenn er sich rasierte, dann fluchte er und riß mit einer groben Bürste seinen Schopf zurecht, bis ihm die Tränen in die Augen schossen.

»Im Herzen sind, glaube ich, überhaupt keine Nerven«, sagte er. »Kann das sein?«

»Im Herzen schon«, sagte ich, »im Hirn nicht.«

Er schlug sich mit den Knöcheln gegen den Schädel. »Darum«, kicherte er. Die Augen waren tief eingebettet in die Höhlen, kleine und enge Augen, wirkten ein wenig verschlagen, habe ich immer gefunden, und die Haut darum herum war gefältelt, von den Augenwinkeln weit in die Schläfen hinein. Die Bartstoppeln am Kinn waren ihm weiß geworden. Er hatte wie immer weder Schuhe noch Strümpfe an, ein Fuß lag über dem Knie, ich konnte die schwarze Hornhaut auf der Sohle sehen.

»Was wird das?« fragte ich.

»Das ist eine Werbung«, sagte er. »Der Witz dabei ist, man weiß erst, wenn man das ganze Puzzle fertig gemacht hat, wofür es wirbt.«

»Und kaufst du das dann?«

Er schob schnell die Zunge über die Unterlippe und beugte sich zur Seite, als ob er gleich kotzen müßte. »Trotzdem guter Trick. Ich kaufe nie etwas. Was man nicht im Kopf hat, ist Scheiße.«

»Und wie ist es jetzt?« fragte ich.

»Außer man hat Scheiße im Kopf. Was meinst du?«

»Mit dem Arm oder mit dem Herzen?«

»Wie nichts.« Und er warf sich mit der Antwort noch weiter im Stuhl zurück.

Er hat nie in seinem Leben gearbeitet. Mein Vater hat keinen Beruf. Er hatte nie eine Ausbildung genossen. Ende der sechziger Jahre war er vom Gymnasium abgegangen. In der siebten Klasse. Nachdem er die siebte Klasse zweimal wiederholt hatte. Die Mathematik. Genauso wie bei mir. Ich habe auch nach der siebten Klasse abgebrochen, ich habe sie nicht zweimal wiederholt. Aber aus mir kann noch etwas werden. Mir fehlte bisher vielleicht lediglich eine bedeutende Gelegenheit. Aus ihm wird nichts mehr. Wenn man sich erkundigt, sage ich, er schreibt für diverse Zeitungen. Leute, die uns kennen, fragen nicht.

Früher, als meine Schwester und ich klein waren, hat es geheißen, er holt in der Abendschule das Abitur nach. Das hat es noch geheißen, als Johanna und ich schon zur Schule gingen. Unsere Mutter sagte jedem, der es wissen wollte, er besuche die Arbeitermittelschule, die sei besonders schwer. Dann wurde eine Zeitlang nicht mehr gefragt und dann irgendwann wieder. Sie sagte, ja, es habe da einige Schwierigkeiten und Unterbrechungen gegeben, aber jetzt sei er bald fertig.

Die Schule hatte ihren Sitz in Innsbruck. An den Wochenenden fuhr unser Vater nach Innsbruck. Jedenfalls sagte er, er fahre nach Innsbruck. Meine Schwester und ich zweifelten nicht daran. Er besaß Innsbruckschuhe und einen Innsbruckanzug, einen grauen Zweireiher mit breiten, gepolsterten Schultern. Der hing die Woche über draußen im Wintergarten zum Auslüften, samt Gürtel und Krawatte. Die Schuhe standen gezielt darunter. Die Larve unseres Vaters. Übers Wochenende hing die Krawatte allein am Kleiderbügel. Ich habe meinen Vater nie mit einer Krawatte um den Hals gesehen. Wir haben das Ding Prüfungskrawatte genannt. Er selber hat das Wort erfunden. Zur Prüfung werde er sie anziehen. Er hat sie nie angezogen. Heute weiß ich, daß er gar nicht nach Innsbruck fuhr.

Immer am Freitagabend packte er seinen kleinen, gelben Lederkoffer, made in Taiwan – zwei Unterhosen, zwei Unterhemden, zwei Hemden, zwei Paar Socken, darauf legte er Bücher und Skripten und seinen Kassettenrecorder und die Kopfhörer und eine Handvoll kuliverschmierter Kassetten. Dann begleiteten ihn meine Schwester und ich, später nur noch ich, zur Bushaltestelle bei der Achbrücke. Der Bus brachte ihn nach Bregenz, dort sollte er in den Nachtzug nach Innsbruck einsteigen. Tat er aber nicht. Heute weiß ich das. Damals wußte ich es nicht.

Am Sonntagnachmittag kehrte er zurück, kam den Hügel herauf auf unser Haus zu, mitten durch das Gras ging er, dieser lange, dünne Mann, der immer den Kopf hängen ließ, wenn er ging, den Mund zu einem O zusammengezogen, den Koffer hatte er lässig über die Schulter geschwungen, das Haar fiel ihm bis auf die Brust herab. Der Anzug stand ihm nicht. Er paßte zu seinem Körper, aber nicht zu seinem Kopf. Ich wartete auf ihn, schmiß im Garten Steine nach Vögeln oder klaubte Zigarettenstummel aus den kahlen Blumentöpfen, schrieb im Wintergarten Schulübungen nach oder betrachtete meine jung sprießenden Achselhaare und klopfte an die Scheibe, wenn ich ihn kommen sah, hoffte darauf, daß er die Hand hob, was er in einer so unvergleichlich anmutigen Geste konnte, daß ich noch heute die Gänsehaut bekomme, wenn ich daran denke. Als ob die weite Welt zu Besuch kommt und so tut, als komme sie nur zu mir.

Er hatte Angst vor Hunden, und einmal, als er wieder am Sonntagnachmittag über die Wiese heraufkam, stand ein Hund in der Nähe unseres Hauses, ein verlorener Köter, den ich noch nie vorher gesehen hatte. Es war eine unbestimmbare Mischung, sah aus wie ein niedriger Schäferhund, im Nacken kraushaarig, dunkel und verdreckt. Beide waren sie überrascht, der Hund und mein Vater, beide blieben wie angewurzelt stehen und starrten einander an, der Hund eine Pfote an die Brust gehoben. Ich habe das alles beobachtet, denn ich wartete im Wintergarten und winkte meinem Vater zu, aber diesmal winkte er nicht zurück. Er wagte es nicht, sich zu bewegen, und ich spürte in mir, wie Panik in ihm hochstieg, als hätte er sein Inneres zu mir herübergebeamt. Ich sah, wie der Hund den Kopf senkte und die Vorderläufe breit machte. Mein Vater hielt den Koffer vor sich hin, er hielt ihn auf Höhe seines Geschlechts, und vorsichtig machte er einen Schritt zurück. Da fing der Hund an zu bellen, und ich bin aus dem Wintergarten gestürzt und habe gebrüllt, und der Hund hat sich herumgeworfen und ist davongerannt, und mein Vater hat nach einer kleinen Weile den Arm gehoben und mir zugewinkt, und es war alles gut, und alles war wie immer.

Er betrat das Haus durch den Keller, schlüpfte aus den Schuhen, rief unsere Namen, den Namen der Mama zuerst, dann den meinen, als letzten den meiner Schwester. Gott sei Dank hat er sich nicht bei mir bedankt. Er nahm die Wasche aus dem Koffer und legte sie in den Schrank zurück. Er hatte seine Sachen übers Wochenende nicht gewechselt und wechselte sie auch in den nächsten Tagen nicht. Manchmal behielt er dasselbe Zeug drei Wochen lang an, behauptete meine Schwester. Er pfiff eine Melodie, es war mehr ein rhythmisches Luftaufstoßen als ein Pfeifen. Es erweckte in mir den Eindruck, hier weiß ein Mann genau, was er tut. Er warf die Bücher und die Skripten in hohem Bogen auf den Schreibtisch hinten in der fensterlosen Ecke, wo nie jemand saß, wo auf dem Stuhl seine Pullover und Hosen und Socken lagen und Nylontaschen an der Lehne hingen mit irgendwelchen uralten Einkäufen darin. Auch ein Bücherregal war dort. Bei uns las niemand. Vor den Büchern drängten sich Dinge, die mir immer wie Teile von etwas irgendwann einmal sinnvollem Ganzen erschienen waren, abgebrochene Stücke oder so, gefundene Sachen, Müll aus Blech und Holz und Porzellan und verknoteten, vergilbten, dürren Schnüren, Scherben, deren Bedeutung für meine Eltern ich nicht verstand, obwohl ich mir sicher war, daß sie ihnen etwas bedeuteten. Mein Vater ließ seinen Anzug fallen, wo er ihn auszog, und meine Schwester hängte ihn über den Bügel und hinaus in den Wintergarten und hob die Socken auf und schimpfte, er sei ein Schwein und es sei das letzte Mal, daß sie ihm den

Affen mache, und wenn er noch einmal mit den Innsbruckschuhen durch das nasse Gras gehe, werde sie die Schuhe auf den Komposthaufen hauen.

Das Haus begann wieder nach seinen Zigaretten zu riechen und nach seinen Virginias. Die rauchte er abwechselnd, manchmal auch gleichzeitig. Die eine für die Lunge, die andere für die Nase, sagte er. Die Duftmarken des alten Fink.

Als wir dann alle zusammen in der Küche um den Tisch saßen und die Wurstbrote verteilt wurden, nickte er vor sich hin, als verstünde er nach diesem Wochenende endlich etwas, was er vorher nicht verstanden hatte, etwas, das er von nun an als unverrückbar anerkennen würde und das er eines Tages, wenn auch wir so weit sein würden wie er, mit uns teilen wollte. Er war gutgelaunt und wünschte sich, daß der Tag gut ausging, blies in einem langen Trichter Rauch aus seiner Kehle und klapperte mit Gabel und Messer zur Musik aus dem Radio, als hätte er sich einen großen Feierabend verdient …

Es gab vieles, was ich als Kind über unsere Familie nicht wußte. Zum Beispiel, daß wir ein großes Haus in Bregenz besaßen. Das hatte mein Vater geerbt. Ein Jugendstilgebäude nahe am Bodensee, freundlich hellgrau verputzt, mit griechischblauen Jalousien und einem Gebirge von Dach aus lackierten blauen Ziegeln. Mein Vater war ein Einzelkind. Ich habe meine Großeltern nicht gekannt. Ich weiß nicht, warum ich sie nicht gekannt habe, vielleicht habe ich sie sogar gekannt und erinnere mich nicht mehr an sie. Als sie starben, war ich so um die Vier oder Fünf. Beide starben innerhalb eines Jahres, zwei Beerdigungen im selben Grab, ich einmal ohne Mantel und einmal mit Mantel, daran erinnere ich mich.

Ich weiß über die beiden wenig. Auch der Großvater hatte keine richtige Arbeit, das weiß ich. Er hatte den Beruf des Fotografen erlernt, hatte diesen Beruf in seiner Jugend sogar ausgeübt, aber dann nicht mehr. Wahrscheinlich, weil er geheiratet hat. Er hat die Tochter eines Geschäftsmannes geheiratet, der auch ein Fotograf war, aber nicht nur ein Fotograf, sondern auch ein Händler mit Stoffen. Meine Großmutter hatte das Haus in Bregenz geerbt. Von da an arbeitete ihr Mann nicht mehr. Die Familie lebte von den Mieteinnahmen. Zwei Geschäfte waren im Erdgeschoß untergebracht, eines davon war ein Fotogeschäft. Und dann waren noch fünf Wohnungen da. Nach dem Tod meiner Großeltern kassierte mein Vater die Mieten. Er behauptete, das Haus koste fast soviel, wie es bringe. Von der Differenz zwischen Kosten und Bringen haben wir gelebt.

Unter dem Dach war eine Mansarde eingerichtet, die wurde nicht vermietet. Davon weiß ich erst seit knapp zwei Jahren. Ich war noch nie dort. Meine Schwester hat es mir erzählt, als ich bei ihr in Wien wohnte. Auch sie war nie in dem Haus gewesen. – Jedenfalls, in dieser Mansarde hat mein Vater die Wochenenden verbracht, als wir Kinder waren. Er ist nämlich an den Freitagabenden in Bregenz nicht zum Bahnhof gegangen, er ist nicht in den Nachtzug nach Innsbruck eingestiegen, sondern er hat sich in das alte Jugendstilhaus in der Inselstraße geschlichen und hat sich über Samstag und Sonntag in der Mansarde verkrochen. Keine Ahnung, was er dort gemacht hat. Gelernt hat er sicher nicht. Gelesen auch nicht. Gelebt wie immer. Gelebt wie zu Hause. Er hat gern ein Buch vor sich liegen, sogar aufgeschlagen, aber er liest nicht, höchstens einen Satz, und dann denkt er darüber nach und verliert sich dabei. Oder nickt ein. Oder zündet sich eine Zigarette an oder dreht sich einen Joint.

Als ich mit Franka bei meinen Eltern war, fuhr ich allein nach Bregenz und ging an dem schönen Haus in der Inselstraße vorbei und schaute hinauf zu den Dachfenstern. Dort oben wäre Platz für mindestens vier Mansarden gewesen, in jeder Seite des Daches eine. Ich wünschte meinem Vater, daß er auf der Seeseite sein Quartier gehabt hatte. Dann hätte er auf den Bodensee hinausschauen können, der zu jeder Jahreszeit anders ist, an jedem Tag anders ist, fast zu jeder Stunde anders ist. Ich an seiner Stelle hätte das getan. Hätte den ganzen Tag nichts anderes getan. Hätte den See im Sommer angeschaut, wie er ruhig und glatt war und sich mit dem Land zusammentat und aufbrauste, wenn die Sonne verschwand. Hätte ihn im Winter angeschaut, wenn er aussah wie ein riesiger leerer Parkplatz. Ich hätte das getan. Und in der Nacht hätte es mir genügt, dem Summen der Leuchtschrift über dem Fotogeschäft zuzuhören.

Mein Vater hat sich mit Sicherheit irgendwie beschäftigt an den Wochenenden in seiner Mansarde, mit irgend etwas Unsinnigem hat er sich beschäftigt, da wette ich, oder er hat eine Freundin gehabt, wie Johanna behauptet, was ich aber nicht glaube. Er kann nichts tun, aber er kann auch nicht nichts tun. Das ist zum Beispiel ein Unterschied zu mir. Er sitzt da und trinkt Tee und Suppe zur gleichen Zeit, tut nichts lieber, als ein Buch aufzuschlagen, das sonst keiner aufschlägt, liest aber nicht darin, setzt ein Puzzle zusammen, ohne sich dafür zu interessieren, und nicht selten hat er auch noch den Fernseher laufen. Sitzt da und bestaunt sich selber und ist Zeuge, wie die Ereignislosigkeit ihn niederzwingt.

An den Sonntagnachmittagen hat mein Vater in Bregenz den Bus genommen und ist nach Hause zurückgekehrt. In unser Haus. Das früher ebenfalls seinen Eltern gehört hatte. Das von seinem Großvater erbaut worden war. Als Wochenendhaus. Wir wohnten im Wochenendhaus meiner Urgroßeltern. Franka sagte, es falle schwer, das nicht symbolisch zu sehen. Mir ist das scheißegal, weil es nämlich auch meinem Vater scheißegal ist. Beruflich gesehen sind wir eine Versagerfamilie, das steht leider fest. Jedenfalls die Männer. Meine Schwester ist eine erfolgreiche Journalistin, die wenig verdient, weil sie aufrichtig ist und bei einem alternativen

Wiener Wochenblatt schreibt. Was auf jeden Fall besser ist als für diverse Zeitungen.

»Die Erika hat sich hingelegt«, sagte er und meinte meine Mutter. »Laß sie schlafen! Hol dir Suppe oder Tee und bleib bei mir sitzen und erzähl von dir.«

»Rauchst du noch?« fragte ich.

Er bewegte seinen Kopf, als ob er sich zwischen zwei etwa gleich guten Dingen nicht entscheiden könnte. Es roch im Haus, wie es immer roch, nach Lagerfeuer und Heu, da hat Franka ganz recht. Nach frischem Zigaretten- oder Virginiarauch roch es jedenfalls nicht. Und nach Shit auch nicht.

Der Himmel hatte sich verdunkelt, inzwischen regnete es ziemlich stark, und mir war, als hätten wir schon Abend.

»Warum hat sie sich denn hingelegt?« fragte ich.

»Sie legt sich doch immer mittags hin«, sagte er. »Weil sie auf mich nicht hört.«

Alles schien mir gealtert, der Sessel noch schäbiger als sonst, die Haut an den Oberarmen meines Vaters schlaffer, die spärlichen langen rötlichen Haare auf der Außenseite der Oberarme noch spärlicher.

»Ich möchte doch zu ihr hinübergehen«, sagte ich. »Vielleicht ist sie wach und braucht etwas.«

Er hatte seinen Bleistift zwischen Nase und Oberlippe klemmen und nickte, ohne mich anzusehen. Als ich schon bei der Tür war, rief er: »He! Fahren wir eine Runde?«

»Wenn du willst«, sagte ich. Und sagte gleich noch: »Wenn du darfst?«

»Nein, gleich«, sagte er, schob die Tische beiseite und erhob sich, stöhnte dabei. Sein Körper knarrte. Ein krummer Nagel war er.

»Ich will ihr erst servus sagen«, sagte ich.

»Sie schläft, verdammt noch mal. Laß das arme Weib doch wenigstens schlafen!«

Sie hatten kein Auto, mein Vater besaß nicht einmal den Führerschein. Meine Mutter hatte den Führerschein, aber sie konnte nicht mehr fahren. Und mein Vater tat nichts lieber, als Auto zu fahren, das war wieder so eine Sache, die Franka natürlich nicht kapieren konnte: Daß ich mir einen Toyota leisten konnte, und die beiden hatten keinen Wagen, wo sie doch wirklich einen brauchten, wie sonst keiner einen braucht.

»Ich gehe trotzdem zuerst zu ihr«, sagte ich.

»Und sonst«, sagte er im Ton einer geduldigen Belehrung, »sonst möchtest du nichts über meine Sache hören? Wie das Sterben ist? Ob da tatsächlich ein letzter Film gezeigt wird? Ob es einen Gott gibt? Ob ich ihn gesehen habe?« Er fuhr sich in Erwartung einer Antwort mit beiden Händen übers Gesicht.

»Will ich sicher«, sagte ich und ließ ihn stehen.

Jedes Leid ist einer symbolischen Auslegung zugänglich, so viel habe ich von Franka gelernt. Darüber hermachen über das Leid soll sich aber, wer will, meine Sache ist es nicht. Ein Symbol bedeutet etwas, ich aber weiß nicht einmal von den hundsnormalen Dingen, was sie bedeuten. Unsere Mutter hat auf einmal nicht mehr gehen können, und es ist in der Familie nicht besprochen worden, warum es auf einmal so war. Mein Leben braucht keine Symbole und keine Metaphern. Nur ein paar Informationen hätte ich gern. Wenn es meine Schwester nicht gäbe, wäre ich wie Tarzan, der im Dschungel lebt und von überhaupt nichts etwas weiß.

Sie war wach. Die Läden waren geschlossen, aber das Fenster stand einen Spaltbreit offen, es war klamm in dem Raum und düster. Sie lag auf der Zudecke, die Beine zur Seite geneigt wie bei einem eleganten Parallelschwung auf der Schipiste. Sie trug wie immer eine lange schwarze Hose. Darunter zeichneten sich ihre dünnen Oberschenkel ab. Die

Krücken lagen auf dem Boden, über Kreuz, als wären sie umgefallen.

Der Stützapparat lehnte neben dem Bett an der Wand. Die weißen Schnürsenkel waren aus den Ösen gezogen, das Leder glänzte. Es war ein schönes Ding, das ich gern anschaute. Es bestand aus einem Aluminiumgestänge, zwei Ledereinfassungen, eine für die Wade, die ließ sich vorne über dem Schienbein festbinden, und eine für den Oberschenkel, die war offen und innen mit einem anderen, hellen, sehr weichen Leder gepolstert. Dann war da noch ein Fußbett, ebenfalls aus Leder, präzise ihrem Fuß angepaßt, mit einem Stahlgelenk an der Wadenschiene befestigt. Im Knie war ein Schnappgelenk, das sie feststellen konnte, wenn sie gehen wollte, und das sich entsichern ließ, wenn sie sich setzte.

Aber: Ich kann mich sehr gut, sehr gut daran erinnern, daß meine Mutter ohne Stützapparat und Krücken war. Und wie sie war.

»Guten Morgen, Erika«, sagte ich.

»Mein Liebling«, sagte sie und drückte meine Hand, so daß ihr Ehering in meinen Knöchel schnitt. Zu ihm sagte ich nur du, zu ihr sagte ich Mama und manchmal Erika. Erika hieß soviel wie: altes Haus oder Freundin oder Ich-bin-inzwischen-ein-Mann-aber-immer-noch-dein-Kind, auf jeden Fall meinte ich damit, daß man sich um mich keine Sorgen zu machen brauchte. Ich wußte, Angst jagte ihr ein, was mir Angst einjagte.

»Was hörst du für eine Musik zur Zeit?« fragte sie.

»Nichts Besonderes. Und du?«

»Eben«, sagte sie. »Ich schlafe ein, und wenn ich aufwache, habe ich diesen Song im Kopf. Das geht schon die ganze Zeit so.«

»Ja, das kenne ich auch«, sagte ich und beugte mich über sie und nahm ihren warmen Kopf zwischen meine Unterarme.

Ich wußte, wieviel Anstrengung es ihr bereitete, erst die Hose auszuziehen, dann den Stützapparat auszuziehen. Und ich wußte, daß sie sich von ihm nicht helfen ließ. Aber ich verstand nicht, warum sie dann die Hose wieder anzog, wo sie sich doch nur aufs Bett legte. Wenn sie aufstand, mußte sie wieder zuerst die Hose ausziehen, dann den Stützapparat anziehen, dann die Hose wieder anziehen ... Ich verstand nicht, warum sie das tat. Weil sie nicht wollte, daß er ihre dünnen Beine sah, wenn er zufällig ins Schlafzimmer kam? Er schlief inzwischen oben in meinem ehemaligen Bubenzimmer. Vielleicht rechnete sie damit, zu sterben, und wollte Vorsorge treffen, daß nicht jemand ihrem toten Körper die Hose ausziehen, den Stützapparat abschnallen und die Hose wieder anziehen mußte.

»Er muß zur Rehabilitation«, sagte sie und schob ärgerlich die Unterlippe vor. »Wer kümmert sich dann um mich?«

»Ich.«

»Kommt die Johanna nicht?«

»Die kommt auch, Mama.«

Sie stützte sich auf die Ellbogen, ihre Schultern stachen unter dem Pullover hervor. »Er hat sich hinsetzen müssen auf einmal und ist nicht auf die Beine gekommen, und dann war er für einen Augenblick ganz weg. Wie nasser Schaumgummi auf einmal. Und ich bin mitten im Zimmer gestanden und habe mich keinen Schritt machen trauen, weil ich dachte, wenn ich hinfalle, ist alles aus. Aber einfach nur dastehen konnte ich doch auch nicht, also habe ich geschrien. Wie am Spieß habe ich geschrien. Da ist er aufgewacht. Seine Augen haben mich angestarrt, und sie waren schrecklich leer und glasig, und ich habe weitergeschrien, weil ich nichts anderes wußte und dachte, es hat gewirkt, es wird auch weiterwirken. Und dann habe ich etwas in seinen Augen gesehen, das war, wie wenn von weit hinten in seinem Kopf Angstimpulse ausgeschickt würden, kannst du dir das vorstellen, wie ein Funkgerät im Kopf, Morsesignale mit einer winzigen Taschenlampe, und da wußte ich dann schon, daß er drüber war. Zuerst hat er seine Hände angeschaut, als würden sie nicht mehr zu ihm gehören, und dann sagte er, ich soll nicht so brüllen, das gehe ihm auf die Nerven. Ich habe nämlich gar nicht gemerkt, daß ich weitergebrüllt habe. Seither redet er nur noch das Notwendigste mit mir. Ich glaube, er schämt sich. Weil er meint, so viel Angst macht ihn unwürdig. Er war nämlich bisher überzeugt, er hat einen Vorsprung mir gegenüber, und nun hat er sehen müssen, wie ihm der Vorsprung zusammenschmilzt. Könntest du ihm bei Gelegenheit darlegen, daß er sich nicht zu schämen braucht? Er ist so stur. Ich glaube inzwischen auch, daß er ein bißchen dumm ist. Daß er das nicht einsieht! Ich schäme mich ja auch nicht vor ihm. Sag ihm, er hat gewonnen, ich halte es nicht aus, wenn nicht mit mir geredet wird. Ich habe bei der Johanna angerufen, sie hat versprochen, daß sie kommt. Warum ist sie nicht da?«

»Sie kommt, Mama.«

»Wann?«

»Sicher heute noch. In der Nacht. Mit dem letzten Zug.«

»Dann kriegt sie keinen Bus mehr.«

»Dann nimmt sie sich eben ein Taxi.«

»Das tut die Johanna sicher nicht.«

»Sicher, Mama.«

Viertes Kapitel

Ich habe absichtlich nichts von ihr erzählt bisher. Ich kann das nicht so daruntermischen unter das andere. Und ich möchte auch jetzt lieber ganz sachlich bleiben.

Erstens: Als ich mit siebzehn die Schule abgebrochen habe und bald darauf zu Hause ausgezogen bin, da hatte ich kein schlechtes Gewissen. Ich dachte, es interessiert keinen. Außer die Johanna. Aber die war längst schon vor mir ausgezogen. Ich dachte, die beiden Alten hängen so ineinander, daß sie sowieso keinen Sinn für mich haben.

Zweitens: Sie hatte mir nie auseinandergesetzt, warum sie nicht gehen konnte. Das habe ich wieder einmal von Johanna erfahren, und die wußte es selbst nicht so genau. Bei der Geburt des letzten Kindes sei es passiert. Da sei ihr eine Ader im Hirn geplatzt, und sie sei linksseitig gelähmt gewesen. Das Kind sei gestorben. Obendrein. Genaueres wußte auch Johanna nicht. Schließlich habe sich die Lähmung in die linke Hand und in das linke Bein zurückgezogen. Einmal habe ich ihn danach gefragt. Das gehe mich einen Scheißdreck an, hat er mir geantwortet.

Drittens: Sie war der Mittelpunkt. Sie war launisch. Aber selbst ihre Launen waren von Entschlossenheit geprägt. Wenn er schlecht gelaunt war, dann hatte man den Eindruck, er leide selbst am meisten darunter. Wenn sie schlecht gelaunt war, dann wollte sie es sein. Als ich elf Jahre alt war, haben wir alle miteinander eine Veranstaltung in Bregenz besucht, im Freien. Ich weiß nicht mehr, was für eine Veranstaltung es war, ich wußte es auch damals nicht. Vielleicht eine Demonstration gegen irgend etwas oder ein Open-Air-Konzert. Ich stand neben ihrem Rollstuhl, und auf einmal haben wir Papa und Johanna verloren. Es war schon Nacht, wir waren umgeben von einem dunklen Feld von Gestalten.

»Rufen hat keinen Sinn«, entschied sie. Sie zog die Handbremse fest und bestimmte: »Wir warten hier an dieser Stelle, bis alles vorbei ist. Wenn Papa und Johanna uns vorher finden, gut, wenn nicht, auch gut, dann finden sie uns hinterher.«

Wir warteten auf dem Platz, und irgendwann waren nur noch wir beide da. Sie sagte, es wäre ihr lieber, Johanna wäre bei ihr und ich bei ihm, der Johanna würde in einer solchen Situation hundertprozentig etwas einfallen, mir dagegen falle nie etwas ein, das beobachte sie im stillen schon seit langem, aber jetzt könne sie es nicht mehr für sich behalten, jetzt müsse sie es mir endlich einmal sagen. Sie ließ ihre Wut an mir aus, und dann sagte sie, es tue ihr leid, das sei alles nicht wahr, ich sei genau der Richtige, und daß wir uns jetzt auf den Weg machen werden. Ich fragte, wohin, und sie sagte, nach Hause.

»Das geht nicht«, sagte ich, »wir sind in Bregenz, und bis nach Hause ist es zu weit!«

»Nicht für uns zwei!« sagte sie so laut, daß es auf dem Platz widerhallte.

Sie löste die Bremse und begann, mit der gesunden Hand am Führungsrad zu zerren. Was zur Folge hatte, daß sich der Rollstuhl im Kreis drehte. Ich solle auf der anderen Seite schieben, sagte sie.

Von Bregenz bis zu uns nach Hause waren es etwa drei Kilometer, und am Ende ging es aufwärts. Ich weiß nicht, ob sie wirklich wollte, daß wir uns mitten in der Nacht auf den Weg machten, und ob sie wirklich glaubte, es sei möglich, daß wir zwei es schaffen könnten. Ich stemmte mich gegen den Rollstuhl und schob. Ich hatte Angst, daß wir nicht mehr aus dieser Nacht herauskommen.

Papa und Johanna haben uns schließlich gefunden, Johanna weinend, er mit aufgekrempelten Hosenbeinen, die Schuhe in der Hand, grinsend. Da sind Mama und ich gerade unten beim Bahnhof gewesen, beim Café Öller, und ich hatte Hunger, weil es von der Altdeutschen Stuben her nach Pommes frites roch. Wir haben im Licht der Verkehrsampeln mit einem Mann verhandelt, der uns helfen wollte, was aber wir nicht wollten.

Und dann – dann sind wir doch zu Fuß nach Hause gegangen, alle zusammen.

»In ein Taxi bringt mich heute niemand hinein«, befahl sie und streckte den Arm aus und wies mit dem Finger nach vorne.

Ich denke, so wird sie vor ihrer Lähmung gewesen sein und dann noch eine Zeitlang, und dann ist sie anders geworden, ein bißchen anders. Die Familie ist anders geworden, und darum war der Mittelpunkt an einem anderen Ort. Vielleicht hat sie sich von da an – wie er – nicht mehr mit Wahrheiten, sondern nur noch mit Möglichkeiten befaßt.

Sie saß jetzt am Bettrand und öffnete ihre Hose an der Seite. Ich drehte mich weg.

»Hat er etwas gesagt?« fragte sie.

»Was meinst du?«

»Was du zu mir sagen sollst.«

»Hat er nicht gesagt.«

»Er haßt mich.«

»So ein Quatsch«, sagte ich. Ich spürte die kalte Panik im Nacken, wie früher, wenn sie sich stritten und sie ihm Sachen an den Kopf warf, die endgültig schienen, und ich aus keinem dieser Streite klüger in den nächsten gehen konnte und jedesmal denken mußte, das ist jetzt der letzte, der endgültige Streit, der alles kaputtmacht, wenn ich zum Beispiel, was mindestens zweimal vorgekommen ist, mitten in der Nacht geweckt wurde, um zu bezeugen, daß er oder sie irgendwann einmal dies oder jenes gesagt habe, und schlaftrunken, ungewarnt und gewaltsam hineingezogen wurde in diese Leidenschaft.

»Er hat gesagt, ich soll dich umarmen«, sagte ich.

»Das hat er bestimmt nicht gesagt.«

»Er hat es gesagt, und ich habe es getan. Habe ich es getan oder nicht?«

»Das hättest du doch sowieso getan, stimmt's?« sagte sie mit gespielt neckischer Lebhaftigkeit.

»Ich hätte es sowieso getan, aber er hat auch gesagt, ich soll es tun.«

»Ich scheiß drauf!« zischte sie, und es klang nun wirklich zornig, als ob es ihr herausgerutscht wäre. »Es regt ihn auf, wenn nicht alle immer gut drauf sind. Und er sieht nicht ein, daß nicht alle immer gut drauf sein können. Er ist ja auch nicht immer gut drauf. Die CD von den Doors hat er mir versteckt! Das muß man sich vorstellen! Weil mich das angeblich runterzieht. Das fasse ich nicht!«

Sie keuchte beim Sprechen, so mühevoll war es für sie, die Hose von ihren Beinen zu ziehen. Erst neigte sie sich nach links und drängte den Bund über das rechte Becken. Dann legte sie sich auf die rechte Seite, hielt mit der einen Hand das gelähmte linke Bein am Knie hoch und zerrte mit der anderen Hand die Hose bis zum Oberschenkel. Dann hob sie wieder ihre rechte Seite und zog rechts die Hose herunter. Über die Knie und über die Knöchel ging's leichter. Ich mußte nicht hinschauen, ich kannte den Ablauf auswendig.

»Er sagt, Jim Morrison hat Selbstmord gemacht, und so eine Musik will er hier im Haus nicht hören. Er weiß das nämlich mit dem Selbstmord. Sonst weiß das niemand auf der ganzen Welt, aber er weiß es. Ich sage zu ihm, mir macht das nichts aus, ich kann ganz gemütlich an Selbstmord denken, ich denke immer an Selbstmord, seit ich zwanzig bin, denke ich an Selbstmord, seit ich siebzehn bin sogar. Da hört er dann einfach weg. Ihm fehlt ein Stück aus dem Kuchen. Er hat einen angeschnittenen Kuchen mitgekriegt, da hat von Anfang an ein Stück gefehlt. Einen blinden Fleck hat er. Mich tröstet der Gedanke an Selbstmord, ja, das tut er. Da hört er schon wieder weg. Wenn ich das sage, hört er weg. Es hört ihm weg, er kann gar nichts dafür. Seit neuestem verkündet er, er habe so etwas wie eine Lebensphilosophie. Aber er hat keine. Ich habe auch keine. Seine Lebensphilosophie sagt immer nur, was man besser nicht tun sollte. Und schließlich behauptet er, ich hätte die CD selber irgendwo verlegt. Nachdem er zuerst zugegeben hat, daß er sie versteckt hat oder weggeschmissen hat, was weiß ich. Ich will die CD wiederhaben!«

Ich erinnerte mich, wie die großen Streite der beiden ausgingen. Nämlich, indem sie aufgewärmt wurden. Am nächsten Tag, wenn schon alles wieder gut war, spielten sie dasselbe Thema noch einmal durch, so daß die Vorwürfe und Aufrechnungen, die Kränkungen und glatten Abschneidungen noch einmal Gestalt gewannen, abgekühlt nun und verdünnt, und das alles einen weiteren Tag später noch einmal, und bei den wirklich gewaltigen Streiten eine Woche lang, bis ich mir vorkam wie in einem Irrenhaus, zumal die beiden während dieser Zeit nicht einen Gedanken an ihre Kinder übrighatten, sich von nichts weiter als von ihrer gegenseitigen Besessenheit und ihrem Haß ernährten und nicht den geringsten Skrupel hatten, sich auf das ausgebleichte Kanapee im Wintergarten zu stürzen und einander unter die Kleider zu fahren, während ich daneben aus meinem Märklinkasten einen Kran baute und Johanna ihre Hausaufgaben machte, und natürlich auch keinen Nerv hatten, sich vorzustellen, daß ein Kind und eine Jugendliche Hunger haben könnten.

Und dann sagte sie noch einmal, diesmal mit einem kleinen hüpfenden Lächeln mittendrin und am Ende versöhnt: »Ich will einfach meine CD wiederhaben.«

Die Daumen in den Gürtel geklemmt, stand ich vor dem breiten Schrank, in dem die beiden ihre Wäsche verstaut hatten. Drehte ihr den Rücken zu.

»Ich weiß gar nicht, was du hast«, sagte ich und log geradewegs weiter. »Er hat gesagt, du hättest ihm das Leben gerettet.«

»Das hat er mit hundertprozentiger Sicherheit nicht gesagt.«

»Doch, hat er.«

Es muß in ihrer beider Leben eine Krimiphase gegeben haben, ich erinnerte mich zwar nicht daran, jedenfalls lagen oben auf dem Schrank Dutzende Taschenbücher gestapelt. Ich nahm eines herunter, einen James Hadley James, wischte den Staub ab und blätterte darin, ohne auch nur einen einzigen Buchstaben wahrzunehmen. Der Morgenmantel vom alten Fink war da, hing nur mit einer Schulter am Bügel. Was hatte das Stück in ihrem Schlafzimmer zu suchen? Kein Geruch nach Lagerfeuer. Er mußte seit Wochen hier hängen.

»Und er hat noch gesagt«, dichtete ich weiter, »daß du sein größtes und einziges Glück bist.«

»Jetzt hältst du aber den Mund!« rief sie. Lachte.

Sie hatte sich mir immer nackt gezeigt, ebenso wie er. Aber sie wollte nicht, wenn man ihr zusah, wie sie sich den Stützapparat anlegte. Und sie wollte genausowenig, daß man sich demonstrativ umdrehte, es sollte so sein, als ob man gerade zufällig wegschaute. Ich habe das jedesmal ganz gut hingekriegt, glaube ich.

»Arbeitest du?« fragte sie, und ihre Stimme war jetzt voll Fröhlichkeit. Sie hielt immer noch den Weltrekord im Launendrehen.

»Ich habe etwas in Aussicht«, sagte ich.

»Du solltest wieder nach Wien ziehen, Wise! Mit Wien können es die Deutschen nicht aufnehmen!«

»Habe ich mir auch schon überlegt«, sagte ich.

Sie streckte ihr krankes Bein aus, fischte sich den Stützapparat von der Wand, spannte ihn, so daß das Stahlgelenk im Knie einschnappte, und lehnte ihn parallel zum Bein an den Bettrand. Dann versuchte sie, das Bein hineinzuschwingen. Was nicht immer beim ersten Mal funktionierte. Diesmal erst beim dritten Mal. Ich hörte es.

»Du könntest bei der Johanna in der Redaktion Arbeiten verrichten.«

»Wenn schon, dann will ich arbeiten«, sagte ich und legte ein bißchen Gekränktheit und Zorn und ein bißchen Entschlossenheit in die Stimme, »aber ich will ganz bestimmt nicht Arbeiten verrichten.«

»Als ich jetzt aufgewacht bin«, sagte sie ächzend, sie beugte sich vornüber und schnürte die Ledereinfassung an der Wade fest, »habe ich gedacht, jetzt stürze ich gleich ab. Er war fast tot, Wise, oder vielleicht war er sogar schon tot. Ich weiß nicht, wie ich damit fertig werden soll, und muß immer denken, daß sein Herz mit jedem Schlag gegen den Tod anschaufelt und daß er das weiß und Angst hat. Er hat schon recht, es tut mir nicht gut, wenn ich mich mittags hinlege. Das zerrt mich auf den Grund, von einem Gedanken zum nächsten. Es ist eine Frage des nächsten Augenblicks. Und da bist du zur Tür hereingekommen und hast mich gerettet. Die Rettung des Augenblicks ist die wahre Kunst der Liebe.«

Ich war in Versuchung, zu sagen: Siehst du, und er hat mich geschickt. Aber ich wußte, das wäre ihr zu dick gewesen, und sie hätte nicht mehr mitgemacht.

»Wenn ich singen könnte«, sprang sie weiter, »würde ich dir den Song vorsingen. Es fällt mir einfach nicht ein, wie er heißt. Wenn ich es wüßte, könntest du mir die CD besorgen. Der Song reißt einen auf jeden Fall nicht nieder. Der zieht einen hoch. Das könnte ich gut brauchen im Augenblick. Ich würde ihn nämlich gern außen hören und nicht dauernd nur innen im Kopf. Kannst du das verstehen?«

Ich hörte, wie sie den Stützapparat im Knie entsicherte und den Schemel unter dem Bett hervorzog. Auf den Schemel stellte sie das geschiente, abgeknickte Bein, anders gelang es ihr nicht, die Hose darüberzuziehen. Ich ließ ihr Zeit.

»Beschreib mir den Song«, sagte ich endlich. Weil mir nichts anderes einfiel.

»Das geht nicht. Habe ich schon probiert. Ich kann keinen Song beschreiben. Kannst du das? Er hat sich auch nichts unter meiner Beschreibung vorstellen können. Dabei haben wir ihn oft zusammen gehört.«

Ich hörte, wie sie den Reißverschluß an ihren Schuhen zuzog. »Und du erinnerst dich nicht, bei was für einer Gelegenheit?«

»Wie gefalle ich dir?«

Ich durfte mich umdrehen.

Sie stand neben dem Bett, sehr gerade, hielt sich mit einer Hand an der Wand fest, die Füße eng beieinander, den Hals gereckt, wie um eine wunde Stelle zu schonen. Holte tief Luft. Die Einfachheit der Verzweiflung. Eine doppelstöckige Verzweiflung. Obendrein. Was ist vergangene Wirklichkeit, was ist vergangene Möglichkeit? Franka sagte, sie empfinde für ihre Eltern nicht mehr als eine nostalgische Verbundenheit.

Ich stieß die Fensterläden zurück, und eine Flut von glanzlosem, unbarmherzigen Licht erfüllte den Raum. Sie hatte immer noch ein hübsches Gesicht. Als Mädchen habe sie älter ausgesehen als alle ihre Freundinnen, erzählte sie oft. Jeden Film habe sie sich mit fünfzehn anstandslos ansehen dürfen, und im Zug habe man ihr die Kinderkarte mit dreizehn schon nicht mehr geglaubt. Das hatten ihre Augenbrauen ausgemacht, die waren fingerbreit und schwarz und überdachten die Augen und gaben dem oberen Teil des Gesichts ein sehr männliches Gepräge. Aber ihre Züge waren so fein und zart ausgebildet, die Bögen des Mundes so klar gezogen, daß sie als Frau, wie sie sagte, immer jünger ausgesehen hatte, als sie war. Ich möchte das nachdrücklich bestätigen. Obwohl in diesem Augenblick ihr Gesicht auch unter einem Lächeln mutlos und müde wirkte, besiegt, und der Teint blaß war, käsig. Sie hatte einen niedrigen Blutdruck, nach dem Aufstehen sackte ihr alle Farbe aus der Haut. Das war aber immer schon so gewesen. Franka kann bei unserer Familie nicht mitreden. Wenn sie ein Urteil über ihre Familie abgab, dann schwang darin immer die Aufforderung an mich mit, das gleiche Urteil über meine Familie abzugeben. Sie stellte überall und jederzeit klar, daß sie ihre eigenen Leute nicht besonders leiden konnte, und betonte gleichzeitig, daß es bis zu ihrer Scheidung in ihrem Leben nicht ein erwähnenswertes Unglück gegeben habe und die Scheidung auch nicht allzu schlimm gewesen sei. Das Glück der anderen Leute ist eitel und gnadenlos unfair. Meine Mutter ist dafür schön geblieben, in Wahrheit sogar schöner geworden, man kann das beurteilen, weil es schließlich Fotos gibt. Deshalb antwortete ich ihr:

»Du gefällst mir sehr gut.«

In wenigen Tagen war ihr achtundvierzigster Geburtstag.

Damals, als ich elf Jahre alt war und Papa und Johanna uns in Bregenz verloren hatten, da hatte sie dringend ihre kleine Notdurft verrichten müssen. Ich drücke mich so aus, weil sie sich so ausgedrückt hatte, und ich erinnere mich deshalb so genau, weil ich nicht wußte, was das bedeutet, und ich sie fragte.

»Daß ich dringend brunzen muß«, gab sie zur Antwort. Da waren wir bereits allein auf dem Platz.

»Was soll ich tun?« fragte ich.

»Nicht davon reden«, sagte sie.

»Du hast damit angefangen«, sagte ich und mußte auf einmal auch dringend. »Ich muß auch«, sagte ich.

»Stell dich an den Baum«, sagte sie, »du hast einen Schwanz, du kannst das.« Es standen nämlich Kastanien um den Platz herum.

»Kannst du dich nicht auch irgendwie an den Baum setzen?« sagte ich.

»Nein«, sagte sie, »das kann ich nicht.«

»Wir könnten in ein Gasthaus gehen«, sagte ich.

Aber wir haben schon zu lange darüber geredet. »Es nützt mir nichts mehr«, sagte sie.

Sie hatte in die Hose gemacht. Das Kissen auf dem Rollstuhl war durchweicht. Aber weil wir im Freien waren, roch ich nichts. Nur den Wind vom See roch ich. Es war Sommer und lau. Und es roch auch nach Straßenstaub. Die Mücken fielen über uns her. Ich trug nur ein kurzärmeliges Hemd, ich schlug nach ihnen, schlug sie tot, ihr Blut bildete Blüten auf meinen Armen. Wir warteten in der ruhigen, schweren, dichten Sommerluft. An dem Baum, an dem ich mein Wasser abschlug, lehnte ein Fahrrad mit dicken Reifen und einem breiten, geschwungenen Lenker, ich machte das Hinterrad naß und dann mit letzter Kraft den Sattel. Es waren nur noch wenige Autos unterwegs und keine Fußgänger. Vom See herauf war das immer gleiche, rhythmische Pauken eines Basses zu hören und ein wisperndes Schlagzeug dazu. Dort unten war etwas los. Die Welt war immer dort, wo ich nicht war.

Der Platz war von Laternen umstellt, aber das Laub der Kastanien dämpfte das Licht ab. Es war keine Katastrophe geschehen. Ich schlug mein Wasser ab und blickte zu meiner Mutter hinüber. Das war alles. Eine Schattenfigur war sie, kaum vom Hintergrund zu unterscheiden, der Rücken gerade, er berührte die Lehne des Rollstuhls gar nicht. Sie winkte zu mir herüber, griff sich mit beiden Händen in den Nacken und hob sich die Haare hoch. Wenn ich sie länger beobachtete, wurde ihre weiße Bluse zu einem blassen Loch in der Dunkelheit, und das war dann alles.

»Ist es sehr schlimm?« fragte ich.

»Wenn ich nicht daran denke, ist es nicht schlimm«, sagte sie.

»Aber du mußt leider die ganze Zeit daran denken, stimmt's?«

»Ich muß überhaupt nicht daran denken. Ich muß nur daran denken, wenn du davon redest. Aber leider redest du die ganze Zeit davon.«

Das war der Grund, warum sie nicht mit dem Taxi nach Hause fahren wollte.

Wir wechselten uns ab. Die meiste Zeit aber schob ich den Rollstuhl. Wir zogen hinter Papa und Johanna her und hatten es lustig. Es dauerte sehr lange, bis wir zu Hause waren. Am Schluß, über den Hügel hinauf, mühten wir uns zu viert ab, sie mit der rechten Hand am Rad, wir drei schoben hinten. Es war ein Gelächter.

Ihr Selbstbewußtsein ist zerbrochen. Das kann wieder zusammenwachsen bei ihr, das ist uns allen bekannt, es bricht und wächst zusammen und bricht und wächst zusammen, und in dieser Nacht ist es zerbrochen, obwohl wir alle unter großem Gelächter früh um vier Uhr ins Bett gegangen sind. Ich kann mich übrigens an dieses letzte Gelächter vor dem Schlafengehen nicht erinnern, aber nachdem die anderen drei die ganzen Jahre über von einem großen Gelächter gesprochen haben, wird es wohl ein großes Gelächter gewesen sein.

»Geh mit mir«, sagte sie.

Sie wischte unsicher mit der kranken Hand über die Tapete und streckte mir ihre gesunde entgegen. Und sie lächelte dabei so, wie es mich glücklich machte. Weil ich glaubte, denken zu dürfen: Sie ist nicht verzweifelt, daß ich von zu Hause ausgezogen bin, vor fast zwei Jahren schon.

»Tut dir etwas weh?« fragte ich.

»Nein, mir ist nur schwindelig.«

Mit ihr gehen, hieß: Ich stellte mich an ihre linke Seite, faßte sie unter, und dann marschierten wir ein paar Minuten lang im Zimmer auf und ab. Mit Stützapparat, aber ohne Krücken. Ich war dann ihre Krücke. Oder mein Vater war ihre Krücke. Er nannte es Training. Johanna hatte dieses Gehen mit unserer Mutter immer abgelehnt. Es habe keinen Zweck und tue der Mama nur weh, sagte sie. Ich wußte tatsächlich nicht, was für einen Zweck das Gehen haben sollte, außer daß es der Mama das Gefühl gab, es habe einen Zweck. Aber wenn sie zu mir sagte: »Geh mit mir!«, dann habe ich es getan, und ich habe es gern getan. Es war wie ein gemeinsames Erlebnis. Ich mochte es, wenn sie sagte: »So, jetzt noch zehn Schritte!«, oder: »Bis der Song zu Ende ist.« – »Vielleicht ist es eine Art von Bezwingung«, hatte ich zu Johanna gesagt. »Wer bezwingt wen?« hatte sie dagegengefragt. – »Sie sich selbst.« – »Und warum das Ganze?« – »Eine Art Tugend.« – »Und warum?« – »So halt.« Darauf sagte sie: »Wir haben Tugenden schon lange nicht mehr nötig, folglich haben wir sie verloren.« Was mich an Johanna störte, jedenfalls wenn wir über dieses Thema sprachen, war, daß sie so tat, als könne sie den wahren Umfang des Leids besser einschätzen als die Mama selber. Überhaupt, wie sie sich illusionslos gab und zu allen möglichen Traurigkeiten in der Welt einen kompakten Spruch abzugeben wußte, das ärgerte mich. Wenn sie zum Beispiel sagte: »Die Wahrheit bemüht sich verzweifelt um Nacktheit.« Oder: »Das Gute ist das dienstbar gemachte Böse.« Oder: »Das Paradies liegt unter dem Schatten der Schwerter.« Einer ihrer Kollegen sagte einmal in ihrem Beisein zu mir: »Die Johanna hat in ihrem Computer ein Programm eingebaut, das druckt ihr jeden Morgen die originellste Formulierung des Tages aus.« Im ersten Moment habe ich das sogar geglaubt.

»Soll ich dich hinüber ins Wohnzimmer tragen?« fragte ich die Mama.

»Nein, wir gehen hier«, sagte sie.
»Und wie wollen wir gehen?«
»Wir gehen ums Bett herum und dann zurück und dann das Ganze noch einmal oder zweimal, je nachdem.«
Sie stand zu nahe an der Wand. Ich trat zu ihr hin, küßte sie aufs Haar, hob sie hoch und stellte sie näher ans Bett, so daß ich mich an ihre kranke Seite begeben konnte. Einen Augenblick stand sie frei. Sie krallte sich an meinem Hemd fest und ließ erst los, als ich meinen Arm um ihre Taille legte.
»Also, komm, gehen wir«, sagte ich.
Sie hakte sich bei mir ein und holte tief Luft, als steige sie ins Wasser und würde gleich untertauchen. Die gesunde rechte Hand legte sie an ihren rechten Oberschenkel. Das Kinn preßte sie nach unten. Sie ist ein Stück kleiner als ich, ich mußte mich beugen, damit ich sie an meiner Seite nicht nach oben zog. Ich wußte genau, was ich zu tun hatte. Ich war schließlich ihr Lieblingspartner beim Gehen.
Ich sagte: »Jetzt!«
Wir belasteten beide unser rechtes Bein und schoben das linke in einem schmalen Außenbogen steif nach vorne. Nun mußte ich ihren Körper etwas anheben, so daß sie auf dem linken Bein stehen und das gesunde rechte nachziehen konnte. Im selben Rhythmus setzte auch ich mein rechtes Bein vor. Das war ein Schritt. Und dann kam der nächste. Und dann der übernächste. Genau das meinte sie, wenn sie sagte: »Geh mit mir!«
Dieses Gehen sah aus wie eine kindliche Parodie auf den preußischen Stechschritt. Oder wie die ersten Lebendversuche von Professor Frankenstein mit seinem Monster. Beide Vergleiche stammten von der Mama, und auch wenn das wenig glaubhaft klingt, das hat sie nicht mit Verbitterung gesagt. Johanna meinte, daß ich naiv sei, wenn ich glaube, daß irgendein Mensch auf der Welt so etwas ohne Verbitterung sagen könne. Ich kenne die Mama besser, als Johanna sie kennt.

»Stopp«, sagte sie plötzlich. Sie beugte sich an ihrer Seite nieder und hielt sich am Bettende fest. »Du kannst mich loslassen.«

Wir hatten erst vier Schritte am Bett entlang gemacht.

»Tut es dir weh?«

»Nein. Mir ist nur ein bißchen schwindelig. Ich setze mich kurz hin, und du holst den Hendrix.«

Sie entzog sich meinem Arm und ließ sich auf das Bettende gleiten. Der Drehpunkt für ihren Körper war der Absatz ihres rechten Schuhs. Das linke Bein mit dem Stützapparat schwenkte sie herum. Als sie saß, rastete sie die Kniegelenkssperre aus.

»Welchen Hendrix?« fragte ich.

»Er liegt in der Küche.«

Sie wollte nicht ohne Musik gehen. Johanna vermutete, der Grund dafür sei, daß sie das Geräusch, das ihr Schuh beim Gehen machte, nicht hören wollte. Der linke Schuh schleifte bei jedem Schritt über den Boden. Aber das war nicht der Grund.

»Ich habe ihn jahrelang nicht mehr gehört«, sagte sie, »und vor ein paar Tagen habe ich mir auf einmal eingebildet, ich müßte dringend wieder einmal *All Along the Watchtower* hören und *Purple Haze* und *Hey Joe*, und da habe ich deinen Vater gebeten, er soll mir in Bregenz irgendeine Best-of-CD kaufen. Und *Voodoo Child*. Sie muß in der Küche liegen.« Und als ob ich danach gefragt hätte, fügte sie in einem streitsüchtigen Ton hinzu: »Das war vorher.«

»Vor was?«

»Vor dem beschissenen Streifer.«

»Das weiß ich doch, Mama«, sagte ich.

»Die CD muß in der Küche liegen«, sagte sie, »und wenn nicht, dann frag deinen Vater, wo er sie versteckt hat.«

»Zieht einen der Hendrix auch hinunter?«

»Mich stellt er auf«, sagte sie. »Wenn es einen Gott gibt,

dann spielt er jetzt mit Elvis und Jim Morrison in einer Band. Laß dir Zeit, ich muß verschnaufen und mich daran gewöhnen, daß du wieder bei mir bist, mein Liebling.«

Ich ging in die Küche und suchte unter dem Gerümpel, das dort herumlag, eine CD von Jimi Hendrix.

Sie wollte nie ohne Musik sein. In der Küche stand ein CD-Player, im Schlafzimmer, im Wintergarten, Dreckkrater auf den Tasten, die Lautsprechergitter verklebt. Meistens waren zwei Geräte gleichzeitig in Betrieb. Mein Vater hörte draußen im Wintergarten irgend etwas kleinbesetztes Klassisches – was meine Mutter übrigens nicht leiden konnte –, Johanna spielte Bob Marley in ihrem Zimmer oder etwas Ausgefallenes von einer isländischen Sängerin oder einer mongolischen Sängerin, und unsere Mutter spielte ihre Sachen. Im Unterschied zu den anderen hörte sie nie eine CD ganz durch, sondern immer nur eine Nummer, aber die ununterbrochen. Für die Mama ist die Repeattaste erfunden worden. Es gab Stücke, da preßte sie bei bestimmten Stellen die Finger der rechten Hand zu einer flachen Faust zusammen und spreizte sie plötzlich im Rhythmus weit auf, schloß die Augen, warf den Kopf zurück und schrie den Text heraus, um gleich darauf wieder ihrer Beschäftigung nachzugehen, so, als nähme sie die Musik gar nicht wahr, bis der Song von neuem begann und bei derselben Stelle ankam. So hörten wir eine ganze Woche lang *Across the Borderline*. Oder *Words* von Neil Young. Oder *Pale Blue Eyes* von Velvet Underground. An diese drei Nummern erinnere ich mich. Sie spielte sie den ganzen Tag herauf und herunter und dann nie wieder. Die CDs lagen in der Küche herum, ohne Hüllen, zerkratzt und verdreckt, unter stumpfen Bleistiften, fettigen Tupperwaredeckeln und verdorrten Zitronen. Sie hat die Songs ausgesaugt, und am Ende ließ sich mit ihnen keine Hoffnung mehr verbinden, das ist meine Vermutung. Musik war für sie eine Verteidigungswaffe gegen den unsichtbaren schwarzen Affen, der ihr im Genick saß und sie in den Rollstuhl drückte.

Ich glaube, nur mein Vater liebte die Musik wirklich, sie diente ihm für keinen Zweck, er liebte sie unabhängig von seinen Stimmungen als das, was sie war. Meine Schwester war lediglich neugierig, neugierig und ungeduldig, sie hörte die erste halbe Minute, dann sprang sie zum nächsten Cut, und wenn sie sich mit jemandem unterhielt, schaltete sie ihren Player ab, und wenn sie las oder schrieb, steckte sie sich Oropax in die Ohren, damit sie überhaupt nichts hörte.

Ich erinnere mich, daß ich manchmal auf dem Klo saß, das sich in der Mitte unseres Hauses befindet, die Wände waren mit Bildern aus Illustrierten ausgesteckt, und obwohl ich von allen Seiten die verschiedenen Musiken hörte, fühlte ich mich abgeschirmt und aufgehoben in Stille, und fühlte mich allein, als ob die Musiken nicht aus verschiedenen Zimmern kämen, in denen sich verschiedene Menschen aufhielten, sondern vom Haus selbst, als wenn es ein musikähnliche Geräusche erzeugender Organismus wäre und ich seine Seele, auf die es achtgab. Die Familie hatte mich für eine Viertelstunde vergessen, und ich mußte mich zwischen keiner ihrer Musiken entscheiden.

Vor ihrer Krankheit war meine Mutter oft zu Rockkonzerten gefahren. Sie war auch oft allein unterwegs gewesen, wenn er nicht mitfahren wollte. Nach Zürich oder München oder Stuttgart, manchmal sogar bis Wien war sie gefahren, hatte sich in VW-Bussen mitnehmen lassen oder war per Autostopp unterwegs gewesen. Da ist er zu Hause geblieben und hat der Johanna die Windeln gewechselt. Mich gab es damals noch nicht. Bei den Rolling Stones in Wien waren sie gemeinsam, da gab es mich dann schon, ich war noch kein Jahr alt. Irgend jemand, eine Freundin oder sonst eine verläßliche Bekannte oder eine bezahlte Person, was weiß ich, hat auf Johanna und mich aufgepaßt, wohl eher eine bezahlte

Person, denn Freunde hatten meine Eltern keine, soviel ich weiß, und verläßliche Bekannte auch nicht, solche hätten sich später doch sicher einmal bei uns gemeldet, haben sich aber nie welche. Lange haben die beiden von diesem Konzert in Wien erzählt. Sie hatten es damals auch sonst schön gehabt, denke ich mir, sie waren verrückt, er nach ihr, sie nach ihm.

Aber auch, als sie dann im Rollstuhl saß und am Stützapparat ging, sind sie manchmal weggefahren, vielleicht zu Konzerten, vielleicht, um sich irgend etwas anzusehen. Länger als eineinhalb Tage ließen sie uns nicht allein. An ein Konzert erinnere ich mich, nämlich, als Bob Dylan 1991 in Innsbruck spielte. Sie nahmen mich mit, weil ich so bettelte. Ich war zwölf, Johanna war schon aus dem Haus, ich fürchtete mich, allein zu Hause zu bleiben. Wir standen direkt vor der Bühne. Rollstuhlfahrer mit Anhang läßt man überall nach vorne, jedenfalls bei Rockkonzerten. Ich habe den berühmten Musiker die ganze Zeit angeschaut, einmal hat er mich angeschaut. Da habe ich mit den Augen gezwinkert, aber er hat nicht zurückgezwinkert, sein Gesicht war zerknittert, und er schnitt Grimassen, und kein Mensch wußte, zu welchem Zweck.

Meine Mutter hat den ganzen Abend keinen Schluck zu sich genommen und schon am Nachmittag nicht. Aber dann haben sie während des Konzerts einen Joint geraucht, und davon bekommt man Durst, und sie hat dann doch aus einer Flasche Mineralwasser getrunken, und darum ist es auf der Heimfahrt im Zug wieder passiert. Sie merkte es erst, als sie bereits naß war. Es sei so, sagte sie später, daß sie noch meine, sie halte das Wasser zurück, und schließlich sogar meine, sie müsse überhaupt nicht mehr, und da spüre sie, daß sie bereits naß sei. Der Zug war mit jungen Leuten überfüllt, in den Fensterscheiben spiegelten sich ihre gleichgültigen Gesichter. Die Mama hatte damals noch keine Übung mit sich selber. Aber damals hat sie sich geschworen, sie werde nie wieder das Haus verlassen. Und das hat sie im großen und ganzen gehalten.

»Was geht denn da drinnen vor?« hörte ich seine Stimme rollen, und dann erst betrat er das Schlafzimmer. »Falls hier der Wohlfahrtsausschuß zusammengetreten ist, um das Schicksal des alten Finken mit dem komisch gestreiften Muskelkater im Herzen irgendwie …«

Er verlor den Faden, baute statt mit Worten mit einer Geste weiter, die man als »komm heraus!« deuten konnte, was freilich keinen Sinn ergeben hätte. Ich ließ die Mama einen Augenblick frei stehen und schaltete den Player aus.

Mein Vater hat eine Stimme, mit der er viel Geld hätte verdienen können. Ich zitiere ihn. Als Synchronstimme für amerikanische Serienmörder. Ich zitiere ihn weiter. Oder für einen alten, abgehalfterten Experten in einem Katastrophenfilm, Charles Bronson, wenn möglich, der nach inneren Kämpfen schließlich seinen Stolz überwindet und eine 1A-Mannschaft zusammenstellt, damit es dem Helden, Bruce Willis, wenn möglich, am Ende gelingt, doch noch die Erde zu retten … – Er hatte eine Raucherstimme mit einem breiigen Husten dazwischen, das war alles.

Dann sagte er: »Menschen sind wir alle.« Und das meinte er ernst. Er hängte ein »Oder« an, mit Fragezeichen und einem weisen Grinsen. Ich glaube, als er sein erstes graues Haar entdeckte, hat er eine Imagekorrektur an sich vorgenommen – vom Hippie zum Guru oder so ähnlich.

Er machte drei von seinen langen Schritten an mir vorbei, ohne mich anzusehen, stellte sich neben seine Frau, drückte ihr einen Kuß auf die Schläfe, und dann stand er einfach neben ihr. Als hätte ich meine Eltern gebeten, für ein Photo zu posieren. In den Achseln seines Hemds hingen große feuchte Ovale. Er hatte sich rasiert und die Haare zu einem Roßschwanz zusammengebunden. Seifengeruch lag über dem Lagerfeuer. Sie blickte ihn mit einem feinen Lächeln von der Seite an und drehte ihm mit dem Finger Rasierschaum aus dem Ohr, drückte ihm sanft den Gummistoppel ihrer Krücke auf die hornhäutigen Zehen. Das Weiß seiner Augen war rot durchnetzt. Er atmete zufrieden. Preßte seine Frau an sich. Das geschiente Bein hob sich vom Boden ab.

»Also, rück endlich den Zündschlüssel raus!« sagte er. »Ich fahre uns alle miteinander in die Hölle.«

Ihr Echo kam unverzüglich: »Dann warten wir noch, bis auch die Johanna da ist.« Nur zu ihm sagte sie das.

Daraufhin wurde lange nichts geredet im Haus, bis in die Nacht hinein. Bis Johanna kam. Mit diesem Spruch war der Tag gelaufen. Am nächsten Morgen war ein reiner Himmel, in dem die Sonne stand, strahlend und ohne Wärme.

Das fällt mir erst jetzt ein: Vielleicht wäre das wirklich etwas für ihn gewesen, eine echte Arbeit – Filme synchronisieren.

Fünftes Kapitel

Es war ja alles schon ausgemacht und organisiert, ich wußte es nur nicht. Als ein Glücksfall konnte es bezeichnet werden, daß unser Vater so rasch einen Platz in einer Rehabilitationsklinik bekommen hat, irgendwo in Oberösterreich.

Eine Woche blieb ich zu Hause. Johanna nur zwei Tage. Gerade einmal waren wir beide für uns und konnten reden. Aber da fiel uns nicht sehr viel ein, das sage ich gleich. Sie war in dem knappen Jahr, in dem ich sie nicht gesehen hatte, so hübsch geworden, daß sie mir in den ersten Stunden sogar ein wenig fremd war. Johanna hat immer gut ausgesehen, nur hatte sie ums Kinn herum einen harten Zug gehabt, besonders dann, wenn sie sich im Recht fühlte. Meistens war sie im Recht. Als Kind, erzählten unsere Eltern, sei sie ein so anmutiger Anblick gewesen, daß alle, die sie sahen, melancholisch geworden seien.

Jetzt sah sie aus, als wäre sie verliebt. Aber sie sagte, sie sei es nicht, sie wüßte auch keinen Grund dafür, ich solle nicht so ein Theater machen, sie sähe aus wie immer, Verlieben würde ihr gerade noch fehlen. Sie machte sich über die Männer lustig, am meisten über jene, mit denen sie gerade ging. Ich weiß nicht, was für eine Selbsteinschätzung Johanna hatte. Als halte sie nicht viel von sich selbst. So einen Eindruck machte sie auf mich: Wer sich mit mir einläßt, der muß es wohl nötig haben.

Sie teilte die Männer in zwei Kategorien ein, nämlich in Teddybären und Faschisten. Wenn sie von den ersteren sprach, zog sie die Unterlippe zu einer kleinen Pfanne herunter, als würde sie gleich weinen, und schlug mit den Fäusten vor ihrer Brust Kreise in die Luft, wie es Kinder tun, wenn sie es eilig haben. Über die zweite Kategorie redete sie, als bestünde sie aus chemisch reiner Niedertracht, was sie zu jeder Gemeinheit ihnen gegenüber berechtigte. Diese Kategorie umfaßte für sie selbstverständlich die überwiegende Mehrheit der Männer.

Vor einem halben Jahr hatte sie für ihre Zeitung ein Interview gemacht, das in Wien Aufruhr ausgelöst hatte. Ich habe das Interview nicht gelesen, weil ich damals schon in Deutschland war. Ich habe Johanna gebeten, mir eine Kopie zu schicken. Aber das hat sie dann vergessen, glaube ich. In diesem Interview, so erzählte sie, sei es ihr gelungen, aus einem Wirtschaftsmann, der im Begriff war, als Quereinsteiger in die Politik einzutreten, alle miesen Vorurteile, vor allem gegenüber Frauen, Homosexuellen und nichteuropäischen Muslimen, herauszukitzeln, bis der Mann am Ende blank dagestanden sei und ihm nichts anderes übriggeblieben war, als alles wegzulügen und das Blatt zu verklagen.

Sie erzählte, sie habe sich für den Interviewtermin aufgedonnert wie Cher in den *Hexen von Eastwick*. Bereits nach den ersten zwanzig Sekunden habe sie den Kerl durchschaut und sich schamlos auf seine Seite gehauen und ihm ständig recht gegeben. Eine kompliziertere Strategie sei bei dem nicht nötig gewesen. »So viel Eitelkeit macht strohdumm.«

Sie habe mit dem kleinen Finger die Themen gelenkt, immer darauf bedacht, das Private anzusteuern, und hatte dann bei Gelegenheit eingeflochten, alle Frauen seien im Grunde ihres Herzens Schlampen, dafür lege sie ihre Hand ins Feuer. Und der Herr habe ausgerufen: »Was!« Und sie habe ungerührt noch eines draufgesetzt: Fast jede Frau mache alle paar Monate absichtlich einen Blödsinn, nur damit sie eine aufgelegt kriege. Und er: »Wie!« Und sie: Ja, das sei ein Mysterium.

Zuerst habe er noch heftig widersprochen, dann habe er nur noch wie gegen besseres Wissen widersprochen, schließlich habe er den Kopf geschüttelt, als gäbe es in der Welt nun einmal Dinge, die man nicht erklären könne, Mysterien eben, die man lieber ruhen lassen soll, Natur halt. Und endlich sei er dazu übergegangen, Stück für Stück die Sau rauszulassen. Sein süßes rosa Kaugummigesicht habe die Kantigkeit eines SA-Schlägertyps bekommen, und exakt von diesem Augenblick an habe sie das Gespräch auf Tonband mitgeschnitten.

Sie schrieb alles wortwörtlich ab – »die leichteste Arbeit meiner ganzen Laufbahn« –, mit in Klammern gesetzten Hinweisen auf Lacher und Grinser und Kicherer und auch auf die saftig furzenden Geräusche, die er mit seinem Mund machte, wenn er seine Aussagen gebührend unterstreichen wollte.

Johanna sagte, vorübergehend sei sie in Wien ein Star gewesen, und ich war stolz auf sie, als sie es mir am Telefon erzählte. Jedoch sagte ich ihr auch, sie muß aufpassen, am Ende mag sie niemand. Und ich dachte, daß mit der Zeit ihr Gesicht garstig wird, auch wenn es für die gute Sache ist.

Aber ihr Gesicht ist im Gegenteil weich und lieb geworden. Niemand weiß, warum Gesichter einmal so und dann wieder ganz anders aussehen, als ob sie sich keinen Deut um die Gedanken scheren, die sich hinter ihnen aufbauen und spalten, verlieren oder verfestigen. Vielleicht lag es daran, weil sie sich die Haare hatte kraus machen lassen. Ursprünglich hat sie das gleiche Schnittlauch wie ich und die Mama. Jetzt standen sie ihr wie eine dunkle, rotbraune Sonne um den Kopf. Unserer Mutter gefiel das. Es sehe unternehmungslustig und freundlich aus, sagte sie, und Johanna fragte dagegen, ob sie denn vorher fad und unfreundlich ausgesehen habe. Das ist typisch für sie. Steht da, funkelt einen an, vergräbt ihre Hände in den Achselhöhlen. Kratzbürstig. »Aber nein«, sagte die Mama nur.

Der Alte äußerte sich gar nicht zu der Frisur. Alles andere hätte mich auch gewundert. Der Hundling interessierte sich für keinen anderen Menschen. Er interessierte sich kaum für sich selber. Er hatte sich auch nicht für Johannas journalistischen Erfolg interessiert. Die Welt prallte von ihm ab, zerschellte an ihm, blieb zuweilen in kleinen Splittern an ihm hängen, aber nie drang sie zu ihm durch. Er nannte es so: Es sei nicht seine Sache, Länge und Breite anderer Leute Leben abzumessen. Fremde Meinungen waren eine Art Lärm für ihn, gegen den er sich wehrte, indem er sich die Ohren zuhielt. Vielleicht interessierte er sich für seine Frau. Jedenfalls in den frühen Tagen ihrer Liebe hat er sich für sie interessiert. Johanna und ich, seine Kinder, waren nicht mehr als Touristen in seinem Leben.

Mit achtzehn verließ Johanna das Haus. Ich war gerade ins Gymnasium gekommen. Sie ging, ohne sich von meinen Eltern zu verabschieden. Unsere Mutter war seit fünf Monaten gelähmt. Nur von mir verabschiedete sich Johanna.

Sie sagte: »Der Wise ist mir das Liebste auf der ganzen Welt.«

Und sie sagte: »Es ist nicht so schlimm, wie es aussieht. Es ist nur kurz so schlimm wie jetzt, und dann wird es auf alle Fälle wieder besser.«

Sie werde lediglich eine Freundin in Wien besuchen und werde in einer Woche, spätestens in zwei Wochen, wieder dasein. Ich solle den Eltern aber nichts sagen. Ich solle so tun, als wüßte ich nichts. Die beiden verdienten es, daß sie Angst um sie haben. Das gönne sie ihnen. Und dann fuhr sie ab.

Die Mama fragte mich, ob ich wisse, wo Johanna sei. Ich sagte: »Sie ist nach Wien gefahren zu einer Freundin. Sie kommt in einer Woche wieder, spätestens in zwei Wochen.«

Darum machten sich die Eltern keine Sorgen. Sie machten sich auch keine Sorgen, als die Woche vorüber war, und auch nicht, als vierzehn Tage vorüber waren, und auch nicht nach einem Monat. Um Johanna machte man sich keine Sorgen. Sorgen machten sich Mutter und Vater zu dieser Zeit, daß sie selber absaufen könnten, eine Verzweiflung wie die ihre läßt einen nicht besonders nett sein. Ich ernährte mich von Schokolade und Chips, und sie ernährten sich gar nicht.

Irgendwann rief Johanna aus Wien an und erzählte, daß sie einen Job in einem Verlag gefunden habe und in Wien bleiben wolle. Sie sprach mit unserem Vater. Die Mama war gerade in der Nervenheilanstalt. Er sagte Johanna nichts davon, er scherzte mit ihr am Telefon, er lachte lang und laut. Also dachte ich, wird auch Johanna am anderen Ende der Leitung lang und laut lachen. Über die alte Sache sprachen sie nicht. Entweder sie taten so, als ob sie sich nicht mehr daran erinnerten, oder es war alles für sie gut. Ich aber erinnerte mich an die alte Sache, und nichts war für mich gut.

Das war die alte Sache: Johanna war kurz aus dem Haus gegangen, einkaufen, oder was weiß ich, und hatte die Mama und den Papa gebeten, ihrem Freund, wenn er in der Zwischenzeit anrufe, auszurichten, sie sei spätestens in einer halben Stunde wieder da und werde zurückrufen. Und dann rief ihr Freund an – seinen Namen weiß ich bis heute, nämlich Mario –, und unser Vater ging ans Telefon, und er sagte, er habe keine Ahnung, wo Johanna sei, und er wisse auch nicht, wann sie nach Hause komme. Und das hat dann, laut Johanna, dazu geführt, daß es aus war zwischen ihr und Mario, was mit Sicherheit verlogen ist, wie sollte das auch gehen, wegen eines einzigen Telefonats.

In unserem Haus wurde an diesem Abend geschrien, und Dinge wurden gesagt, ich hatte es nicht für möglich gehalten, daß im Kopf meiner Mutter, im Kopf meines Vaters und im Kopf meiner Schwester solche Worte sein könnten. Ich weiß, daß ich mich als einziger an diesen Abend erinnere. Ich erinnere mich, wer als erster, wer als zweiter, wer als dritter, wer als vierter und wer als fünfter gesprochen hat. Einer hat den anderen ausreden lassen, hintereinandergeklebte Statements, Böses in Ordnung. Ich dachte, ich müßte von nun an stumm sein, denn wenn man solche Dinge sagen kann, dann ist auch alles andere, was man sagt, nicht mehr unschuldig. An diesem Abend ist unsere Familie zerbrochen. Den großen Schlag hatte die Familie erhalten, als die Mama krank wurde, aber zerbrochen ist sie an diesem Abend. Johanna sagte zu Mama das Schlimmste, was man zur Mama sagen kann. Sie wollte den Vater treffen, und sie traf ihn, indem sie das Schlimmste zu der Mama sagte. Ich sage nicht, was sie sagte, man kann sich das ausdenken.

Johanna ist die einzige von uns, die etwas fertig gemacht hat. Sie ist gelernte Buchhändlerin. Eine Zeitlang hat sie in Bregenz in einer Buchhandlung gearbeitet, dann in einem Schuhgeschäft. Warum sie gewechselt hat, weiß ich nicht. In Wien arbeitete sie zwei Jahre in einem Verlag in der Presseabteilung, dann wechselte sie die Seiten und begann, für die erwähnte Wiener Stadtzeitung zu schreiben.

Als ich siebzehn war, bin ich ebenfalls von zu Hause weg, und ich bin zu Johanna nach Wien gefahren. Aber ich habe es meinen Eltern gesagt. Ich sagte, ich möchte es in Wien probieren. Sie fragten nicht, was ich probieren möchte. Bei uns hat immer alles alles mögliche bedeutet. Ich bin in Frieden abgezogen. Ich hatte Heimweh in Wien. Ich konnte zum Beispiel lange Zeit nicht ins Kino gehen, Kino kam mir vor wie Emigration.

Johanna hatte in der Rechten Wienzeile eine Wohnung, Altbau, oben im letzten Stock, kein Lift, zwei Zimmer, eine geräumige Küche – in der ein Fernseher stand und ein Sofa, auf dem ich schlief –, und dann noch ein Bad und ein Flur, der leider keine Fenster hatte. Wenn Freunde kamen, dann stellten wir zwei Böcke in den Gang und legten Bretter darauf und ein Leintuch darüber, Kerzenständer, ein Fest.

Johanna brachte mir das Kochen bei, und ich kochte für sie. Ich habe dafür ein Talent. Ich weiß, wie eine Speise schmeckt, ohne daß ich sie probieren muß. Ich kaufte auf dem Naschmarkt ein, schon nach wenigen Tagen bekam ich heraus, daß die Waren immer billiger wurden, je weiter man den Naschmarkt stadtauswärts ging. Bei den Jordaniern, Türken und Persern in der Nähe der Kettenbrückengasse konnte man das Gemüse am Abend für einen Bruchteil vom Preis des Morgens bekommen. Ich war ganz wild aufs Kochen. Ich entwickelte einen Tadellosigkeitswahn. Mittags kam Johanna nach Hause, und wir aßen zusammen wie eine kleine Familie.

Sie wollte, daß ich mit ihr abends weggehe. Eine Zeitlang tat ich das. Wir besuchten das Kaffeehaus, in dem der Dichter Heimito von Doderer angeblich gern gesessen und nachgedacht hatte. Um Mitternacht gingen wir in eine Bar, wo sie Kollegen traf. Sie schlang ihre Waden um den Barhocker und stellte mich ihren Kollegen vor. Einige schienen in sie verliebt zu sein, Männer, die nicht schlecht aussahen und etwas drauf hatten. In den Mattesten von denen war sie selber verliebt. Oder das, was sie darunter verstand. Er hatte eine Art, vor ihr zu stehen, die mich ärgerte, die Füße immer streng auf zehn vor zwei, die Lippen rot gescheuert. Sie fragte mich vor seinem hellen Ohr, wie ich ihn finde. Er hatte eine schmalbrüstige, fanatische Gestalt und einen rechthaberischen Ton in der Stimme. Zu Hause sagte ich, ich mag ihn nicht. Da hat sie sich ihn aus dem Kopf geschlagen.

Einmal wartete ich einen ganzen Tag lang auf Johanna. Ich hatte Lasagne gekocht, dazu bereitete ich einen Gurkensalat. Als Nachtisch schnitt ich Mangohälften vom Kern und ritzte das Fruchtfleisch im Karo ein und stülpte die Hälften um, so daß sie auf den Tellern wie zwei stumpfstachlige gelbe Igel aussahen. Wenn man Mango ißt, muß man Zahnseide im Haus haben. Zum Trinken hätte es Kombucha gegeben, ein neues rosafarbenes Getränk aus dem Fernen Osten, das dem

Menschen Energie verleiht und zugleich auch Gelassenheit, wie auf dem Etikett zu lesen war. Ich deckte den Tisch in der Küche, und dann glotzte ich aus dem offenen Fenster. Hinunter auf den Parkplatz, der sich hinter der Markthalle bis zu den letzten Ständen des Naschmarkts erstreckte. Auf der Uhr über der Markthalle war es kurz nach eins, als ich mit dem Glotzen anfing.

Ich hörte Worte, die zugerufen wurden, erriet, welcher Nation der Rufer angehörte, oder erriet es nicht. Und habe mir meine Gedanken gemacht. Richtig müßte ich sagen: Es hat mir gedacht. Das Summen der Stadt war wie Stille, und die verdummte meine Ohren, so daß ich bald keine Stimmen mehr unterschied und bald gar nichts mehr unterscheiden konnte vom Rauschen meines Blutes. Auch nicht der Preßlufthammer, der irgendwo geschlagen wurde. Ich sah Männer und Frauen gehen und aneinander anstreifen, und es war wie in einem Stummfilm, und ich sah Autos mit engen, grünen Ladeflächen, und ihre Stoßstangen drückten an andere Stoßstangen oder an niedere Betonmauern. Jeder Schritt, jede Radumdrehung, jeder Aufprall reibt etwas von unserer Welt ab, und wenn alles in gleichgültigen Staub zerlegt sein wird, werden wir diesen Staub einatmen und ihn bis in die untersten Lungenspitzen ziehen, damit er ordentlich einfährt, und es wird alles weitergehen, garantiert ohne erbärmliche leere Gefühle und auch ohne den Eifer, der einen bisweilen drängt, jemandem aus kleinstem Grund heraus die Unterlippe aufs Brustbein zu reißen. Erst taten mir noch die Ellbogen weh, weil ich mich vorbeugte und auf sie stützte, dann tat mir der Rücken weh, und dann taten mir die Beine weh, bei dem einen das Knie, weil ich es durchstreckte, bei dem anderen hauptsächlich die Ferse wegen Überdehnung der Sehne, und dann tat mir nichts mehr weh. Ich war in Gestalt gebracht und verharrte. Der Tag bewegte sich langsam wie eine Jahreszeit, leuchtende Fassade, schattige Fassade, und ich habe allem zugestimmt, auf alle Fälle rechnete ich mit der Möglichkeit, daß auch so ein kleines Ding wie eine Taube eine Seele hatte, Tauben sowieso, ich war mit allem einverstanden. Leben ohne Dasein. Denn eigentlich war ich gar nicht da. Von mir konnte keine Veränderung erwartet werden. Ich ließ niemanden via Fernsehen an meinen Gefühlen teilhaben. Nur wer sich bewegt, ist da, und wer sich bewegt, verändert. Ich lebte, aber ich war nicht da. Meine Zukunft bestand aus meinen Hoffnungen, so war es immer gewesen, nur selten ließ ich meine Befürchtungen bis dorthin vordringen. Und nun, an diesem lauen Nachmittag in der Rechten Wienzeile, begann ich, nichts mehr zu hoffen, und so schwand die Zukunft. Ich war dankbar für meine kurze Natur. Müde war ich, ohne daß ich mich hätte hinlegen wollen. Ich hätte ja nur einen Schritt ins Zimmer hinein tun müssen und wäre schon auf dem Sofa gelandet, wo ich mir nachmittags manchmal einen runterholte. Niemand sah mich, niemand kannte mich. Im Protokoll der Stadt schien ich nicht auf.

Für eine Weile hatte ich die Sonne in den Augen. Die stiftete Unfrieden in mir. Ein neidisches Licht, als scheine es von der Hölle herauf zu meiner schönen Erde. Hätte mich beinahe wieder zusammengebaut, zu dem vergeblichen Wise Fink. Meine Geburt war der Anfang meiner persönlichen Angelegenheiten gewesen. Das durfte jeder für sich geltend machen. Auch Johanna. Jemand anderen gab es im Augenblick ohnehin nicht für mich. Und sie war nicht hier, und nur zwei Augenpaare ergeben einen Blick, und damit war ich freigesprochen von allem und sie genauso.

Eine rote Tasche, quadratisch, wurde von einer Frau hinüber in das Café Savoy getragen. Ein Punkt im Tag. Ich tat nichts, aber das tat ich, und ich war ganz von der Tätigkeit des Nichtstuns umschlossen. Es war mir gelungen, jenen Zauberpunkt, bevor das Handeln einsetzt, an dem alles Möglichkeit ist, auf einen ganzen Nachmittag auszudehnen. Am Ende stand eine würdevolle Erschöpfung. Die Uhr über der Markthalle zeigte halb acht Uhr abends.

Wenn ich behaupte, ich war glücklich an diesem Tag, dann laufe ich Gefahr, daß man mich für einen erlebnislosen Menschen hält, was ich meiner Einschätzung nach nicht bin. Dennoch möchte ich diesen Tag als den einzig geglückten Tag in meinem Leben bezeichnen. Obwohl alles, was mich umgab, ohne Bewegung war und ich mich auch nicht bewegte und alles in meinem Umkreis vom Mittag bis zum Abend starr war wie ein Foto, war es dennoch ungeordnet und darum ohne Bedeutung. Denn es ist mir vollkommen unmöglich, Bedeutung ohne Ordnung zu akzeptieren. Ich sah, wie im Abendlicht die kühlen, steilen Schatten über den Parkplatz wuchsen, und ich fragte mich nicht, ob das Leben einen Sinn hat oder ob es keinen Sinn hat.

Dann kam Johanna, und ich wärmte die Lasagne auf, die Mangohälften waren etwas eingetrocknet, und Johanna mochte kein Kombucha, sondern Milchkaffee.

Nach dem Essen sagte ich: »Warum sind wir so?«

»Was meinst du?« fragte sie.

»Wir alle. Unsere Familie. Vor allem aber der alte Fink und ich.«

»Du bist nicht wie Papa«, sagte sie.

»Doch«, sagte ich, »ich bin wie er.«

»Du bist überhaupt nicht wie er«, sagte sie noch einmal, es machte sie wütend.

»Halt!« sagte ich. »Ich kann nicht arbeiten, und er kann es auch nicht. Warum können wir das nicht?«

Darüber haben wir geredet, ohne daß etwas dabei herausgekommen wäre. Ich liebte den Kaffeegeruch aus ihrem Mund. Als es schon spät war und wir die Fenster zumachen mußten, weil ein kühler Wind aufkam, erzählte sie mir etwas.

»Der Papa hat sich sehr bemüht«, sagte sie. »Er wollte

nämlich nicht einer sein, der nicht arbeiten kann.« Sie könne sich erinnern, sagte sie, daß er, als sie klein war, fünf oder sechs, also noch bevor ich geboren war, immer auf Jobsuche gewesen sei. Er habe beim Rundfunk gearbeitet und bei einer Zeitung draußen im Land, in einem Plattengeschäft und dann in einem Vertrieb, dann in einer Agentur und bei den Sozis. Und noch viele andere Jobs habe er gehabt, damals sei es nicht schwer gewesen, einen Job zu kriegen. An die meisten seiner Jobs erinnere sie sich freilich nicht, denn selten sei er länger als zwei oder drei Tage geblieben.

»Er kann es nicht«, sagte ich.

»Er kann es wirklich nicht«, sagte sie.

»Hat er nie etwas werden wollen?« fragte ich.

»Er kann alles ein bißchen«, sagte sie. »Aber nichts kann er richtig. Und er will nichts. Er hat das selbst lange nicht gewußt. Aber irgendwann hat er es gewußt. Daß er in Wahrheit nichts tun kann, weil er nichts tun will.«

Und dann, als ich zur Welt kam, habe ihn eine Panik ergriffen, und da habe er sich eingebildet, er sei ein Schriftsteller. Er setzte sich ein Ultimatum. Er wollte sich ein halbes Jahr Zeit geben, um herauszufinden, ob er zur Schriftstellerei tauge. Oder ob er zu Untätigkeit und Zigarettenrauchen verurteilt war. Er besorgte sich in einer Papeterie in St. Gallen ein schönes Buch, dreihundert Seiten stark, leinengebunden mit Lesebändchen und leer. Leer. Und fuhr nach Kreta.

Erst versuchte er es am Strand in der Nähe von Heraklion. Er zog in ein Touristenhotel, teilte sich den Tag ein – frühstücken, am Strand spazierengehen, dann setzte er sich in den Innenhof des Hotels, Pools gab es damals noch nicht, und machte sich Notizen und dachte nach bis in den Abend. Nach drei Tagen zog er aus. Er mietete sich ein Zimmer, keine zweihundert Meter landeinwärts. Da war kein Tourismus, er saß den ganzen Tag in den Cafés. Schließlich fuhr er mit dem Bus zur Hochebene von Lassithi. Im Bus war ein Schweizer

Ehepaar, das erzählte ihm, daß in dem Dorf Mochos, durch das sie gleich fahren würden, Olof Palme immer Urlaub mache. Den kannte unser Vater. Er bat den Busfahrer, er solle ihn in Mochos aussteigen lassen. Und dort blieb er mehr als zwei Monate.

Er lebte so bescheiden, wie ein Mann nur bescheiden leben kann. Jeden Morgen ging er hinaus in den Olivenhain, und erst am Abend kehrte er ins Dorf zurück. Dann aß er eine Kleinigkeit und trank zwei Gläser Wein und saß da und schaute vor sich hin. Die Leute behandelten ihn mit Respekt. Immer hatte er sein Buch bei sich und seine Bleistifte. Und seine Wasserflasche und einen Leinensack mit Brot und Früchten.

»Hat er etwas geschrieben?« fragte ich.

»Kann ich mir nicht vorstellen«, sagte Johanna.

»Hast du das Buch zu Hause je gesehen?«

»Früher«, sagte Johanna.

»Und hineingeschaut?«

»Nicht.«

Ich wohnte ein Jahr bei Johanna. Nicht ein Mal haben wir gestritten. Oft habe ich mit der Mama telefoniert. Es ging ihr gut. Soweit. Dann lernte ich Franka kennen, unten beim Donaukanal. Und ich folgte ihr nach und zog bei Johanna aus und fuhr mit dem Zug nach Gießen, über Salzburg, München, Nürnberg.

Weil Johanna durch ihre Tätigkeit bei der Zeitung eine Berechtigungskarte für den DoGro besaß – das ist ein Großhändler, der Lebensmittel führt –, hieß es von seiten unseres Vaters, man müsse das ausnützen, bevor sie wieder nach Wien zurückkehre, und so fuhren wir nach Hohenems und luden meinen Toyota voll mit Makkaroni, Tomaten in Dosen, Erbsen in Dosen, Mais in Dosen und sonst noch einem Haufen verlöteter Speisen, und kauften ein halbes Dutzend

Flaschen Olivenöl, was angeblich das Beste fürs Herz ist, und Plastikkissen mit tiefgefrorenen Shrimps und Spinatravioli, eine Halbmetersalami, drei Flaschen Mangosirup, den unsere Mutter so gern im Tee trinkt, und das war noch lange nicht alles. Ich muß dazu sagen, ich mag Supermärkte im allgemeinen sehr gern, aber von diesem Laden war ich begeistert, von den hohen Regalen, aus denen man jederzeit mit dem Hubstapler Nachschub holen konnte. Allein die Auswahl an Nudeln oder Essiggurken! Ich dachte mir, es gehört doch eindeutig zum Vernünftigsten, was sich der Mensch auf Erden wünschen kann, nämlich eine Nacht hier eingesperrt zu sein.

Wir zahlten mit der Bankomatkarte unseres Vaters. Wir waren eingeladen. »Bis eure Kapitalbasis wieder etwas breiter ist.« Seine Worte. Dabei kauften wir das meiste ja für ihn und die Mama ein. Er habe vor, jeden Monat einen Teil der Mieteinnahmen in Aktien anzulegen, erzählte er, als wir beide, er am Steuer, am ersten Abend die Autobahn hinauf- und hinunterfuhren. Was ich davon halte. Er sah mich dabei mit einem besiegten Lächeln an, als hätte ihn allein schon das Aussprechen dieser Idee bankrott gemacht. Ich betrachtete sein Gesicht, nicht direkt, sondern über den Rückspiegel, ein Gesicht, dem das meine nicht ähnlich sah, üppig geschmückt mit Lebensfalten, voll überflüssiger Details. Nach einer langen Pause sagte ich: »Weiß nicht.«

Ich schlug Johanna vor, in dem Café innerhalb des Supersupermarkts noch etwas zu trinken. Aber sie fand den Ort triste, Tische wie unbelegte Tortenböden, viel schöner wäre es doch, wenn wir zum Rhein führen und dort ein Stück spazierengingen. Was ich dann ebenfalls viel schöner fand. Weil ja auch der Himmel in der Mitte blau war an diesem Tag und das DoGro-Café keine Fenster hat. Und weil sich der gute alte Föhn meldete. Ich roch ihn sofort, als wir durch die breite Glastür auf den Parkplatz traten, und als wir die Sachen vom

Einkaufswagen in den Kofferraum luden, kribbelte der gute alte Rausch unter meiner Haut, der eine glatte Mischung aus Heimweh und Fernweh ist, so daß immer Brennstoff bereit liegt, egal, ob ich zu Hause bin oder nicht.

In Lustenau bei der Eisenbrücke über den Rhein stellten wir den Wagen ab. Da war ein Pappelhain mit runden schwarzen Flecken im Gras, die von Lagerfeuern herrührten. Zwei Schaukeln aus grünlich imprägnierten Pfählen standen unter den Bäumen und dann noch eine eiserne Rutsche, deren Geländer und Leitern verrostet waren. Die Rutschflächen waren aus Plastik und gelb wie Butterblumen. Von den Schrebergärten herüber roch es nach verbrannten Gartenabfällen, und das ist ein Geruch, der mich augenblicklich glücklich macht, auch wenn dieses Glück dann doch nur sehr flüchtig und instabil ist. Zusammen mit Föhn hält es etwas länger.

Wir rissen eine Packung Studentenfutter auf, faßten uns jeder eine gefräßige Handvoll heraus und spazierten auf dem Rheindamm hinunter und warfen uns Nüsse und Rosinen in den Mund. Das Wasser war hoch, und wir sahen zu, wie Holzbrocken dahinschwammen, lautlos und gravitätisch wie Delphine in Zeitlupe, und tauchten und uns überholten.

»Weil es in der Nacht in Graubünden so geschüttet hat«, sagte Johanna.

»Bei uns auch«, sagte ich.

»Dafür ist nur Graubünden zuständig«, sagte sie.

»Das wußte ich gar nicht.«

Und sie sagte, was sie in solchen Fällen immer sagte, nämlich: »Jetzt weißt du es.«

Viel mehr haben wir nicht miteinander geredet. Was erstaunlich ist, denn wir reden beide eher viel als wenig, besonders sie, und miteinander haben wir immer gern gesprochen, ich habe keine Geheimnisse vor ihr, und sie auch nicht viele vor mir, glaube ich. – Übrigens: Wenn ich einmal etwas Kluges sagte, zum Beispiel, irgend jemandem muß man vertrauen, und sei's nur ein bißchen und nur für kurze Zeit, dann antwortete sie im gleichen Tonfall das gleiche: »Jetzt weiß ich es.«

Zwei Männer waren damit beschäftigt, Schwemmholz aus dem Wasser herauszuziehen. Der eine hielt eine lange Stange in den Händen, an die war vorne ein eiserner Haken genagelt. Mehr allerdings interessierte mich das Gerät des anderen. Es sah aus wie ein kurzer Anker, ein Vierkantholz, an das vier Eisenhaken geschraubt waren. Am anderen Ende hing ein Seil, und der Mann schwang das Ding über seinem Kopf und warf es nach den schwimmenden Holzbrocken in den Fluß, und er war so geschickt dabei, daß er nur selten vergeblich warf. Der andere half ihm mit der Stange, aber er stellte sich dumm an, und wenn sie die Beute verloren, war es immer seine Schuld.

Johanna unterhielt sich mit den beiden, ließ sich ihre Sache erklären, schäkerte und flirtete und machte ein Hohlkreuz, den Männern hing die Zunge heraus. Der ältere hätte unser Großvater sein können, meine Güte! Sie nahm sich Bewunderung, wo sie zu haben war. Der jüngere rechnete sich Chancen aus, er hatte ein langes, ziegelrotes Gesicht, auf der Stirn schälte sich die Haut. Der Geruch von nasser Wolle ging von ihm aus. Er stellte sich nahe vor meine Schwester hin, und sie blickten sich an, und es war still, und die Luft um sie herum lud sich mit einer Atmosphäre gelassenen Einverständnisses auf, von der Sorte Ich-weiß-daß-du-es-weißt-und-du-weißt-daß-ich-weiß-daß-du-weißt-daß-ich-es-weiß, ich fand das ekelhaft. Sie verarschte ihn, und der Blödian überriß es nicht. Wenn er sie auch nur mit den Fingerspitzen angefaßt hätte, hätte sie ihm die Stange mit dem Haken über den Schädel gehauen und Anzeige erstattet und dem Landessender ein Fernsehinterview aufgezwungen. So machte sie ihr Hohlkreuz und preßte die Hände in die Hüften und straffte den Pullover um sich, und er rechnete sich

Chancen aus, und sein Freund, der Alte mit dem Anker, zog die Brauen in die Höhe und quetschte einen Grinser in meine Richtung hinauf, als ob wir beide Zuhälter und Sozialhelfer wären.

Ich setzte mich an den Rand des Dammes, schob mir ein Stück Brett unter, stemmte die Fersen auf einen Stein, der in den Damm zementiert war. Es machte mich nicht neugierig, was da neben mir geredet wurde, ich konnte meine Schwester im Augenblick nicht leiden, und mir wäre lieber gewesen, ich säße hier allein. Der Himmel war geteilt in Hell und Dunkel, und genau über meinem Kopf schien die Trennungslinie zu verlaufen. Als Schüler war ich im Frühling manchmal mit dem Fahrrad hierhergefahren, um Englischvokabeln zu lernen, und hatte statt dessen Rosenkranz gebetet, nicht, weil ich an Gott glaubte, sondern weil ich das Gebet, als ich im Religionsunterricht der anderen meine Freistunde absaß, auswendig gelernt hatte, was mir im Gegensatz zu den Englischvokabeln leichtgefallen war. Wenn ich lange genug gebetet hatte, begann sich alles um mich zu drehen, ich rieb meine Hände am Boden, bis ich die Wurzeln der Gräser bloßgelegt hatte, und eine Ergriffenheit war in mir, die mich emporhob zu dem sensationellen Gewölbe über mir und mein Herz so weit machte, daß ich mir einbildete, sogar Adolf Hitler lieben zu können, wenn es darauf ankäme. Ich war wie ein Heiliger, so daß ich denken mußte, die da im Unterricht reden über Dinge, die sie nicht verstehen, und ich, der diese Dinge eigentlich nicht verstehen dürfte, weil ich ja nicht getauft bin, ich verstehe sie. Ich ahnte schon, daß diese Empfindungen mit dem Frühling zu tun hatten, doch, das ahnte ich, mit dem Frühling und dem Föhn, der den Himmel zu einem solch ekstatischen Tempel baumeisterte. Ich ahnte, daß all das Schöne nur Chemie in meinem Kopf sein könnte.

Ich habe später viel über diese Stunden nachgedacht, und ich bin zur Überzeugung gekommen, daß ich wirklich ein

Heiliger bin. Daß ich manchmal einer bin, einer auf chemischer Basis und nur für wenige Stunden. Natürlich traute ich mich nicht, das auszusprechen. Erstens, weil ich im Normalen selber nicht an Heilige glaube. Zweitens, weil ich nicht will, daß man über mich lacht oder auch nur die Schulter zuckt. Vor allem aber drittens, weil ich mich nicht über andere erheben möchte. Es beschwichtigt mich die Vermutung, daß jeder Mensch solche unerhörten Stunden kennt. Es ist mein Verstand, der mir sagt, die anderen sind nicht viel anders als ich. In Wahrheit glaube ich es nicht.

Der Refrain eines Songs von Emmylou Harris hüpfte mir in die Kehle, und ich hätte ihn gern laut gesungen, aber ich bin ja nicht verrückt. Ich mußte an die dicke, lustige Lotte aus dem netten Supermarkt vor unserem Kindergarten in Gießen denken, und ich nahm mir vor, ihr zu erzählen, daß ich allein am Rhein gesessen und an ihre Musik gedacht hatte.

Wenn ich nach Süden zu den Bergen schaute, die jetzt so nahe standen, so ansatzlos, als wären sie vom Himmel herunter mitten in die Landschaft projiziert, durfte ich mir einbilden, es sei Frühling und der Föhn spiele mir nicht nur etwas vor. Die Wolken hatten schimmerndweiße Kronen, und viel Blau war dazwischen, saubere Löcher ins Universum, durch die Schwärme von Vögeln zogen. In der anderen Richtung herrschte nichts besonders, und das ist die traurigste Herrschaft, die es gibt.

Sechstes Kapitel

Nach zwei Tagen, wie gesagt, fuhr Johanna nach Wien zurück, und als schließlich auch der Alte nach Oberösterreich abgereist war, schlug ich der Mama vor, mit mir nach Gießen zu kommen, vielleicht eine Woche dort zu bleiben und dann noch eine Woche oder so mit mir herumzufahren, nach Belgien zum Beispiel oder nach Berlin oder Amsterdam oder Frankreich, einzige Bedingung, daß sie das Benzin zahlt.

»Wir schlafen in Pensionen und essen bei McDonald's und schauen uns den Herbst an«, sagte ich.

Ich hätte gewettet, daß sie ablehnt, aber sie lehnte nicht ab. Etwas Besseres als den Tod finde sie überall, sagte sie. Außerdem habe sie inzwischen einen neuen Rollstuhl, bei dem man eine Schüssel unter den Sitz schieben könne, und das Patent sei von ihr noch nicht ausprobiert worden.

Ich rief Franka an, die ich absichtlich nicht ein einziges Mal angerufen hatte, seit ich bei meinen Eltern war, das heißt, ich rief bei Hanne Rotmann an, und die ging hinüber in unsere Wohnung und kam zurück und sagte, Franka sei nicht da und die Kinder seien auch nicht da, aber sie werde ihr einen Zettel über die Klinke klemmen, daß sie mich zurückrufen soll. Und das geschah bereits eine Viertelstunde später.

»Ich habe Merle und Simon gerade vom Kindergarten abgeholt«, sagte Franka, und ich glaubte ihr natürlich nicht, es war nämlich ganz und gar nicht die Zeit danach. Aber mir fiel kein Grund ein, warum sie hätte lügen sollen, außer daß sie immer log.

Ich fragte leise in den Hörer, was sie heute gegessen habe

und ob sie mit den Kindern aufgestanden sei und was sie anhabe und ob sie schon einkaufen gewesen sei und ob an den Bäumen im Philosophenwald noch Blätter hingen. Sie beantwortete jede Frage unverzüglich, blieb jedesmal mit der Stimme am Ende oben, als warte sie begierig auf die nächste Frage, und gab keinen Laut von sich, bis ich die nächste Frage ausgesprochen hatte. Das war aufregend. Ich konnte sie nämlich vor mir sehen, wie sie bei Hanne Rotmann im Flur stand, mit leichtem Hüftknick, und die Tapete anstarrte, ohne daß sie hinterher hätte sagen können, wie sie aussah, denn seltsamerweise merkt man sich solche Dinge nur, wenn man schlechte Nachrichten zu hören kriegt.

Wieder hätte ich gewettet, diesmal, daß es Franka nicht recht wäre, wenn ich mit meiner Mutter komme. Und wieder hätte ich die Wette verloren. Franka sagte sogar, sie freue sich, und ich glaubte ihr.

»Ciao«, sagte sie, ohne auch nur ein Mal nach mir gefragt oder von sich aus etwas erzählt zu haben. Es war ein gutes Zeichen, trotzdem. Nämlich, daß sie »ciao« sagte. Das hatte sie sich mir zuliebe angewöhnt, weil ich ihr irgendwann einmal erklärt hatte, das Wort »tschüß« sei der Einschaltknopf zu meinem Brechzentrum. Ich dachte, sie sagt »ciao« nicht, weil es ihr inzwischen von allein in den Mund kommt, sondern weil sie mich liebt.

»Ciao«, antwortete ich ihr.

Und sie sagte wieder: »Ciao!« Und sogar noch einmal sagte sie: »Ciao.« Mit einem Nachdruck beim dritten Mal, als wäre das Wort ein ausgemachtes Zeichen zwischen uns, das nur in äußersten Notfällen zum Einsatz kommen durfte, zum Beispiel, wenn einer von uns beiden von Terroristen als Geisel genommen wird und dem anderen mitteilen möchte: Mach dir keine Sorgen, ich komm durch, und wenn nicht, dann sei sicher, ich habe nur für dich gelebt und nie jemand anderen mehr geliebt. Ich fühlte mich eine Sekunde lang wie auf Speed, und alles Gute war für mich bewiesen mit diesem dreimal wiederholten Ciao, und da machte ich – in ebendieser glücklichsten Sekunde! – idiotischerweise noch einmal den Mund auf, und es redete aus mir heraus.

»Wer früher stirbt, ist länger tot«, hörte ich mich in den Äther predigen.

»Witzbold«, sagte sie nach einer sehr stillen, wattigen Pause in meinem Ohr – und lachte, und zwar, wie mir schien, immer noch freundlich, aber dann knallte sie mitten in diesem freundlichen Lachen den Hörer so zornig auf die Gabel, daß es in meinem Ohr krachte. Jedenfalls hatte es sich zornig angehört. Obwohl man das ja eigentlich nicht hören kann, denke ich mir. Denn in genau dem Augenblick, wenn der Hörer die Gabel berührt, ist Schluß, aus, fertig, und egal, wie der Hörer aufgelegt wird, es wird immer gleich klingen, nämlich nach Schluß, nach Aus, nach Fertig.

Ich war so baff, daß ich eine ganze Weile noch mit dem toten Hörer in der Hand dastand. Ich war baff, nicht weil sie aufgelegt hatte, sondern weil ich mich über meinen Spruch wunderte und nicht wußte, woher ich ihn hatte. Aber dann fiel es mir ein: Der Alte hatte ihn von sich gelassen, als er sich am Bahnhof in Bregenz von mir verabschiedete. Er fuhr mit dem Zug zu seinem Kurort. Um die Stirn hatte er ein ausgewaschenes buntes Band gewunden, das ihm hinten bis zum Gürtel herunterhing, und die Haare hatte er zu zwei Zöpfen geflochten, so daß er aussah wie Willie Nelson auf einer CD, die bei uns in der Küche liegt. Zum Abschied stieß er mir einen Finger in die Brust. Augenblicklich war alle Energie aus mir entwichen. Und so stand ich da, der Junge vor dem Alten, und ich war der Dumme, plattfüßig, schwerfällig und für nichts zu begeistern. Und er sagte Passendes, als hätte er mit gutem Willen gegurgelt, und schwang sich in den Waggon zweiter Klasse, Raucher. Genau so, hatte ich mir früher vorgestellt, steigt er am Freitagabend in den Zug nach

Innsbruck, und es schoß mir durch den Kopf, der Hundling hat eine Freundin irgendwo, und das alles, der Herzinfarkt, dieser beschissene Streifer, das ganze Theater, das ist alles inszeniert, weil er mit seiner Schicksen drei Wochen irgendwohin in Urlaub fahren möchte. Er war vielleicht brillant, aber im Unrecht. Eine Lüge auf seiner Seite hätte mich ins Recht gesetzt. Wenigstens das.

Weil es in meinem Toyota zieht, brauchte sie etwas Gutes zum Sich-Einpacken, und so etwas besaß sie nicht, eine Daunenjacke oder etwas Ähnliches. Sie wollte kein Geld ausgeben, die Kur koste so viel, auch wenn die Krankenkasse mitzahle, trotzdem, und unsere Fahrt werde auch genug kosten, und für Johanna habe sie den Flug von Wien bezahlt, und der koste so viel wie New York retour, auch wenn sie Journalistentarif bekomme. Da habe ich ein Machtwort gesprochen, ich bin sogar laut geworden, nicht gegen sie, zuerst gegen die Zustände in der Welt im allgemeinen, dann aber deutlich gegen ihn. Da habe ich dann allerdings gleich gemerkt, daß ich nicht weitermachen darf in dieser Richtung, sonst schaltet sie auf stur und bleibt zu Hause.

Ich sagte: »Dann werde ich dich eben auf eine Daunenjacke einladen.«

»Du hast doch auch kein Geld«, sagte sie.

»Für meine Mutter gehe ich stehlen«, tremolierte ich. »Ich verlasse jetzt das Haus, und wenn ich am Abend ohne Daunenjacke heimkomme ...«, und so weiter.

Das gefiel ihr. Ihre Augen blitzten unter den Brauen hervor, und der Blick wurde starr, hakte sich irgendwo hinter meinem Rücken fest. Sie faßte sich mit der gesunden Hand an den Stützapparat, klinkte das Kniegelenk ein, klinkte es aus, klinkte es wieder ein. Hielt das Bein gestreckt, dienstbereit.

»Dann gehen wir also auf Reisen?« Schob den Mund vor. »Wir beide?«

»Ja, klar«, sagte ich.

Lange blickte sie vor sich nieder, die Hand am Stahlgelenk des Stützapparats. Dann sagte sie: »Aber eines, Wise.«

»Was denn?«

»Wie lange wir weg sind, das machen wir nicht aus.«

»Wie meinst du das?«

»Genau so. Wer weiß, wie lange wir weg sind. Ich will nicht wissen, wie lang wir weg sind. Eine Reise, bei der man weiß, wie lange sie dauert, das ist Urlaub. Urlaub ist Scheiße. Ich habe in meinem ganzen Leben noch nie Urlaub gemacht, und ich fang jetzt nicht damit an.«

An dem Abend in Wien, als wir über die Kretareise unseres Vaters redeten und andere Sachen, hatte Johanna zu mir gesagt, ich hätte ein so zartes Netz aus Gerechtigkeiten, Empfindlichkeiten und Wahrheiten um mich herumgesponnen, daß jeder, der ein böses Wort an mich richte, sich vorkomme wie ein Schlächter, und als ich ihr darauf antwortete, das könne doch für mich nur günstig sein, weil dann eben niemand ein böses Wort an mich richte, sagte sie, erstens gebe es Menschen, die gern Schlächter seien, zweitens sei dieses Netz für mich das viel größere Problem als für jeden anderen, denn ich könne mich nicht herauswinden, und ich fragte, was sie damit meine, und sie sagte: »Du wirst dich nie trauen, etwas zu sagen, was Folgen haben könnte.«

»Was für Folgen?« fragte ich.

»Verheerende, zum Beispiel.«

»Aber kein Mensch will doch etwas sagen, was verheerende Folgen hat.«

»Haben könnte!« korrigierte sie mit erhobenem Zeigefinger. »Haben könnte! Nicht hat.«

»Was ist der Unterschied?«

»Der Unterschied heißt Mut«, sagte sie.

Als ich jetzt allein mit der Mama in der Küche saß, juckte

es mich, so etwas zu sagen, und ich sagte es: »Vielleicht fahren wir beide ja für immer fort.«

Und sie prompt: »Das traust du mir nicht zu, was?«

Ihr Blick war ohne Zaudern, ich sah, wie ihr Herz gegen das schwarzes T-Shirt schlug. Und ich dachte: Das hat Johanna gemeint, davon hat sie in Wahrheit geredet. Nicht, daß ich und der Vater gleich sind, sondern daß ich und die Mutter nicht gleich sind, gegenteilig sogar.

»Natürlich traue ich es dir zu«, sagte ich.

Der Mut unserer Mutter.

Der sie vergessen ließ, daß die menschliche Haut nicht aus Nirostastahl besteht. Und daß das Hirn nicht aus Gold gemacht ist, dem außer Königswasser keine Säure etwas anhaben kann. Ich traute ihr alles zu. Dieser Mut, der Gleichgültigkeit war vor der Tatsache, daß der Mensch untergehen kann. Kein schwarzes Pathos, das sich allein schon dadurch brechen ließ, daß man ihm mit Alltagsstimme antwortete. Sondern die Selbstverzehrung einer Figur unserer Familie. Präsentiert in achtlosem Vortrag. Und wir anderen schauten zu, weil wir Zeugen sein sollten bei diesem stummen, starräugigen Abfackeln.

»Gut«, sagte sie. »Ich bin gerüstet. Meinetwegen können wir sofort fahren.«

»Essen wir erst Abendbrot«, sagte ich.

»Ich brauche nichts zu essen«, sagte sie.

Ja. Sie war für das Unerwartete ausreichend gerüstet, jederzeit. Weil sie sich von einem Schicksal keine Schonung erwartete. Und sich vor der eigenen Versehrung nicht ängstigte. Der verheerende Mut unserer Mutter. Vor dem sich der Rest der Familie fürchtete wie vor dem Ende. Der sie hatte Heroin schnupfen lassen und LSD-Trips schlucken und Psilocbin und Pervetin und Präludin genauso wie irgendwelche Pilze, von deren Wirkung weder sie noch sonst irgend jemand eine Ahnung hatte … – Oder eine Schachtel Antibiotika zusammen mit einer Schachtel Magentabletten und einer Schachtel Voltaren und einer Schachtel Rohypnol und einer halben Flasche Schlehenlikör auf Wodkabasis von der Firma Eristoff. Während ihr Mann doch immer nur beim guten, alten Haschisch geblieben ist und ihr deshalb mit Recht auf pfadfinderlichste Art Vorwürfe machen durfte, mit seiner von ihm so genannten Harley-Davidson-Stimme und seiner von mir so genannten Schneckenzunge, sich ständig wiederholend wie ein Idiot aus dem hintersten Hollywood, den er synchronisierte, so zugeraucht, wie er war, während Johanna und ich oben in meinem Bett saßen und uns vor Angst die Knöchel wund bissen.

»Du meinst, weil es von mir nur noch eine Hälfte gibt, krieg ich so etwas nicht fertig?«

»Du kriegst alles fertig, Mama.«

»Deine Mama und du?«

»Meine Mama und ich.«

Ich kam mir vor wie der Moderator von Herzblatt, wie ich da am Rand einer Depression balancierte, nämlich ihrer Depression, wozu mich niemand aufgefordert hatte und was mir auch niemand lohnen würde. Ich konnte verstehen, warum ihr Mann den Jim Morrison versteckt oder weggeworfen hat.

Sie gab mir zweitausend Schilling.

»Der Herbst ist natürlich die ungünstigste Zeit für diese Anschaffung, da kaufen alle solche Jacken, und das treibt den Preis in die Höhe.«

Ich fuhr nach Bregenz und kaufte ihr eine schwarze Daunenjacke, an der ein halbes Dutzend Schnüre hingen, die im grönländischen Winter irgendwie verknüpft werden mußten, wir kamen beide nicht dahinter, wie, und darum haben wir sie abgeschnitten.

Ich hätte ihr gern gesagt, daß ich ein Optimist bin. Aber sie hätte darauf nur geantwortet, sie sei auch einer. Ich hätte ihr gern dargelegt, daß ich ein kleinbürgerlich sparsamer Optimist bin, der jeden Tag annimmt als ein neues Glied in einer wachsenden Kette angenehmer Überraschungen. Sie hätte mir recht gegeben und gesagt, genauso sehe sie die Zukunft auch.

Am Abend, bevor wir losfuhren, saßen die Mama und ich in der Küche, sie an ihrem Fensterplatz, ich unter dem Arzneikasten, wo inzwischen die Küchentücher verstaut sind und der Mixer. Ich machte uns Brote. Sie hatte ihre Hände neben ihrem Teller liegen, hatte sich die linke mit der rechten zurechtgelegt, die Handfläche nach unten, hatte mit der Faust sanft auf den Handrücken geschlagen, bis sich die Finger darunter streckten. Nun betrachtete sie mich. Was mich verlegen machte, weil ich mir einbildete, sie erwarte, daß ich gleich ein großes Thema eröffne.

Ich sagte, was ich als Kind angeblich alle fünf Minuten zu ihr gesagt hatte: »Ich habe dich gern.«

Sie wollte, daß ich mir ihren gegenwärtigen Favoriten anhöre. Es handelte sich um einen Bluessänger, von dem ich nicht viel wußte. Er hieß Mississippi John Hurt und war schon tot. Er sei, sagte sie, der einzige Bluessänger, der für sie fröhlich klinge, und etwas anderes als fröhliche Musik halte sie zur Zeit nicht aus, nachdem ihr der alte Fink Jim Morrison verboten habe und Lou Reed übrigens auch. Ihr Lieblingssong auf der CD war das Traditional *Corrina, Corrina*. Der Mann sang mit tiefer, schartiger Stimme, die ihm manchmal ganz versagte, so daß ihm nur ein Krachen aus der Kehle kam, und dann nur noch Luft, es hörte sich an, als ob er schwer verkühlt wäre.

»Er war schon über achtzig«, sagte sie.

»Warum singt ein Über-Achtzigjähriger so ein Liebeslied?« regte ich mich auf.

»Es ist ein Volkslied.«

»Er singt: ›Mädchen, wo warst du so lange?‹ Das ist doch ungustiös, wenn das so ein alter Sack singt.«

»Er singt einfach nur ein Volkslied. Darf er das denn nicht? Willst du es ihm verbieten? Ich darf Jim Morrison nicht hören, und Mississippi John Hurt darf keine Volkslieder singen?«

Vom Küchenfenster aus konnte man zum Wintergarten hinübersehen, dort brannten zwei Laternen, und die gaben uns Licht. Vom Himmel legte sich noch der matte Schein des Herbstabends dazu. Das Gesicht meiner Mutter war weiß und ebenmäßig, und es schwebte meinem gegenüber wie ein Spiegel. Wenn sie sprach, bewegte sich ihr Mund so wenig, daß ich im Halblicht keinen Unterschied zu ihrem Schweigen erkennen konnte.

Sie hatte die Repeattaste gedrückt, die Nummer war abgespielt und begann von neuem.

»Er ist wunderbar«, sagte sie und preßte mit ihrer rechten Hand die linke auf die Tischplatte nieder.

»Man muß doch einem Sänger abnehmen, was er singt«, sagte ich. »Zumindest glaube ich, daß er will, daß man es ihm abnimmt. Oder nicht?«

»Ich nehme es ihm ab. Um so mehr, weil er so alt ist. Vielleicht erinnert ihn dieser Song an seine Jugend. Darf er das wenigstens, sich an seine Jugend erinnern?«

Ich schnitt eine feine Scheibe Schwarzbrot ab, entfernte die Rinde, strich Butter darauf, und zwar so, daß die Butter bis zum Rand gleich hoch war, dick Butter. Darauf legte ich eine Scheibe Emmentaler und darüber eine Scheibe Schinken. Ich teilte das Brot in sechs briefmarkengroße Happen und reichte ihr den Teller hinüber.

»Früher habe ich den Delta-Blues nicht so gern gehabt«, sagte sie. »Ich habe Muddy Waters gemocht und Howlin' Wolf und Buddy Gay, den Chicago-Blues. Sunny Boy Williamson. Und natürlich John Lee Hooker. Am ehesten noch Lightnin' Hopkins. Nicht einmal Robert Johnson besonders.«

Ihre linke Hand verkrampfte sich wieder zur Faust. Alles, was ich weiß, ist, daß bei der Geburt des letzten Kindes etwas passiert war und daß ihre ganze linke Körperhälfte eine Zeitlang gelähmt war und daß am Ende ein gelähmtes linkes Bein und eine schwer beeinträchtigte linke Hand übriggeblieben waren.

Nach einer Pause, während der sie so nachdenklich dreinblickte, als müßte sie eine Entscheidung fällen, sagte sie: »Ich konnte akustische Gitarren überhaupt nicht leiden. Das ist es. Das fällt mir jetzt ein. Daß es an den akustischen Gitarren gelegen hat und nicht daran, ob es Delta-Blues oder Chicago-Blues war. Darum habe ich auch den frühen Dylan nie besonders gemocht. Und die ganze Folklorescheiße. Lightnin' Hopkins ist zwar auch eher Delta-Blues, aber elektrisch.«

Johanna hatte mir erzählt, sie könne sich erinnern, daß wir alle zusammen im Wintergarten gesessen seien und die Mama hätte auf der Gitarre gespielt. Ich weiß nichts davon. Es gibt keine Gitarre in unserem Haus. Vielleicht hat er sie in den Bodensee geschmissen, nachdem seine Frau nicht mehr auf ihr spielen konnte. Wäre verständlich und sympathisch.

»Warum bist du krank?« fragte ich.

Sie hob den Kopf mit einem Ruck, und mit einem weiteren Ruck drehte sie ihn von mir weg zum Fenster. »Was meinst du?«

»Warum kannst du nicht gehen?«

»Das weißt du doch.«

»Ich weiß es eben nicht genau«, sagte ich leise.

Vor den Launen meines Vaters habe ich mich nie gefürchtet. Seine Wildheit war opportunistisch, pure Regellosigkeit. Die ihre war gewaltsam erstickte Sehnsucht. Ihre Wildheit war immer Ersatz. Davor mußte man sich fürchten. Wenn sie nämlich Ersatz für ein ganzes Leben wurde, dann war der Tod das Ziel.

»Du weißt es genau«, sagte sie.

»Woher soll ich es genau wissen?« sagte ich. Ich sagte es so leise, daß ich nicht erwarten konnte, sie würde es hören.

Sie seufzte und atmete noch einmal tief nach, als bekäme sie nicht genug Luft. Ihr Atem wehte ihren Geruch zu mir. Ich kann nicht sagen, wonach sie roch. Sie roch nach meiner Mutter. Und wenn alles, was ich weiß, wieder einmal erlogen ist, schoß es mir durch den Kopf. Ich hätte nichts dagegen gehabt, wenn ich aus der Luft aufgegriffen und abgesetzt worden wäre in dem Land, von dem der alte Sänger sang.

Ich hatte vergessen, die Laternen im Wintergarten auszuschalten. Ich wünschte, ich hätte es nicht vergessen. Wir würden friedsamer miteinander gesprochen haben, wenn unsere Gesichter im Dunkeln verborgen gewesen wären. Was machen wir mit der Wäsche, dachte ich. Ich halte es ja aus, eine Woche dieselben Sachen anzuziehen, aber sie wird es nicht aushalten. Und wenn wir tatsächlich nicht nur eine Woche unterwegs sein werden, sondern drei Wochen oder einen Monat oder noch länger, nach Spanien zum Beispiel und über Gibraltar nach Afrika, falls das möglich ist, oder nach Italien und über Sizilien nach Afrika, zwei Monate, drei Monate, ein halbes Jahr oder ein paar Jahre?

»Er hat doch oft mit euch darüber gesprochen.«

»Mit mir nie.«

»Du kannst einen verrückt machen, Wise!« fuhr sie mich an. »Was ist eigentlich los mit dir? Entweder du machst ihn besser, als er ist, oder du machst ihn schlechter. Ich will nicht darüber reden. Wir sind eine Familie, und mir ist das passiert, und jetzt sind wir nur noch in einem gewissen Sinn eine Familie.«

»Das verstehe ich wieder nicht«, sagte ich.

»Es ist nicht schlimm, wenn du das nicht verstehst. Ein

Familienleben erfordert gemeinsame Geheimnisse, wenigstens ein gemeinsames Geheimnis, selbst wenn die Tatsachen alle haarklein bekannt sind.«

»Gut«, sagte ich.

Ich schnitt Tomaten und Mozzarella auf, legte die Scheiben rot weiß rot weiß auf einem Teller hintereinander, streute ein wenig trockenes Basilikum darüber und goß von dem neuen Olivenöl dazu, und zwar so viel, daß der ganze Teller schwamm. Ich wußte, das mochte sie.

»Aber Johanna hat doch mit dir darüber gesprochen«, sagte sie.

»Sie hat nur gesagt, es sei gewesen beim letzten Kind, und das sei gestorben nach der Geburt.«

»Also, dann weißt du es ja.«

»Stimmt«, sagte ich.

Mississippi John Hurt sang nun schon zum neunten oder zehnten oder elften Mal *Corrina, Corrina* oder schon zum zwanzigsten Mal.

Nach einer Weile sagte sie, und zwar in einem Tonfall, als gebe sie zu, einen Hunderter geklaut zu haben: »Na ja, bei der Geburt ist mir eine Ader im Kopf geplatzt. Es gibt Leute, die kriegen einen Gehirnschlag beim Scheißen, weil sie Verstopfung haben und so fest drücken. Das ist gar nicht so selten, da kannst du den Dr. Bösch fragen. Ruf ihn an! 74343. Elvis zum Beispiel. Ich habe so etwas eben bei einer Geburt gekriegt. Das ist auch nicht so selten. Es ist vielleicht edler als beim Scheißen, aber es läuft auf dasselbe hinaus.«

»Das wußte ich nicht.«

»Jetzt weißt du es.« Und dann fragte sie: »Wie sind Frankas Eltern?«

»Kann ich nicht sagen.«

»Aber du kennst sie doch.«

»Kann ich trotzdem nicht sagen.«

»Ist ihre Mutter netter als ich?«

»Spinnst du«, sagte ich und beugte mich über den Tisch zu ihr hin und steckte meine Nase neben ihrem Ohr in ihr Haar. Dort roch es nur nach Seife, und wenn ich die Augen öffnete, schimmerte ein Licht durch ihr Haar, wie wenn Licht durch ein Federbett schimmert.

»Weißt du, was eigenartig ist«, sagte sie und legte ihre gesunde Hand auf meine Wange, strich mit ihrem Zeigefinger über meine Haut. »In meinen Träumen kann ich gehen. Ich habe noch nie geträumt, daß ich einen Stützapparat trage oder an Krücken gehe oder im Rollstuhl sitze. Meine Träume haben eine ziemlich lange Leitung. Ich träume davon, was ich gestern gemacht habe, nur daß ich im Traum alles mit gesundem Bein und gesunder linker Hand mache. Es bedeutet vielleicht etwas. Manchmal habe ich Angst, bevor ich ins Bett gehe, daß ich in dieser Nacht zum ersten Mal von mir als einem Krüppel träume. Ich habe nie so etwas geträumt. Nur saubere Träume. Sicher bedeutet das etwas. Vielleicht die Möglichkeit eines Happy-Ends. Aber ich will es mir nicht deuten lassen. Dein Vater ist ganz verrückt danach, Träume zu deuten. Früher war er verrückt danach. Wie vierzehnjährige Mädchen verrückt danach sind, ihren Brüdern die Pikkel auszudrücken. Er steht mitten im Feld, wo der Rollstuhl steckenbleibt, steht mitten im Acker mit flatternden Hosenbeinen und will mir einen Traum deuten! Das ist Vernünftigkeit, die an Verrücktheit grenzt! Wenn es nach mir ginge, dann würde Chuck Berry einen Orden bekommen oder einen Ehrendoktor für Medizin. Für meine Gesundheit jedenfalls hat er mehr getan als Hoffmann-La Roche. Weißt du, Wise, erst allmählich begreife ich, daß ich geworden bin, was ich früher als junge Frau immer sein wollte, nämlich eine Ausnahmeerscheinung. Seit zehn Jahren kann ich nicht mehr gehen, und jetzt erst begreife ich es allmählich. Das aufgeregte Gerede von Befreiung und Solidarität geht mich nichts mehr an. Das ist Sache der Freien, die der Solidarität nicht bedürfen. Weißt du, was mir in letzter Zeit manchmal einfällt? Ich glaube fast, es ist die erste Erinnerung in meinem Leben. Ich bin in einem Haus aufgewachsen, in dem es keine Treppen gab. Ein Bungalow ohne Keller. Einfach auf eine Betonplatte in die Wiese gesetzt. Und dann haben wir jemanden besucht. Ich weiß nicht mehr, wen. Ich weiß auch nicht, wer dabeigewesen ist. Ob mein Vater noch da war oder ob der damals schon weg war. Keine Ahnung. Wir waren also auf Besuch, ich vielleicht vier Jahre alt, schätze ich, und in diesem Haus gab es eine Treppe, ein normales Haus mit Treppe. Ich wurde die Treppe hinaufgeführt, drei Stufen, dann durfte ich allein gehen. Ich war nie vorher Treppen gestiegen, und das Klettern von Stufe zu Stufe erschien mir aufregend und gefährlich. Ich dachte, das möchte ich von nun an öfter haben. Ich hatte das Gefühl, etwas Besonderes zu sein. Richtig müßte ich wohl sagen, ich hatte den Wunsch, etwas Besonderes zu sein. Bis vor zehn Jahren war ich nichts Besonderes. Aber seither bin ich etwas Besonderes. Das mußt du doch zugeben. Gib's zu! Ich falle aus unserer Demokratie heraus, und etwas viel Besseres habe ich mir nie gewünscht. Denn von unserer Demokratie ist nichts weiter übrig als eine Garantie auf das Mittelmaß. Das hat Johanna gesagt. Eben erst vor ein paar Tagen. Solche Dinge versteht sie auszudrücken. Ich glaube ihr und bin ihr dankbar, daß sie so eine Formulierung gefunden hat. Daran kann ich mich festhalten und dann einen angenehmen Tag zusammenkriegen. Die ganze Traumdeuterei läuft darauf hinaus, daß am Ende etwas Unangenehmes herauskommt. Hast du jemals von einem Traum gehört, der bedeutet, daß einer eine besonders glückliche Kindheit gehabt hat? Ich noch nie. Alles nur Scheiße. Vielleicht wird die Seele trüber, wenn man nicht an ihr herumdeutet. Aber auch wärmer.«

»Sag bitte nicht so oft Scheiße, wenn wir in Gießen sind.«

»Es würde besser zu *ihm* passen, meinst du. Aber er sagt es nicht, er ist vornehmer als ich.«

»Er ist nicht vornehm«, sagte ich.

»O doch!«

»Ich kenne niemanden, der weniger vornehm ist als er.« Ich setzte mich zurück auf meinen Sessel, streckte die Beine weit von mir in die Küche hinein.

Sie stöhnte ein wenig vor Anstrengung. »Ich weiß, was du jetzt sagen willst. Sag's nicht! Es ist dumm, was du sagen willst.« – Wo zwei Linoleumbahnen aufeinandertrafen, wölbte sich der Belag nach oben. Ich hatte nur Strümpfe an, und ich konnte mit den Zehen spüren, daß der Spalt dazwischen voll Dreck war. – »Du hast keine Ahnung«, sprach sie weiter. »Von ihm nicht. Und von mir nicht. Du weißt nicht, was uns glücklich und was uns wütend macht, und du weißt in beiden Fällen nicht, wie du dich verhalten sollst. Das ist ein guter Rat, den ich dir gebe: Sobald du dir einbildest, du wüßtest etwas über uns, vergiß es und sag rasch: Ich habe keine Ahnung. Damit kommst du der Wahrheit am nächsten. Kapiert?«

»Ihr macht euch entsetzlich interessant, ihr beiden«, sagte ich und erschrak über den niederträchtigen Ton, in dem ich es gesagt hatte.

Ein langes Schweigen begann sich zwischen uns zu spinnen, schnell und dicht wie ein Dialog in einem Schwarzweißfilm. Von der Straße her hörten wir einen Lastwagen, der einen Gang zurückschaltete, bevor er über die Kanalbrücke setzte. Die Straße war abgesunken, und eine kantige Bodenwelle hatte sich gebildet. Seit ich auf dieser Welt denke, war das so. Wenn ich nachts im Bett lag und nicht schlafen konnte, habe ich die Autos gehört, deren Besitzer sich Sorgen um die Stoßdämpfer machten. Vielleicht war es kein guter Gedanke, mit ihr nach Gießen zu fahren, dachte ich.

»Wenn's nach ihm ginge, würden wir nur Bach und Mozart hören«, sagte sie endlich. »Und ich würde verrückt werden! Zum Glück bin ich ein Tyrann.«

Ich hatte nicht auf ihr Gesicht geachtet und sah nun die Schwarzweißversion ihres Lächelns. Ich streckte meine Hände nach ihrem Gesicht aus. Sie boxte mich von sich weg, und dann schob sie die übrigen Happen und die Tomaten und den Mozzarella auf ihrem Teller eng zusammen. Gegessen hatte sie wie eine Amsel.

Zur Gutenacht gaben wir uns die Hand. So schmal war ihre, seidig kühl und einschüchternd zart! Wie wenn man in Mehl faßt.

Siebtes Kapitel

Wir fuhren durch Deutschland und hatten nichts zu tun mit den Städten, an denen wir anstreiften, die wir bei Tageslicht nicht einmal wahrnahmen und die uns in der Nacht in ihrer leuchtenden Feierlichkeit nicht abzulenken vermochten. Wenn wir im Auto saßen, waren wir gleich. Zwei, die sitzen.

An Gießen fuhren wir vorbei. Ich sagte nicht ein Wort. Sie fragte nicht. Sie blickte auf die Abfahrtschilder und fragte nicht.

Bei Fulda sahen wir den weißen Berg. Er schimmerte in der Nachmittagssonne, aus der Entfernung wirkte er wie eine Fotomontage, wie er aus dem flachen Land ragte, wie ein riesiges weißes Festzelt mit zwei ungleich hohen Masten.

»Was ist das?« fragte sie

»Der weiße Berg«, sagte ich.

»Heißt er so?«

»Ich weiß es nicht. Er ist künstlich. Ich weiß nicht, ob er überhaupt einen Namen hat.«

Ich hatte ihn bisher erst ein Mal gesehen, als Franka und ich am ersten Mai nach Hamburg oder Berlin hatten fahren wollen, aber noch vor Kassel umgekehrt waren, weil wir uns ausgerechnet hatten, daß unser Geld für Benzin nicht reichen wird.

»Können wir zu ihm hinüberfahren?«

»Möchtest du ihn sehen?«

»Vielleicht doch nicht. Oder schon.«

Bei der nächsten Abfahrt dachte sie bereits an etwas anderes. Ich sagte nichts, weil ich sie nicht stören wollte. Vor Kassel wechselte ich auf die Autobahn in Richtung Dortmund.

»Kennst du Amsterdam?« fragte ich.

»Klar.«

»Willst du hin?«

»Wenn du meinst«, sagte sie.

Bei Soest verließen wir die Autobahn. Es war bereits dunkel. Zuerst wurde das Grüne schwarz, dann folgte alles andere. Wir nahmen zwei Zimmer in einem Motel. Der Toyota war eingeklemmt zwischen Sattelschleppern. Ein Parkplatz wie ein Strand, auf dem Wale lagen.

In ihrem Zimmer haben wir uns einen halben Film im Fernsehen angeschaut. Wir schichteten Zudecke und Kopfkissen über dem Bett an die Wand und setzten uns nebeneinander. Ihr Koffer lag auf dem Sessel aus Peddigrohr. Die Lampe an der Decke war aus falschen Palmenblättern gedreht.

»Ich war nie in Amerika«, sagte sie. Im Film war Amerika.

Als sie fror, holte ich meine Decke aus meinem Zimmer und legte sie über sie, deckte sie zu bis zum Hals. Steve Martin spielte einen weißen Neger, aber ich nahm es ihm nicht ab. Vielleicht lag es ja an der Synchronstimme. Bevor ich in mein Zimmer ging, bat sie mich, das Fenster schief zu stellen. Der Geruch von heißgelaufenen Bremsen drang herein. Ich hörte einen Mann und eine Frau lachen, und ich sah eine verchromte Stoßstange, an der ein Licht entlangglitt.

Am nächsten Morgen war ich schlecht gelaunt, ich hatte Durst, und nur lauwarmes Wasser war da, und ich habe mich dauernd verfahren auf dem Autobahngewirr durch das Ruhrgebiet, an der Sonne merkte ich schließlich, daß wir nicht nach Holland, sondern auf derselben Autobahn fuhren, auf der wir gekommen waren, nur in die andere Richtung, nach Osten statt nach Westen, nach Kassel statt nach Arnheim.

»Laß doch«, sagte sie. Ihr war alles recht.

Bei Hamm fuhr ich von der Autobahn ab. In einer Koppel standen Pferde, sie hatten die Köpfe nahe beieinander und schauten uns nach. Meine Mutter drehte sich nach ihnen um. Ich fuhr nicht schneller als achtzig, obwohl hundert erlaubt war. Im Rückspiegel sah ich, daß uns die Pferde noch lange nachblickten.

Wir fuhren an einer Siedlung aus frischen grauen Betonhäuschen vorbei, die sicher nett aussehen würden, wenn sie erst mit Dispersion gestrichen waren und ihre Fenster Vorhänge hatten. Wir zockelten nach Nordosten über die Landstraßen und über den Teutoburger Wald. Einmal hielten wir an, weil eine schöne Aussicht angekündigt war. Felskuppen erhoben sich wie Fingerknöchel aus dem Wald. Bei der Stadt Melle fuhr ich auf die E30 und gab Gas, weil ich in Hannover sein wollte, bevor die Sonne unterging. Aber wir schafften es nicht.

»Bist du müde?« fragte ich.

»Ich weiß es gar nicht«, sagte sie.

In einem Dorf vor Hannover stiegen wir in einem Gasthof ab. Wir bekamen ein großes Zimmer, in dem zwei Betten standen, so weit auseinander wie nur möglich. Die Wirtsleute waren sehr freundlich, sie überließen meiner Mutter ihr Privatbad. Sie standen da, mit nervösen Händen, und schauten zu, wie ich sie über die Treppe hinauftrug. Gebadet habe sie nicht, sagte sie hinterher, aber sich ausgiebig gewaschen. Das dauert bei ihr eine gute Stunde. Sie wollte sich nicht helfen lassen. Sie war zu erschöpft, um ihre Sachen zu sortieren und die Hose über den Bügel zu hängen.

»Ich mach das doch«, sagte ich.

Ich war zu lang für das Bett, konnte die Beine nicht ausstrecken und folglich nicht auf dem Bauch liegen. Wir löschten das Licht viel zu früh. Ich schaffte es nicht, einzuschlafen. Sie auch nicht. Sie war es nicht mehr gewohnt, mit jemandem in einem Zimmer zu liegen.

»Erika?« sagte ich.

»Was denn?«

»Stört es dich, wenn ich hinausgehe?«

»Was heißt hinaus?«

»Vor die Tür? Vor's Haus?«

»Und wie lange?«

»Wie lang willst du?«

»Gib mir eine Stunde«, sagte sie.

Ich zog mich an und ging nach unten. In der Gaststube hing eine Uhr, es war kurz nach zehn. Keiner saß hier. Niemand war da. Es roch nach Wurst und Schnittlauch und Bier. Ich trat hinaus auf den gekiesten Platz vor dem Haus. Mein Toyota war der einzige Wagen. Auf der anderen Seite der Straße standen drei Häuser, kubisch, klotzig, mit steilen Walmdächern. Die Fenster waren erleuchtet, in einigen zuckte das blaue Licht eines Fernsehers. Es war still. Ich hätte stehen und warten mögen, bis sich eine Sternschnuppe vom Himmel losriß und ich mir etwas wünschen konnte. Zum Beispiel eine sanfte Version von Gerechtigkeit. Mir hätte schon genügt, wenn durch eine Art Naturgesetz manchen Sprichwörtern eine gewisse Zutrefflichkeit garantiert worden wäre. Es wird nichts so heiß gegessen wie gekocht. Oder: Wer zuletzt lacht, lacht am besten. Oder: Ende gut, alles gut. Von Ferne hörte ich das Rauschen eines Lastwagens, ich hoffte, es würde näher kommen, aber es erlosch. Eine warme Woge wehte mich an. Bei uns wäre das ein Vorbote des Föhns gewesen. Hier bedeutete es wahrscheinlich etwas anderes.

Ich ging zurück und setzte mich an einen der Tische. Auf dem Tresen waren Illustrierte eines Lesezirkels gestapelt. Ich nahm *Quick, Stern, Daheim, Gong* und den *Spiegel*. Die Wirtin kam über die Treppe herunter, verzog den Mund, ihr Lächeln formte sich nur langsam, sie griff sich in die Locken und sagte, wenn ich wolle und ein paar Minuten warte, würde sie mir gern eine Kleinigkeit zu essen machen.

»Nur eine Cola, bitte«, sagte ich.

Ich blätterte die Illustrierten durch und erfuhr allerlei.

Knapp vor Mitternacht schlich ich mich ins Zimmer zurück und legte mich unter die dicke Federdecke.

Die Mama hatte nicht einschlafen können. Wir unterhielten uns eine Weile.

»He!« sagte ich.

»Was ist?« sagte sie.

»Hast du irgendwann Gitarre gespielt?«

»Wie denn?«

»Vorher.«

»Nein.«

»Johanna behauptet, daß sie sich erinnert, daß wir alle im Wintergarten gesessen sind, und du hast Gitarre gespielt.«

»Dann behauptet sie etwas Falsches.«

»Aha.«

»Tut das bitte nicht!«

»Was denn?«

»Euch ein Bild von mir machen, wie ich vorher war. Daß am Ende weiß der Himmel was erzählt wird, wo ich selber nicht mitkann. Ich bin zwar ein Krüppel, aber ich bin deswegen noch keine Märchenfigur.«

»Hör auf, bitte!«

»Ich hätte gern E-Gitarre gespielt. Aber eine Frau an der E-Gitarre ist etwas Kurioses.«

»Finde ich überhaupt nicht.«

»Nur noch kurioser sind Männer, die das überhaupt nicht finden. Jetzt würde das zwar keine Rolle mehr spielen. Aber jetzt kann ich es nicht mehr.«

»Bitte, hör auf, Mama!«

Und mit der Gewalt ihres Kummers fragte sie: »Was bin ich für dich?«

»Mama«, sagte ich, »du bist mir das Liebste auf der Welt, du warst für mich immer das Wichtigste auf der Welt.«

»Und ich bin also nicht«, sagte sie, »ein fleischloses, seelenloses Kunstwesen?«

Ich stellte mir ihr Gesicht vor: leergefegt von allen Emotionen, eine porzellanene Schale. Ich hatte die Rouleaus heruntergelassen, weil vor unseren Fenstern eine Straßenlaterne stand. Alles war schwarz. Ein tiefes, schwärendes Loch von Scham. Und die Worte sind zäh in unserem Mund.

»Bitte, hör doch auf!«

Am nächsten Tag fuhren wir an Hannover vorbei und hinter Hannover auf die Autobahn nach Hamburg.

Den Rollstuhl hatte ich in den Kofferraum gelegt, damit ich bequem die Lehne ihres Sitzes nach hinten klappen konnte, wenn sie mittags eine Stunde schlafen wollte. Ich lenkte den Toyota von der Autobahn auf einen Parkplatz und deckte sie mit der Wolldecke zu, preßte und rollte ein Kissen und schob es ihr in den Nacken. Der Motor tickte leise beim Abkühlen. Wir waren die einzigen und hatten mit niemandem etwas zu tun. Wenige Wolken standen am Himmel, manche mit schweren, grauen Bäuchen.

Der Platz war mit jungen Bäumen bepflanzt, die ich nicht kannte, immergrün mit langen, mageren Stämmen und fedrigem Blätterwerk. Von Wipfel zu Wipfel waren Kabel mit Glühbirnen gezogen. Zwischen den Bäumen standen steinerne Tische und Bänke, eine Feuerstelle war da und ein Schachbrett für lebensgroße Figuren, daneben eine Holztruhe, an der ein Vorhängeschloß hing. Das Haus von Königen und Damen, von Läufern und Springern, Türmen und Bauern.

Während sie schlief, setzte ich mich an den niederen Erdwall, der den Parkplatz von einem Acker trennte. Der war bereits winterfertig umbrochen und dehnte sich bis zum nahen Horizont. Die Autobahn vor mir dröhnte, aber ich fühlte mich von Stille eingeschlossen. Ich war der Wächter meiner Mutter. Alles andere ging uns nichts an.

So saß ich und wurde bald auch müde und starrte vor mich hin und versank in mich selbst. Ich knickte eine Coladose auf und stieg auf den Wall. Ich lauschte auf den Dopplereffekt der vorbeirasenden Autos und schaute auf das himmelgraue Band der Autobahn, das über die Landschaft gelegt war wie ein Fliegenfänger. Ich trank die Dose leer und drückte sie in der Hand zusammen, was ein gutes Gefühl war und erst am Ende nicht mehr, weil sich das Aluminium zu scharfen Kanten verformte.

Als ich vor einem Jahr im Zug von Wien nach Gießen gefahren war, hatte ich eine verwunderliche Sache beobachtet. Es war hinter München gewesen, der Zug hatte auf offener Strecke gehalten, da bewegte sich neben dem Bahndamm ein Lastwagen über das Feld. Ich saß im Speisewagen, alle Passagiere schauten wie ich zum Fenster hinaus. Der Laster hatte Schweine geladen. Er blieb stehen, aber der Fahrer stieg nicht aus. Er schaute auch nicht zu uns herüber, es mußte ihm doch merkwürdig erscheinen, wenn ein Zug so nahe neben ihm auf offener Strecke hielt, aber er schaute nicht herüber. Der Kipper des Lasters hob sich langsam, und die Schweine rollten wie pralle Säcke von der Ladefläche. Die Fenster des Waggons ließen sich nicht öffnen, so war die Szene für uns stumm. Die Schweine fielen übereinander, der Laster setzte seine Fahrt mit hochaufragendem Kipper fort. Erst liefen die Schweine durcheinander, dann sammelten sie sich, standen eng zusammen und schauten dem Lastwagen nach. Zwei Männer neben mir spotteten über die Schweine, als hätte man Kontakt zu dem Fahrer und wäre sein Kumpel. Als wüßte man alles. Aber niemand wußte etwas. Ich erinnere mich nicht mehr, was die beiden sagten, aber ich fand es lustig, und ich sagte auch etwas, was die beiden Männer lustig fanden. Und dann fuhr unser Zug weiter. Ich verließ den Speisewagen, lief zum letzten Waggon und schaute durch das Fenster der verriegelten Tür auf die Geleise. Von den Schweinen und vom

Laster war nichts mehr zu sehen. Das Land lief schnell nach hinten weg in den Abend hinein, und sein Rücken hob sich. Im Speisewagen war eine gute Laune, als ich zurückkehrte, und sie hielt lange an, bis hinter Nürnberg.

Einmal sagte Franka, sie glaube nicht, daß es Dinge gibt, die wir nicht verstehen, sondern nur Dinge, die wir *noch* nicht verstehen. Da habe ich ihr die Geschichte mit den Schweinen erzählt. Und ich erzählte, daß Abend gewesen war und ich darüber nachgedacht hatte, was die Schweine in der Nacht tun, denn die Angst des Verlassenseins kennen Tiere bekanntlich ja nicht ...

Ich ging ein Stück auf einem Weg in den Acker hinein. Schon nach wenigen Schritten wurde es ruhiger um mich her. Masten von Überlandleitungen ragten vor mir auf, sie waren Y-förmig, und an ihren Drähten hingen zur Warnung an Tiefflieger leuchtend orangefarbene Plastikkugeln. Wie im Fernsehen. Ich hatte Jimi Hendrix' *All Along the Watchtower* im Kopf. Hör mich an, sagte der Song, und verlaß dabei nicht deinen sicheren Posten! Sagte: Traurigkeit gilt immer und für jeden. Es ist nichts dabei. Und überall gilt sie obendrein. Sogar in Deutschland.

Auf den Drähten zwischen den orangefarbenen Kugeln saßen Vögel. Aus den knarrenden, geschwätzigen Vogelstimmen schloß ich, daß es Stare waren. Sie sammelten sich. Eine Reihe erhob sich, machte Neuankömmlingen Platz, tauchte in Formation zum Boden, aber nur wenige verschwanden im Dunkel des Ackers, die meisten fuhren schreiend auf, ehe sie den Boden berührt hatten. Andere Vögel an einer anderen Stelle überließen ihnen den Draht. So war Ruhe und Bewegung, und ich hätte nicht aufhören wollen, zuzuschauen. Es wird alles gut, dachte ich. Es wird so gut sein, daß man gar nicht sagen kann, wie gut es ist. Ich ging, bis ich die Hupe meines Toyota hinter mir hörte. Es klang wie von weit her.

Als ich über den Damm auf den Asphalt des Parkplatzes sprang, war ich außer Atem, und meine Stiefel waren lehmig. Ich klopfte ans Fenster, zeigte ihr, daß alles in Ordnung war, öffnete den Kofferraum, nahm den Rollstuhl und die Emailschüssel heraus. Sie schaltete den CD-Player ein, kurbelte das Seitenfenster herunter, Jimi Hendrix' Gitarre pumpte los. Ich zog den Rollstuhl auseinander, ließ die Streben einrasten, schob die Schüssel in die Schienen unter dem Sitz und entfernte das Sitzpolster. Dann öffnete ich ihre Tür. Während sie ihre Beine aus dem Wagen hob und den Stützapparat einschnappen ließ, bereitete ich die Thermosflasche mit dem heißen Wasser vor, holte die Rolle Toilettenpapier und den Plastikbecher *Hakle feucht* vom Rücksitz. Ich riß einen Meter von der Rolle ab, faltete das Papier zusammen und bedeckte damit den Boden der Schüssel. Ich hatte den Toyota so geparkt, daß er den Blick von der Autobahn verstellte. Ich legte die Sachen neben sie auf den Boden und ging ein paar Schritte beiseite. Und wartete. Hendrix kehrte in seine Repeatschleife ein. Drei Motorräder bellten vorbei. In der Feuerstelle lagen zertretene Aludosen, Heineken, Cola light. Die Gegenfahrbahn leuchtete kurz im Sonnenlicht auf.

Als sie mich rief, stand sie neben dem Rollstuhl und hielt sich an der Autotür fest. Sie stand, wie sie immer stand, aufrecht, die Beine eng beieinander.

»Ich habe Lust auf etwas Süßes«, sagte sie.

Auf dem Rücksitz hatten wir unser Depot. Ich gab ihr ein Bounty, selber nahm ich auch eines. Sie riß die Verpackung mit den Zähnen auf, ließ das Papier zu Boden fallen. Ich leerte die Schüssel aus und spülte mit heißem Wasser aus der Thermosflasche nach, sprühte Fensterputzmittel hinein und rieb sie mit Papier trocken.

»Da oben ist ein Acker«, sagte ich. »Und tausend Stare. Möchtest du sie dir anschauen?«

Sie schüttelte den Kopf. »Du solltest etwas trinken.«

»Ich habe eine Cola getrunken.«

»Du solltest etwas ohne Zucker trinken«, sagte sie.

»Das mach ich gleich.«

»Mach's jetzt.«

»Ich mach's jetzt.«

Sie ließ sich auf ihren Sitz nieder, entsicherte den Stützapparat und griff unter sich, wo eine Literflasche mit lauwarmem Mineralwasser lag.

Während ich trank, sagte sie: »Du bist dünn und lang, hast eine große Oberfläche und kannst nichts speichern.«

»Das ist richtig«, sagte ich. »Ich vergesse es immer.«

Dann ging ich mit ihr – zehn Schritte vom Auto weg, zehn Schritte zum Auto zurück.

Wir redeten nicht viel miteinander. Unsere Gespräche waren wie ein verwilderter Garten. Über meinen Vater redeten wir nur ein Mal. Ich dachte nicht an ihn. Ob sie an ihn dachte, weiß ich nicht. Es ist wahrscheinlich, daß sie an ihn dachte. Wir hörten Musik. Ihre Musik. Die ich aber auch mochte. Wir hatten den Player aus der Küche mitgenommen und zwei Handvoll Batterien. Wir waren gleich. Zwei Menschen, die im Auto sitzen. Sie schaute auf die Straße vor uns, nicht nach links, nicht nach rechts. Sie schaute zu, wie mein Toyota den Mittelstreifen verschluckte, nickte mit dem Kopf und bewegte ihr gesundes Knie im Rhythmus der Musik.

Am Tag hörten wir kräftigen Rock 'n' Roll, wenn die Sonne gegangen war, Blues, und wenn wir zum Fenster hinaus mit jemandem redeten, weil wir wissen wollten, wo eine Bäckerei ist oder ein Hotel, dann konnte niemand wissen, daß meine Mutter einen Stützapparat ans linke Bein geschnürt hatte und ihre kurzen Wege an Krücken ging und auf ihren langen Wegen von mir im Rollstuhl geschoben wurde. Ich glaube, niemand hielt sie für meine Mutter. Vielleicht für meine Bewährungshelferin. Und keiner wußte, daß sie fluchen konnte, denn sie fluchte nicht.

In diesen Tagen ist die Welt um uns herum auf eine angenehme Art zerbrochen und hat uns zu Teilen ihrer vergangenen Hälfte gemacht. Sie sagte, eine Jugendstimmung sei in ihr wiedergekehrt. Und ihr Gesicht war sanft und gleichgültig. Sie wollte nichts. Und ich habe mich anstecken lassen. Ich war gierig nach dieser Sorglosigkeit. Wie wenn ich mir eine neue Sucht zugelegt hätte. Nachts ließen die Armaturen den Raum im Wageninneren grünlich schimmern.

Das späte Herbstlicht vertrieb fast alle Farben bis auf die verschiedenen Rotschattierungen. Es gefalle ihr, sagte sie, wenn am Himmel noch Helligkeit sei, aber doch schon so wenig, daß die Autos das Licht anschalten müßten. Für diese knappe halbe Stunde hatte sie sich eine Dylan-CD ausgesucht. *My Back Pages*. Sie hielt den verdreckten Küchenplayer im Schoß, preßte ihre linke Hand darauf und hörte mit starrem Ausdruck zu. Formte manchmal ein Wort nach, schob den Unterkiefer vor, nickte zufrieden, wenn die Nummer zu Ende war. Und alles wieder von vorne begann. Dann war der Himmel schwarz, und ich verstaute den Player auf dem Rücksitz, und wir redeten.

Ich fuhr zu einer Tankstelle, zog uns zwei Brötchen mit kaltem Leberkäse aus dem Automaten oder ließ uns zwei Minipizzas im Mikrogrill heißmachen, und wir aßen im Toyota bei offenem Fenster. Dazu hörten wir Muddy Waters oder eine langsame Nummer von Stevie Ray Vaughan. Der alte Mann vom Mississippi machte die Frühstücksmusik für uns, Hendrix kam nach dem Mittagsschlaf an die Reihe.

Am dritten Tag kamen wir nach Hamburg. Wir stiegen in einem Hotel in der Nähe vom Dom ab, nahmen zwei Zimmer. Die Mama ist wie immer mit allem allein zurechtgekommen. Am Abend führte ich sie im Rollstuhl über den

Dom. Das ist ein Rummelplatz wie der Prater in Wien. Wir aßen gebrannte Mandeln, sie mehr als ich. Ich schoß ihr eine rote Plastikrose. Sie klinkte den Stützapparat ein, stand aus dem Rollstuhl auf, nahm das Gewehr in die rechte Hand, legte den Lauf auf den linken Handrücken. Aber dann war sie sich zu unsicher, hatte Angst, sie werde fallen, vertraute mir nicht. Ich habe noch einmal geschossen, aber diesmal nichts getroffen. Wir gingen ins Hotel zurück, weil sie Durst hatte. Wir haben gut geschlafen in der Nacht.

Den nächsten Tag wollten wir in Hamburg verbringen.

Es war ein sonniger Tag, aber windig. Ich schob den Rollstuhl über den breiten Fußweg an der Elbe. Die Mama trug die neue Daunenjacke, bisher war das nicht nötig gewesen. Wir schauten auf die Frachtschiffe, die an den Kais anlegten. Ich wäre gern dort drüben gewesen, nichts Überflüssiges schien mir auf diesem Streifen Land zu sein, Lagerhäuser, dazwischen braunes, gelbes Ödland, nie geschont, nie bebaut. Wir zählten die Stockwerke der Passagierdampfer. Ich kaufte uns zwei *Cornettos*, ein Erdbeer für sie, ein Nuß für mich. Wir setzten uns in die Sonne und schauten aufs Wasser. Skateboardfahrer flitzten an uns vorbei. Ich hatte der Mama die Decke aus dem Toyota um Hüfte und Beine geschlagen, die linke Hand zog sie in den Ärmel. An der linken friert sie gern. Möwen flogen gegen den Wind, sie kamen nicht vom Fleck, bewegten ihre Flügel ruhig und sicher, als ginge die Reise mit Hui dahin. Plötzlich kippten sie zur Seite und schossen mit dem Wind davon.

Am Ende meines glücklichen Tages in Wien, an dem ich nichts anderes getan hatte, als aus dem Fenster von Johannas Wohnung zu schauen, waren Raben und Krähen durch das Wiental stadtauswärts geflogen. So viele waren es, und in so kurzer Zeit zogen sie vorüber, daß ich im ersten Augenblick dachte, es sei etwas passiert. Wobei ich keine Ahnung hatte, was passieren könnte, daß Hunderte Vögel im engen

Haufen über die Stadt fliegen. Wie immer wußte Johanna die Antwort. Die Vögel der Stadt hatten ihre Schlafplätze draußen in den Bäumen um den Steinhof. Tausende Vögel, sagte sie. Wie schwarze Früchte säßen sie in den Ästen. Der Steinhof ist das Irrenhaus der Stadt. Ob die Erbauer denn nicht informiert gewesen seien, daß dort die Vögel schlafen, fragte ich Johanna. Die Vögel schaden den Patienten ja nicht, sagte sie. Aber ich dachte an die Mama, und was wohl in ihr vorgegangen wäre, wenn sie plötzlich so viele schwarze Vögel am Himmel gesehen hätte. Es war mir damals nicht erlaubt worden, sie in der Heilanstalt zu besuchen. Man hatte dem Herrn Fink dringend davon abgeraten, seinen unmündigen Sohn mitzubringen. Genauso hatte er es mir mitgeteilt. Über ihre Zeit in der Anstalt hat sie nie gesprochen, jedenfalls nicht mit mir und mit Johanna auch nicht. Es war ein Geheimnis, auch wenn die Tatsachen alle haarklein bekannt waren. Der Tagesablauf war transparent und offiziell. Suizidgefährdeten war keine Möglichkeit gegeben, sich zu verbergen. Vielleicht hat sie jemanden kennengelernt, der sich auch hatte vergiften wollen. Dem die Liebe so wichtig war, daß es ihn nicht störte, eine halbseitig Gelähmte zu umarmen. Ob das Personal heimlich solche Kontakte förderte? Weil Umarmung gesund ist? Der Herr Fink hätte sicher Verständnis dafür gehabt.

Die Mama hob mir ihren Kopf entgegen, streckte die Hand nach meiner aus und lächelte. »Ich habe früher nichts lieber getan, als so dazusitzen wie jetzt und die Leute zu beobachten. Tust du das auch gern?«

»Ich vergesse leider sehr schnell, was um mich herum vorgeht«, sagte ich.

Schräg vor uns auf der Mauer saßen zwei junge Frauen, die eine hatte einen blauen Pullover mit dem Emblem einer amerikanischen Universität über die Schultern gelegt, sie redete auf die andere ein, erzählte ihr etwas Spaßiges. Mir kam vor, sie machte jemanden nach. Die andere lachte. Ihr Gesicht konnte ich sehen, es war kontrastreich. Sie bewegte beim Lachen ihre Schultern in einem überdeutlichen, schwerfälligen Rhythmus.

»Ich glaube, ich weiß, was sie denkt«, sagte ich.

»Was sie denkt, weiß ich nicht«, sagte die Mama, »aber ich mag nicht, wie sie lacht.«

»Ich weiß, was diese Art von Lachen meint«, sagte ich.

»Was meint es denn?«

»Sie bekommt eine Geschichte erzählt, über einen Freund, schätze ich, auf jeden Fall ist dieser Freund wichtig für sie, das heißt, sie möchte, daß sie zu seinem engeren Kreis gehört, zumindest möchte sie, daß die andere das glaubt. Darum lacht sie so, das soll heißen: Ach, der Dings, das ist typisch für ihn! Du, die du mir diese Geschichte über ihn erzählst, ahnst gar nicht, wie typisch das für ihn ist. Du ahnst es nicht, weil du ihn nämlich nicht so gut kennst wie ich, die ich zu seinen allerengsten Vertrauten gehöre.«

»Das siehst du in ihrem Lachen?«

»Weil sie beim Lachen die Schultern so träge bewegt und den ganzen Oberkörper mit. Sie will, daß die andere eifersüchtig wird.«

Wir gingen zu einer Stelle, wo mehr Leute waren, und haben über den einen oder anderen in ähnlicher Weise geredet. Vom Wasser herauf roch es nach morschem Holz und Dieselöl. Ich solle die Körpersprache dieser Leute interpretieren, sagte die Mama.

»Wir machen es abwechselnd«, sagte ich.

Sie wollte das nicht. Sie wollte zuhören und meine Auslegungen beurteilen.

Später besorgte ich uns eine große Portion Kebab und Coca-Cola ohne Eis in Pappbechern. Sie zupfte sich Salat und Fleisch aus dem zusammengefalteten Brotfladen und fragte: »Hast du ein Geheimnis?«

»Du meinst vor dir?«

»Allgemein.«

Ich habe die Frage sehr ernst genommen und lange nachgedacht. Ich antwortete ihr.

»Ein Beispiel«, sagte ich. »Ich habe *Independence Day* im Kino gesehen, und da kommt eine Stelle vor, wo ein alter Jude zu seinem Sohn sagt, er habe schon lange nicht mehr mit Gott gesprochen, und da dachte ich, ich habe noch nie mit Gott gesprochen, und ich nahm mir vor, es zu tun.«

Sie dachte genauso lang über meine Antwort nach wie ich über ihre Frage. »Und was ist daran das Geheimnis?« fragte sie schließlich.

Auf dem Weg ins Hotel sind wir Zeugen eines Zwischenfalls geworden. Ich hatte die Mama im Rollstuhl über die Treppe bei der Schiffsanlegestelle gehievt – was ich nicht hätte tun müssen, denn da war ein Lift, und es hat mich auch jemand darauf aufmerksam gemacht –, und als wir an der Straße auf eine grüne Ampel warteten, sahen wir zwei Männer in schwarzen Anzügen und offenen feierlichen Krawatten aus dem Gebäude der Anlegestelle kommen. Sie waren betrunken, in der Hand schwenkten sie Sektflaschen mit goldenen Etiketten, im Sekt schwebten Goldfäden, sie tranken aus der Flasche. Ich wußte nicht, was der Grund war, aber den beiden fielen gleichzeitig die Flaschen aus der Hand und zerschellten vor ihren Füßen, der Sekt schäumte kurz auf. Der eine schob die Scherben mit den Füßen beiseite. Der andere bückte sich und hob den abgeschlagenen Flaschenboden auf. Der eine schüttelte die Hände aus, als wären sie naß geworden. Der andere wischte das Glasstück an seiner Jacke ab. Sie machten ein paar Schritte zur Seite, damit sie im Trockenen zu stehen kamen. Ein Auto hupte, sie drehten sich um, winkten in eine Richtung, in der ich kein Auto sah, und plötzlich ging der mit dem Flaschenboden auf den anderen los, er schlug mit der Scherbe auf ihn ein, traf ihn an der Brust, ich konnte nicht sehen, ob er die Jacke oder das Hemd zerriß, aber ich konnte sehen, daß sich das Hemd rot färbte, und zwar ziemlich rasch. Dann wandte er seinem Opfer den Rücken zu, hob den Kopf und blickte teilnahmslos in den Himmel. Als ob nichts gewesen wäre. Die freie Hand schob er in die Hosentasche, er kniff die Augen zusammen und öffnete den Mund, was wie ein Gähnen aussah, was ich aber nicht glauben konnte. Der Getroffene stand bewegungslos, den Oberkörper etwas vorgebeugt, und schaute an sich hinunter. Er zog umständlich seine Jacke aus, als wolle er nicht, daß sie von seinem Blut befleckt würde. Das Hemd war vorne rot von der Brust bis zum Gürtel. Und da schlug der andere abermals zu. Wieder auf die Brust seines Gegners. Wieder ohne Wut, wie mir schien. Als erledige er einen Job, bei dem es einzig darauf ankam, unverzüglich zwei Schläge zu führen, wenn eine Lampe aufleuchtete. Aber dann wälzten sie sich am Boden. Das war alles so schnell geschehen, daß die Umstehenden zwar zugeschaut hatten, ebenso wie wir, daß sie aber fassungslos waren und deshalb erst jetzt reagierten. Die Mama stützte sich mit den Händen an den Armlehnen ab und hob sich aus dem Rollstuhl, um besser sehen zu können, denn ich stand ihr im Weg. Die beiden Feinde rollten über das Trottoir, ihre Köpfe hingen über den Randstein. Die Jacke des Blutigen war weit in die Straße geschleudert worden. Ein VW-Bus lenkte an ihr vorbei. Aus der Anlegestelle kamen Männer gerannt, einer trug die Phantasieuniform eines Touristenführers. Sie zerrten an den beiden, schließlich zogen zwei an den Beinen des einen und zwei an den Beinen des anderen und trennten die Kämpfenden auf diese Weise. Es wurde nicht geschrien. Der Blutige lag auf dem Bauch, über den Asphalt zog er eine Spur. Dann war die Ampel grün, und wir schauten nicht mehr hin, und ich beeilte mich, daß wir ins Hotel kamen.

Wir hatten Hunger auf etwas Süßes. Es war erst früher Nachmittag, ich verließ das Hotel, gleich nachdem wir angekommen waren, fragte auf der Straße nach einer Konditorei und besorgte uns vier Stück Kuchen, zwei waren mit einem hellrosa Zuckerguß überzogen. Ich bat den Portier im Hotel, ob er oder sonst jemand zwei Kännchen Kaffee in Mamas Zimmer bringen könnte. Das sei schwierig, sagte er, sie seien leider kein Restaurant. Der Mann hatte eine Ähnlichkeit mit Gene Hackman, aber dem sehen viele ähnlich. Er sprach mit einem starken Hamburger Dialekteinschlag. Er roch nach ungelüfteten Kleidern.

»Meine Mutter ist gelähmt«, sagte ich. »Sie mag nicht gern in einem Café sitzen.« Die ganze Wahrheit war es nicht.

»Das tut mir leid«, sagte er.

»Sie haben doch sicher privat eine Kaffeemaschine«, sagte ich. »Könnten wir da nicht zwei Tassen haben.«

»Das ist so eine Sache«, sagte er. Aber er sagte nicht, was für eine Sache das war.

»Oder wenigstens eine Tasse für sie«, sagte ich.

»Will sehen«, sagte er. Rührte sich aber nicht. Er hatte einen Finger mit Heftpflaster verklebt, nur die Spitze schaute oben heraus.

»Zimmer neunundvierzig«, sagte ich.

»Ich weiß«, sagte er.

Er brachte zwei Tassen Kaffee, Milch und Zucker auf Mamas Zimmer. Sie hatte den Stützapparat ausgezogen und saß in dem einzigen Stuhl. Der Kaffee sei bezahlt, sagte der Mann. Er starrte Mama an.

»Du hast ihm gefallen«, sagte ich, als er draußen war.

Sie war bedrückt. Sie war geistesabwesend und murmelte Andeutungen. Von den Vorhängen und vom Teppichboden ging ein staubiger Geruch aus. Auf den Bildschirm des Fernsehers fiel ein Streifen Sonnenlicht und zeigte den feinen Pelz einer Staubschicht. Sie aß die Hälfte eines Zuckergußkuchens. Dann bat sie mich, sie aufs Bett zu heben. Ich nahm den Überzug ab, schlug die Zudecke zurück.

»Nicht zudecken«, sagte sie leise.

Ihr Körper war so leicht. Ich trug sie wie ein Kind auf beiden Armen.

»Genügt dir eine Stunde?« fragte ich.

»Bleib bei mir«, sagte sie. »Leg dich neben mich.«

»Aber ich muß mich zudecken, sonst friere ich.«

»Ich mach mich ganz schmal«, sagte sie.

Wir schliefen nebeneinander ein. Sie lag auf dem Rücken und schnarchte leise. Ich mochte das gern, es war wie eine Kindereisenbahn in den Schlaf hinüber.

Ich wachte auf, weil sie mir mit der Hand über die Stirn strich.

»Mein Liebling«, sagte sie.

»Ich habe dich gern«, sagte ich.

»Ich dich doch auch«, sagte sie.

Achtes Kapitel

In Hamburg habe ich eine Doppel-CD von Velvet Underground gekauft, den Mitschnitt eines Konzerts. Sie kannte die Aufnahme. Es sei das letzte Konzert der Band gewesen, sagte sie, Paris, 1993. Ich sah an ihrem Hals den Herzschlag springen. *Pale Blue Eyes*. Lou Reed sang.

»Er kann nicht singen«, sagte ich.

»Pavarotti kann nicht singen«, sagte sie.

Ich saß fassungslos neben ihr. Wie ein Finanzbeamter neben einem Feuerschlucker. Wie kann ein Mensch wegen eines so kleinen Liedes in solche Begeisterung geraten! Ich schämte mich für sie. Wenn ich ihre Erinnerungen erraten könnte, die sich an diese Musik knüpften! Aber die gingen mich nichts an. Ein Mensch, der begeistert ist, wenn er sich an seine Tode erinnert. Eine lautlose, bewegungslose Begeisterung. Da war sie bereits besoffen. Aber was besagt das schon. Ich war auch besoffen. An der Stirn schwitzte sie ein wenig. Hinter geschlossenen Lippen fuhr sie mit der Zunge an ihren Zähnen entlang.

»Ich möchte mir ein Loch in den Kopf schießen bei dieser Musik«, sagte sie.

»Ja, klar«, sagte ich.

»Du bist nicht wahnsinnig genug, der Welt eine Bedeutung geben zu wollen.«

»Das ist eure Angelegenheit, das geht mich nichts an«, sagte ich.

Zwei Tage waren wir in Hamburg geblieben, jetzt waren wir auf der Rückfahrt. Bei einer Raststätte hinter Hannover hatte ich eine Flasche *Four Roses* gekauft, zusammen mit Pumpernickel, Camembert und einer Tüte brauner, langhalsiger Birnen. Das habe ich gemacht, weil ihr Geburtstag war. Sie war achtundvierzig. Den Whiskey tranken wir im Toyota am Fuß des künstlichen Berges in der Nähe von Fulda. Der Berg, der so weiß ist wie Holzasche, eine Abraumhalde, hundert Meter hoch. Ich mußte kotzen.

Sie sagte: »Jetzt würde ich von ihm eine Predigt kriegen, meine Herren!«

Ich sagte: »Ihn werden sie bei der Kur rausschmeißen, weil er sich Joints nach dem Essen dreht.«

»Wir sollten ihn anrufen«, sagte sie. »Er will mir sicher alles Gute wünschen.«

»Er hat mich beauftragt, dir einen Kuß zu geben«, sagte ich.

»Das ist eine Scheißlüge«, sagte sie und hielt mir bei geschlossenen Augen ihren Mund entgegen.

Es war das erste Mal, daß wir auf unserer Fahrt von meinem Vater sprachen.

Es war Nacht, wir standen in der Nähe einer Bauhütte, die sah aus, als wäre sie eingemehlt, wie ein Ding aus einem Kunstkatalog, ein langgestreckter Holzbau, einstöckig, dort brannte ein Scheinwerfer, der war auf den Berg gerichtet. Ich stieg aus dem Wagen und ging hinüber zu der Hütte. Sie dachte, ich muß noch einmal kotzen oder mein Wasser ablassen, das wird sie sich gedacht haben. Da war ein Schild, darauf war zu lesen, daß es sich hier um Kaliabbau handelte. Der Berg ist, was man wegwirft. Ein Weg führte hinauf, auf ihm fuhren am Tag die Lastwagen und machten den Berg breiter und höher. Er zog sich selber aus dem Boden.

Ich äffte ihre Art zu sprechen nach. Tonlos. Ihre Art zu schweigen. Wandte dabei das Gesicht ab. Obwohl sie nichts hätte sehen können. Sie war zu weit weg. Die Gewißheit von

Niederlage und Frustration legte sich schwer auf mich. Ich trat aus dem Licht der Bauhütte und ging davon.

Ich stolperte über Asphaltbrocken, rutschte über eine Aufwerfung und spürte weichen Grasboden unter den Füßen. Ich ging, betrunken und der Nase nach. Die Schwärze zog sich um mich herum zusammen und nahm mir den Horizont. Den Oberkörper vorgebeugt. Und hatte bald kein Gefühl mehr für die Zeit. Ich ging hundert Schritte in diese Richtung, gezählte, und hundert in eine andere Richtung, gezählte, machte eine Wendung, stampfte über den weichen Boden, bildete mir ein, einen weiten Bogen zu ziehen. Marschierte drauflos. Über das kurze, feuchte Gras, das jedes Geräusch schluckte. Als spiele ich im Fernsehen ohne Ton. Trat auf Maulwurfshügel. Noch einmal. Und noch einmal. Drückte die Augen zu und sah ein riesiges Kopfkissen vor mir, ein üppiges, verschlungenes Seerosenmuster darauf, und war zufrieden, daß niemand meine Gedanken für mich dachte.

Dann hörte ich die Hupe des Toyota. Ich hätte die Richtung nicht mehr angeben können. Ich ging weiter. Ging, bis ich nüchtern war, und dann ging ich immer noch. Sobald du nüchtern bist, drehst du um, hatte ich zu mir gesagt, aber ich drehte nicht um, als ich nüchtern war, und ich wußte genau, daß ich jetzt nüchtern war. Wie wenn ausgerechnet ich den Willen zum Endgültigen von ihr geerbt hätte. Als man sie mit den blauen Mundwinkeln und der wäßrigen Kotze vorne auf ihrem T-Shirt fand, war ich elf. Er hatte sie gefunden, ihr Mann. Ganz hinten in dem Schlupf unter dem Dach, wo alte Matratzen lagen und alte Mickey-Mouse-Hefte und alte Kleider, in Plastikbahnen gewickelt und mit Klebstreifen verklebt, und von meinem Inselstraßen-Großvater zwei Koffer, an denen ich gerne roch, weil der muffige Geruch für mich die weite Welt war. Und ist es bis heute noch, verdammte Scheiße, es fällt mir so schwer, über das zu reden, worüber ich gleich reden werde. Als ich kleiner war, fünf

Jahre, hatte ich mir unter dem Dach ein Nest eingerichtet. Ihr Fluchen hat denselben Grund wie mein Fluchen. Weil ihr so oft irgend etwas so schwergefallen ist. Sie hat mir beim Nestbauen im Dachboden geholfen. Gesund damals. Die schlanke, biegsame Frau von so vielen Fotografien, die heute an den Küchenwänden hängen. Als Beweismaterial. Sie hatte eine dünne Latte an die Dachsparren genagelt und eine Reihe alter Kleider an Kleiderhaken daran gehängt, als eine Staffel von Vorhängen deckten sie die Höhle dahinter ab. In der Höhle befestigte sie eine Wolldecke innen an den Dachziegeln und breitete zwei alte Federbetten auf dem Boden aus und stopfte ein halbes Dutzend geerbte Zierkissen im Kreis außen herum. Und sie sorgte dafür, daß immer Schokolade dort war und eine Taschenlampe und Mickey-Mouse-Hefte und Limonade. Manchmal sagte sie zu den anderen, ich sei hinunter zum See gegangen oder zur Ach, wenn ich in Wahrheit doch in meinem Nest war. Es roch nach ihr dort. Ich tat gar nichts. Schaute mir nicht einmal die Comics an. Luftholen und Zwinkern und manchmal Spucke schlucken. Sonst tat ich nichts. Aß die Schokolade nicht, trank die Limonade nicht.

Ich selber habe Johanna das Nest verraten. Da war die Mama beleidigt gewesen. Und die Johanna war auch beleidigt gewesen. Und der Vater hatte gefragt, warum denn auf einmal alle beleidigt sind, und Johanna hat es ihm erzählt, und er war ebenfalls beleidigt.

Und dort hatte sie gelegen. In meinem Nest. Mit blauen Mundwinkeln. Und verkotztem T-Shirt. Die Beine schlaff wie ausgeronnene Schläuche. Dorthin war sie gekrochen. Hatte sich unten im Treppenhaus aus dem Rollstuhl rutschen lassen, war auf dem Rücken gelandet, hatte sich auf den Bauch gewälzt, hatte die gesunde Hand abgeleckt, immer wieder, damit sie feucht war und am Boden klebte, wie hätte sie sich sonst fortbewegen können. Die Antibiotika und die Magentabletten und die Voltaren und die Rohypnol und die

Flasche Schlehenlikör von der Firma Eristoff, mit dem sie die Firma Hoffmann-La Roche hinunterspülen wollte, die Sachen hatte sie vor sich hergeschoben, in einem Teller. Sie hatte sich über die Treppe hinaufgeschleppt, von Stufe zu Stufe, immer zuerst den Teller mit dem Schnaps und den Medikamenten, dann ihren Hintern. Es sind zwei Treppen. Die erste hat acht Stufen, sie führt zum Halbstock, wo das Klo ist. Die zweite Treppe hat neun Stufen. Jede Stufe ein Stück Zeit. Das ist viel Zeit zum Überlegen. Neben dem Klo hat sie nicht mehr weitergekonnt. Sie hat sich mit dem Rücken an die Klotür gelehnt und verschnauft. Und gewartet. Nicht, daß sie etwa allein im Haus gewesen wäre. Ihr Mann war da. Saß währenddessen in der Küche, baute sich Joints, was er so gut konnte wie niemand, Tüten sagte er dazu, wie fabrikgefertigt sahen sie aus, schlanke, bleistiftlange Trichter mit zierlichem, spitzgedrehtem Ende. Summte bei der Arbeit, summte auf einem Ton, und daß er eine Melodie meinte, konnte man an seiner Stirn ablesen, denn er bewegte die Brauen nach den mitgedachten Tonhöhen. Ich hätte in *Wetten, daß* auftreten können. Wetten, daß ich an der Bewegung der Augenbrauen meines Vaters erkennen kann, was für eine Melodie er sich gerade denkt! Sie hat gewartet, daß einer kommt und sagt: Was machst du da? Warum hockst du am Boden? Warum vor der Klotür? Was soll der Teller? Was soll das Zeug im Teller? Was soll das ganze Theater! Warum die Magentabletten und die Antibiotika, die der Alte vor einem Jahr gegen seine Gastritis hätte nehmen sollen und nicht genommen hat? Und warum der klebrige rote Likör? Und warum das gefährliche Rohypnol?

Ich, ich war ebenfalls im Haus. Wo war ich? Ich weiß es nicht mehr. Mein Zimmer käme in Frage oder der Wintergarten oder das Wohnzimmer oder Johannas Zimmer. Vielleicht war ich im Bad. Wäre gern nicht dagewesen. War aber da. Es wäre mir bis heute lieber, ich wäre nicht dagewesen.

Da saß meine Mama vor dem Klo, im Zwischenstock, und rang nach Luft. Und dann ist sie über die zweite Treppe hinaufgekrochen, auf dieselbe Art und Weise, zuerst den Teller auf die Stufe, dann die rechte Hand ablecken, dann mit dem Hintern auf die Stufe, und so weiter. Es war Abend. Weiß ich. Weil ich mich an eine grüne Lampe erinnere, die ich vor mir sah, als mein Vater zu schreien anfing. Es gibt keine grüne Lampe in unserem Haus. Johanna behauptet, es habe nie eine gegeben. Ich erinnere mich an eine grüne Lampe, die brannte, und ich habe hineingeschaut, als er anfing, wie am Spieß zu schreien, und als ich über die Treppe hinauflief, glühte das Licht auf meiner Netzhaut nach. Es kann sein, daß die Lampe in Wahrheit rot war und ich mich an ihr komplementäres Nachglühen erinnere. Das ist Johannas Erklärung. In diesem Fall wäre ich im Wintergarten gewesen, dort war ein roter Glaslampion gestanden, bis er eines Tages umgefallen war und zersplittert dalag.

Der Vater schrie und heulte, und sein Schrei fegte über die Wände und die Decke. Er trug die Mama über die Treppe herunter. Weil ihr Kopf zurückfiel, stand der Mund offen, und die Augen waren ebenfalls offen, nur einen schmalen Spalt waren sie offen, zu schmal, um einen Blick aufzufangen. Er legte sie auf das Sofa im Wohnzimmer und löschte das Licht über ihr. Sie gab keinen Laut von sich. Roch nach ihrer Kotze auf dem T-Shirt. Die Haare waren naßgeschwitzt und klebten wie Entengefieder an ihrem Kopf, und die Stirn schien mir so groß. Er war nicht in der Lage zu telefonieren. Weil er mit dem Finger nicht in die Wählscheibe traf. Erst als er sich mit der anderen Hand den Zeigefinger festhielt, gelang es ihm. Während er wartete, daß unser Arzt, der Dr. Bösch, am anderen Ende abhob, trat er von einem Fuß auf den anderen, als müßte er aufs Klo, vielleicht mußte er ja aufs Klo, ich jedenfalls mußte dringend aufs Klo, und er heulte und versprach, er werde dieses und jenes und was sonst noch alles tun, wenn sie nur am Leben bleibe. Laut in die Luft hinein versprach er es, in die durchsichtige Luft hinein rief er: »Bitte, bitte, bitte!« In die taube, durchsichtige Luft hinein. Ich wüßte nicht, wohin er sonst hätte »bitte!« rufen sollen, an den Himmel glaubte er nicht.

Während meiner Nachtwanderung über den Heideboden in der Nähe des Kalibergs bei Fulda, der einzigen Sensation in dieser Gegend, machte ich die Erfahrung, daß man sich zwingen kann, nicht zu denken, woran man nicht denken möchte. Und ich machte die Erfahrung, daß es dazu nicht der geringsten Anstrengung bedarf. Daß man im Gegenteil das Aufkommen eines Gedankens um so wirkungsvoller bekämpfen kann, je weniger man sich zwingt. »Meine Mutter ist verzweifelt, weil ich sie allein gelassen habe, gleich werde ich an ihre Verzweiflung denken, und auch an mein schlechtes Gewissen werde ich denken, in zehn Schritten werde ich daran denken und umkehren, aber jetzt noch nicht, jetzt noch nicht« – so funktioniert das. Und es funktioniert. Es funktionierte. Und dann hörte ich auch die Hupe meines Toyota nicht mehr.

Ich sah einen Schein am Himmel, ich wußte nicht, ob er von einer Straße oder einer Ortschaft kam, und ich wußte nicht die Himmelsrichtung. Es hätte die Bahnlinie sein können oder eine Autobahnauffahrt. Lange Zeit war die Hupe zu hören gewesen. Immer wieder. In kurzen Stößen. Dann eine Minute Pause. Dann von vorne. Ich kam an Gärten vorbei, da waren weiß schimmernde Plastikkanister gestapelt, an einer Weide lehnten Bündel von Bohnenstangen, die Stoppeln von abgemähtem Mais waren zwischen meinen Füßen. Der Boden roch modrig. Hier leben Menschen, aber du kennst sie nicht. Ich hatte mir gesagt: Ich gehe so lange, bis sie aufgibt, und dann kehre ich um. Aber ich kehrte nicht um, als sie aufgab. Vielleicht hatte sie ja gar nicht aufgegeben, sondern ich war nur schon zu weit vom Toyota weg. Und dann sah ich das Licht am Himmel. Aber warum sollte eine Eisenbahnlinie leuchten, und warum sollte eine Autobahnauffahrt leuchten?

Man behielt sie für eine Woche im Krankenhaus. Und dann für drei Wochen in der Nervenheilanstalt. Sie hyperventilierte. Man stülpte ihr einen schwarzen Plastiksack über den Mund. Ich habe es gesehen und dachte, man macht sie tot. Zu ihrem Besten. Es ist so, und es gehört sich so, dachte ich. Wie ein Ding, von dem sich zu verabschieden nicht lohnt. Als der Herr Fink, wie man meinen Vater in der Nervenheilanstalt nannte, mir mitteilte, daß sie wieder nach Hause komme, da hatte er einen merkwürdig undurchsichtigen Gesichtsausdruck, als wäre er voll hämischer Vorfreude auf etwas sehr Komisches, das uns von nun an nie wieder verlassen würde.

Er und ich saßen in der Küche und warteten auf den Anruf aus der Nervenheilanstalt. Die Mama werde mit der Rettung nach Hause gebracht, hatte es geheißen. Er sah auf seine Hände. Lange. Und dann wusch er sich die Hände, mit Spülmittel wusch er sie. Und schrubbte sie mit *Cif* und einer Bürste. Schnitt sich mit dem Gemüsemesser die Fingernägel, säuberte sie mit der Spitze. Betrachtete die Nägel wie ein Weitsichtiger. Seine Musik mochte ich nicht. Aber seinen Geruch mochte ich. Ich hatte Sehnsucht nach meiner Mutter. Und nach ihrer Musik. So saßen mein Vater und ich in der Küche. Ich, die Nase im Fraß wie ein Strafgefangener.

Ich erreichte einen Wald, und als ich meine Arme ausstreckte und die Hände groß machte, um mein Gesicht zu schützen, und mich durch das schwarze Gebüsch bahnte, hörte ich nichts als die Geräusche, die ich selber verursachte.

Im Wald war es wärmer als draußen auf dem Feld. Aber es war nicht warm genug. Ich sah nichts, aber ich spürte, daß die Welt um mich herum enger war als draußen, daß ich von den Dingen umstellt war, und ich bildete mir ein, die Dinge der Welt konnten mich in dieser Nacht nicht besonders leiden, und ich mußte ihnen recht geben. Ich hätte mich gern hingesetzt, an einen Stamm gelehnt und eine Weile gedöst. Ich war erschöpft. Es war so dunkel, daß ich Bedenken hatte, weiterzugehen, weil ich den Boden nicht sehen konnte. Ich verließ den Wald, und da war ein Hochstand. Ich kletterte über die Leiter hinauf. Es war eine Hütte, die auf vier Stelzen genagelt war, vier oder fünf Meter über dem Boden. Die Hütte war unversperrt und bot Platz für zwei Personen. An allen vier Seiten waren Bretter ausgespart, die Lücken dienten als Sehschlitze. Ich konnte drinnen nicht stehen, auch nicht mit gebeugtem Rücken. Ich kniete. Am Boden lagen Teile von Schaumgummimatratzen. Die waren voll Dreck, das fühlte ich mit der Hand. Auch die Sitze waren mit Schaumgummi belegt, und in die Sehschlitze war Schaumgummi genagelt, damit die Jäger bequem ihre Arme auflegen konnten, wenn sie zielten.

Ich schlief augenblicklich ein.

Wachte gleich wieder auf.

Zwei Katzen fauchten einander an. Sie konnten nicht weit von meinem Hochstand entfernt sein. Dann hörte ich ein Kind schreien. Ein anderes antwortete. Kinderseelen schlüpfen in läufige Katzen und rufen aus ihren Mäulern. Ich trampelte mit den Füßen und fauchte zurück und hörte, wie die Katzen durch das Unterholz davonstoben.

Ich war wach und klar, kletterte über die grobe Holzleiter hinunter und machte mich auf den Rückweg. Ich hatte eine Ahnung, wo der Toyota stand, und wagte nicht, daran zu zweifeln.

Mir fiel etwas ein, was ich vergessen hatte. Zuerst dachte ich, es sei nur ein Teil eines Traumes, denn mir dämmerte, daß ich ähnliches auch schon geträumt habe. An einen Kirchenbesuch erinnerte ich mich.

Bestimmt waren wir nicht öfter als ein Mal in der Kirche. Ein Wunder probiert man nur ein Mal. Ich erinnerte mich, daß wir hinten in der letzten Reihe gesessen hatten, die Mama, der Vater, Johanna und ich. Die Mama ganz außen in der Bank, beim Mittelgang, neben ihr der Vater, dann Johanna, dann ich. Es muß gewesen sein zwei oder drei Monate, nachdem ihr etwas im Kopf geplatzt war und ihr Körper in zwei Hälften gerissen wurde, in eine gesunde und eine kranke. Es muß gewesen sein ein Jahr, bevor sie in meine Höhle gekrochen war, um dort zu sterben. Ich war zehn. Sie war mir fremd. Auf einmal krank. Auf einmal keine verläßlichen Beine mehr. Und die linke Hand ein blasses Knäuel nur noch. Sie hatte noch keinen Stützapparat um ihr linkes Bein geschient, und Krücken hatte sie auch noch keine. Und auch an einen Rollstuhl erinnerte ich mich nicht. Als die Leute aufstanden und einige im Mittelgang nach vorne gingen, um sich vom Priester die Kommunion geben zu lassen, hob mein Vater die Mama von ihrem Sitz und trug sie zum Altar. Er umschloß ihre Oberschenkel unterhalb ihres Gesäßes, so daß sie ihn mit ganzer Kopflänge überragte. Es war wie Heiligenverehrung, wie der Transport einer Statue. Eine Heilige, die ihre Wunder mit den Augen vollführte. Die breiten, schwarzen, dichten Brauen. Niemand hatte solche Augenbrauen. Und niemand aus der ganzen Schar der Gläubigen kannte jemanden, der solche Brauen hatte. Nur aus Filmen kannte man solche Augenbrauen. Alle in der Kirche schauten meiner Mutter und meinem Vater zu.

Sie konnte damals nicht stehen, auch nicht auf dem gesunden Bein. Was sie heute kann. Ein paar Minuten lang, wenigstens. Sie weigerte sich, irgendwelche Stützhilfen zu gebrauchen. Es wäre gewesen, als würde sie ihre Krankheit akzeptieren. Am Anfang hatte sie von einer Krankheit gesprochen. »Meine Krankheit«, hatte sie gesagt. Eine Krankheit vergeht. Kann behandelt werden. Heilt.

Mein Vater konnte sie vorne am Altar nicht auf die Füße stellen. Sie wäre zusammengeknickt und gefallen. Er ließ sie an seinem Körper herabgleiten, drehte sie um, so daß sie mit ihrem Rücken seine Brust berührte, und hielt sie unter ihren Armen umschlungen. Ein Liebespaar, das bei einem Rockkonzert vor der Bühne steht und den Sänger anschaut, der gerade ihren Lieblingssong spielt.

Der Priester legte die Hostie in ihre gesunde Hand. Er gab auch meinem Vater eine Hostie, obwohl mein Vater das nicht wollte, aber weil er nicht wußte, was er damit sonst hätte anfangen sollen, steckte er sie in den Mund. Dann drehte er seine Frau um, so daß sie nun Brust an Brust standen, als würden sie gleich beginnen, sich in einem langsamen Rhythmus zu wiegen. Einen Augenblick verharrten sie, dann ging er vor ihr in die Hocke, umschlang wieder ihre Schenkel und hob sie hoch.

Jemand fragte, ob er helfen könne. Meine Mutter kaute die Hostie, was man nicht darf, so viel wußte ich. Auch mein Vater kaute die Hostie. Er sagte, nein, er brauche keine Hilfe, schüttelte so heftig den Kopf, daß ihm der verfilzte Roßschwanz über die Schultern nach vorn fiel und zwischen seinem Schlüsselbein und ihrem Becken eingeklemmt wurde.

Es war an einem Sonntag, die Männer trugen Anzüge mit Krawatten, die Frauen Kostüme. Nur unser Vater hatte seine ungewaschenen Jeans an und war barfuß und hatte über ein T-Shirt seine ärmellose Jeansjacke gezogen, auf deren Rücken irgendein unsinniges Emblem genäht war. – Daß er barfuß war, das habe ich jetzt im Augenblick erfunden. Es wäre ihm zuzutrauen, ich kann mich nicht erinnern, wahrscheinlich war er nicht barfuß.

Ich dachte mir, die Leute sehen die Krankheit unserer Mama als eine Strafe. Ich haßte den Geruch dieser Kirche. In unsere Kleider paßte er nicht. Zu Hause würde meine Jacke riechen, als hätte ich etwas mitgehen lassen. Auch an meine

Jacke erinnere ich mich. Nichts darf verlorengehen. Eine gebrauchte Jacke, zu groß für mich, ein Blouson aus weißem Stoff mit roten, ledernen Schulterflecken, die bereits brüchig waren.

Ich dachte genauso: Die Krankheit ist eine Strafe. Wir sind anders als die anderen. Wir riechen anders als die anderen und sehen anders aus. Und haben keinen Beruf. Können nichts. Spielen keine Rolle. Und glauben nicht dasselbe wie die da. Glauben wahrscheinlich gar nichts. Johanna, dachte ich, ist die einzige von uns, die es schaffen wird. Es gelang ihr, sich so anzuziehen, daß sie nicht nur als türkis-violetter Fleck vor einer Hauswand wahrgenommen wurde. Warum zum Beispiel mußte bei uns immer so viel geflucht werden? Und ich, ein Bub von zehn Jahren, warum mußte ich in der Schule wie ein übernächtiger Aschenbecher riechen! Ich wollte nicht anders sein. Ich hatte keine Vorstellung, was ich tun müßte, um zu werden wie die. Alles mögliche hätte ich zustande gebracht, ich hatte geschickte Hände und war sprachenbegabt und konnte mir sehr leicht Dinge merken, Unregelmäßigkeiten fielen mir ebenso auf wie Regelmäßigkeiten, aber wie man wird wie die, davon hatte ich keine Vorstellung. Die Krankheit ist unsere Strafe. Aber wofür? Wofür genau? Für jahrelanges, lautes Musikhören bei offenem Fenster im Sommer?

Ich war nie in meinem Leben bei der Kommunion gewesen, meine Eltern hatten mich und Johanna von allem Anfang an in der Schule vom Religionsunterricht abgemeldet, und getauft worden sind wir wahrscheinlich auch nicht. Vielleicht aber doch, ich weiß es nicht. Aber ein paar Jahre später ist mir ein Licht erschienen vom Himmel her, als ich am Damm des Rheins saß und mich abmühte, Englischvokabeln zu lernen. Immerhin. *I see my light come shining.* Immerhin.

Ein neues Kind hätten sie getauft, das ist zumindest diskutiert worden. Johanna war damals bereits aus dem Haus.

Ich saß vor dem Fernseher und wurde vergessen. Es war ein Jahr, in dem Hoffen und Verzweifeln den Rest unserer Familie beherrschten. Das Jahr begann, als die Mutter aus dem Krankenhaus kam, halbseitig gelähmt, und es endete, als sie zurück ins Krankenhaus gebracht wurde, vergiftet und ohne Willen, zu leben.

In diesem Jahr gab es mich nicht mehr. Jede Selbstbehauptung wäre mir böse vorgekommen. Ich wollte nie in meinem Leben böse sein. Ich wußte nicht, daß es eine Redensart gibt, die heißt: sich in Luft auflösen. Aber genau das spielte ich. Ich saß am Fußende des Sofas im Wohnzimmer, oder ich setzte mich auf den Boden und legte den Arm auf das Sofa und den Kopf auf den Arm. Das war ein blinder Fleck in unserer Wohnung. Und dort saß ich und spielte Luft. Spielte Geist.

Meine Mutter lag auf dem Sofa, hoch in den Kissen. Sie weinte. Sobald Ruhe um sie war, weinte sie. Dabei bewegte sie ihr Gesicht nicht. Die Tränen ließen ihre Augen groß werden. Beim nächsten Wimpernschlag sackten sie ab und machten ihre Wangen silbern. Ich öffnete vorsichtig meinen Mund und entließ meine Seele und gab ihr durch feines Blasen einen Stoß, lenkte sie hin zu meiner Mutter und ließ mich von ihr einatmen. Ich kreiste in ihrer Mundhöhle und tauchte in sie hinab, bis in ihr krankes Bein hinunter, und untersuchte das Bein und fand, daß man leider nichts machen konnte, und mir wurde klar, daß sie tot war.

Wie hätte sie merken sollen, daß ich in ihr herumtauchte wie ein Mauersegler durch die Luft. Ich war Luft für sie. Ich schaute auf die Uhr beim Videorecorder und freute mich, wenn er eine Zeit anzeigte, die auf der Digitaluhr spiegelbildlich aussah, wie 22.55 oder 15.21, oder wenn die Ziffern in einfacher Reihenfolge standen, wie 12.34 oder 23.45, am schönsten fand ich, wenn die Uhr ewigen Stillstand vortäuschte, 22.22 oder 11.11 oder 00.00. Es wurde als ein Indiz meiner Intelligenz gewertet, daß mir solche Dinge auffielen.

Ich mixte mir Bananenmilch oder Buttermilch mit Mangosirup und tat dabei so, als ob ich mir etwas gönnte, und wenn ich über den routinemäßigen Hinweis auf meine Intelligenz hinaus überhaupt von den beiden wahrgenommen wurde, dann nannten sie mich ihren kleinen Genießer, was niemals richtig sein konnte, denn erstens war ich mit elf schon fast einen Meter siebzig groß, und zweitens konnte natürlich nicht die Rede davon sein, daß ich »ihrer« war, mir war nämlich, als gehöre ich leider niemandem, ihm sowieso nicht und ihr nicht mehr, leider.

Sie überlegten damals, ob sie ein Kind adoptieren sollten, es war seine Idee. Ein Kind hatte die Frau auseinandergehauen, ein Kind wird sie vielleicht wieder zusammensetzen. Die Geschichte war die – und ich war dabei: Wir fuhren zu dieser Zeit öfter mit dem Taxi nach Bregenz zu dem Friseur, der in unserem Haus in der Inselstraße sein Geschäft hatte, die Mama ließ sich dort ihr Haar machen, und der Friseur erzählte von seinem Leben, und daß seine Frau einen Italiener kennengelernt habe und sich scheiden lassen wolle. Eine Zeitlang wurde die Ehe des Friseurs zum wichtigsten Thema bei uns zu Hause. Meine Mutter weigerte sich immer noch, einen Stützapparat anzuziehen oder sich in den Rollstuhl zu setzen. Mein Vater trug sie. Jeden ihrer Wege trug er sie. Sie schlang ihre Arme um ihn, und er schlang seine Arme um sie. Und dann war die Frau des Friseurs schwanger, und nicht schwanger von dem Italiener war sie, sondern schwanger von ihrem Mann. Und da beschlossen mein Vater und meine Mutter, ein Kind zu adoptieren. Weil nämlich alles gut wurde zwischen dem Friseur und seiner Frau. Je mehr ihr Bauch anschwoll, desto schöner wurde ihre Liebe, und alle konnten es sehen.

Zu dieser Zeit hatten sie Freunde, meine Eltern. Jeder flüchtige Bekannte von früher kam, um meiner Mutter zu sagen, daß sie auf ihn zählen könne. Es ist nicht wahr, daß ein

Unglück die Menschen vertreibt, das kann ich nicht bestätigen. Nie hatten meine Eltern so viele Freunde wie in diesem Jahr nach dem Unglück.

Eine Freundin von früher besuchte meine Mutter, eine Freundin aus der besten Zeit, sie brachte ihr Baby mit, elf Wochen alt. Wann war die beste Zeit meiner Mutter gewesen? Als sie nach Zürich gefahren war, um ein Konzert von U2 zu besuchen? Oder nach Basel zu Randy Newman? Oder nach München zu Bruce Springsteen? Oder nach Köln zu Tom Waits? – So gern hätte ich der Lotte in dem Supermarkt in Gießen erzählt, wie ich meine Mutter zu Emmylou Harris bekehrt habe! Eine Lüge wie eine Lossprechung. Jetzt fiel mir auch wieder ein, was Lottes Lieblingssong war: *Everytime You Leave*.

In das Baby von Mamas Freundin verliebten sich meine Eltern. Das Kind war für sie ein Bote vom Himmel. Mein Vater hielt das Kind für einen Engel. Aber in den Augen meiner Mutter stand bereits das Wissen, daß sie niemals wieder in ihr altes Leben zurückfinden werde können.

Und ich? Ich wußte nichts mehr. Und verstand nichts mehr. Und hielt es nicht für nötig, etwas zu verstehen. Ich hatte freie Verfügung über das Haushaltsgeld, kaufte mir eine Pakkung gefrorener Himbeeren der Firma Iglo, warf die Beerensteinchen in den Mixer und goß Sauermilch darüber, dreimal dreihundertsechzig Grad Pfeffer dazu. Ich schaute zur Osterzeit ein Weihnachtsvideo an und war nicht unglücklich dabei. Ich, der Genießer. In Wahrheit Luft. Und das gern.

Mein Vater meinte, das Baby trage einen jenseitigen Schein in seinen Augen. Weisheit, sagte er. Ein Wort, das nirgendwo schlechter aufgehoben war als im Mund meines Vaters.

Er fragte im Ernst die Mutter des Engels, ob sie ihr Kind zur Adoption freigebe. Sie lebe allein, argumentierte er, ein Wunschkind sei es nach ihren eigenen Angaben nicht gewesen, weiters fühle sie sich – ebenfalls nach eigenen Angaben – kaum in der Lage, die Arbeit zu leisten und die Verantwortung zu tragen, die ein Kind abverlange. Sie könne ihr Kind selbstverständlich jederzeit besuchen. Und für die Erika werde das Kind wie ein Wunder sein.

»Ein Gnadenhort, wie Lourdes oder Fatima.«

Die Mama wußte nichts von seiner Dealerei. Sie erfuhr es von ihrer Freundin. Die kam dann nie wieder. Meine Eltern haben sich eine Woche lang eingeraucht. Ich ließ mir von Johanna am Telefon Rezepte diktieren und kochte. Kartoffelgulasch, Spaghetti bolognese, Spinatspätzle. Und dann wollte sich die Mama umbringen. So war das gewesen.

Als ich zum Kaliberg zurückkehrte, war es bereits hell. Ich betrachtete meine Mutter, die auf ihrer Seite lag, bis zum Hals in die Wolldecke gewickelt. Ich betrachtete sie durch das Autofenster. Ihre Stirn schimmerte in einem feuchten, blanken, quecksilbrigen Grau.

Ich öffnete vorsichtig die Beifahrertür. Sie hatte ihr Wasser nicht halten können. Ich roch es.

Sie blickte mir ungerührt in die Augen. »Du warst eh nicht weit weg, stimmt's?« sagte sie.

»Stimmt«, sagte ich.

»Ich hab's gefühlt«, sagte sie. »Es war dumm von mir, so lang zu hupen. Ich habe gefühlt, daß du ganz in der Nähe bist.«

»Ich war in der Nähe«, sagte ich.

»Ich kann dich verstehen«, sagte sie.

Ich hätte sie gern um Verzeihung gebeten und mich zu ihr hinübergebeugt und sie umarmt und meinen Kopf neben ihrem Ohr versteckt. Aber ich sagte nur: »Es war wirklich ein Blödsinn von dir, daß du so lang gehupt hast.«

»Ich bin dreckig«, sagte sie.

»Fahren wir zu Franka«, sagte ich. »In einer Stunde sind wir dort. Dann kannst du dich in die Badewanne legen.«

»Ich bin so dreckig«, sagte sie, »daß ich mich erst waschen möchte. Ich möchte in ein Hotel. Und dann will ich mich noch eine Stunde hinlegen. Ich sehe furchtbar aus. Ich muß mich richtig in ein Bett legen, damit das ganze Zeug unterhalb von meinem Kinn zur Ruhe kommt.«

In Marburg nahmen wir in einem Hotel ein Doppelzimmer. Im Rollstuhl schob ich sie vor die Rezeption. Ich tat, als wäre sie ein Rock-'n'-Roll-Star. Sie trug ihre schwarze Ray-Ban-Sonnenbrille, die ihr mein Vater vor vielen Jahren geschenkt hatte. Während ich die Anmeldeformulare ausfüllte, rieb sie mit ihrer Schulter die weiße Tünche von der Wand.

Neuntes Kapitel

Das Hotel in Marburg neben dem Bahnhof kannte ich. Es war Vormittag, als wir dort abstiegen, noch nicht zehn Uhr. Das Licht fiel auf die Stromleitungen an der Bahnlinie, kühl und grell. Meine Schuhe und meine Hose waren verdreckt von meiner nächtlichen Wanderung um den Kaliberg bei Fulda. Ich klopfte die Schuhe am Trottoir vor dem Hotel ab. Vor drei Wochen war ich an derselben Stelle gestanden und hatte nicht das Gefühl gehabt, ich sei meinem Willen gefolgt, ebensowenig wie jetzt. Vielleicht sind Niederlagen gar nicht so sehr Ergebnisse von Defekten als vielmehr Folgen charakterlicher Eigenschaften. Dann müßte ich zu Tricks greifen, um glücklich zu werden. Walkman mit Zuversichtskassette zum Beispiel. Als ich dahintergekommen war, daß sich Franka mit einem anderen Mann traf, bin ich mit dem Zug nach Marburg gefahren. Bei meinem Toyota war das Kupplungsseil gerissen, und ich hatte kein Geld, um es reparieren zu lassen. Ich besaß gerade noch so viel Geld, daß ich mit dem Zug nach Marburg fahren und mich für zwei Nächte in dem Hotel verkriechen konnte. Um das Grauen zu hüten, das in meinem Herzen freigelegt war. Ich hatte nämlich in der Nacht vorher Frankas Tagebuch gefunden. Es war ein normales Schulheft, Format DIN A5, liniert, und es enthielt nicht mehr als ein gutes Dutzend Eintragungen, die aber datiert. An einer Stelle stand: »Das war ein verfickter Sommer.« Da ist mir die Brust eng geworden. Franka kam erst um zwei Uhr nach Hause, ich habe auf sie gewartet und sie gefragt, ob sie jemanden kennt. Sie sagte: »Ja.« Ich hätte ihr gern zugegeben, daß ich alle ihre Sachen durchwühlt und in ihrem Tagebuch gelesen hatte. Aber dann hätte ich auch sagen müssen, daß ich diesen Satz gelesen habe. Das brachte ich nicht fertig.

Marburg habe ich immer gern gehabt. Ich habe mir die Stadt freigehalten. Damit meine ich, ich habe sie für mich reserviert. Ich bin weder jemals mit Franka nach Marburg gefahren noch mit Merle und Simon. Immer nur allein. Manchmal mitten am Vormittag hatte ich Lust, nach Marburg zu fahren. Das sind mit dem Auto nur zwanzig Minuten von Gießen. Ich habe mich ins Café Vetter gesetzt und hinunter auf das Lahntal geschaut, auf die blonden Gebäude der Universität, den silbernen Klotz der Bibliothek und den Parkplatz beim Hallenbad. Und habe ein Stück Baumkuchen bestellt. Das ist nichts Besonderes, das weiß ich selber.

Als die Mama und ich an diesem Morgen von Fulda über die Landstraße in Richtung Marburg gefahren waren, hatte es ein bestimmtes Gespräch zwischen uns gegeben. Ich weiß nicht mehr, wie es dazu gekommen war. Sie saß neben mir mit weißem, unbewegtem Gesicht. Und schwieg. Und saß starr, als ob sie einen Sonnenbrand am ganzen Körper hätte. Sie roch nach Urin. Das schlechte Gewissen machte mir zu schaffen. Ich fuhr schnell, weil ich ihr angst machen wollte. Weil ich wollte, daß sie etwas sagt. Irgend etwas. Sie hatte keine Angst. Und sie sagte nichts.

»Hast du den alten Fink irgendwann einmal betrogen?« fragte ich und verdrehte auf der Stelle die Augen, als ob sich dadurch dieser Satz wegschielen ließe.

Sie antwortete sofort. »Ja.« Aber sie sah mich dabei nicht an.

»Bevor ich zur Welt gekommen bin oder nachher?«

»Vorher und nachher.«

»Mit wem? Kenne ich einen?«

»Nein.«

»Und weiß er es?«

Jetzt wandte sie mir den Kopf zu und schaute mich an. Aber nicht sehr lange, dann richtete sie ihre Augen wieder auf die Straße. Ich habe das helle Oval ihres Gesichtes nur im Augenwinkel gesehen, ich wollte keinen Blick von ihr haben, und so konnte ich nicht wissen, ob ihr Blick nur interessiert gewesen war oder empört oder amüsiert oder geringschätzig, oder was weiß ich, wie. Wir fuhren durch ein Dorf, wir waren viel zu schnell, und ich bremste den Toyota scharf herunter. Sie legte ihre gesunde Hand auf das Handschuhfach, um sich abzustützen. Sie fürchtete sich nicht.

»Von einem weiß er es«, sagte sie.

Den Namen des Mannes nannte sie mir nicht. Es hätte mich interessiert. Man kann sich ein Bild machen, wenn man einen Namen weiß. Sie erzählte, sie habe diesen Mann bald nach meiner Geburt kennengelernt.

»Wie bald denn?«

»Sehr bald.«

»Wie sehr bald denn?«

»Ich habe dich noch gestillt.«

»Darf ich etwas wissen ... von ihm ... von euch?«

»Dürfen!« Sie stieß die Luft aus der Nase. »Natürlich darfst du etwas wissen. Was willst du wissen?«

»Zum Beispiel, ob du verliebt in ihn warst.«

»Klar war ich in ihn verliebt, was denn sonst. Frag mich nicht, wie er ausgesehen hat, ich werde ihn dir nicht beschreiben oder seine Handbewegungen und was sonst noch interpretieren.«

»Dann war nichts Besonderes an ihm?«

»Es ist immer etwas Besonderes an denen, in die man sich verliebt. Das weißt du genauso.«

»Und bei ihm?«

Sie dachte nach und sagte: »Er war wie poliert. Er hatte eine glatte Politur aus Zielstrebigkeit. So war er.«

»Das verstehe ich nicht.«

»Daß er nur Sex mit mir wollte und sonst nichts.«

Es roch nach verbranntem Gras. Die Felder waren abgeerntet, an manchen Stellen stiegen verwehte Qualmpilze auf. Das Land war den Jahreszeiten unterworfen, und die Jahreszeiten machten aus Kartoffelkraut duftenden Rauch, das eine war Rohstoff für das andere. Ich hätte nichts dagegen gehabt, bloßer Rohstoff aus Fleisch und Blut zu sein. Und daß ich so dachte, hatte nichts mit dem zu tun, was mir die Mama erzählte, und auch nichts damit, daß ich Franka in wenigen Stunden sehen würde.

Geistesverloren streckte sie mit der gesunden Hand die Finger der anderen Hand. Das tat sie oft. Nach einer Weile sagte sie mit merkwürdig tiefer Stimme, als wollte sie jemanden nachäffen, was sie aber sicher nicht wollte: »Es war eine ziemlich anstrengende Affäre, und ich habe mich geschämt dafür, vor mir selber. Ich habe Schluß gemacht, ihn dann aber doch wieder getroffen. Und so weiter. Ich weiß es nicht mehr so genau. Halt immer wieder. Ich kann mir nicht recht vorstellen, wie ich damals war. Jedenfalls war ich so, daß es mir möglich war, zu tun, was ich getan habe.«

Und dann hatte sie es meinem Vater erzählt. Weil sie sich schämte. Er hatte von sich aus keinen Verdacht gehabt.

»Und?« fragte ich.

»Er ist weggefahren.«

»Nach Kreta«, sagte ich.

Sie blickte mich wieder an, nicht überrascht, nicht einmal neugierig. Eine Weile behielten wir uns im Auge. Dann schaute ich wieder geradeaus.

»Nach Kreta, ja«, sagte sie.

»Und als er zurückkam, war es aus mit dem anderen?«

»Ziemlich, ja.«

»Also nicht.«

»Nein.«

Wir standen unter einem Bündel von Verkehrsampeln, in Alsfeld war es, und warteten still, bis es grün wurde. Als ob es besser wäre, solches nur im fahrenden Auto zu bereden. Zwei Mädchen schoben ihre Fahrräder über den Zebrastreifen, die eine, dunkellockig, redete auf die andere ein. Die andere lächelte hilflos ins Leere. Sie trug eine peruanische Mütze mit spitz zulaufenden Ohrenschützern, die wie kleine Flügel hochgeklappt waren. Auf ihrem Gepäckträger stand ihr Schulkoffer, den hielt sie mit einer Hand fest, ein Kopfhörer baumelte an einem fadendünnen Kabel. Das Morgenlicht spiegelte sich in den Fenstern. Es war eine Straße, die leicht aufwärts ging und nach außen führte, wie die Straße im Märchen, auf der es nur besser wird, je weiter man nach außen kommt, wo die Tiere nicht mehr reden können. Ein schmerzendes Licht beleuchtete die Welt, stabil, als werde sich der Tag am Ende nicht von der schwer daherwehenden Nachtluft verdrängen lassen.

»Du müßtest dich eigentlich an ihn erinnern«, sagte die Mama.

Und dann erinnerte ich mich tatsächlich. Es war zur Fastnachtszeit gewesen, da bestand kein Zweifel, die Mama und ich waren spazierengegangen. Nur wir beide?

»Nur wir beide.«

Am See entlang, beim Schilf, ich hörte den Fastnachtsumzug aus dem Dorf dröhnen. Ich erinnere mich an meinen langen Februarschatten. Oder Märzschatten. Der vor mir im gelben Gras lag und sich am Kopf auf einen Baumstamm knickte. Die Mama hatte mit jemandem gesprochen, den ich nicht interessant fand. Ich habe ihn mir nicht angeschaut. Ich sei sechs gewesen.

»Warum hast du mich mitgenommen?«

»Ich wußte nicht, daß ich ihn treffe.«

»Ich schätze, du hast dich mit ihm verabredet.«

»Das habe ich ganz bestimmt nicht.«

»Ich glaube es dir nicht.«

»Ich lüge nie.«

»Hat er eine Glatze gehabt? Mir kommt vor, ich erinnere mich, daß er eine Glatze gehabt hat.«

»Er hat keine gehabt.«

»Warum kommt es mir dann so vor?«

»Er ist mir nachgegangen. Wir hatten uns nicht verabredet. Sonst hätte ich dich nicht mitgenommen.«

»Das heißt, die Sache mit ihm hat sechs Jahre gedauert? Mindestens sechs Jahre?«

»Kann sein.«

»Das kann nicht sein, das ist so. Oder länger. Länger?«

»Nein, länger nicht. Es war damals im Prinzip schon vorbei.«

»Und der Fink hat es gewußt, daß es immer weitergegangen ist, auch nach Kreta noch?«

»Nein, er hat es nicht gewußt. Er hat nicht gefragt. Und es ist ja auch nicht richtig weitergegangen.«

»Wie denn, wenn nicht richtig.«

»Ich habe ihn schon gekannt, bevor du zur Welt gekommen bist. Aber da hatten wir nichts miteinander gehabt. Ich habe ihn sogar schon gekannt, bevor die Johanna auf der Welt war. Als ich so alt war, wie du jetzt bist, habe ich ihm einen Brief geschrieben. Den er nie beantwortet hat. Ich habe in dem Brief so getan, als wollte ich ihn etwas fragen, mehr habe ich mich nicht getraut, und ich habe absichtlich mit einem dicken Bleistift geschrieben, damit es nicht so wahnsinnig interessiert wirkte und ich mir nichts vergab. Er hat sich nicht an den Brief erinnert, das war mir recht. Ich habe ihn später ein paarmal getroffen und ihm immer wieder von neuem meinen Namen gesagt, und er hat ihn jedesmal vergessen. Und als ich mit dir schwanger war, im zweiten oder dritten Monat, man hat noch nichts gesehen, hat er mich in Bregenz auf der Straße angesprochen, er war Toningenieur beim Rundfunk damals, das ist er heute nicht mehr, ich weiß nicht, vielleicht ist er ja wieder Toningenieur. Ein Kameramann war dabei und ein Journalist, und er hat das Tonband bedient, oder was weiß ich, sie haben die Leute auf der Straße irgend etwas gefragt, und mich haben sie auch etwas gefragt. Verheiratet war er inzwischen. Und Kinder hatte er auch. Zwei. Das ist besser, als wenn er ledig ist und keine Kinder hat. Das habe ich mir gedacht. Für das, was einem schnell durch den Kopf geht, kann man genausowenig verantwortlich gemacht werden wie für die Träume. Er hat meinen Namen wieder nicht gewußt, hat aber gewußt, daß wir uns kennen. Er zeigte aus fünf Meter Entfernung mit dem Finger auf mich. Es war anzunehmen, daß er nie in mich verliebt war und daß er sich nie in mich verlieben würde. Und mir ist durch den Kopf geschossen, daß mir das recht ist. In dem Sinn: daß es günstiger ist. Jedenfalls hat er von da an meinen Namen nicht mehr vergessen. Und er ist mir dauernd über den Weg gelaufen. Er hat eine Zeitlang an jedes Satzende meinen Namen gehängt. Und als du dann auf der Welt warst, waren wir bereits irgendwie wie ein altes Paar und hatten überhaupt noch nichts miteinander gehabt. Und als wir dann etwas miteinander hatten, war das nichts Besonderes mehr. Es war uns klar, daß wir beide auch nicht anders empfinden können als Hunderte Millionen anderer Bürger. Vielleicht war es darum so schwer, damit aufzuhören. Es fiel mir eben immer wieder ein, ihn mittags im Rundfunk anzurufen. Mittags, weil er da am ehesten zu erreichen war. Die Telefonate waren fast immer gleich. Ich sagte: Wie geht's? Und er sagte: Gut. Und dann haben wir beide lange nichts gesagt. Und dann sagte ich: Geht es bei dir um drei? Und er sagte ja oder nein. Er konnte nicht reden, es war immer jemand im Raum. Weil er so oft im Außendienst war, hatte er keine eigene Telefonnummer, das heißt, er hatte kein eigenes Büro. Er sagte mir, die Frau unten bei der Vermittlung habe bereits Andeutungen gemacht. Ihm war es nicht egal. Mir schon. Ich bin mit dem Zug nach Dornbirn gefahren, und er hat mich am Bahnhof abgeholt, und wir sind in die Schweiz gefahren und dort gleich hinter der Grenze in einem Hotel abgestiegen. Willst du das alles wissen?«

»Nein, eigentlich nicht«, sagte ich.

Da schwieg sie.

Aber nach einer Weile sprach sie doch weiter: »Ich hatte nie ein schlechtes Gewissen, wenn ich mit ihm geschlafen habe. Vielleicht deshalb nicht, weil ich mir hinterher fast immer dachte, das war das letzte Mal. Nicht aus schlechtem Gewissen das letzte Mal, sondern weil er mir auf die Nerven ging. Aber eine Woche später schon wieder nicht mehr. Nur ein einziges Mal war ich bei ihm zu Hause. An der Wand ein Jesus, der mit dem Tod ringt. Wir haben gern miteinander geredet. Er war stets erreichbar, und in seinem Leben gab es nichts Rätselhaftes oder Verborgenes oder eine Zeit, die er selber weghaben wollte. Trotzdem stellte sich von mir aus nie ein Gefühl der Vertrautheit ein. Obwohl ich ihm alles hätte sagen können. Das konnte ich bei deinem Vater nie. Ich glaube, das einzige im Leben dieses Mannes, das seine Zufriedenheit störte, war ich. Er hat Baby zu mir gesagt. Ich habe zuerst gedacht, das darf ja wohl nicht wahr sein. Wie im Vorabendprogramm. Oder in einem Elvis-Song oder in einem Song von Buddy Holly. Aber dann hat es mich gerührt. Das darf wirklich nicht wahr sein. Aber es hat mich so sehr gerührt, daß ich in jeder Minute hätte weinen können, wenn ich daran dachte. Er hat es so ehrlich gemeint. Wenn ehrlich das richtige Wort dafür ist. Es war für ihn der Doktortitel der Verliebtheit. So ungefähr. Ich habe das noch niemandem erzählt. Einmal war ein Gewitter, es hat gekracht, als ob ein ganzer Wald im Himmel gerodet würde. Wir sind in seinem Auto gesessen und haben gesehen, wie ein Blitz in den See geschlagen hat, und da hat er den Arm über meine Schultern gelegt und gesagt: Ich bin bei dir, Baby. Man darf das nicht erzählen. Nein, man darf das nicht erzählen, weil man einen Scheißlachkrampf kriegt. Aber ich habe mich dann prompt gefürchtet, und zwar nur ihm zuliebe, und ich habe es, glaube ich, gut gemacht. Und ich habe dabei den Kopf gesenkt, damit ich ihn nicht anschauen mußte, weil ich sonst wirklich einen Scheißlachkrampf gekriegt hätte. Und gleichzeitig hätte ich gern geweint. Nur weil er Baby zu mir sagte. Das ist das einzige, woran ich heute noch manchmal denke. Ich hätte damals, als ich in seiner Wohnung war, die Gelegenheit gehabt, über Nacht zu bleiben, seine Familie war nicht da, und ihr seid auch weg gewesen, keine Ahnung mehr, wo ihr hingefahren seid. Er wollte, daß ich bleibe. Zeigte mir das eheliche Schlafzimmer. Ein Schauplatz mit exaktem, wohlgeordnetem Charakter. Er hatte auch bereits eingekauft, was ich gern zum Frühstück mag. Das wußte er, weil wir darüber gesprochen hatten, über solche Sachen unterhielten wir uns gern. Er öffnete den Kühlschrank, Tomaten in Öl, Artischocken in Öl, Oliven gefüllt mit Anchovis, eingelegte Peperoni, Tabasco fürs Toastbrot. Zuviel des Guten. Ein Licht drang aus dem Eisschrank, so grell, daß ich augenblicklich Kopfschmerzen bekam. Von da an, glaube ich, wollte ich es nicht mehr, wirklich nicht mehr. Ich bin nicht über Nacht geblieben. Ich habe gesagt: Nein. Ich sah ihm seine Gefühle an. Das hat mich gestört. Weil er sich nicht getraute, sie auszusprechen. Das hätte mich zwar ebenfalls gestört, aber nicht so sehr. Er stützte seine Wange auf den Daumen und versuchte, anders dreinzuschauen. Aber für das, was er gern als seine Empfindungen ausgegeben hätte, war sein Gesicht wahrscheinlich nicht geeignet. Ich sagte: Du hast dich mit den falschen Leuten eingelassen. Mit was für Leuten denn, sagte er. Mit mir, sagte ich. Aber du bist doch nur eine, sagte er. Und ich sagte: Die Einzahl von Leute kenne ich nicht. Ich kam mir gut vor. War hellwach und hörte, was es zu hören gab. Bei deinem Vater kam ich mir selten gut vor. Ich habe nie mit ihm über deinen Vater gesprochen. Weil ich weiß, daß Männer andere Männer immer für Arschlöcher halten. Manchmal hatte ich ein schlechtes Gewissen, wenn ich mit deinem Vater geschlafen habe. Und das war ein Zustand, für den ich mich geschämt habe. Meine Affäre war ein Gefühl der Freiheit innerhalb vernünftiger Grenzen. So etwas habe ich nie gewollt. Dein Vater ist einer, den man leicht überschätzt. Der da war einer, den man unterschätzte. Er hatte so eine Art, mit einwärts gewandten Fußspitzen zu gehen, und man dachte sich, der kommt nicht schnell ans Ziel, doch das war ein Irrtum. Im Leben deines Vaters gibt es nichts, was nicht an mich erinnert.«

Sie drückte das Kinn gegen das Schlüsselbein. Und sagte nichts mehr. Dann waren wir in Marburg. Hielten vor dem Hotel.

Die Mama kann viel allein machen. Ich schob sie im Rollstuhl ins Bad, ließ ihr heißes Wasser einlaufen und wartete draußen vor der Tür, schaltete den Fernseher ohne Ton ein, zappte ein wenig herum, schaltete ihn aus. Sie kann sich ausziehen und aus dem Rollstuhl stemmen, und sie kann sich in die Badewanne gleiten lassen. Aber mit eigener Kraft aus der Badewanne heraussteigen, das kann sie nicht. Jedenfalls nicht aus einer normalen Badewanne. Die Badewannen in Hotels sind normal. Zu Hause hat sie eine Spezialwanne, die ist flacher, und Stahlbügel sind an den Seiten in die Wand und in den Boden eingelassen. Daran kann sie sich festhalten und sich aus der Wanne ziehen.

Ich öffnete die Badezimmertür einen Spalt, stellte unseren CD-Player davor, hängte ihn an das Netzgerät und legte Velvet Underground ein. *Pale Blue Eyes.* Und drückte die Repeattaste. Liebe Mama, dachte ich, *Sometimes I feel so happy, sometimes I feel so sad,* ich habe vergessen, etwas

Bestimmtes aus mir herauszuholen, Mama, etwas, was jetzt in mich hineinwuchert, und ich kann ihm nicht einmal einen Namen geben. Ich hörte die Mama pfeifen. Bei John Cales Geigensolo pfiff sie mit.

Dann rief sie meinen Namen.

»Mach die Musik aus«, sagte sie. »Setz dich zu mir.«

Ihre Schultern sahen eckig aus, sie zog sie nach vorne, machte einen Rücken. Ihre Brüste waren voller und größer, als ich erwartet hatte, und sie waren sehr hell, und das fiel auf, weil nämlich die Brustwarzen fast schwarz waren. Sie blickte zu mir herauf. Sie sah gesund aus. Sie sah aus wie eine junge Frau, der nichts fehlte. Ich gehörte zu ihr, und nichts anderes wollte ich, diese Vorstellung befriedigte mein Verlangen nach kosmischer Ordnung völlig. Ich nahm das Badetuch vom Regal, legte es zusammengefaltet auf den Boden und setzte mich darauf, meinen Rücken lehnte ich an den Heizkörper, der war lauwarm.

Wir saßen da und schauten uns dabei zu, über den Wannenrand hinweg, und sagten nichts. Es war ein fragendes, ein in die Schranken gewiesenes Schweigen, auf beiden Seiten war es das. Aber ihre Augen hießen alles willkommen, was ich war.

»Dein Vater«, sagte sie, »ist ein verzweifelter Mann. Aber er ist nicht auf übliche Weise verzweifelt.« Sie sprach in einer übergenauen Art, als hätte sie sich eine Menge Gedanken zu diesem Thema gemacht und schon lange den Vorsatz gefaßt, sie mir auseinanderzusetzen. »Bis ich krank wurde, gab es kein wirkliches Problem in unserem Leben. Wir haben bis Mittag geschlafen. Unser Bett hat muffig gerochen, das waren die Probleme. Er stand um acht auf, machte Kaffee, zog sich eine Hose über den nackten Arsch und kaufte beim Spar unten Weißbrot ein und legte sich wieder ins Bett. Wir haben die Johanna in den Kinderwagen gelegt und haben sie hinunter zum See geschoben und haben gelesen. Im Winter haben wir sie auf die Rodel gepackt und sind mit ihr am See entlanggelaufen. Das kann ich mir alles nicht mehr vorstellen, später hatten wir dich, dich haben wir gern in die Mitte genommen und Engelchen-flieg mit dir gespielt. Er war verzweifelt. Er wußte nicht, wozu er gut ist. Ein Gummipfropfen im Badezimmer hat mehr Selbstvertrauen. Glückliche Paare schauen gern gemeinsam in den Spiegel, die Frau betrachtet die Frau und der Mann den Mann. Sie wollen nicht sehen, wie der andere aussieht, sondern wie sie selbst neben dem anderen aussehen. Ich habe ihn immer gern angesehen und tue es immer noch. Ich kenne keinen Menschen, der so dasitzen kann wie er. Nachts, wenn draußen der Föhn tobt. Diese Person ist mein Mann. Ich mag ihn. Das ist Liebe. Aber dann hat er angefangen, sich zu beschäftigen. Er hat angefangen, mehrere Dinge gleichzeitig zu tun, während er saß. Und alles tat er mit einer trotzig zur Schau gestellten Unfähigkeit. Essen, lesen, Bilder anschauen, fernsehen, Musik hören. Er kann es nicht. Es bedeutet ihm nichts. Er demonstriert lediglich, wie bereit er ist, eine Strafe anzunehmen.«

»Du bedeutest ihm etwas.« Sagte ich.

»Ja«, sagte sie.

»Die Erika bedeutet dem alten Fink etwas.«

»Monatelang hat er mich getragen. Er sagte: Komm, wir gehen ein Stück. Und dann hat er mich hochgehoben und ist mit mir die Straße hinuntergegangen bis zum Leuchtengeschäft Alge, wo heute die Steuerberaterin Fehr ihr Büro hat. Dann hat er mich auf die Mauer gesetzt und hat sich neben mich gesetzt, und dann sind wir weiter in den Wald bei der Ache, und dort haben wir uns auf die Steine beim Damm gesetzt, und dann hat er mich, an den hohen Brombeersträuchern vorbei, wieder nach Hause getragen. Und ich habe eine feuchte linke Hand gehabt, weil ich in ihr den Plastiksack mit den Bananen getragen habe. Wenn ich den Sack die ganze Zeit in der gesunden Hand gehalten hätte, hätte ich einen Krampf gekriegt. Die kranke Hand war sowieso schon verkrampft, da konnte man alles hineinklemmen, was Platz hatte, das hielt wie ein Gewehr in den Knackhändchen von Playmobil-Cowboys. Ich wollte den Stützapparat nicht. Ich trag dich, sagte er. Was ist der Unterschied zu früher, sagte er, wir haben doch nie große Wege hinter uns gebracht. Wir gehen jetzt mehr als früher. Ich erinnere mich an einen diesigen Tag, kein Nebel, ein angenehm kühler Schmauch vom See herauf, die Sonne schimmerte durch, ich sah die Sonnenscheibe durch den Dunst, sie tat meinen Augen nicht weh, ich konnte nicht ausmachen, wo das Land aufhörte und der Himmel begann, es waren die ersten Minuten, seit ich aus dem Krankenhaus zurück war, die ohne einen Gedanken an mein Unglück waren. Aber dein Vater hielt das Sitzen nicht mehr aus. Alle Umstände waren außer Kontrolle geraten. Er bewegte sich zwischen den Bäumen, und er hatte einen neuen, einen beschwingten Gang, der ihn ehrgeizig aussehen ließ, ein energisches Hüpfen. Als mir dann doch ein Stützapparat angepaßt wurde, wußte ich, daß es für mich keine Überraschungen mehr geben wird. Bis an mein Lebensende keine mehr. Bei dieser Gelegenheit habe ich dann auch die Lebensanschauung verloren, die es mir ermöglicht hätte, mich zu bedauern. Wir werden trainieren, sagte er. Als ob ein Hirnschlag eine Art Formtief wäre! Ich bin dein Trainer, sagte er. Der Dr. Bösch hat gesagt, das sei gut. Als er mich zum ersten Mal in meinem neuen Leben besuchte, brachte er einen Napfkuchen mit weißer Glasur mit. Hatte er selber gekauft. Im Café Bohle in Bregenz. Hat ihn sich einpacken lassen. Obwohl er es eilig hatte. Obwohl ein Infekt herum war und er eine Menge Hausbesuche zu erledigen hatte. Mit Gehbehinderten trifft man sich zu Kaffee und Kuchen, das ist so. Später hat er gesagt, das Training sei nicht gut. Später ist es sogar zu einer Schreierei zwischen dem Dr. Bösch und deinem Vater gekommen. Das heißt, der Dr. Bösch hat geschrien, dein Vater stand nur im Türrahmen, rauchend. Er könne es nicht zulassen, wie der Herr Fink seine arme Frau so sinnlos schinde, schrie der Dr. Bösch. Sinnlos? Ich sagte: Sinnlos? Ich soll einfach nicht hinhören, sagte dein Vater. Er hat den Haushalt gemacht. Nicht besonders gut. Aber ich habe diese Arbeit ja auch nie besonders gut gemacht. Er machte Liegestütze. Damit ich dich besser tragen kann, sagte er. Mir kam vor, als sammle er Pluspunkte. Ich sagte: Mir kommt vor, als sammelst du Pluspunkte. Er sagte nur: Aso? Ich sagte: Willst du denn nicht wissen, was ich damit meine? Doch, sagte er. Daß du Pluspunkte sammelst, um ohne schlechtes Gewissen von mir wegzugehen, sagte ich, das meine ich. Er hörte mir nicht zu. Du tust alles, was du kannst, stimmt's? Sagte ich. Weiß nicht, sagte er, ich tu's einfach. Nach dem Frühstück haben wir trainiert. Sein Ellbogen liegt einfach zu hoch. Ich sage zu ihm: Geh ein bißchen tiefer! Bitte, geh ein bißchen tiefer. Bitte, bleiben wir stehen. Nein, sagt er. Er kapiert nicht, daß es mich neben ihm in die Höhe reißt. Ich sage es ihm. Es reißt mich neben dir in die Höhe, verdammt noch mal! Aber er kapiert es nicht. Weil er nicht zuhört? Weil er dumm ist? Oder weil er sich denkt, jeder Schritt ist ein Pluspunkt für ihn? Er tut mehr, als man vom anständigsten Mann verlangen kann. Was über den Anstand hinausreicht, kann er sich gutschreiben. Sagen wir: Pro Punkt kriegt er einen Tag. Kann man so rechnen? Wie viele Tage will er herausholen? Wie viele Tage hat er schon beieinander? Ist jeder Schritt, den er neben mir macht, ein Pluspunkt? Wenn er 365 Punkte beisammen hat, dann kann er mit ruhigem Gewissen ein Jahr von mir weggehen. Bei 3650 Punkten sind es zehn Jahre. Damals war er fünfundvierzig. Mehr als fünfundsiebzig Jahre wird er sich im ganzen nicht geben, der Kettenraucher. Also irgendwann, bei 10000 Punkten, kann er mich verlassen und muß nie wieder zu mir zurückkehren. Solche Sachen sind mir durch den Kopf gegangen. Ich hatte solche Schmerzen in der Hüfte, daß ich nicht einmal weinen konnte, sondern fassungslos war, fassungslos, wie es überhaupt möglich und erlaubt sein konnte, daß einem so etwas zustößt. Dann machten wir eine Pause. Setzten uns hin und haben Vitaminsäfte getrunken.«

Ihre Haut war aufgeweicht, ihre Wangen glühten, und die Ringe unter ihren Augen schienen tiefer einzuschneiden und waren grau. Ich hob sie aus der Wanne. Meine Hände auf ihrer Haut kamen mir grob vor wie die Hände eines arbeitenden Mannes. Zwei Spiegel waren in dem Bad, sie hingen einander gegenüber. Ich sah meinen Hinterkopf und das lächelnde Gesicht meiner Mutter. Sie hatte ihre Hand wie einen Stern auf meinem Rücken ausgebreitet. Ich trug sie ins Zimmer und legte sie aufs Bett. Sie streckte ihre Hand nach mir aus und streichelte mich. Ich deckte sie zu.

»Ruf ihn an«, sagte ich. »Ich habe die Nummer von der Reha-Klinik.«

»Später«, sagte sie. »Ich möchte schlafen.«

Ich legte mich auf die andere Seite des Doppelbettes, deckte mich aber nicht zu.

Ich wachte auf, weil ich ihre Stimme hörte. Sie telefonierte mit ihrem Mann. Als sie sah, daß ich wach war, drückte sie den Hörer in ihre kranke Hand und winkte mir mit der gesunden einen Gruß zu. Sie war angekleidet, hatte die Lippen kühn über den Rand geschminkt. Sie berührte den Mundwinkel mit dem Fingernagel und strich etwas weg. Sie nickte und lächelte und hob die stolzen Augenbrauen.

Wir blieben nur die paar Stunden in Marburg. Am Nachmittag fuhren wir nach Gießen weiter. Nicht eine Wolke stand am Himmel, das Land schimmerte in selbstgefälligem, einsamem Glanz.

Zehntes Kapitel

Als meine Mutter zu Bett gegangen war, nach eins war es, da sagte Franka, daß sie enttäuscht sei, weil ich mich nicht gemeldet hätte, wo ich doch mein Kommen angekündigt hatte und also hätte wissen müssen, daß sie auf einen Anruf von mir wartete. Daß sie nämlich wirklich gewartet und sich nicht ausgekannt und schon geglaubt habe, ich werde mich überhaupt nie wieder bei ihr melden. Sie weinte ein wenig. Wie sie es kann, nämlich ohne ihr Gesicht dabei zu verziehen. Mit Geradeausblick. Zielte an mir vorbei und blieb ein paar schwere Atemzüge lang stumm. Sagte dann aber, daß sie sich in erster Linie freue, daß ich wieder bei ihr sei, daß alles andere unwichtig sei, und sagte, sie wünsche sich, daß ich wenigstens in dieser Nacht bei ihr im Bett schlafe. Sie trug ein Männerhemd, das gut in den Sommer gepaßt hätte, kurzärmelig mit einem Muster aus kleinen, grünen Känguruhs auf rosarotem Grund. Sie kaufte billig ein, Abverkäufe, von schludriger Machart, Zeug, das nicht eine Nacht würdig überstehen konnte. Sie hatte nackte Beine und war barfuß. Sie habe viel über uns nachgedacht, sagte sie.

»Es war weiß Gott notwendig«, sagte sie.

Ob ich auch über uns nachgedacht hätte. Und es war Spannung um ihren Mund, und es war Unruhe auf ihrer Stirn. »Hast du?«

»Nein«, sagte ich.

Erstens: weil ich nicht ehrlich sein wollte. Zweitens: weil ich ihr weh tun wollte. Es wäre ja auch für sie nicht notwendig gewesen, über uns nachzudenken, wenn sie nicht mit diesem Lehrer etwas angefangen hätte.

Ich hockte am Boden ihres Arbeitszimmers, hatte den Rücken an das Sofa gelehnt. Das mein Bett war, seit Franka begonnen hatte, abends wegzugehen und erst um eins oder zwei oder drei oder vier oder fünf oder sechs nach Hause zu kommen. Sie watete auf Knien über die Schaumgummimatratze auf mich zu.

»Es ist aus mit ihm«, sagte sie.

Ich habe das nie gern gesehen, wenn Franka Rotwein getrunken hat. Es wirkte arrogant, wie sie das Glas an die Lippen führte. Im Profil sah sie arrogant aus. Ihre Lippen lagen so ruhig aufeinander, als gäbe es keine Sache in der Welt, für oder gegen die zu sprechen es sich lohnte. Wenn sie mit einem Weinglas dasaß und nachdachte oder so aussah, als ob sie nachdenke, dann verbreitete sie eine Atmosphäre düsterer, spöttischer Verträumtheit um sich, in der ich nichts verloren hatte, und ich kam mir billig und einfältig vor. Dann konnte es geschehen, daß wieder diese Ahnung von öder Verlassenheit über mich herfiel, so daß ich denken mußte, ich werde mich nie wieder in meinem ganzen Leben irgendwo zu Hause fühlen können. Ich wußte, daß dieses Gefühl nicht lange anhalten würde, aber es ließ sich für mich aus diesem Wissen kein Trost gewinnen, denn ich war ein vom Glück verlassenes, zu groß geratenes Vieh.

»Es ist aus mit ihm«, wiederholte sie.

Sie trug zwei Gläser mit Rotwein, eines für mich, eines für sich, balancierte mit den Armen. Sie hielt die Gläser nicht an ihren Stielen, sondern zwischen Daumen und Zeigefingern am Boden. Warum eines für mich, um Himmels willen? Ich war beunruhigt, ihre Haut zu sehen. Ich habe einen Blick für Dinge, die mir Unglück bringen. Ich schaute auf den Teppichboden, in den Kekskrümel eingearbeitet waren. Die kannte ich, und die waren auf meiner Seite. Der Teppichboden war gelblich, nicht golden, wie der Vermieter dazu sagte. Ich habe mich manchmal am Vormittag auf ihn gelegt und bin eingeschlafen und aufgewacht und noch eine Weile liegengeblieben, eine Wange auf ihn gepreßt, und hinterher klebten Kekskrümel an meiner Wange. Ich bin einer jener Unglücklichen, die sich an jedes Wort erinnern.

»Das hast du schon einmal gesagt«, sagte ich.

Und ich bin ein Meister, wenn es darum geht, Anzeichen meiner Niederlage zu erkennen. Warum zwei Gläser mit Wein? Ich bin kein Ehrlichkeitsfanatiker. Niemand muß mir von sich aus die Wahrheit sagen. Was nicht heißt, daß ich angelogen werden möchte. Wer möchte das schon. Ich war stets auf eine sanfte, eine kühlende Version der Wahrheit aus. Warum sollte es das nicht geben. Und wenn diese Version nur die halbe Wahrheit beinhaltete, dann sollte es meinetwegen nur die halbe Wahrheit sein.

»Aber diesmal habe ich vorher lange darüber nachgedacht«, sagte sie.

Wenn jemand immer die ganze Wahrheit sagt, dann führt das letzten Endes nur dazu, daß keiner mehr die entscheidenden Fragen an ihn richtet. Etwas anderes behauptet nur die Propaganda.

Ich antwortete ihr nicht.

Als sie bei mir angelangt war, den Kopf mit den knappen, starren Locken hoch über mir, da wurde ihr klar, daß sie von ihren Händen verraten wurde, daß ihre Hände Griffe und Bewegungen wiederholten, die bei anderer Gelegenheit angewöhnt worden waren. Ich habe nie Rotwein getrunken.

Das Licht von der Schreibtischlampe ließ ihre Augen hellblau aufschimmern. Ich hasse nichts auf der Welt mehr, als wenn ein Mann und eine Frau am Abend gemütlich ein Glas Rotwein trinken. Und es miteinander treiben, während der Fernseher läuft. Über denen könnte ich das Dach anzünden.

»Und du hast nicht ein einziges Mal über uns nachgedacht?« fragte sie.

»Nicht ein einziges Mal.«

»Und nur über mich? Allein über mich? Über mich ohne dich?«

Ich hatte diesen Mann erst ein Mal gesehen, aus einer Entfernung von geschätzten sieben Metern. Von hinten, schräg links. In der Mensa. Ich, beim Förderband für das gebrauchte Geschirr stehend, an der rechten Hand Merle, an der linken Hand Simon, den Speisesaal nach ihrer Mutter absuchend. Er, das Tablett mit dem Zweier-Menü in Empfang nehmend. Merle sagte: »Dort ist Frankas Freund.« Und lugte zu mir herauf, todunglücklich grinsend, weil wir beide ja im selben Boot saßen, welches ein leckes Boot war, weswegen wir es beide bei der nächsten Gelegenheit würden verlassen müssen. Das sagte mir ihr Blick. Ich sah den Mann an einem der Tische Platz nehmen und eine Gabel voll Reisfleisch in den Mund schieben. Etwas von dem Reisfleisch fiel ihm auf den Kragen, und er merkte es nicht. Die kleinen Brocken kollerten ihm über die Brust und über den Bauch und landeten zwischen seinen Beinen. Was für ein Abenteuer für die Reiskörner! Mir war, als hätte ich an einer Intimität teilgehabt. Wie wenn einer die Eselsgeduld aufbrächte, einem fremden Pickel beim Wachsen zuzusehen. Solch unverhoffte Zeugenschaft kann vielleicht bewirken, daß man das eigene Leben besser in den Griff bekommt. Er war umgeben von Männern, die ihm ähnlich sahen, so daß ich mir nicht gemerkt hatte, wie er aussah. Gott ist auf meiner Seite, er vervielfältigt meine Feinde, ohne sie zu vermehren. Und macht sie belanglos. Was mich tröstet.

Ich war eine Pflanze, die wartet. Immer war ich das. Merle und Simon waren von ihrer Mutter zu ihren Großeltern gebracht worden.

»Damit wir etwas miteinander unternehmen können«,

hatte Franka zu meiner Mutter gesagt. Sie hatte ihr im Kinderzimmer das Bett gemacht.

Ich sagte: »Hast du das Bett frisch überzogen?« Laut hatte ich das gesagt. Das hat sie gekränkt. Darum war es, als wir schließlich allein waren, ziemlich lang still zwischen uns. Das war sicher ein guter Boden für einen Streit.

Sie sagte: »Ich glaube, Wise, wir beide sollten zur Zeit sehr vorsichtig miteinander umgehen.«

Weil sie dachte, ich glaube irgendwie an Gott oder an etwas Übernatürliches, was mir letzte Anweisungen gibt, hatte sie Hemmungen, mich über irgend etwas zu belehren. Was sie gern getan hätte. Sie hätte mich gern erzogen. Und mir wäre das gar nicht so unrecht gewesen. Aber es ist nie dazu gekommen. Wir hätten dann wohl aufhören müssen, miteinander zu schlafen. Das wollte sie nicht.

Drei Tage blieben die Mama und ich in Gießen. Wir haben Dinge unternommen. Sind nach Frankfurt gefahren. Zu dritt. Waren im Zoo. Stellten uns eine gute halbe Stunde im Giraffenhaus unter, als es regnete. Eine Giraffe beugte ihren Kopf zu meiner Mutter herunter und betrachtete sie, wie sie im Rollstuhl saß mitten in dieser künstlichen tropischen Welt mit ihren Palmen und Lianen und kolonialen Korbstühlen. Dann haben wir ein paar CDs in der Stadt gekauft. Von Willie Nelson *Across the Borderline*, ein gelbes Greatest-Hits-Doppelalbum von Hank Williams und *Chill Out* von John Lee Hooker, wo der alte schwarze Mann eine Nummer zusammen mit Carlos Santana und eine andere mit Van Morrison singt. Auf dem Rückweg nach Gießen hat uns meine Mutter alles erzählt, was man über die CDs wissen muß. Ich habe eine CD von Emmylou Harris für sie gekauft, nämlich *Blue Kentucky Girl*, auf der *Everytime you leave* drauf ist, Lottes Lieblingssong.

»Auf Empfehlung einer Freundin«, sagte ich.

Nach vier Tagen sind die Mama und ich wieder in den Süden gefahren. Nach Hause. Zwischen Stuttgart und Ulm riß der rechte Bremsschlauch. Es war Mittag, die Luft über der Schwäbischen Alb war so nebelfeucht, daß ich den Scheibenwischer einschalten mußte, wir bewegten uns im Schritttempo in einem Stau, da merkte ich, daß der Wagen beim Bremsen nach links zog. Bei der nächsten Ausfahrt verließ ich die Autobahn, fuhr langsam auf der Landstraße durch ein Waldstück, bis wir zu einer Ortschaft kamen, am Ende stand eine Tankstelle mit einer Werkstatt.

»Hätte genausogut schlimm ausgehen können, stimmt's?« sagte die Mama.

Sie war mit allem einverstanden, und das ärgerte mich ein wenig.

»War eh bisher eine langweilige Fahrt«, sagte ich.

»Besonderes habe ich selber genug«, sagte sie.

»Wenn es das ist, was ich befürchte, dann können wir den Wagen stehenlassen«, sagte ich, und das war nicht einmal die halbe Wahrheit.

Sie fragte nicht weiter.

»Dann bleibt uns nichts anderes übrig, als mit dem Zug nach Hause zu fahren«, legte ich nach.

Sie war mit allem einverstanden.

Epilog

Für das Ende habe ich mir ein paar Gedanken über meinen Toyota Corolla aufgehoben. Ich hatte den Wagen ein Vierteljahr vorher von einem Mann gekauft, der mein Halbonkel ist. Ich habe diesen Mann zum ersten Mal gesehen, als ich den Wagen abholte, und seither habe ich ihn nie wieder gesehen. Ich habe sogar seinen Familiennamen vergessen, sein Vorname ist Gilbert. Er ist der Stiefbruder meiner Mutter und nicht viel älter als ich, fünf, sechs Jahre vielleicht oder sieben, jünger als Franka jedenfalls. Er wohnte in Wangen im Allgäu, arbeitete in einer Bosch-Filiale und handelte nebenbei auf eigene Rechnung mit Gebrauchtwagen. Er sah meiner Mutter ähnlich, das hat mich verunsichert. Die beiden sind fast zwanzig Jahre auseinander, und ich weiß ja, es ist unsinnig, aber es fiel mir schwer, gegen die Vorstellung anzudenken, daß sich Geschwister um so ähnlicher sehen, je näher sie altersmäßig beieinanderliegen. Ich mußte mich zusammennehmen, daß ich ihn nicht die ganze Zeit anstarrte. Er war sehr ernst, trug eine grüne, saubere Schürze und spielte mit einem winzigen Schraubenschlüssel. Ich wartete auf Blicke oder ein Zucken des Mundes oder der Brauen oder ein bestimmtes Lächeln oder eine bestimmte Art zu schlucken oder sonst irgend etwas, was mich an meine Mutter erinnerte. Von der Nase aufwärts sahen sie sich besonders ähnlich. Meine Mutter sagte mir später am Telefon, sie selbst habe lange nichts von Gilberts Existenz gewußt. Erstaunlich, daß sein Familienname nicht derselbe ist wie ihr Mädchenname. Sie haben ja denselben Vater. Darauf wußte sie auch keine Antwort.

Ich war ein Kunde für ihn, vielleicht kein ganz normaler Kunde, aber ein Kunde. Fünfhundert Mark nahm er. Der Corolla war neu gespritzt, gelb. An manchen Stellen werde bald der Rost herauswachsen, sagte er. Er machte mir nichts vor. Er hatte einen Austauschmotor eingebaut und den Wagen über den TÜV gebracht.

Der Corolla hat seine Stärken. Gilbert führte mir eine davon vor. Wir fuhren eine Runde, erst ich am Steuer, dann er am Steuer. Als wir ausstiegen, drückte er die Knöpfe an den Türen herunter, ließ den Zündschlüssel stecken und schlug die Türen zu.

»Kann jedem passieren«, sagte er, »und wird auch dir passieren. Was tust du?«

Ich hatte keine Ahnung. Zerrte an den Türen, weil ich meinte, das sei ich ihm schuldig, ich wollte ihm nicht die Dramaturgie seiner Belehrung kaputtmachen.

»Ich werde den ADAC anrufen«, sagte ich.

»Wenn ein Telefon in der Nähe ist«, sagte er. »Und wenn keines in der Nähe ist?« Ohne zu triumphieren.

»Ich weiß nicht«, sagte ich.

»Es wird dir passieren eines Tages«, wiederholte er, noch nüchterner, noch unprophetischer im Ton. »Man kann sich zu Aufmerksamkeit zwingen, eine Weile lang geht das, aber es kostet Kraft, und irgendwann erlahmt man.«

Er nahm den kleinen Schraubenschlüssel zwischen die Lippen, wippte ihn wie eine Zigarette, legte die Handflächen vorsichtig an die Scheiben des Toyota und nickte lange vor sich hin. Und das kannte ich von meiner Mutter. Dann trommelte er mit den Fingerkuppen kurz gegen das Glas, als hätte er nun seinen Gedankengang abgeschlossen, und sagte etwas, was mich merkwürdig berührte.

»Ich entdeckte, daß ich im Zimmer stand, ohne mich daran erinnern zu können, durch die Tür gegangen zu sein.«

Das Merkwürdige daran war: Das glaubte ihm niemand.

Ihm nicht. Das hörte sich an, als ob er jemanden zitiere, eigentlich jemanden imitiere. Als habe er diesen Satz selber irgendwann gehört, und nun machte er ihn vor mir zum Argument. Er warf mir einen Blick zu und wischte schnell darüber: »Nur als ein Beispiel. Du weißt, was ich meine?«

»Nein«, sagte ich. Mein Harmoniebedürfnis war erloschen.

»Ich möchte dir jetzt einen der Vorteile dieses Wagens demonstrieren.« Er winkte mich mit dem Zeigefinger zu sich, deutete auf die Antenne am Heck des Wagens. »Das ist dein einziges Werkzeug«, sagte er. »Es gibt keine Werkstatt weit und breit und kein Telefon, und deinen Leatherman hast du im Handschuhfach liegen.«

Er schraubte die Antenne ab – immer noch hielt er den Schraubenschlüssel zwischen den Lippen –, bohrte den Antennendraht durch den Abdichtgummi eines der hinteren Fenster und öffnete mit einem gezielten Stoß den Verschluß. Dann fuhr er mit dem Arm tief ins Innere des Wagens und zog den Knopf an der Tür hoch.

»Wie lange?« fragte er.

Ich hatte nicht auf die Uhr gesehen, ich besaß gar keine Uhr, ich sagte: »Eineinhalb Minuten.«

»Das ist ein Vorteil dieses Wagens: die abschraubbare Antenne. Länger als fünf Minuten wirst auch du nicht benötigen.«

»Und jeder andere auch nicht«, konnte ich mir nicht verkneifen, und das ärgerte ihn und war schuld daran, daß wir keinen Kaffee miteinander tranken.

Er drehte sich weg von mir, sah mich nicht mehr an, wenn er mit mir sprach. Ging in die Werkstatthalle zurück. Begann, sich mit anderen Dingen zu beschäftigen. Gab dem superblonden Lehrling mit dem dunklen Haaransatz Anweisungen. Ich immer hinter ihm her. Sein teilnahmsloser Rücken strahlte Mißbilligung aus. Das tat mir leid, denn ich war mir ziemlich sicher, daß ich Gilbert nie wieder im Leben sehen und er mich nun als einen undankbaren, besserwisserischen Nörgler in Erinnerung behalten würde, was ich ganz bestimmt nicht sein will, aber womöglich doch bin.

In Gießen fuhr ich selten mit dem Auto, meistens nahmen wir Frankas Wagen, ebenfalls ein Japaner. Man stelle sich vor, wir zwei kargen Bohnenstangen besaßen zwei Autos! Versicherung und Steuer ihres Wagens wurden vom Konto ihrer Eltern abgebucht. Mein Toyota Corolla parkte unten vor dem Block, überdacht von einer Linde des Philosophenwaldes. Manchmal, an Regentagen, nahmen Merle und Simon Wolldecken mit nach unten und machten es sich auf dem Rücksitz gemütlich, aßen Kekse und hörten Radio. Sie vergaßen die Wolldecken, und ich, wenn ich Streit mit Franka hatte, fuhr in Richtung Marburg und hinter Lollar von der Straße ab auf einen Waldweg, und dort hielt ich und kuschelte mich in die Decken, so gut es bei meiner Länge möglich ist, und hörte ebenfalls Radio und schlief ein und wachte mit dem Gefühl einer einmaligen Gegenwärtigkeit auf, als gäbe es nichts, wofür ich büßen, und nichts, wovor ich zittern müßte, alles, was mir durch den Kopf ging, war reine Möglichkeit, die keinerlei Erwartungen enthielt. Der Rücksitz meines Toyota war eine zeitfreie, depressionsfreie Basis, von der aus es sich relativ risikoarm träumen ließ. Trotz Regens stand mir die Welt offen.

Dauernd war etwas mit dem Motor, er sprang nicht an, dann bekam ich heraus, woran es lag. Das heißt, ich rief Gilbert an, und der sagte, ich solle den Verteilerkopf aufmachen, beschrieb mir auch sehr genau, was und wo der Verteilerkopf war und wie man ihn aufmachte. Nun solle ich eine Münze nehmen, am besten ein österreichisches Zehngroschenstück, er sage das nicht aus Patriotismus, sondern weil sich Aluminium besser eigne als die Legierungen deutscher Münzen. Mit dem Geldstück solle ich die Metallstellen im Verteilerkopf, an denen der Funke überspringt, abkratzen. Dort bilde sich nämlich gern ein Belag. Ich habe das verstanden und habe alles gemacht, wie es mir Gilbert beschrieben hatte, und der Wagen sprang wieder an. Gilberts Worte waren sehr sachlich gewesen. Eine anklagende Heiserkeit schwang in seiner Stimme mit. Bildete ich mir jedenfalls ein. Ich habe es mir mit ihm verdorben. Leider. Wahrscheinlich auf ewig.

Soviel über meinen Toyota Corolla.